トーマス・マン
——神話とイロニー——

洲崎惠三

THOMAS MANN
—— Mythos und Ironie ——

Keizo SUZAKI

渓水社
Keisuisha

Keisuisha, Co., Ltd.
1-4 Komachi, Nakaku, Hiroshima 730-0041 JAPAN

目次

第Ⅰ部　神話（ミュトス Mythos）

第一章　nunc stans（静止セル現在）と神話

第II部　イロニー（Ironie）

凡例

（1）神話上の固有名詞の表記は、高津春繁『ギリシア・ローマ神話辞典』、岩波書店に依った。
（2）人名の発音は、主に『DUDEN 6-Aussprachewörterbuch』Mannheim, 1990に拠った。
（3）ドイツ語以外の人名、作品名などは『新潮世界文学事典』『新潮日本文学事典』に依った。
（4）引用文の和訳は、断りなき限り、既訳を参考にした拙訳。

トーマス・マン

——神話とイロニー——

序論　神話とイロニー

第一節　テーマ――神話とイロニー、ミュトスとロゴス

本書の主人公は、トーマス・マン（Thomas Mann 一八七五―一九五五）文学である。

この物語の織物は、〈神話〉という経糸と、〈イロニー〉という緯糸で紡ぎあわされている。この経緯の糸を解きほぐし、広大かつ深遠なこの二〇世紀ドイツの巨匠世界にいくばくでも解明の光りを当てうればというのが、本書の意図である。

〈神話とイロニー〉とは何か。自然と理性、ミュトスとロゴス、古代と現代のかかわりかたの問題である。古代の人間の自然に対するかかわりかた、その自然観、世界観、人生観が、〈神話〉に象徴的に表出されている。ヘーゲル美学で言えば、象徴的芸術形式が神話である。神話では、形象と意味とが、古典的芸術のように完全に調和しているわけではないが、形象は生の根源的なものを直接象徴している（ヘーゲル『美学講義』H 13, 392 ff）(1)。

トーマス・マンはこの根源的神話象徴形象に、ロゴスの光を与えた。マンにおけるロゴスとは、理性、言葉、心理学、そしてイロニーである。神話のなかに、人間の生の無意識的原型をみたマンは、現在の生が、現代の自己意識によるこの神話母型とのかかわりであるとみた。原型との一体化と変様、同一化と非同一化の、イロ―ニシュな

遊戯、そこにトーマス・マン文学の核心の一つがある。

イロニーには、言語表現、いな芸術全体の秘密に通ずる何かがある。「樹が樹ではなく、他の者の証拠、マナの宿り所として語られる場合、言語は、何かがそうでありながら、同時にそれ自体とは別の何かである、同一でありながら同一でない、という矛盾が語られている」(『啓蒙の弁証法』A 3, 31)[2]。形象と意味、現象とイデア、現実と本質、表象と意志、意識と無意識、アポロとディオニューソスなど世界を構成する原理の弁証法的関係の根源に通ずる間道の一つが、イロニーである。

1　ミュトスとロゴス

C・F・クロイツアー (Georg Friedrich Creuzer 一七七一―一八五八) によれば、ミュトスもロゴスも同じ「言う、話す、語る」という語源をもつ[3]。
λόγος の動詞 λέγω は、(1) 言う、語る、(2) 計算するで、論理、理性、計算、言葉という語義をもつ。計算する悟性、論理的言葉である (C, 45)。ハイデガーも、λέγω を (1) 集める、(2) 言う、に取り、あるものが原理に基づいて自らを根拠づけること (計算的集合整理) と、あるものを現前させ表象すること (論理的言語)、とギリシア人は考えていたという[4]。λόγος とはラテン語では ratio である。
これに対し、μῦθος は、μύω (閉じこめる) や μυέω (神秘に精通する)、μυθέομαι (言う、語る、説明する) や μυθολογέω (物語る、作り話をする) に由来し、(1) 話し、(2) 物語り、(3) 作り上げられた伝説的物語り、(4) 神話、英雄伝説などの意味をもつ (C, 44)。
すなわち、〈ロゴス〉が、計算、論理、悟性、理性による言説であるのに対し、〈ミュトス〉は、虚構の物語、作り話という対比となる。ロゴスは〈概念〉による論理的語り、ミュトスは〈ファンタジー〉による想像的語りともいえる。ロゴスは哲学に、ミュトスはポエジーにかかわる。「自然に似るのではなく、自然を認識するための記号としての言語（概念＝科学）と、自然の認識でなく、自然の模像（Abbild）である形象（Bild）としての言語（直感＝芸術の対比」（A 3, 34）でもある。

現代文学の古代神話への傾斜という特性は、自らの根拠を失った現代理性が古代ファンタジーによって物語られた虚構の象徴神話に、依拠すべき自我の中心点を求めるという背景がある。計算する論理的ロゴスによって認識された自然や世界と、ファンタジーによる自然のポエジー化、芸術化、虚構物語のどちらに、人間の生の真理や現実がより表現されるのかという問いは、ニーチェの核心問題でもある。古代ファンタジーの世界を現代のロゴスで再説した『ヨセフ』四部作は、ファンタジーとロゴス、直感と概念、原型への同一化と非同一化、神話と心理学の織りなす哲学的ポエジー、物語の物語り、熱狂とイロニーの織りなすフリードリヒ・シュレーゲル（Friedrich Schlegel 一七七二―一八二九）のポエジーのポエジー、超越論的ポエジー（KA, 238）、〈新しき神話〉といえるのではなかろうか、というのが本書の一つの立脚点である。[5] F・シュレーゲルについては、第五章、結論で詳説する。

2　シンボルと神話

シンボル（Symbol）は συμβάλλω（二つのものを繋ぎ合わせる、関係づける、結び合わせる、融合する、推測する）から由来する。σύμβολον とは、古代ギリシアでは、一つの小板片を二つに割った割り符であり、盟友の担保や印として、分けた半分を保持する習慣があった(C, 28)。シンボルとはだから二つが組み立てられた一つのものである。συμβάλλω とは分かれた二つのものを組み合わせ関係づけ一つにすることである。記号（σημεῖον＝Zeichen）は二つのものの偶然の結合であるが、神話象徴は、始源的自然や神的なもののファンタジーによる感覚的具象的表象である(C, 35)。

ヴァルター・オト（Walter F. Otto）やマンフレート・ルルカー（Manfred Lurker）の言うように、神話はファンタジーによる荒唐無稽なフイクションではなく、過去に現実に起こったことの精髄を象徴的に言語が表したもの、いわば存在の真理の象徴的具象的表現である。(5) 象徴としての神話は、自然、神、宇宙、世界、人間の根源的な生などを、感覚的に直感できる形象(Bild)で現す。無限なるもの、解明し難きもの、神的なもの、始源的なものを、直接の具象性で現す。ファンタジーが自由に遊戯するポエジーである。そこでは、現実、イデー、シンボル、形象、言葉が渾然一体化している。F・シュレーゲルは、神話とは「人間のファンタジーの最も古い、根源的な形式」、「人間本性の根源的なカオスの象徴」、「至高のもの、神的なものは、まさにそれが表現しえないものであるがゆえに、アレゴリーによってしか言い表せない」、「自然の象形文字」などという表現で言い表している(シュレーゲル『ポエジーについての会話』、KA, 284ff.)。

アドルノ、ホルクハイマーも「神話は、呪術的儀式と同じように、反復される自然だ。反復される自然こそ、シンボルの核心だ。それがシンボルの現実化として、つねに反復され生起するものとなるべきはずのものであるがゆえに、永遠とみなされる先例事象ないし存在である。無尽蔵、無限の再生、意味されているものの永続性は、あらゆるシンボルの属性であるばかりでなく、その本来的内容である」(A3,33)と言う。

反復される自然、あるいは反復されるべき人間の生、という意味での古代母型としての、すなわち象徴としての神話、という捉えかたこそマン文学の核心である。『ヨセフ』四部作の精髄である。それはナチス時代に抗する精神的抵抗の拠点でもあった。現在の生が依拠すべき人間的倫理的モデルとしての神話という視点は、第一、三章、結論などで触れる。

3　モデルとしての神話、神話と心理学

マンの神話観のポイントは三つある。

1. 神話に生の祖型（Archetyp）がある。イデアのユートピアも潜在する。
2. 現在の生は、この母型神話の再生変奏、同一化と非同一化である。
3. 原型の意識的模倣、意識的知性による、無意識的神話の心理主義的再生、これがマンのいう、神話のイロニー化、イロニーによる神話再生である。〈神話と心理学〉〈神話とイロニー〉とは、ロマン主義と啓蒙主義、自然と理性、ディオニューソス（Dionysos）とアポロ（Apollo）、無意識と意識、意志と表象の対立とその克服ともいえる。

時代的にみれば、〈二〇世紀の神話〉に代表される反理性、非合理、野蛮への先祖帰りの潮流に対する、マンの抵抗がある。マンは、盲目の無意識を知性の光りで分析しようとしたフロイトを、死と悪魔との間を独り騎行する、アルブレヒト・デューラーの銅版画に描かれた、ドン・キホーテ風真理探究の騎士とみた（X, 278ff.）。ナチズム神話への揶揄、神話の Humanismus 化が、心理学的神話、イロニーによる神話再生である。

これをマンは「神話の人間的なものへの機能替え」（Umfunktionierung des Mythus ins Humane）と呼んだ（XI, 658）。実はエルンスト・ブロッホの言葉である。「すでに意識されなくなったものをまだ意識されていないものに接合化する試み」、「かつて存在した母型の深みにこそ、ユートピアへの可能性が秘められている」、「正しい原型というものは形象から現存在へと肉薄する」[6]。すなわちマンもブロッホも、神話的原型を現実態（エネルゲイア）のなかに潜在する可能態（デュナミス）とみ、その完成態（エンテレケイア）をめざすことを、神話再説とみた。

以上は第一章〈nunc stans〉論、第三章『ヨセフ』四部作論の基本テーマである。

4　イロニー

イロニーの語源たるエイロー（εἴρω）も「言う、話す、語る」である[7]。ギリシア喜劇の舞台には、二人の敵対役（Antagonist）が登場、一方は大言壮語するアラゾォーン（ἀλαζών 大法螺吹き）、他方は無邪気の仮面の下に狐の知恵を隠し他をからかうエイローン（εἴρων 悪戯者）である。[8] アリストテレースのイロニーの定義も、このアラゾォネイア（ἀλαζονεία）とエイロネイア（εἰρωνεία）による。つまり過大と過小、自慢と卑下、誇張と控え目の対比を、中庸や真理からの逸脱としながらも、後者のほうにより徳を認め、その範例をソクラテスにみる。[9]

ソクラテスのイロニーを、近代の自己意識に接合し、対立する二つの原理の中間に浮遊し、文学を文学する超越論的ポエジー、新しき神話創造を「青い花」とした、フリードリヒ・シュレーゲルのロマン主義的イロニーこそ、トーマス・マンのイロニーの源泉である。自己創造と自己破壊、自己超越と自己回帰、自己同一性と自己拡散という現代の自己意識の危機にあって、普遍超時間の神話母型に自己の生の根拠を模索するプロセスが、トーマス・マンにおける神話とイロニーの関係である。

イロニーとは何であろうか。言われたことと言いたいこと、言葉として外に言われたことと言葉の内に意識されていること、すなわち言表と言裏、仮面と真意の差異に、その構造の本質がある表現法である。いかにすれば真意をより有効に伝達できるかという修辞法の問題というより、仮象と現実、イデアと現象、意識と無意識、表象と意志、アポロとディオニューソスといった、対立原理間の差異とその表現の問題であり、芸術の存立基盤とかかわる。内面の心理や無限のカオスは直接的に言語表現されうるだろうかというキルケゴールの実存と言語問題や、言語による真理伝達の可能性と不可能性の緊張境界領域にイロニーが棲息するというF・シュレーゲルのイロニー論の問題である。この問題はとくに第五章で詳論する。

イロニー問題は以下、三点の視点から展開される。

(1)自我、自己意識の運動としてのイロニーと、意識の意識、文芸の文芸というロマン主義的芸術創作原理としてのイロニー。主観と客観、自我と非我、有限と無限の間に浮遊し、両者の間を並べられた鏡の間の鏡像の反射のように往還運動をくり返し、表象する者の表象、つまり超越論性まで累乗される自我運動を、フィヒテは〈想像力〉(Einbildungskraft) と名づけた。ロマン主義的イロニーの聖書『全知識学の基礎』である。F・シュレーゲルの、叙述主体と叙述客体の間の詩的反省 (poetische Reflexion) の反復累乗というロマン主義的イロニーによる〈超越論的ポエジー〉(Transzendentale Poesie)、〈発展的総合文学〉(progressive Universalpoesie) はフィヒテの嫡子である。ロマン派のイロニーとは、〈自我活動〉〈自己意識〉の別名といっても過言ではない。フィヒテとF・シュレーゲルに関しては、とくに第五章に詳説する。

(2) マルティーン・ヴァルザー (Martin Walser) によれば、イロニーには自己肯定と自己否定の二種類のイロニーがあり、それは正負の自己意識と深くかかわる。

自己肯定のイロニーは、たとえばマンに代表されるように、自己のアイデンティティーを正当化する手段として用いられる。二つの間の世界に立つという有名なトーニオ・クレーガー的イロニーは、有限と無限などさまざまな二元的対極間に浮遊し、現実の外や内に漂う貴族的自由という、F・シュレーゲルの自己肯定的意識の系譜である。

これに対し、ソクラテスからカフカに至る負の自己意識、負のイロニーは、自己のアイデンティティーを否定せんとする苛酷な所与の状況を肯定せざるをえぬ矛盾 (なぜなら状況肯定は自己否認にほかならないから) により生ずるイロニーである。真のイロニーの文体は、この負の自己意識により生ずる、という。[10]

この正負の自己意識 (アイデンティティー) と正負のイロニーという視点と、その視点からネガティヴに評価されたマンのイロニー観に対し、そのイロニー分析の犀利さと秀抜さに最大の敬意を表しながら、本書はやや批判的な立場を提示する。とくに第五章で、M・ヴァルザーを扱う。

(3) イロニーは、AはAでないという表現法であり、同一性 (Identität) と相矛盾する。言いかえれば〈非同一性〉問題を含む。概念と対象、主辞と賓辞、主観と客観の一致を〈同一性〉と呼ぶなら、既存の主観的概念に対する客体からの反乱、物象の言葉からの意味剝離、あるいは同一性価値社会に対する非同一的個の反抗といった、いわゆる〈非同一性〉(Nichtidentität)の問題とかかわる。芸術と社会、理性と自然、同一性と非同一性という、無限に反復される相互限定否定弁証法こそ、マンのイロニーであろう。マンのイロニーが『ファウストゥス博士』でアドルノの非同一性論、啓蒙の弁証法論、理性と神話論、芸術と社会論と重なる所以である。第四章と結論の核心である。

第二節　構成、各章概要

1　構成

以下、本書は二部に分かれる。

第I部は四章に分かれる。『魔の山』『ヨセフとその兄弟たち』『ファウストゥス博士』など年代を追って作品を軸に、神話とイロニーの諸相を考える。

第II部も四章に分かれる。〈イロニー〉という言語諸現象を、ソクラテスからフィヒテ、F・シュレーゲルを通りキルケゴールを経てトーマス・マン、カフカに至るまでの歴史や構造を、B・アレマンやマルティーン・ヴァルザーの共時的通時的イロニー論を中心に考究する。

そのさい〈表現主義論争〉に現れた、いかに現実を把握し形象化するかという、現実と芸術の関係にかかわる、ルカーチとエルンスト・ブロッホ、アドルノなどとの論争により、イロニーの言語芸たる、モンタージュ、引用、パロディー問題もテーマとなる。

トーマス・マンのニーチェ像、すなわちニーチェのイロニー化、市民化という問題、イタリアに対するマンの愛憎併存のアムビヴァレンツ問題も、イロニーのカテゴリーに属する。

2　各章概要

第Ⅰ部　神話（Mythos）

第一章、〈nunc stans〉（立ち止まれる今）論。すなわち静止せる神話的現在、永遠の今の示現を、ペーター・ハントケからショーペンハウアー、バハオーフェンを経てトーマス・マンに至るまで考究する。静止せる現在は神話のなかに原型としてあり、祝祭のように現在に永劫回帰し、再生される。ショーペンハウアーの時間論、nunc stans 論、バハオーフェンの父＝母、太陽＝地球、精神＝衝動、形式＝質料という宇宙論、母権論、法制史論、エルンスト・ブロッホのユートピアへと発酵する古代祖型としての神話論が、トーマス・マンの神話論の背景にある。ボイムラーとフロイトを分けるのは、非合理、闇、母、大地、死、過去への退行か、理性、光、父、太陽、生、未来への志向か、どちらかにあるとマンはみる。神話再説は、マンにとり、可能態としての神話を、心理学、イロニー、現代知性で意識化し、ユートピアという完成態に向けて詩作することにある。

第二章、『魔の山』論。ロマン主義か啓蒙主義か、無形式か形式か、意志か表象か、衝動か理性か、神話かイロニーかという対立を、B・クレスディアーン説とH・コープマン説との論争にみる。〈冥府〉魔の山へのアナバシス（上昇）という逆転の発想法、すなわちエルヴィーン・コペンのいう Ikonoklasmus（偶像破壊）がある。教養小説の陰画である。高地対平地、病気と健康、義務からの解放と市民的活動、永劫回帰的時間と発展的物理的時間の対立など、魔の山は〈意志と表象の世界〉とみなされる。

第三章、『ヨセフ』四部作論。八つ裂き、エロス襲撃、ヘルメースという三点から考察する。

八つ裂きとは、タムズ、アドーニス、ジークフリート、ディオニューソス、キリストなどの系譜にヨセフも属するということ。死と再生のメタモルフォーゼである。

エロス襲撃（Heimsuchung）とは、マンの初期短編以来市民生活の平穏な秩序を根底から揺るがす無意識の地下的な破壊と死に結びつく生の衝動であり、ここではムト＝エム＝エネトのエロスとなってヨセフを襲う。白い純潔の鷺鳥と黒い沼のヘタイラ（Hetära, ἑταίρα 神聖娼婦）の両者を併せもつ。

ヘルメースとは、生死両領域間の使者、魂の冥府への案内人、商売・偸盗の神として、マンのイロニーの象徴的具現者となる。ヨセフ、フェリクス・クルルなど、明るい遊戯的なイロニーの面が現れる。

第四章、『ファウストゥス博士』論。アドルノとトーマス・マン、両巨星のかかわりの心理の光と影を追う。主観と客観、主辞と賓辞、概念と対象、言葉と現実、全体と個、理性と自然などの同一性の批判と、逆に非同一的なもののたえざる新たな同一化への努力、この相互否定弁証法がマンのイロニーであろう。『カルメン幻想曲』『トーマス・マンの肖像』『欺かれし女論』『仮説ホルクハイマーのトーマス・マン歓迎の辞』などアドルノの珠玉のトーマス・マン論や、ロルフ・ティーデマンの『共作の感情移入』をめぐり、二人の微妙な関係を探る。

第Ⅱ部　イロニー（Ironie）

第五章、マルティーン・ヴァルザーの『自己意識とイロニー』を主軸に、イロニーと自己意識とアイデンティティーと文学との関係を総括的に考究する。自己意識の超越と内在間を往還浮遊する反射運動としてのイロニーについては、フィヒテの『全知識学の基礎』、その自我と非我関係、有限と無限間の浮遊としての想像力あるいはイロニーについて分析する。F・シュレーゲルのイロニーについては、エルンスト・ベーラーの古典的、ロマン主義的、悲劇的イロニーに関する論を分析する。さらに、ロマン主義的イロニーを歴史哲学的弁証法で捉えたペーター・ソンディ、イロニーを無限の絶対的否定弁証法として捉えたヘーゲルのイロニー論を検討する。ソクラテスからキルケゴールを経てローベルト・ヴァルザー、フランツ・カフカに至る、ネガティヴな自己意識と負のイロニー、F・シュレーゲルからアーダム・ミュラーを経てトーマス・マンに至るポジティヴな自己意識と正のイロニーの対比により、卓抜なアイデンティティー論を書いたマルティーン・ヴァルザーの文学の基音を明らかにし、その上で彼によるトーマス・マンのイロニー批判の真意を探る。

総じて非同一性のイロニーとしてのマンをポジティヴにみるアドルノと、正のイロニーをネガティヴにみるマルティーン・ヴァルザーの論が、光と影の交錯のうちに、トーマス・マン文学を最も鮮明に照射しているように思われる。

第六章、イロニーとその言語現象であるモンタージュ、引用、パロディーという関係を、トーマス・マンと、ヘルムート・ハイセンビュテルの具体詩（Konkrete Poesie）の対比を視座に考究する。ニヒリズム時代における芸術と現実の関係は、能記（signifiant）と所記（signifié）、言語と意味の剝離を招き、芸術の焦点は風景から窓ガラス（音、色、形、言葉）へ移行する。芸術は自律化し、その極北にコンクレーテ・ポエジーがある。象徴から再生へ。表現主義論争も、全体性ある現実の再構築か、破砕された現実の破片のモンタージュかで、ルカーチやエルンスト・ブロッホ、アドルノなどの間でかわされる。本質形象化の芸術的仮象と直接的経験的現実の差異にこそ、現実批判と芸術の生命があるとする、アドルノ（思想）とマン（文学）の共通分母がある。

第七章、『非政治的人間の考察』におけるトーマス・マンのニーチェ受容をテーマとする。マンのイロニー化、市民化、すなわち批評距離をもったイロニーの相における受容であるが、その奥底にはニーチェへの深い愛がある。ヴァーグナーへのニーチェの関係も同じで、その愛憎のアムビヴァレンツ（相反感情併存）はドイツ性への関係と同断である。心理学的洞察性はマンにおいてイロニーの機能となる。生の意志ディオニューソスと十字架にかけられたクリストゥスの合体者としてのニーチェ、生の真理探究のため〈死と悪魔〉との間を独り騎行するニーチェ、現代のファウストゥス博士たるニーチェへのマンの深い愛は、『ファウストゥス博士』へと結晶化される。ロマン主義の自己克服者としてのニーチェ像が、トーマス・マンのニーチェ受容の核心である。

第八章、『ファウストゥス博士』の悪魔はイタリアはパレストリーナに現れる。『ブデンブローク家の人びと』を書いていた満二〇歳前後の青春の地である。マン生涯の二元的対立モデルは、そこに性と知の悪魔、火と氷地獄として象徴される。エロスの悪魔は同性愛となりマンを襲撃するが、イロニー的言語芸術作品が救済への努力となる。しかし十二音階技法など現代芸術は、現実から離反し、生の去勢された冷厳な形式と精神の自律となり、氷地獄となる。イロニーこそ知の悪魔ともいえる。灼熱の官能的性と酷寒の禁欲的精神の対立は、ロレンツォ・ドゥ・メーディチとサヴォナローラの対立として『フィオレンツァ』のテーマとなる。南と北、ルネッサンスと宗教改革、火と氷、性と知の対立に象徴される、トーマス・マンのイタリアへのアムビヴァレントなかかわりに、トーマス・マンのイロニーの象徴的反映がある。

*

本論に入る前に、神話とイロニー、自然と理性、ミュトスとロゴスという観点から、〈日本におけるトーマス・マン受容〉と、〈現代ドイツ文学とトーマス・マン〉に触れておきたい。

第三節　日本におけるトーマス・マン受容
——自然とフマニスムス（Humanismus）

1　闘うフマニスト

トーマス・マンという名が日本で知られたのは一八九五年であり、最初の翻訳（『衣装戸棚』）は一九一〇年になされている。[11]しかし戦後主にファシズムに対する戦闘的フマニスムスの代表者としてトーマス・マンは紹介され受容された。渡辺一夫のアンドレ・ジッド序言を付した『五つの証言』[12]などがその典型だ。アンガージェしたフマニストというエモーショナルな共感は、一九七一年の『非政治的人間の考察』完訳、一九七三年の脇圭平『知識人と政治——ドイツ一九一四〜一九三三年』[13]で初めて終息する。

日本でフマニスムスに対応する適切な訳語はない。ということは十分な概念や理解もあるとはいえない。たしかに大正フマニスムスというような一つの流れがあって、そこではたとえば阿部次郎に代表されるように、古今東西の文化遺産を、「あれかこれか」ではなく「あれもこれも」摂取し、自己の人間形成に資することが理想とされた。トーマス・マンの日本における受容にも、日本的特性が瞥見され、ヨーロッパ文化の代表的継承者、それに反するものと闘う知性という点で、人間教育者の代表の一人とみなされる。しかし日本では『ファウストゥス博士』は書かれなかった。

日本におけるトーマス・マン受容の際、何が異質で何が共通なものと感じられているか。異文化受容の際の日本的特質について、三島由紀夫[14]は、何事も受容するその〈感受力〉と言い、丸山真男[15]は異種文化の歴史的発展ではなく、その〈同時的並存〉と言い、加藤周一[16]は〈雑種文化〉と言う。彼岸、絶対、体系的なものへの超越論的志向より、此岸、現実、部分的なものへの傾愛、「いま、ここ」の尊重。それは自然と自己の一体化、自然への没我という、いわば日本的 nunc stans（静止セル現在）にも現われていると考える。

＊

日本におけるトーマス・マン像を以下、（1）三島由紀夫、辻邦生、北杜夫のトーマス・マン受容、（2）深層心理学と神話、（3）自然、（4）自然とフマニスムス、という四点から考察する。

2　三島由紀夫、辻邦生、北杜夫のトーマス・マン受容

（1）三島由紀夫は、トーニオ・クレーガー的ペシミズムの克服を青春の課題とし[17]、トーマス・マンにより初めて、いわゆる市民と芸術家、精神と生の二元的対立を知ったと言う[18]。アポロ的なものへの憧れは、ディオニューソス的な内面の別の現れだと言う。両者とも、自己のうちにある病的で、問題的な混沌の深淵を知ればこそ、健康な外面と秩序、形式と重厚な文体への努力を惜しまなかったともいえる[19]。芸術と生の生産的な相互弁証法が、三島由紀夫のトーマス・マン受容のポイントと思われる。

（2）辻邦生は、パリで『ブデンブローク家の人びと』の文体の膨大なカードを作り、精細で写実的なシンタクスがいかにして象徴的人間世界を表現するかの小説技法を学んだという[20]。作家ならではの技法問題ばかりではない。『小説の序章』初めトーマス・マン文学を、現代芸術の意義など広く現代の精神状況と結びつけた、犀利な精神史的解剖が傑出している。近代社会の非人間性に対する反措定だったはずの芸術美が、知的認識化の傾向を辿り、社会から孤立遊離して、人間的なものを包括する美を表現しえなくなり、自己解体していくという現代芸術の美的閉塞状況を、いかに打開しうるかの問題こそ『ファウストゥス博士』の核心という[21]、このロマニストの把握は鋭い。

（3）辻邦生が知性的、ゼンチメンターリシュな poeta doctus であるとすれば、北杜夫はユーモアある、ナイーフな詩人といえる。彼は自己をトーマス・ブデンブロークよりクリスティアン・ブデンブロークと自認し、イロニーとユーモアをもって、自己の『ブデンブローク家の人びと』つまり『楡家の人びと』を書いた。生と精神の分裂などは、粘液体質の表徴、二元的対立原理の緊張はむしろトーマス・マンの創作の刺激的方法とみる。ときにはエロティクでグロテスク、ときには叙情的、ときには遊戯的で、ユーモアとイロニーに富むトーマス・マンの小説文体を、北杜夫はこよなく愛した[22]。

北杜夫の父、斉藤茂吉のいわゆる「実相観入」は、自己の一体化した自然を写生するところに短歌の本質があるとする。この『短歌における写生の説について』の、主客一体の境地、自然への没我は、『万葉集』以来日本の詩歌の精髄を成す[23]。

3　深層心理学と神話

高橋義考は、フロイト、ユングなどの深層心理学とトーマス・マン文学の関係についての研究を日本に紹介したが、彼によれば、西欧文化は人間中心、これに比べ日本文化は自然中心であるとする。Homozentrismus（人間中心主義）は、人間が Kunst（技術、芸術）により野蛮な自然状態を脱し humanistisch な精神になりうると考える。Naturzentrismus（自然中心主義）は、小我を自然に没することにより宇宙と一体化せるより大きな生を享受できると感ずる。自己顕現と自己放棄、分析的知性と直観的感性、個性と典型芸術といった対比は、たとえば、叙事詩、オペラ、油絵と俳句、能、墨絵の差異に現われる[24]。小説が意識の芸術だとすれば、能は無意識の芸術である。神話とは生の原型だとすれば、能は神話的典型反復の祝祭芸術である。だから個性没却の仮面をつけ範例模倣の演技をし、かくして集団無意識、生の典型モデルを現出する[25]。

4 自然

Cogito ergo sum（我思う、ゆえに我あり）に代表される主観と客観の分離、人間理性による自然の統治という西欧文化のありかたは、啓蒙の弁証法により非人間化の諸刃の剣ともなる。

日本文化の特質たる自然の一体化とは何か。

道元は、仏道を習うとは自己を習うこと、自己を習うとは自己を忘却することと言う。[26]自己の忘却、無心とは、自然への没我。山川草木これみな佛の顕現。没我、無心により初めて真の佛の大我を生きうる。

親鸞は、小我の計らいを去り、自ずから、すなわち広大無辺の佛の他力に身を与けるとき、自然法爾という最高の悟り、涅槃の現在化に至ると言う。[27]

芭蕉は、造化に従い造化に帰るとき、真の句が自ずから生まれると言う。松のことは松に習え。松には松の時、人には人の時がある。松と同じ時の次元に参入したとき、初めて松の真姿が現われる。[28]自然に没入するとき初めて、自然はその真の存在を現わす。山を見れば、山に見られる。見るものは見られるものとなり、見られるものは見るものとなる。これが自我と自然の一体化である。そこに nunc stans が現われる。永遠の現在、無時間のいまとここが現出する。この主客一体の、自然法爾の、nunc stans の表出こそ、日本芸術の精髄の一つではなかろうか。

5 自然とフマニスムス

『魔の山』より『トーニオ・クレーガー』を日本人は好む。自然と人間の百科全書的分析論議より、自然と心の叙情を好む。『魔の山』は大小すべてを隈なく言表しようとする。日本人はこれに対し、全を一の部分で、大を小で、長を短で、普遍を特殊で象徴しようとする。俳句では十七文字で自然が詠われる。石庭では石と砂だけで全宇宙が暗示される。能舞台では人間の運命が最も簡素に様式化された舞踊と謡で演出される。桜で春が、紅葉で秋が象徴される。[29]

自然と精神、生と芸術、全体と個の融和への願いは、日本人の共感を呼ぶ。極端な対立よりも、自然や社会や他との和を日本人は好む。西欧からみれば自我や個の意義滅却と思われる自己放下により、逆説的に自己救済ないし自己実現があると願う。筆者はこれを「日本的フマニスムス」と呼びたい。

ベーダ・アレマン[30]の言うように、イロニーとは読者に共通に知られた教養因襲基盤の上でのみ可能ならば、この教養基盤が喪われつつある現代の若い世代にトーマス・マンのイロニー文学はなお生命をもちうるか。『ファウストゥス博士』のように負の符号のついた逆さまの視野からであってもトーマス・マンが擁護した、ヴァイマル古典主義のフマニスムス理想の現代における可能性問題は、われわれの共通の課題でもある。なぜなら、自然と人間、社会と自己をめぐる、ギリシア・ローマ以来のフマニスムス問題は、東西を問わず、人類の共通文化遺産、人間の生の原型問題であり、トーマス・マン文学はその共通原盤に深く根ざしているからである。

自然とフマニスムスという問題は、自然と理性、ミュトスとロゴスの問題である。古代の人間の自然に対するかかわり方、その自然観、世界観、人生観が、いわゆる神話に象徴的に表出されている。神話の形象は生の根源的なものを直接象徴している。

「万物のうちに神をみる。神に対し自分の自己を捨てる。そうして拡大され自由になった内面に神の内在を感じ取る。かくして東洋に固有の明朗な内面性、自由な幸福、没我の至福が生じる。自分の特殊性を捨て去って、永遠なもの絶対的なもののなかに全身で没入し、万物のうちに神的なものの姿と現前を認識し感受するのが、東洋に特徴的なことである」(Hegel 13, 474)。上に述べた日本の自然と芸術観、〈静止せる現在〉論の核をつく言葉である。

神話は、自然の人間に対する暴力支配であり、啓蒙理性は、人間主観による外なる自然のみならず、内なる自然への同一性強制の暴力支配であるという自然観は、日本の自然観にはなじまない。自然との一体化、小我を捨て自然の大我に身を委ねることのなかに、自然も人間も共生しようとする〈日本的フマニスムス〉からのマンやヘッセの受容が、日本では共感を呼んだといえる。

＊

ミュトスとロゴスのかかわりで現代文学を鋭利に解剖したヴァルター・イェンス[31] (Walter Jens) やヴィルヘルム・エムリヒ[32] (Wilhelm Emrich) などを下敷きに、次に、トーマス・マンの近現代における精神史上の位置を、ドイツ二〇世紀前半のドイツ文学、とくにその代表形式である小説の諸相において、俯瞰しておきたい。それは、素朴と感傷、個の関心と共同体の客観精神、時間と瞬間、言葉とその対象、小説形式、物語り手の位置など、モデルネ以前と以後の諸問題剔出でもある。

第四節　現代ドイツ文学とトーマス・マン――ドイツ二〇世紀前半小説の諸相

1　価値真空時代の叙事詩

(1)二〇世紀の前半ドイツ文学、特にその主要形式であった小説の諸相を貫く主要特性とは何かを、トーマス・マンを中心に素描するというのが、本節の意図である。それは現代社会における生の位相認識のいくつかの諸相でもある。

そのさいまず〈現代〉という時期の定義が必要であろうが、文学史的な時期の厳密な定義ではなく、ここではトーマス・マンの『魔の山』（一九二四）『ヨセフ』四部作（一九二六—四三）『ファウストゥス博士』（一九四七）を中心に、リルケ（一八七五—一九二六）の『マルテの手記』（一九一〇）、ムージル（一八八〇—一九四二）の『特性のない男』（一九三〇—四三）、カフカ（一八八三—一九二四）の『ある戦いの手記』（一九〇六—一〇）、『審判』（一九二五）、『城』（一九二六）などを念頭において〈現代〉ドイツ小説としたい。

それは二〇世紀前半の物語芸術であるが、約一〇〇年前の世紀の変わり目から第二次世界大戦まで、ドイツにとり特筆すべき歴史の変化は、何よりも第一次世界大戦（一九一四—一八）であり、そのあらゆる分野に与えた衝撃は、字義どおり画期的であった。〈現代〉もしくは〈二〇世紀〉とは、ドイツにとって、この大戦により実質的に始まったと言えるだろう。〈神の死〉の現実化であり、〈価値転換〉の零点である。

この画期的転換の人間存在に与えた衝撃の強度は、あらゆる芸術領域において、一九一〇年から一九二五年にかけてのいわゆる〈芸術革命〉となって表現される（Emrich, 140ff.）。いわゆる〈表現主義〉（Expressionismus）に代表されるこの芸術革命の中核は、何よりもはや拘束力をもちえなくなった伝統的諸規範との対決であり、前世紀リアリズム様式の破壊であった。

この芸術革命に直接参加せずとも、世紀末に生を享けた前記の作家たちも、この存在の地殻変動の衝撃をまともに受け止め、各自の詩作上での表現形式の革命を行いながら、この衝撃の意味を問うた。それは激変した新しい現実に対応する人間存在のありようとその意味への問いとその美的形象化であった。

ではこれらの小説群に共通の特性とは何か。どのような諸相によりそれは旧来の伝統小説と区別されるのか。何が破壊され何が新しいのか。現代小説を構成する新しい要素とは一体何か。

（2）まず〈小説〉こそ市民革命以来の市民社会に生きる人々の代表的自己表現形式であることを押さえておかねばならない。小説散文というジャンルは、アリストテレース以来の詩学ジャンル分類では叙事詩に属すること、すなわちエーミール・シュタイガー詩学の指摘するように、[33] 叙す主体と客体との合一により生まれる現在的な叙情詩や、その対決緊張のうちに、ある結末に向かって一切が収斂する演劇と異なり、叙す主体がある一定の距離を保って過去となり対象となった生の出来事を、一定の韻律(たとえば Hexameter) のなかに表象化し物語る、叙事詩的なものの延長にある。

このような叙事詩的・小説的なものの一つの生命は、第一に、物語られる対象、とくに主人公が、その時代の現実に生きる人間存在全体の代表・象徴となりうること。第二に、そのような物語の〈語り手〉もまたその社会の代表者でありうるゆえに、全能であり、主人公の運命や出来事を操作できるアルキメデスの一点に立って、一定の様式で象徴的な物語を語りうることにあった。ポイントは、その〈代表性、象徴性、典型性〉である。

叙事詩はかつて人間の代表者たる英雄を主人公とし、彼らの生の偉業や美をほめたたえたり、その運命悲劇を平静に物語った。それは生の素朴な鏡であり、生への刺激剤であった。しかし個人主義的市民社会を迎えると、英雄の生はその代表性を失い、ドン・キホーテとサンチョ・パンザのように、よりたくましい現実を体現するわき役たちに主人公の座を明け渡さざるをえない。それまでたんなる無名の埋め草にすぎなかった個々の平均的人間は、その無名性から解放されて新たな主人公となる。小人の説、すなわち〈小説〉の誕生である。

(3) 小説が物語るのは、偉業や大冒険より、代表的小人の生から死に至る日常生活、それも外面的描写というより内面的心理的動因追求や内面告白となる。だれしも多少の差異はあっても自己の鏡を見出しうるような、かかる個性、主観、内面という主人公こそ、個々人を共通に結ぶ中心的な内面的〈関係点〉(Bezugspunkt–H.Heißenbüttel)[34] となる。それは市民社会の基本理念、法の前には各個人は平等であり、ライプニッツ (Gottfried Wilhelm Leibniz 一六四六―一七一六)のモナド論のように、その各自の自我、私のなかに、普遍的なもの、神的なものが分有されている、という信仰の表現であろう。つまり、ある特殊、個別の生のなかに、普遍、全体性を啓示できるという信仰である。万人に共通の典型としての個、私、自我の生を描くこと。だれしもこの典型的主人公のなかに己の鏡像を見出しうること。その意味で小説こそ、神、法、理性の前では人間は平等という、西欧キリスト教的民主主義社会の自己表現形式であり、その主要証人であった。

特殊的なものに普遍的なものを、各現象に原現象を見出すことが〈象徴〉であるといったゲーテの言葉も、外的現象は人間の内面精神とのかかわりにおいてのみ象徴的意味をもち、美とはイデーの感性的現象としたヘーゲル美学も、各自の〈私〉こそ世界の内的中心であり、この私こそ普遍への唯一の通路だと信じえた、市民社会の信念の表白といえる。

それはたとえばヴィルヘルム・エムリヒが、カフカ論初め多くのすぐれた現代文学論で言っているように、超時代的に適用可能な客観的規範、普遍的価値体系、因果律の時間空間認識カテゴリーの存在への信仰である。この前提の上に初めて、ある時間空間の連続関係内におけるまとまった小説の展開とか、統一性のある性格（アイデンティティー）をもった主人公の描出とか、変わらぬ一定の視点からの、一定の文体での語り、すなわち一人の全能の語り手の存在とかが成り立つ。

十九世紀リアリズム小説は、対象化できる現実の存在、社会や自然の生起の合法則性、客観的倫理的規範の遍在、性格の一貫性（アイデンティティー）への信頼と、その無私の模写的再現が、現実認識の最適の方法であり、かかる現実に生きる人間の生の〈全体性〉(Totalität)が直接に言表ないし形象化可能である、という信仰の上に、開花したといえよう。(35)

ドイツ文学に特有の〈教養小説〉も例外ではない。いなむしろ以上の信仰の、つまり十九世紀市民社会の世界観のドイツ的に代表的な文学様式であった。各自の私とは、それ自身まとまった自律的宇宙であり、その内部にも外部にも、各個体に共通する統一的神的秩序が予見されるという信仰がなければ、自己をその可能性に従い教育形成し、普遍的人間に至りうるという教養小説の理念は成立しないだろう。時間空間の統一的因果律への信頼が、時間的継起的因果的人間形成の物語を可能にしたのである。

（4）しかし以上の、市民社会の紐帯点、中心的関連点たる個や私の象徴的物語は、叙事詩のように社会との調和より、その時代の現実との軋轢、さらには疎外、物化、記号化、機械化の物語に行きつかざるをえない。すなわち、古代から中世のナイーフ（naiv）な物語芸術たる叙事詩は、造形的な生の肯定から、生に対する、シラーのいわゆる感傷的（sentimentalisch）な、主知主義的な、倫理的な批評となる（XII, 569ff.）。さらにかかる小説の批評的な生の認識は、生のみならず、自己自身、つまり批評主体たる小説の、形式も語り手も筋も主人公も文体も視点も、すべて分析し反省し、ついにはみずからを解体してしまう。

第一次世界大戦を境とする今世紀前半の小説または反小説の始点は、まさしくかかる統一的価値規範の崩壊、個が全を象徴しえなくなった共通基盤の瓦解にあるだろう。それを〈神の死〉（ニーチェ）とか〈中心の喪失〉（ハンス・ゼードルマイアー）とか〈価値真空〉（ヘルマン・ブロッホ）とかその他どう言おうとも同じであろう。

「人間が突然現象の認識形式が分からなくなり、根拠律が例外状態に苦しむようになると、人間を襲う恐怖。この恐怖感に加えて、個体化の原理が同様に崩壊するときに、人間の最内奥、いな自然の根底から沸き上がってくる、歓喜に充ちた恍惚感を捉えるなら、われわれはディオニューソス的なものの本質へ、一瞥をくれたことになる」（N I, 28）。ニーチェのディオニューソス像は、モデルネ芸術の夜明けとして、ポジティヴにも捉えられる。

規範的価値体系の崩壊は、価値の多様化、多次元化、相対化を生む。新しい現実に対応する人間存在のありよう、把握の仕方は、根本的変化を伴いつつ多様化する。代表的象徴性も多価値化し、認識の多次元的複眼的ペルスクティヴィスムス（Perspektivismus 遠近法主義・展望主義）が生誕する。

第一次世界大戦前後の大地震のような地殻変動、ヤスパース（Karl Jaspers 一八八三—一九六九）が『現代の精神状況』（一九三五）のなかで指摘したような、工業社会における人間の数量化集団化機械化均一化など[36]、いわゆる人間の自己疎外状況における人間存在のありようを、全体的に認識し言表化しようとする現代小説は、その内容も形式も、他の芸術と同様、革命的変化を伴わざるをえなかったのは必然であった。

マンもムージルも、小説でない要素、小説がみずからを破壊し解体する要素が、現代小説いな反小説または非小説を構成していると、随所に述べているのは偶然ではない。ではその要素とは何か。以下その特性を列挙する。

2　ドイツ二〇世紀前半の小説の六特性

「今日芸術とは何か」とアドルノの仮面をかぶる悪魔 Er は二〇世紀のファウストゥス博士アードリアーン・レーヴァキューンに囁く、「芸術は批評と化す……作品、時間、仮象、それは一体のものであるが、共々批評の手に落ちる。批評はもはや仮象や遊びに耐えられない。フィクションや形式の独裁に耐えられない……批評の手に落ちたのは、市民的芸術作品の仮象性である……一般的なものを特殊なもののなかに調和的に内包されたものとして考えようという要求は自ら否定される……もはや仮象の遊びは許されない、そこまで表現の不能と危機とがきている」。ニーチェの仮面をかぶるレーヴァキューンも言う、「作品だって。作品はごまかしだ。作品は真理と真剣に反している……芸術は仮象と遊びであることを止めようとしている……つまり認識になろうとしている」（VI, 318f.）。語り手のツァイトブロームは、今日の芸術の状況という問題になると必ず引用されるといってよいあの有名な、しかしやや引用の手垢で汚れた意見を述べる。

「われわれの認識、われわれの意識、われわれの真理感覚の現状において、芸術のこのような遊びはまだ許され精神的に可能で真剣に取り上げられるかどうか。自足的調和的にそれ自身まとまった創作物である作品は、われわれの社会情勢の全くの不安定さ、問題性、不調和とに対して、なお何か正当な関係をもっているかどうか。あらゆる仮象（Schein 見かけ）は、どんな美しい仮象でも、いなまさしく最も美しい仮象こそ、今日では嘘になってしまったのではなかろうか、ということが問われているのだ」（VI, 241）。

トーマス・マンの『ファウストゥス博士』は、市民時代の終焉を告げる作品であるばかりでなく、小説という芸術形式の終焉をも告げる。なぜなら、小説こそ本質的に市民時代の芸術形式であるならば、市民社会の崩壊はまたその伝統的な芸術形式たる小説の崩壊を惹起せざるをえないからである。[37] それ自身自己完結せる仮象の遊びの物語作品を創ることの不可能性を認識しつつ、小説はみずから小説でなくなる境界点にいる自己を示す。

では、小説が小説でなくなる地点とはどこか。小説が、小説でなくなる要素、みずから自己否定することにより成り立つような、現代小説の特性となるこの要素とは何か。

(1) それ自身まとまった、仮構の、一貫した筋の破壊。エッセイ的批評的なものの優位。小説の哲学的主知主義的認識への接近。仮構と現実の両方の仮面をあばくイロニー——

『魔の山』も『マルテの手記』も『特性のない男』も、古典的叙事詩のように起承転結の波瀾万丈の筋らしいストーリーはない。むしろ『ヨセフ』四部作のように、筋はあらかじめ最も簡潔な叙述形式で旧約聖書に語られてしまっており、読者に分かってしまっている。つまり、何を物語るかより、いかに物語るかが浮き彫りされる。物語対象のみならず、物語りの仕方自体が、自己反省、自己解釈、自己批評され、それが幾重にも行われる。『ファウストゥス博士』ではそれ自身作品の一構成要素たる物語り手の視点により、物語られる対象は分析、論議、認識される。これがイロニーである。トーマス・マンのイロニーは、作品に昇華された現実を虚構化すると同時に、この現実の虚構を虚構としてあばき、虚構から現実に戻す働きをする。虚構を生命とする小説の自己否定が、逆にこの小説を支えているという逆説に、現代小説の一つの存立理由が成り立つ。物語の筋を中断する時間論議、はめ込まれた論文、対話の弁証法による思想の現実化、生と死に関する素描風エッセイ、意識の流れを追う内的モノローグなど、物語形式を消滅させる要素は、トーマス・マンにのみ固有ではない。ブロッホにもムージルにもリルケにも共通である。それは戦後のルポルタージュ的なもの、日記的なもの、スケッチ風なもの、断片の寄せ集め、モンタージュへの傾向にまで通ずる、現代小説の非形式、主知主義、エッセイ主義とかかわっている。「もはやもしくはまだ閉じない世界像の表現としてのスケッチ。精神的な全体に先立ちただ借用としてのみありうる形式的全体への恥じらい」(マクス・フリシュ一九一一—九一『日記』)[38]。中心的意味の喪失した現実の断片を、そのまま、統合せずに、撮影録音するには、ルポルタージュ、新聞雑誌記事、さまざま既成言表を、引用アレンジするモンタージュ技法が、アルフレート・デーブリーン(一八七八—一九五七)の『ベルリーン・アレクサンダー広場』(一九二八)のように、最も有効な現実認識手法となる[39]。トーマス・マンの、イロニーによる主知主義的エッセイ様式と、それを裏返した非主知主義的な任意の偶然のモンタージュ技法との間は、ひょっとするとそれほど疎遠な断絶ではないのかもしれない。

現代小説のエッセイ化、哲学化への接近は、現実のリアルな模写たらんとしたナイーフな叙事詩から、革命的に変貌した新しい現実の新しい認識たらんとするゼンチメンターリシュな近代小説の一つの帰結であろう。その主知主義は、作者にヴァルター・イェンスのいう poeta doctus (学者詩人)たること[40]、すなわち生の認識者、批評家として、新しい現実における生の実相を言表化することを要請し、小説のいわば哲学化を、つまり小説の反小説への道を準備する。新しい現実に見合う新しい小説形式の模索は、前衛実験文学のさまざまな試みを経て、戦後の語り手、ハインリヒ・ベル(Heinrich Böll 一九一七—八五)、ギュンター・グラス(Günther Grass 一九二七—)、マルティーン・ヴァルザー(一九二七—)、ペーター・ハントケ(Peter Handke 一九四二—)などに至っている。

いずれにせよ小説は、人間の現実認識器官、生の実相のモデルとして、なお形を変えて生き続けようとしている。叙事詩的なものとは、世界における人間の位相認識を形象化しようとする、人間に根源的に内在する芸術衝動の一つであることはたしかであろう。

（2）全能の語り手の消滅。代表せぬ特定の一視点からの語り、ないし視点の複眼化。物語文体の統一性から多様化へ――

およそ物語芸術の生命である〈語り手〉の役割の変化は現代小説の中心問題の一つである。古代叙事詩の語部は、ある民族共同体の代表者であって、超個人的、超時代的な物語精神とでもいわれるべきものである。「聴衆に一切の個性を放念して、ひたすら普遍的なミューズの声のみを聞く思いをさせるように、吟遊詩人は幕の背後で朗読するのが最も良い」（ゲーテ）[41]。『選ばれし人』（一九五一）の出だしでローマの鐘を鳴らすのは、超時代的、超空間的な〈物語の精神〉（Der Geist des Erzählens）である。これに反し近現代小説の語り手は、個人的な語り手が多い。「小説は、一人の虚構の個人的語り手によって語られ、一人の個人的な読者を包摂し、個人的な経験として把握される限りでの世界を物語る語り手である」（ヴォルフガング・カイザー）[42]。すなわち一つの視点からの世界把握を物語るのであるが、この一人の個人的物語の仮構の視点が、市民社会の代表的視点、個々の市民の内面をつなぐ内的関係点たりえたところに、個が普遍を象徴しうる社会や、人間内部の秩序と調和が予想されていたわけである。しかし十九世紀末以来の価値真空時代には、かかる個人的物語り手は多次元化した視点の一つによる世界像しか示しえず、叙事詩的なものの本質たる〈生の総体〉を呈示し得るためには、個人的物語手は複数化したり、消滅したりせざるをえない。たとえば一つの出来事に対する一つの絶対的な断言はもはやありえず、一人の人間をめぐってもさまざまな解釈、推測、解釈の解釈が行われる。人間をその潜在的な可能性の総体として捉えようとする複眼のムージルや、統一的物語文体を廃棄し、意識の流れをさまざまな文体や引用で叙述するアルフレート・デーブリーンなど。主人公自体が語り手となる内的モノローグや、語り手が主人公の内面へ入り込みつつ、ケーテ・ハムブルガーのいわゆる〈叙事的過去〉(Episches Präteritum)[43]で語る、語り手がいるともいないともいえる〈体験話法〉(erlebte Rede)による、意識の流れの描写は、統一的文体の一定の視点からの客観的叙述を生命とする語り手の死を招く。小説の本質的形式原理たる語り手の死は、小説の死を招く危機を孕んでいる。

ナイーフな叙事詩がゼンチメンターリシュな小説に変身したように、現代の価値多様化時代の生の総体を、人間の内面からも外面からも表出しようとめざす叙事詩的なもの、小説的なものは、新しい時代に見合った新しい形式という衣裳を必要とする。要は、この複雑な怪物めいた現実を言表化するには、いかなる芸術形式が最も適しているかであろう。一九一〇年代の芸術領域全般に生じた芸術革命(たとえば表現主義、ダダイズム、シュールリアリズム、フォルマリズム、立体派、未来派など)は、まさしく西欧三千年世界の価値崩壊の瓦礫の現実をどう把握しようとしたかの、芸術家たちの苦闘のそれぞれの表現であろう。エムリヒ(185ff.)やヘルマン・ブロッホ[44]が指摘したように、ジェイムズ・ジョイスは伝統の価値体系が瓦解し通用しなくなった人間の歴史と魂の廃墟の上に立ち、そこに関連なく散乱している意味喪失の断片から、在来の認識カテゴリーでは把握しえなくなった新しい意味関連を見出そうとする。現実の破壊の瓦礫の下層には、生の始源的な、神話的なものが再び透けてみえてくる。トーマス・マンも同様である。伝統破壊の技法たるパロディー、引用、モンタージュは、破砕された伝統の瓦礫の寄せ集めから、新しい統一あるいは複眼的な意味関連を作り出そうとする、現代文学共通の基本的技法である。それは「すでに意識されなくなったものを、まだ意識されないものへ接合」(エルンスト・ブロッホ[45])することによって、古代原型の中に可能態としてあったものが、完成態のユートピアへと、発酵しつつある現在を把握し形象化する試みともいえる。

(3) 言葉の問題。意味と象徴の問題。言葉と物、能記 (signifiant) と所記 (signifié)、記号表現と記号内容、言語と意味の乖離、あるいは新しい結合の問題。チャンドス卿の口のなかで茸のように崩れ落ちる手垢の付いた使い古しの言葉と、物の反乱、物言わぬ実在の蜂起の問題——

それは個が普遍を象徴しえなくなった、意味関連喪失の、価値真空時代の言語芸術、いな芸術全般の枢要問題である。

「もう一瞬すれば、一切はその意味を失ってしまうだろう。意味がそれに絡みついているこのテーブルや皿や椅子、一切の日常的なもの身近なものは不可解になり、見知らぬもの、難しいものになってしまっているだろう……しかし私の手が私からはるかに遠ざかる日がやってきて、私が書くように命ずると、私の思ってもみなかった言葉を書くようになるだろう。他の解釈の時代が明けそめ、どんな言葉も廃墟となり、そしてあらゆる意味が雲のように雲散霧消してしまい、水のように流れ去ってしまうだろう」(リルケ『マルテの手記』[46])。

言葉と実在の疎遠化、一切の慣れ親しんだ現実と意味関連が雪のように消えていく意識は、一貫せる筋もなく、意識の流れを脈絡なく日記風にエッセイ的に時間の継起もなく想起するままに内的モノローグのように叙述していくという小説の無形式化ばかりでなく、既存の時間空間カテゴリーを超えるカフカの諸短編の不可解な非現実的超現実的世界を生み出す。その幻覚世界では、在来の言葉と物と意味の関連が剝離し、個が全を代表し、イデーが現象のなかに己を開示するというようなゲーテ的ヘーゲル的古典主義的〈象徴〉の意味が消失する。

「私は自分が生きていると自分で確信したときなど一度もなかった。すなわち私は自分のまわりの物をただ非常にもろい表象でしかつかまえていないので、事物はかつては生きていたけれども、今は沈んでいくようだとも思う。ひょっとすると肉体が消え、人間は実際は薄暮のなかに生きているようなものではないか」。

「動かぬ大地での船酔のような経験。その実体は、物の本当の名を忘れてしまって、今あわてて物の上に偶然の名を注ごうというようなもの。さあ急げ、急げというわけだ。しかし物から離れるか離れないうちに、再びその名を忘れてしまう。あなたは、それをポプラだと知りもせず知ろうともしないから、〈バベルの塔〉と名づけた、あの野のポプラは、再び名もなく風に揺らいでいるので、〈酔っぱらいのノア〉とでも名づけねばならないだろう」。

「ありがたいことに、月よ、おまえはもう月ではない。だが、私が月と名づけられた君を、なお月と呼んでいるのは、おそらく私が怠慢なせいなのだ。〈奇妙な色の忘れられた紙提灯〉と呼べば、なぜおまえはもはや尊大ではなくなるのか。〈マリア像〉と呼べば、なぜおまえはすぐ引込みそうになるのか。〈黄色の光を投げかける月〉と呼ぶと、マリア像よ、おまえの脅かすような態度はもはや認められない」（カフカ『ある戦いの手記』[47]）。

言語と物、signifiantとsignifié、名と実の関係の恣意性（arbitraire）という言語記号の構造上の一原点を、ソシュール（Ferdinand de Saussure 一八五七―一九一三）がジュネーヴで講義していたころ（一九〇六―一九一一、『一般言語学講義』初版一九一六）、生きた言葉の美を生命とする詩人たちは、リルケもカフカもホーフマンスタールも（『チャンドス卿の手紙』一九〇二）、在来の言葉、表現様式、認識カテゴリーでは捉えられないほど変化し巨大化し謎となり始めた現実に面し、言葉を喪い、新しい言葉を探して苦吟していた。デカルト以来神の玉座にまで登りつめ、客体を認識主宰管理した主体、人間の意識の優越に対し、言葉のない事物が怒り反逆し復讐するというイメージは、現代文学の源流ともいうべき共通事項である。アドルノ風に言えば、同一性の瓦解である。統一的意味関連のある社会の亀裂は、必然に言葉と物との慣れ親しんできた意味関連を破砕する。物は旧来の記号づけから独立する。事物の自律である。物自体への回帰である。それに従い言語もまた、旧来の対象との関連の鎖を断ち切り、絶対言語、自律言語空間になろうとする。象徴主義以来の言葉の自律化運動は、現実からも超越からも解き放たれ、それらを何も象徴しない、目に見え耳に聞える一個の具体的な物として、己の存在を主張する具体詩（Konkrete Poesie）に極北化する。

しかし視点を逆さにすれば、言葉と意味の剝離は、中心的意味関連喪失の価値真空時代そのものを象徴しているともいえるだろう。言葉と物、物と意味、意味と言葉は、新しい関係を求めてさまよう。新しい時代に対応する新しい言葉と物とのつながり、新しい意味を求めての苦闘は、詩人のみならず、既存の時間空間認識カテゴリーを脱出して、色や線や形や音やリズムの新しい関連を求める他の芸術分野においても共通である。デフォルメの反リアリズムは、ひょっとすると新しい現実を写すに最適のリアリズムなのかもしれない。神的イデーが個々の現象に己を開示し、逆に個が全を啓示し得るような万人に共通の〈象徴〉が失われたことは疑いない。しかし伝統の因果律世界観の枠をはるかに超えたカフカやピカソの不可解な非日常的超現実的表現世界が、現代に生きるわれわれの心を根底から揺さぶるのはなぜか。それはまさしくわれわれの生きる現実が、従来の因果律認識カテゴリーでは捉えられぬ、統一的意味関連の喪失した世界であることの〈象徴〉であるからであろう。

カフカの言語形象が、エムリヒやフリッツ・マルティーニの指摘するように、形象で意味を啓示するゲーテ的〈象徴〉言語ではなく、形象で意味解釈をする〈アレゴリー〉言語であるかどうかは別にして、[48] カフカやピカソのデフォルメ形象は、現代人がまさしくそこに自己とその世界の象徴をみるからこそ、読まれ見られるのであろう。カフカの世界が、神の死の虚無の時代形象なのか、あるいは人間存在自体の超時代的象形文字なのかどうかはさておき、現代という状況における人間存在の象徴モデルの一つであることだけはたしかであろう。さまざまに解釈できるカフカの言語形象世界は、共通の解釈基盤をもたぬ中心的意味関連喪失の現実そのものを逆照射し、さまざまに解釈できる価値の多次元化世界を暗示する。新しい言葉と物、新しいシニフィアンとシニフィエの結合は、伝統的価値の崩壊した瓦礫を集め、新しい意味関連を生み出そうとする努力、言いかえれば新しい生の意味の模索といえるのではなかろうか。

（4）人間の行動様式の動因の心理主義的説明とその廃棄。内面告白から外的人間把握へ。現実のモデルとしての夢、幻視世界――

マンの『ヨセフとその兄弟たち』四部作は、簡潔な旧約聖書物語を、現代の意識、心理学で多様に深く解釈分析する。ロゴスによるミュトスの解剖である。物語は、物語ることそれ自体をつねに反省し、反省したものをまた反省する。自己意識の反省の累乗というロマン主義的イロニー、文学の文学、物語の自己言及の無窮動である。エーリヒ・ヘラーはそこにシュレーゲルの「新しき神話」「プログレッシヴな普遍文学」の実現をみる。(49)

一方、カフカ『変身』（一九一六）では、主人公がある朝目覚めたとき一匹の怪虫に変身していたのに、そのことへの「なぜ」という問いかけをしない。「なぜ」しないのか、語り手が「なぜ」そのことに心理主義的因果律的説明をしないのか。十九世紀リアリズム小説の大きな技法の一つであった心理主義的筋の展開や解釈の廃棄の問題である。

ヘルムート・ハイセンビュテルが指摘したように、近代小説の生命は、英雄の生涯の賛美や冒険のおもしろさから、人間の行動様式のひそかな動機を心理主義的に暴露することへ移った。たとえば『親和力』は人間の心理元素の化学反応洞察でもある。『ヨセフ』四部作も、心理学による神話再生である。人間を動かす原動力探求は、自己の内面への凝視とその告白から、心の底の無意識界への深層心理学的探査へと極まるだろう。しかし自己の内面探求物語が、万人にも共通する人間の存立基盤を露呈できると考えるには、人間の内的神的生活の因果性やその認識可能性への信仰が必要である。ヘルマン・ブロッホが言ったように、人間を環境や遺伝や心理学などの要素から一義的に決定できると考えたのは、自然主義者たちのおごれる誤謬かもしれない（H.Broch, 68）。人間を突き動かす動因は把握することはできない、究極的原因を奪われたかにみえる人間存在においてはもはや原因究明はそもそも不可能だという意識（マルティーニ）(50)、人間存在や現実の内的秩序への疑い、ある個人の人格を心理主義的に解釈可能にする整合性への疑いは、それ自身まとまった因果律の筋の放棄、整合性ある性格をもった個性の喪失、日常の時間空間カテゴリーをはみ出す超現実的な世界の現出、幻視的夢の世界への超越へとつながるだろう。

なぜ〈変身〉したのか。それを解く鍵はない。いなありすぎるともいえる。一義的な解釈、一義的な象徴はもはやない。

カフカの物語様式に特徴的なことは、人間にどのようなことが起ころうと、どんな非日常的なことが起ころうと、虫になろうと犬になろうと、虫になりきり犬になりきり、トーマス・マンのようにそこに何の内的動機づけもせず、何の注釈もせず、あくまで日常的に、平静な一様な文体で、明確にリアリスティクに叙述するということである。〈夢〉が非現実でありながら、夢を構成する細部はすべて現実のものであるように。形象と意味の調和的関係が明瞭ではないにもかかわらず、無意識でありながら根源的なもの、あるいはまだ意識上にまだのぼらないがすでに現存しつつある新しい現実の予兆ないし象徴なのかもしれない。カフカの世界は現代の〈寓話〉ないし現代の〈神話〉なのかもしれない。カフカを「小説芸術の古典的形式、つまり客観的に、一切を統括し、一切の上に漂い、一切を統一的に形式化統合化する物語精神、作者や小説の統合する精神よりも多くを知っている物語精神」(Emrich, 190)、つまりホメーロス的叙事詩人といえるかどうかは別として、少なくとも現代の寓話、叙事詩、神話でありうる可能性は大きいだろう。

ただエムリヒのように、カフカが古い掟に変わる新しい掟を意識し、それを文学的に様式化したから現代の叙事詩たりうると解釈できるかどうか (Em, 187ff.)、むしろ現代においては、このような超越的統一的掟が不在であるという精神的虚空を、文学的に様式化したからこそ、そしてそこに自分たちの生の根源的状況を見いだせるからこそ、カフカが現代の神話たりうるのではないかという解釈は、とくにキリスト教やイスラム教の一神教のない日本人になじめるのではなかろうか。

（5）カフカ小説に特徴的なもう一つの特性、主人公Kの無名性、記号性とは何か――一つには、工業化社会、大衆社会における人間の機械化、部品化、原子化、記号化をあらわすとも読めるのではなかろうか。Kという主人公は他の誰とでも代わりうる。機械の部品のように置換可能である。ハイデガーのいわゆる人間の世人（man）化、非人称代名詞化、無人称的生、砂のような大衆の一粒子である。人間の自己疎外現象の極限である。

個々を結びつけた中心的関係点である〈内面〉〈自我〉〈私〉の象徴性、代表性、典型性に疑問符が投げつけられたのなら、それに代わり、現代の人間を関係づけるものは、ハイセンビュテルのいうように、記号、略号、数量化された統計数字という外的標識であろうか。管理登録社会における背番号である。コンピューター登録記号である。人間の物象化はアウシュヴィッツにおいて極限に達する。

しかし他方、この無名性の代名詞たるKは、逆にいえば、個を抜け出して、だれしもそこに自己を見出すことのできるような構造的モデル、つまり、すべての多様な人間存在の原型にあたる神話的モデル、ユングやフロイトの古代祖型とみることもできるだろう。いなむしろ神話的母型、歌舞伎の襲名のような同一名、能の仮面、つまり超個人的超時代的な原型に、個人が解消していくことも意味しうるだろう。『ユリシーズ』や『ヨセフ』四部作とは違った意味で、しかし共通にたとえば『城』や『審判』を〈二〇世紀の新しい神話〉とみることも可能であろう。カフカ文学を、現実の地殻変動に伴う人間存在の新しい存在様式のモデル化、さらにいえば、人間存在の深淵的謎の象形文字と読むことは、一つの正当なカフカ受容かもしれない。

（6）時間の問題――

拘束力ある規範的秩序の崩壊、因果律の認識カテゴリーへの不信は、何よりも時計の針を折る。物理的継起的因果律的外的時間に対する、内的時間の発見である。同時性（Simultaneität）、静止せる現在（nunc stans）、永劫回帰、円還的神話的時間、いな無時間（Zeitlosigkeit）への回帰である。「時間は幻想であり、因果と連続のなかでの時間の経緯は、われわれの感覚の仕組みの産物にすぎず、事物の存在の真相は静止する今である」（III, 756f.）と説く中世思想への回帰である。

伝統的時間概念の破壊は、小説の生命である、時間の継起による起承転結の筋の展開、主人公の生成発展、それ自身まとまった意味連関をもつ物語空間の構築、統一的文体、統一的視点、統一的語り手の存在を破産させる。代わりに、筋の前後、時間的跳躍、脈絡のない出来事の同時的混在、過去の想起、意識の流れの同時的描写、筋の語りの突然の中断とエッセイ的なものの混入、既存の文脈から剝ぎ取られた引用などが現代小説を構成する。トルストイやモーパッサンの、ある時代ある社会に生きる、ある家族ある主人公たちの一生の時間的変化生成の物語は、ダブリンの一日、魔の山の七日も七週間も七ヶ月も同じような七年、いな七時間とも七分とも七秒ともいえる、内的時間に収縮する。過去でも未来でもなく、今、ここの、永劫回帰せる〈静止せる現在〉（nunc stans）を透かして、神話的世界がほの見える。ギュンター・ミュラーのいう〈物語時間〉（Erzählzeit）と「物語られた時間」（erzählte Zeit）、つまり、ある物語を物語るのに必要な時間と物語られた物語の時間との関係が、物語芸術の基本的〈時間構造〉（Zeitgerüst）だとすれば[51]、この関係にも均一平衡な継起的叙述に代わり、静止せる今という内的時間叙述に、物語り時間が集中する不均衡が、現代小説を構成する。

たとえば『魔の山』は二重の意味で〈時間〉小説である。一つには、歴史的な意味での一つの時代の精神像を、二つには、純粋な時間そのものを、小説の対象とするからである。時間は、生命あるものとその社会に、変化を時熟させながら、過去・現在・未来と継起的に進む、動的物理的歴史的な時間であると同時に、経験世界の認識カテゴリー形式にすぎぬ時間空間が消滅し、〈静止せる今〉が永劫に円還的に回帰する静的内的神話的無時間でもある。

従来の規範的認識カテゴリーのもはや通用しない現代では、詩人は自己の内面の、意識の流れを追い、意識の深層に降り、やがては時間の針の落ちる同時的現在たる人間存在の始源的世界、神話世界に至る。西欧三千年の歴史が生んだ人間の営み、その価値と意味の崩壊せる瓦礫のなかから、時間の変化作用、浸食力によっても無化しない神話的祖型、人間存在の始源モデルを求め詩作せんとしたのが、『ヨセフ』四部作であろう。

以上のようにみれば、マンやカフカを中心とする現代ドイツ文学の一つの核に、ミュトスとロゴス、神話と理性という問題が析出されてくる。マンの言葉でいえば〈神話と心理学〉〈神話とイロニー〉という座標である。

3　モデルネの神話

「『ユリシーズ』(*Ulysses*, 1922) は元来〈すべての小説を終わらせる〉小説である。それは『魔の山』にも『ファウストゥス博士』にも通ずる。これは私自身の問いにぴったり相応している。すなわち小説の領域では今日なお顧慮できるのはただ、あたかももはや小説ではないものであるかのようだという観を呈しているのではないか、という問いである。しかしもしかするとするといつもそうだったのだ」(トーマス・マン、XI, 205)。

現代小説が、伝統の小説形式を破壊し、小説が小説でなくなる要素、自己否定する要因により成り立っているという逆説。これはしかしマンのいうようにいつもくり返される芸術全般の根源的生命なのかもしれない。物語芸術において問題なのは、つねに、各時代における人間存在の実相を全的に物語るには、いかなる形式が最適なのかということであろう。

現代小説の六つの諸相——

第一に、それ自身まとまった、もっともらしい、仮構の、一貫せる筋の破壊。エッセイ的批評的なものへの傾斜。小説の哲学的主知主義的認識への接近。仮構と現実の両方をあばくイロニー。

第二に、全能の語り手の消滅。特定の一視点、または複眼化した視点からの語り。

第三に、言葉と物、記号と意味の剝離、象徴的意味の喪失。物言わぬ物の反乱。新しい言葉と物の意味関連の創出。

第四に、人間の行動動機の心理主義的説明とその廃棄。内面告白から外的人間把握へ。現代の寓話。現実のモデルとしての夢、幻覚世界。

第五に、主人公の無名性、記号性、交換可能性、非人称代名詞化、自己疎外性と、神話的構造的モデル化。

第六に、物理的継起的時間に対する内的神話的無時間の発見。静止せる今における神話的母型の反復。物語り時間と物語られる時間の不均衡。——


以上六点に要約した諸特性は、現代小説を構成する要素であるばかりでなく、現代に生きるわれわれ自身の存在様式の特性、われわれの現実把握のパースペクティブの特性にほかならないといってもよいのではなかろうか。文学とは「自己の状況と世界を認識し、自己の方位づけをし、自己を新しく定義づける人間能力」の一つと、ハイセンビュテルは言った(Heißenbüttel, 184)。カフカの昨日はまだ違和感を与えた〈幻覚〉(Halluzination)言語世界が、今日はわれわれ共通の裸の現実であることが認識されだした今日的状況を想起すれば、見慣れたものを見慣れなくする現代芸術の〈異化作用〉(Verfremdung—ブレヒト)ともいうべき、実験的な、形式破壊の、なお不可解なものが混在する夢のごとき幻視世界も、われわれの生きる怪物じみた異常な現実を解く鍵かもしれない。

したがって、現代小説が自己を否定する要素を自己の構成原理としているという逆説は、まさしく、新しい現実の新しい人間の生を捉えるには、在来の認識カテゴリーでは不十分不可能であり、従来の価値規範がその拘束力ある一般妥当性を失っているという現代の生の状況を、逆照射しているともいえる。かかる状況における人間の存在様式を、作家たちはつねに鋭敏な地震計のように感知し、予言者のように暗示している。小説＝叙事詩的なものは、いな芸術一般は、多くの人の意識にまだのぼらぬ不可視なものを認識し、それにふさわしい形式により造形化することで、可視的なものにしてきた、時代の鏡であるともいえるだろう。

ただたんなる鏡でなく、人間の生のモデルを呈示すること。人間の生の焦点であること。ベーダ・アレマンのいうように、現実を一つのモデルに昇華し、そのモデルが現実の鏡像的ミメシスであるばかりでなく、そのモデルにより現実が把握できるような母型を形象化すること。[52] できればそこにかってあり、今もあり、これからもあるであろう人間の生の変わらぬ原型、超時代的無時間的祖型、つまり神話モデルを創出すること。それは生の本質の形象化であるゆえに、現実への厳しい批判と化すことも少なくない。神話は鋳造された静的モデルではなく、エルンスト・ブロッホのいうように、未来のユートピアへと現在も発酵し続けている可能態なのだ。もう意識されなくなったものをまだ意識されていないものに接合すること。神話とは人間の始源的存在様式が言語として定着されたモデルの集積であるからこそ、現代にも生きる生命をもつのであろう。その意味ではF・シュレーゲルのいわゆる〈新しい神話〉創造こそ、叙事詩的なもの、すなわち小説の不変の課題であろう。

既存の神話を現代の知性主義、心理学と批評とイロニーで掘り起こし、分析し、解釈し、原型の破壊、変型、パロディーを通じて、人間の始源的なものを洗い出し、静止せる今の内的時間の追求により、無時間の神話的生の原型を創り出そうとするマンやブロッホなどの努力、歴史伝統の廃墟に散らばる意味喪失の言葉や物の瓦礫を拾い集め、新しい現代の意味連関を創り出そうとする詩人たち、現実の謎のような迷路そのものの写し絵、〈人間存在そのものの詩的象形文字〉(Emrich, 125) たろうとするカフカの幻視的寓話、などに代表される二〇世紀前半のドイツ現代小説も、結局は、文学の始源にしてかつ不変の使命たる〈神話〉の創造、現代の神話、人間存在一般の〈モデル〉の創造ではないだろうか、ということをもって序論の結語としたい。

註

（＊　以下 Frankfurt am Main は FaM とする。＝は省略を表す，例えば Hegel＝H, Adorno＝A, Creuzer＝C など）

（1）Hegel：*Vorlesungen über Ästhetik*. In：*G.W.F.Hegels Werke in 20 Bänden*（＝H）, ed. von E.Moldenhauer u. K. M.Michel. Suhrkamp FaM 1970ff. Bd.13, 14, 15.

（2）Th.W.Adorno：*Gesammelte Schriften in 20 Bänden*. Suhrkamp：FaM 1970ff.（＝A）

（3）G.Friedrich Creuzer：*Symbolik und Mytholigie der alten Völker, besonders der Griechen*.（Leipzig 1819）Arno Press New York 1978 Vol I.（＝C）

（4）Martin Heidegger：*Der Satz vom Grund*. Neske Pfullingen 1957, S. 175ff. なお本書第三章第四節，根拠としての自然とロゴス，参照。

（5）Friedrich Schlegel：*Kritische Friedrich-Schlegel-Ausgabe II*.（＝KA.）Schöningen Paderborn 1967

（5′）Manfred Lurker：*Symbol, Mythos und Legende in der Kunst*. Valentin Koerner Baden-Baden 1884². S.16ff./ Walter F. Otto：*Theophania. Der Geist der alt-griechischen Religion*. Klostermann FaM 1975. passim.

（6）本書第一章第八節，希望の原理としての神話（エルンスト・ブロッホ），七〇ページ参照。

（7）Griechisch-Deutsch. Langenscheidts Grosswörterbuch I. 24 Aufl. 1981, S.210

（8）Norman Knox：*Die Bedeutung von „Ironie“：Einführung und Zusammenfassung*. In：*Ironie als literarisches Phänomen*（＝IalP）. Hrsg. von Hans Egon Haas, Gustav-Adolf Mohrlüder. Köln：Kiepenhauer & Witsch 1973, S.21f.

（9）Aristoteles：*Nikomachische Ethik*. Übersetzt von Eugen Rolfes, hrsg. von Günther Bien. Hamburg：Meiner 1972. S.94ff. アリストテレス『ニコマコス倫理学』上下，高田三郎訳，岩波書店，昭和四六年，四八年。上の一六〇頁以下。

（10）Martin Walser：*Selbstbewußtsein und Ironie. Frankfurter Vorlesungen*. FaM：Suhrkamp 1981. マルティーン・ヴァルザー『自己意識とイロニー』洲崎惠三訳，法政大学出版局 一九九七年。S.155ff.

（11）cf. Tsunekazu MURATA：*Thomas Mann in Japan — eine bibliographische Skizze*. In：*Die Deutsche Literatur 24*, Tokyo 1960, S.48 ff. / *Thomas Mann in Japan*. In：TM75.

（12）渡辺一夫『五つの証言』高志書房 一九四六年

(13) 前田敬作、山口知三訳『非政治的人間の考察』筑摩書房 一九七一年／脇圭平『知識人と政治。ドイツ一九一四—一九三三』岩波新書 一九七三年

(14) 三島由紀夫『小説家の休暇』、三島由紀夫全集（新潮社版全三七巻）一九七五年、第二七巻一八三頁以下

(15) 丸山真男『日本の思想』岩波新書 一九六一年、passim.

(16) 加藤周一『日本文化の雑種性』「思想」（岩波書店）一九五五年、passim.

(17) 三島由紀夫『ある寓話』全集第二七巻、三三一頁

(18) 同『芸術にエロスは必要か』第二七巻十六頁以下『小説家の休暇』八八、一六七頁『ボクシングと小説』三九〇頁、『美について』第二五巻二七八頁

(19) 同『私が魅せられたるもの』二三三頁『自己改造の試み—重い文体と鷗外への傾倒』第二七巻、二八五頁

(20) 辻邦生『トーマス・マン』岩波書店 一九八三年、三五頁以下

(21) 同『小説への序章—神々の死後に』辻邦生作品全六巻、河出書房新社 一九七三年、第六巻、一八四頁以下

(22) 北杜夫『若き日と文学と—北杜夫、辻邦生対談集』中央公論社 一九七四年、94ff, 101ff.／『灰色の石に座りて—辻邦生との対談』一九七四年、passim. 参照。

(23) 斉藤茂吉全集全三六巻、岩波書店 一九七三年、第九巻八〇四頁／唐木順三『日本人の心の歴史』唐木順三全集、筑摩書房 一九八一年、第一四巻七二頁参照。

(24) 高橋義孝『近代芸術観の成立』新潮社 一九六五年参照。

(25) 同「能の美学的考察」『芸術文学論集』東京創元社 一九五〇年、八二三頁

(26) 道元『正法眼蔵』「日本思想体系」「道元」、岩波書店 一九七四年、三六頁

(27) Vgl. Christiane Langer-Kaneko: *Das Reine Land – Zur Begegnung von Amida-Buddhismus und Christentum*, Leiden 1986, S.63ff.

(28) 松尾芭蕉『笈の小文』

(29) 唐木順三『自然について』全集第九巻 一九六八年、二一九頁以下参照。

(30) Beda Allemann: *Ironie und Dichtung*. Neske Pfullingen 1956, S.137f.

(31) Walter Jens: *Statt einer Literaturgeschichte*. Pfullingen: Neske 1957/1962

(32) Wilhelm Emrich : *Protest und Verheißung*. FaM : Athenäum 1968^{3} (=Em)

—— : Franz Kafka. FaM : Athenäum 1970^{7}

(33) cf. Emil Staiger : *Grundbegriff der Poetik*. Zürich : Atlantis 1963

(34) Helmut Heißenbüttel : *Über Literatur*. München : dtv. sr. 84 1970, S.161 (=Heiß)

(35) cf. Hermann Broch : *Die Schuldlosen*. Zürich : Rhein 1950^{4}, S.359ff. (=Bro) /Georg Lukács : *Die Theorie des Romans*. Neuwied : Luchterhand 1971

(36) cf. Karl Jaspers : *Die geistige Situation der Zeit* (1935). Berlin ; Gruyter 1960^{5}, S.77, 115, passim.

(37) cf. Hans Mayer : *Thomas Mann „Doktor Faustus" : Roman einer Endzeit und Endzeit des Romans*. In : *Von Lessing bis Thomas Mann*. Pfullingen : Neske 1959, S.383f.

(38) Max Frisch : *Tagebuch 1946-1949*. FaM : Suhrkamp 1950, S.119

(39) Alfred Döblin : *Berlin Alexander Platz. Die Geschichte vom Frary Biberkopf.* In : *Ausgewälte Werke in Einzelbänden Walter Verlag*, Olten

(40) cf. Walter Jens : *Mythos und Logos*. In : *Statt einer Literaturgeschichte*. S.7ff.

(41) J.W.von Goethe : *Werke in 14 Bänden. Hamburger Ausgabe*. Hamburg 1948/60, XII, 251f.

(42) cf. Wolfgang Kaiser : *Entstehung und Krise des modernen Romans*. Stuttgart : Metzler 1954^{5}, S.26

(43) cf. Käte Hamuburger : *Logik der Dichtung*. Stuttgart : Klett 1977^{3}

(44) cf. Hermann Broch : *James Joyce und die Gegenwart* (1936). In : *Schriften zur Literatur I*, FaM : Suhrkamp 1975

(45) Ernst Bloch : *Erbschaft dieser Zeit*. Erweiterte Ausgabe. FaM : Suhrkamp 1962 (=B : EZ) S.260 / *Geist der Utopie*. FaM : stw 35 1973, S.237ff.

(46) Rainer Maria Rilke : *Die Aufzeichnungen des Malte Laurids Brigge*. Wiesbaden : Insel 1951, S.64

(47) Franz Kafka : *Die Beschreibung eines Kampfes*. In : *Sämtliche Erzählungen*. Hrsg. von Paul Raabe. FaM : S. Fischer 1970, S.75ff.

(48) Wilhelm Emrich : *Franz Kafka*. FaM : Athenäum 1970^{7}, S.75ff.

(49) Erich Heller : *Der ironische Deutsche.* FaM 1959, S.194ff.
(50) Fritz Martini : *Wandlungen und Formen des gegenwärtigen Romans.* In : Der Deutschunterricht 3, 1951, S.5ff.
(51) Günther Müller : *Morphologische Poetik.* Tübingen : Niemeyer 1968, S.269ff.
(52) Beda Allemann : *Experiment und Erfahrungen in der Gegenwartsliteratur.* Goslar 1963, S.27ff.

第Ⅰ部　神　話（Mythos）

第一章　nunc stans（静止セル現在）と神話

第一節　サント＝ヴィクトアール山、ペーター・ハントケのnunc stans

〈nunc stans〉とは、立チ止マレル今、静止セル現在、永遠なる瞬間である。

ポール・セザンヌ（Paul Cézanne 一八三九―一九〇六）のréalisation（現実化、現前、現成）を追ってペーター・ハントケは、サント＝ヴィクトアール連山を見渡す丘の上で、「静止セル今」を感得する。

ボヘミアの鄙びた村の家の、石を積み上げた塀から一個の石が欠落すると、同じ石がまたはめこまれる。「ある家にはその家特有の色がある」。アーダルベルト・シュティフターの『水晶』にハントケは、時間が止まって永遠の反復が示現しているのを読む(1)。

ミストラールの収まった冬の日、プロヴァンスの海辺に立つパラソル松のそばを、ハントケは妻と共に通り過ぎる。するとそのとき「道と樹々と共に、世界が開かれていた。世界は堅固ですべてを支え、生む大地であった。時間は永遠にそして毎日止まっている。開けたものは、くり返し私自身でもありうる。私は閉じたものを投げ捨てうる。私はたじろがず外の世界（色と形式）のなかに全く心安らかにいるべきなのだ」（P, 23f.）。

これは「渓声便是広長舌、山色無非清浄身（渓声は仏の声色、山色は佛の御姿）」、蘇東坡の悟道の時節因縁により、渓声山色に現成公按を見る『正法眼蔵』の nunc stans に通ずると、論者は考える。閉じた小我を捨て、開いた天地に安らう。「自己を忘るるといふは、万法に証せらるるなり。万法に証せらるるといふは、自己の心身、および他己の心身をして脱落せしむるなり(2)」。

林檎、岸辺、人の顔、レスタックの海、サント＝ヴィクトアール山。セザンヌにとり唯一の問題は、無垢の現世の事物のレアリザシオーン（現前化）である、とハントケは言う。「すると現実のものは、獲得された形式であった。歴史の変転浮沈への消失を嘆き悲しむのではなく、平穏な存在をふたたび与える形式である。芸術において重要なことはこのこと以外にはない」(P, 21)。

静止、反復せる永遠の今を現成せる芸術形式である。逆にいえば、芸術作品のなかに現成せる永遠の現在である。「生成変転に存在静止の性格を刻印することこそ、力への最高の意志なのだ(3)」。ニーチェの力への意志としての芸術論も、リルケやメルロ＝ポンティーのセザンヌ論も、永遠の今の現成という一点に収斂するだろう。

そのとき見る者と見られる物とは一致している。私も山を見るが、山も私を見る。サント＝ヴィクトアール山はセザンヌの画布に色と形式となって現成する。ハイデガーの言葉でいえば、自然（φύσις）は自ら被覆を取り明るみに現成して作品となり真理（ἀλήθεια）となる。メルロ＝ポンティの言葉でいえば、外なるものの内在であり、内なるものの外在（le dedans du dehors et le dehors du dedans）(4)である。主客同一、意識と無意識の一体化である。

一九〇七年妻クララ宛ての所謂『セザンヌ書簡』でリルケは言う。「セザンヌの仕事は、ごまかしようのない〈存在者〉を色彩の内実に集計することです。〈存在者〉たちが、色彩の彼岸で、古い記憶なしに、新しい実存を始めるように(5)」。セザンヌの林檎は、ただ物としてのレアリテに深まり、不壊の単純さに徹している。芸術の〈見る〉という行為は、癩病患者と床を一つにするような、事物への沈潜、無私という、苦痛を伴う自己克服でなければ、物の潔癖な即物性の現成はない。

山は画家を見つめ語りかける。山は画家の意識のうちにある。画家は無私の眼で見たままを描く。己の視覚に映じた色と形式としての山を画く。そのとき画家の眼は、ショーペンハウアーの言う、意志のない客観的な純粋な世界眼となっているだろう。

ケーテ・ハンブルガー（Käte Hamburger）によれば、セザンヌやリルケが見るのは、物、存在者の本質、エイドス（εἶδος）である。[6] フサル（Edmond Husserl）のいわゆる現象学的還元とエポケー（ἐποχή 判断中止）による本質直観である。事象そのものでもある意識内在を具象化すること、視覚に直観された物の本質、エイドスを事物詩と化すこと、物のイデアをオリジナルに構成的に現成化すること。「私は見入るということが好きです。たとえば一匹の犬を、過ぎ去るままに見入ること。見抜くということではなく、そこから犬が犬であるその中心点でまさに犬のなかに自己を没入すること。私の最大の感情、私の世界感情は、くり返しかかる見入るということ、つまりこの神のように見入るという深い無時間的永遠の瞬間にある」[7]。リルケの nunc stans であり、現象学的還元、エポケーによる本質直観、超越論的脱自的純粋認識である。

意識とは何かについての意識（意識の志向性）である。νόησις と νόημα、知覚することと知覚されること、判断することと判断されること、世界意識と世界の間には超越論的相関関係がある。時間を超えた静止せるこの今に、ノエシスとノエマ、意識と無意識、超越と内在の融合一致が示現する。

「nunc fluens（流れる今）が時間を作り、nunc stans（止まれる今）が永遠を作る」。ボエティウス（Boethius）の言に従い、トマス・アクィナス（St. Thomas Aquinas）は、時間を、運動における先と後、始と終の計量のうちに成り立ち、永遠を、始と終もない無限、継起のない全体同時存在を分け、神の永遠、不変、遍在、完全性を説く。[8]

すなわち nunc stans と nunc fluens とは、永遠（aeternitas）と時間（tempus）、無限と有限、持続と消滅、不変と可変、本来的有と非有、それ自身形態なき者とそのつどの形態、すなわち存在と存在者という対比と取るのが、スコラ哲学など一般概念である。しかし、とハイデガーは言う。ギリシアでは両者の対比は「永遠性」と「時間性」の差異ではなく、現前、現成（anwesen）するかしないかという点にある。「本来的に存在するものは、それ自身から現前し、それゆえそのつどすでに前にあるもの（第一ヒュポケイメノン τὸ ὑποκείμενον）として出会われるが、本来的に存在しないものは、すでに前にあるものという根拠の上にのみ現前するゆえに、時には現前し、時には不現前する」[9]という点にその差異がある。アリストテレスによれば、この第一基体こそピュシス（φύσις 自然）である。この世に有るものすべての基体、始源、ウーシア（οὐσία）である。存在者を存在者たらしめる原因、原初（ἀρχή）、すなわち存在である。存在としての自然とは、自ら然か成るもの（das von sich Aufgehen）、すなわち野の薔薇のように自ら芽生え花咲くものである。しかしまた花開くと共に花閉じ、自ら母なる大地に身を隠していく。自ら身を現すと共に、身を隠すというありかた。明と暗、開と閉、露と覆の交差のうちに、自然、存在、真理は示現、現前、現成する。

自然とはかくして現前、現成である。「ピュシスとは初期ギリシア人が自ずから立ち現れて行きわたっている現前性（Anwesenheit）という意味での存在そのものを言い表した根元の言葉である」[10]。たんに目前にあるとか持続するとかいうものではなく、閉じ隠れているものが自らヴェールを取り、開けた明るみに成り出るという意味での現前、語源の意味での真理（ἀλήθεια = Unverborgenheit 非被覆性）の現前である。

開けた明るみに立ち現れたピュシス、ザイン、アレーテイアは、見られるエイドス（εἶδος 形相）としてのモルペー（μορφή 形態）であるが、見ることにより見られるものに成るというものではなく、むしろ見ることに見うるものを与えるもの、それ自身が自ら見相（Aussehen）を与えるから見られうるような形相（エイドス）、イデアである。たとえば山という存在者が、その本来の本質において芸術作品の見相のうちに現前するとき、つまり山が自らをかかる見相のうちに立てることで、山が存在するとき初めて、画布の山は自然だ、ということができる[11]。存在者の存在の自己顕現、自然という真理の現前化こそ芸術作品である。セザンヌという孤高の自我を貫いて自らを顕わにしたサント＝ヴィクトアール山という自然の現成の美しさ、山と我との溶融、ハントケの nunc stans とはそういう意味もあったのではなかろうか。

第二節　『魔の山』の時間と無時間

一九三九年五月トーマス・マンはプリンストン大学の学生を前に言う。『魔の山』は二重の意味で「時」の小説である。一つは、大戦前の西欧を描出するという意味で歴史的な、時代小説である。他は、純粋な時自体を対象とする時間小説である。それは主人公に錬金術的魔法をかけて時間の超越、つまり無時間、永遠へと導いていくイニシエーション・ロマンであるばかりではない。「この小説は、その音楽的・理念的世界全体に、どの瞬間も完全な現在（Präsenz）を与え、魔術的な nunc stans を現出させる試み、この小説の芸術的手段によって、時間の止揚を目指している」（XI, 611f.）。マンの小説芸術手法とは、周知のとおりヴァーグナーの顰みに倣うライトモチーフである。「この主導楽音は、物語の前も後も暗示する魔術的決まり文句によって、作品の内的全体にどの瞬間にも現在を与えようとする手段」（XI, 603）であり、これにより時間の揚棄、静止を目指す。ライトモチーフ技法は写実的なものを象徴的なものにまで高め、現実の背後に理念を透視させることによって、現実を象徴化する。

『魔の山』の nunc stans は、第一に、いかなる瞬間にも現在を現出するという芸術手法主導楽音にかかわり、第二に、時間の止揚、超越、永遠、永劫回帰、同一なるものの反復、母型、すなわち神話にかかわる。

哲学的時間小説というより、時間の心理学だ。計量されうる物理的時間と伸縮する心理的時間、時計の針と意識の針、外的表層時間と内的深層時間といった時間の二重光学は、健康な市民社会と病気の魔の山の対立に象徴される。市民時間は、活動、変化、生起、一回性、進歩であるが、魔の山時間は、無為、単調、静止、反復、循環を意味する。生者には死に至る有限の時間しかないが、死者には無限の時間がある。裏返せば、無時間であり、永遠に静止せる時間しかない(12)。

心理的時間は時計の針が落ち伸縮する。「空虚さと単調さはなるほど瞬間と時間を引き延ばし退屈にさせるかもしれないが、しかしさらに巨大な時間量はそれを短縮しついには無にまで飛散させてしまう」(III, 149)。「まだとまたとが眩暈がするほど区別できないこと、まだとまたとの混合と消失が無時間の常にと永遠にを生み出すのだ」(753)。かかる nunc stans は毎日同時刻に同様に運ばれてくる〈永遠のスープ〉に象徴される。「君に存在の真の形式として露わになるものは、延長のない現在であり、そのなかで永遠にスープが君に運ばれてくるのだ……君は眩暈がするだろう。時間の形式がぼやけてしまうのだ」(263)。

洗礼盤の裏側に刻まれた父祖の名を呼ぶ Ur (曾) という祖父の声が孫カストルプには「墓と時の埋没の暗い音」に聞こえたが、同時に現在の生との繋がりを意味する聖なる音で、進行と同時に静止、変化しながらの停滞、眩暈のする一様性と回帰の感情、半ば夢、半ば不安を呼び醒ます感情に襲われる (36ff.)。空と海の水平線で融合する海辺を散歩し、一面白雪の虚無を円環的に彷徨する者にとり、時空は消えてしまう。先も後も、始めも終りもない、継起も変化もない、同一の反復、永遠のスープ、静止せる今、永遠の現在であるからである。「時間とは錯覚なり。その原因と結果の推移とは我々の感覚の装置の成果にすぎずして、事物の真の存在とは静止セル今 (ein stehendes Jetzt) なり」(757)。

『魔の山』の時間論は、中世スコラ哲学やカントやベルグソンの時間論というより、かくしてニーチェの同一なるものの繰り返し、永劫回帰説、ショーペンハウアーの意志と表象の世界、就中その nunc stans 論に収斂する。

第三節　ショーペンハウアーの nunc stans

「世界の本質は変わらず nunc stans のなかにあり、堅く動かない。現象や出来事という変化は、時間という我々の直観形式により我々が把握したその表象のたんなる結果にすぎない[13]」。時間、空間、因果性はカントによれば人間の認識形式である。この三根拠律より成る表象としての世界の基体は、ショーペンハウアーによれば生きんとする盲目の衝動、すなわち生への意志である。マーヤのヴェールに覆われた現象ではなくイデア、個々の偶有ではなく唯一の実体、個々の物ではなく物自体たる意志は、逆にいえば、時間、空間、因果性に制約されない。つまり永遠、無限、無根拠である。

意志の現象形式、すなわち生や現実の形式は、ただ現在だけであり、過去でも未来でもない。現在のみが生の唯一の確実な所有物である。現在は、経験的にみれば、あらゆるもののうち最も移ろいやすいものであるが、形而上学的にみれば、ただ唯一不変持続するもの、すなわち nunc stans (das beharrende Jetzt) として己れを提示する。「時間とは永遠の動く影 (Plotinos) にすぎず、あるのは永遠の今 (nunc stans) だけである」(S. II, 618)。時間は無限に回転する輪のようなものだ。絶えず下る半分は過去、上るのは未来。時の車輪の軸は現在である。また時間を止むことのない河の流れと例えれば、現在は流れが当たって砕けるが、流れにさらわれることのない岩である。生の流れにとり現在のみ岩のように堅く確実なのだ。現在の素材は、生への意志である。我々こそ生への意志にほかならない。すなわちこの私こそ現在の主、nunc stans の実体なのだ (Vgl. I, 384ff.)。

「永遠とは、始めも終わりもない時間の継起ではなく、持続する今 (ein beharrendes Jetzt) である。ということは、アダムにとっての今であったのと同じ今を我々は所有している。つまり、今と当時の間に何の差異もない」(I, 387)。ホッブズ『リヴァイアサン』を引用した第四部五四章の補説が、トーマス・ブデンブロークを震撼せしめた補巻第四一章の『死および死と我々の本質の不壊性との関係について』である。

すなわち、有限生死、生成消滅するのは、個体化の原理による現象の個だけであって、種属(species)の生への意志そのものは、無時間無限たるゆえに不老不死である。死とは、痛ましい迷妄からの回帰、重大な過誤の訂正、厭わしい束縛からの解放なのだ。個という肉体の牢獄の格子窓から囲繞せる現象世界を絶望的に眺める私を、死が初めてイデアであるスペキエスの意志という故郷に連れ帰る。「私が死んだら、どこにいるのだろうか。いつも私と過去言い、現在言い、未来も言うであろうすべての人のなかに。特に明朗快活に私と言う者のなかに私はいるだろう」(I, 657)。私はつねに私だ。アダムの私も、今の私も、未来の私も、同一の私の反復。アダムの今も、今の今も、未来の今も、同一の今の反復。あるのは不滅の生への意志であり、それは nunc stans に示現する。

死によっても不壊の、不変同一の生への意志、その類的客観化たる種のイデア。古代類型、生の母型、無意識の原型こそ神話である。『魔の山』の時間論はかくして、静止セル今、永遠の現在、同一なるものの永劫回帰、私という生への意志の持続、生の祖型の反復再生という神話論へと収斂していく。

「人の一生のなかでも若年時は個人的市民的物語、老年時は典型的普遍的神話へと関心が移行する」[14]とマンは言うが、『魔の山』こそその転換点に立つ。出版年一九二五年、五〇歳。『魔の山』は現世と冥府、生と死の境界であると同時に、歴史と神話、現実と永遠の境界でもある。「現実の神話化」(『ヴェネツィアに死す』)が「神話の現実化」(Verwirklichung des Mythos)[15](『ヨセフとその兄弟たち』)へ移行する転換点でもあった。時代小説という視点からみれば、第一次大戦からヴァイマル共和国を経てナチス時代への西欧就中ドイツの歴史の激動期であり、マン個人からいえば、『非政治的人間の考察』(以下『考察』一九一九)から『ドイツ共和国について』(一九二二)への「転向」、

『リヒアルト・ヴァーグナーの苦悩と偉大』（一九三三）講演をきっかけとする意図せざる亡命、ナチスとの対決という苦悩期である。『魔の山』から『ヨセフ』四部作まで、マン五一歳から六七歳まで、一九二六年から四二年までの「神話」観も、ロマン主義と啓蒙主義、死に傾斜する暗闇の意志衝動と生を渇仰する光明の理性との間の、時代思潮との血塗られた対決のなかで生まれてきたことを見過ごすわけにはいかない。

第四節　祖型、祝祭、心理学としての神話

トーマス・マンの神話観のポイントは三つある。

（1）神話は生の祖型（Archetyp）である——

「人間の魂の基底は同時に原初時代である。そこは神話の故郷である。生の原型が基礎をもつ、いわば時間の泉の深淵である。けだし神話とは生の根拠、無時間の図式である。生が無意識からその諸特性を再生しつつ入り込んでいく敬虔な祖型である」（IX, 493）。神話とは、人間の生の原型、原初に形成され時間を超越して永遠に回帰する典型であるというマンの神話観は、ゲーテの典型直観、フロイト、ユングの古代類型、バハオーフェンの母権制、ベルトラムのニーチェ神話、ケレーニイの神話学、ミリシュコフスキイ、イェレミーアス、ダケー等のさまざまな要素が混在しているが[16]、その土台は何といってもショーペンハウアーの意志と表象の世界二重構造解釈であり、その nunc stans 論である。

世界の根拠は、生への意志であるが、時間も空間も分からない。時間、空間は人間の認識悟性のカテゴリーとい

う形式にすぎない。存在するのは現在だけであり、過去や未来は概念のなかにしかない。質量たる生への意志にとり、生は終わりなく、生の唯一の存在形態が現在であるとすれば、現在は永遠である。個体化の原理によるイデアの現象たる有限の個が、流れる時間のなかでいかに生成消滅しようとも、イデアたる種（スペキエス）は永遠の現在に無限に生き続ける。各々のイデアとは各々の現象事物の不変の形相（エイドス）であり、時空を超越し生成消滅のない同一の原像である。

静止セル現在に永劫回帰し、再生反復される、始源的生の母型こそ、マンの神話である。意志の遍在、不壊性は、「輪廻」（Metempsychose）として立チ止マレル今に転生、再生する。ショーペンハウアーによればかかる生の秘儀、時間の神秘は、概念範疇の制約によっては把握しえず、民族宗教において神話的にのみ伝達される。輪廻の形象で神話は nunc stans の秘密（死と再生、同一の生命の永劫回帰）を一般民衆に教える。[17] 時空を超えたイデアの母型は、時空に制約された神話に、nunc stans となって示現再生反復される。これがマンの祖型としての神話である。

（2）祝祭的反復。祖型のまねびとしての生——

一九二六年マンはヨセフ四部作の序曲『地獄下り』で言う。「いつでも、これは神秘の言葉だ。神秘には時間がない。無時間永遠の形式はいまとここだ」（IV, 31）。「神秘の本質は無時間の現在であり続ける。それが儀式、祝祭の意味だ」（32）。「我々は死ぬことにより時間を失うが、その代わり永遠と遍在、つまり生命を得る。けだし生の本質は現在にあり、この秘密は神話という形態でだけ、過去と未来形で表現される。これはいわば、生の神秘の自己啓示の民衆的形態である」（53）。「民衆の言い回しがこうあったという過去形であっても、それは現在でもあり、未来でもある。神話は神秘の衣装にすぎないが、神秘の晴れ着は反復される祝祭であって、時称を覆い、民衆の感覚に対し過去と未来を現在化する……物語という祝祭よ、君は生の神秘の晴れ着である。というのは君が民衆に無時間永遠を作り出し、神話を呼び出し、神話がそのまま現在に演じられるようにするからだ」(54)。(傍点筆者) 祝祭の祭司が詩人である。神話物語は年々めぐる祝祭のように、無時間の生の母型を、つねなる現在に再肉体化蘇生させる。生の神秘の祝祭であり、その晴れ着なのだ。神秘の意味するところは、いまここに現前することにより、意味と存在とが一体化することである。過去生きたヨセフはいまここに生きる。ヨセフのようにではなく、私がヨセフなのだ。

現在の生を原型（Prototyp）と一体化すること。原型の意識的模倣、変奏的演技。つまり「神話的同一化」(unio mystica）である。日本芸能の襲名もその一種かもしれない。「個人存立の課題は、所与の形式、父祖より基礎づけられた神話的図式を、現在で充たし再び肉体化することである」(IV, 127)。

父祖の生の祖型を、血と肉で現在の生に再生再演することで、自己を正当化し、現在の生のアイデンティティーを見出すこと。「生きられた生」「生きられた神話」「引用の生」である。かつて生きられた神話的祖型のまねび、先人の踏跡、幼児の超自我たる父親模倣は、周知のようにマンのイミタティオ・ゲーテとなる。

生の神秘・秘儀に関していえば、それは生への意志の遍在だと、マンもニーチェもみる。ニーチェは『悲劇の誕生』第一〇章で、ギリシア悲劇の主人公はすべてディオニューソス神話の変奏であり、八つ裂きのディオニューソスとは個体化の原理の苦悩であり、復活再生することがアポロ的芸術の意義だという。ディオニューソスの八つ裂きとは、個体化の原理による意志の客観化である。現象世界とはつまり、八つ裂きにされた神なのだ。現世の苦悩はそこにある。八つ裂きの神の死と再生神話は、エジプトのオシーリス、バビロニアのタムズ、ギリシアのアドーニス、そして磔刑のキリストにつながる。(18) ヨセフによる八つ裂きのディオニューソス秘儀との神話的同一化は、トーマス・マンの神話観の要諦の一つである。

(3) 神話と心理学。心理主義的神話――

〈神話と心理学〉という組み合わせはすでに一九一〇年の『老フォンターネ』論にある。詩人は神話の保護者、心理学は啓蒙主義の最新鋭の坑道掘削機として、詩人兼小説家像が描かれてある。マンがフロイトに関心を抱いたのは、彼の真理への情熱と病気に対する感覚だという。真理への心理学的探求の意志と、真理認識手段としての病気の意義である。ニーチェの真理認識の武器、すなわち心理学である。

生の秘儀の祭司、語り部の役割は、古代類型を時間空間のなかで現在化、再肉体化することである。ハンス・ヴィスリング(Hans Wysling)によれば、原生起のevoco(喚起)とrevoco(呼び出し)がrepraesento(再現)である。すなわちすでに語られた神話の再現前化である。「芸術は意義深い瞬間を祝う儀式、礼拝、祭祀。すなわち民族的超個人的なもの、古来既存のものの再現前化という意味での祝祭なのだ、ということをマンはヴァーグナーに学んだ(19)」。

原型の意識的模倣、遊戯的変奏的踏跡。それは物語手からいえば、無意識の意識化、素朴の情感化、自然の精神化、つまり神話の心理化である。心理主義的詳細精確化による神話世界の現在化、現実化(Realisation)である。「精確化、現在化は、欺き、遊戯、芸術仮象。言葉、心理学、描写、コメントの試みというあらゆる手段により強いて作られた現実化と具象化であり、その心は、人間的真剣さにもかかわらず、ユーモアである」(XI, 655)。

意識的知性による無意識的神話の心理主義的再生という際、物語手は無名無私の物語精神となって、神話が自ら自己を語るようにするといっても、作者の自己意識、自我は肥大する。自我は騎手、無意識は馬である。馬を操っているようで馬に操られているのか、操られているようで馬を乗りこなすのか。マンの神話の心理主義化とは、馬に乗り回されつつあった時代の潮流に抗する知性の騎士の闘いであった。すなわち心理分析とは、知性の武器、自我の槍と、トーマス・マンはみたのである。

第五節　『パリ始末記』のアルフレート・ボイムラー批判

神話とは永劫回帰する生の祖型というマンの神話観は、逆にいえば、人間的なもののイデアが現在にも再生すべきであるという強い倫理的要請でもあった。フロイトと未来という題は、魂の深層という過去の始源を、知性というメスで心理分析し、神話に表された古代類型のなかの未だ意識化されないが、可能な未来を孕むものを意識化しようとする、ユートピア的未来志向がこめられている。心理主義的神話、精神分析と未来という組み合わせは、一九二〇年代から三〇年代へかけての、幾千万という人々の生死を左右することになったナチズムのイデオロギーたる神話思想への対決でもあった。

一言でいえば、ロマン主義と啓蒙主義、非合理と合理、感情と理性、衝動と知性、権力と言葉、無意識と意識、闇と光、夜と昼、母と父、大地と太陽、過去と未来、死と生など、世界を形成する両原理の対立であり、後者の擁護をしつつも、両者の融和総合への闘いである。

一九二六年一月マンはカーネギー財団の招きでパリに九日間滞在し『今日のドイツ精神傾向』を講演、その訪問記を『パリ始末記』として書く。そこで槍玉にあげられたのが、バハオーフェン著『東西の神話』選集の序文『ロマン主義の神話学者・バハオーフェン』を書いたアルフレート・ボイムラー（Alfred Baeumler）であり[20]、マンの批判は三点ある。

（1）ボイムラーはロマン主義を真と偽の二つに分け、イェーナ派のノヴァーリス、シュレーゲル兄弟は十八世紀の合理主義的啓蒙主義に汚染された唾棄すべき自称ロマン派とする。真のロマン派に属するのは、アルント、ゲレス、グリムからバハオーフェンに至るハイデルベルク派である。(21)なぜなら後者だけが偉大な母性原理の太古の闇夜に退行し、前者は浅薄な未来の父性的原理に支配されているからだ。しかし「この夜の熱狂、この大地、民族、自然、過去、死というゲレス（Joseph Görres）の観念連合全体、つまり革命的反啓蒙主義を、がさつに表現すれば、今日のドイツ人の下腹部に語りかけることは、生に友好的な良い教育的行為であるだろうか」（XI, 48）とマンは批判する。ロマン主義と啓蒙主義、母性と父性、非合理と合理、夜と昼、後向きと前向きの対決である。

（2）「神話と心理主義とは排除しあう」（Baeumler, CCLI）

『悲劇の誕生』には神話理解の完全な不能性、つまり真のロマン派との完全な無関係性が露わになっているとボイムラーは言う。神話理解に必要な「象徴」の眼がニーチェに欠けている。親友エルヴィーン・ローデ（Erwin Rohde）同様太古の神聖な暗闇を知らない。悲劇的神話という言葉ほどソクラテス的なものはない。神話の概念的把握だ。真のロマン主義が捉えた神話、すなわちすべて後にも持続するものを包含している汲めども尽きせぬ内容について先史が抱いていた直感的形象、民族性の母胎で直接言語から成長してきた人間の生の原象徴たる神話を、ニーチェは一つの例、比喩、遊戯的仮象と取り、神話の聖性剝奪、世俗化を行っている。対象は神話、方法は心理主義。神話と心理主義とは、音楽とソクラテスのように相容れない。ソクラテス的音楽とは矛盾だ。だからヴァーグナーによるドイツ神話再生を信ずることができるのだ。神話とは人類の幼年時代の一回的生起であり、再生できるものではない。だから太古への退行がロマン派の主眼なのだ。シュレーゲルの新しい神話は真の神話への無理解を露呈する。「仮象」「俳優」などはギリシア神話や悲劇と無関係だ。クロイツァーを唯一の源泉とし、グリムやミュラーの息吹きの感じられないニーチェの神話無理解は真のロマン主義と関係なく、この十九世紀初頭の最も強力な精神運動にニーチェが無関係であったことは、ドイツ精神史上最も注目すべき最も影響するところ大きい現象の一つだとボイムラーは極めつける。[22]

トーマス・マンの未来志向的な心理主義による神話の再生という姿勢と、ちょうど陽画陰画の対象をなすことは一目瞭然であろう。音楽を奏でるソクラテス、心理主義的神話。それはボイムラーの言うように、ありえない背反原理であろうか。マンの心理主義化された神話は、つねにマンのイロニーという眼鏡で見た、神話のマン化にほかならず、神話発生の蒼古たる生の根源、エロスの混沌、底知れぬ生命の子宮の奥には、知性の光も、心理の坑道掘削機も届かなかったのであろうか。

（3）「バハオーフェンによりニーチェを測らねばならない」（Baeumler, CCLIII）

自然の最も凶暴な野獣の鎖を解く魔酒の痛飲、「性」の評価ではニーチェはロマン派と一致する。しかしニーチェの場合、生への聖なる道は、母の受胎、陣痛の苦しみではなく、男の生殖である。それは未来の生への意志であって、生の存在そのものではない。バハオーフェンの場合はすべてが逆である。生への神聖な道は母胎であり、それは過去への退行だ。つまり自然の母胎、人類の神秘の故郷へと帰っていく道だ。生の永劫回帰とはニーチェが死の問題克服のために考案した一つの作り事にすぎない。死の真剣さが与える深みに欠ける生概念だ。すべてが明るく平板、表面、前景的であり、過去、神話、空間そして死の深みに欠けている。『悲劇の誕生』とはショーペンハウアーの両極概念（意志と表象）を古代の大地に移行翻訳したにすぎないと、ボイムラーのニーチェ非難は辛辣である。[23]

これに対しマンは「今成り出ようとしている新しいものは、バハオーフェンやその墓の象徴に結びついているのではなく、ドイツ精神史の最も驚嘆に値する英雄的事件と劇、すなわちニーチェにおけるニーチェによるロマン主義の自己克服と結びついている」(XI, 51) と強く反撥した。『魔の山』以来のマン自身の核心的主題〈ロマン主義の自己克服〉の反撥である。

第六節　黄昏から曙光へ

真正ロマン主義的神話観への回帰を説く〈反動的反啓蒙主義者〉というトーマス・マンのボイムラー批判は、やがて一九三三年ベルリーン大学政治教育学教授に就任、三四年A・ローゼンベルクの要請に従いナチス党の世界観教育鍛錬管理局に勤め、時代のイデオロギー操作の中枢に至ったことをみれば、後から証明されたマンの予感的歴史感覚の正しさが誰の目にも明白であろう。

しかしボイムラーがバハオーフェンにみたのは、母権制への先祖帰りではなく、家父長父権制の歴史的不可避性の立場である。「バハオーフェンの精神が目指したのは暗闇や解体ではない。彼は暗闇から現われ光明へと進んだのだ。ニーチェのディオニューソス表象は、逆に解体への努力を示している」(Baeumler, CCLXXIV)。ディールクス (Manfred Dierks) やクルツケ (Hermann Kurzke) の指摘する、マンのボイムラー、バハオーフェン誤解はなぜ生じたのか。

そもそもボイムラーはマンの良き理解者だった。『考察』(一九一八) を保守反動路線ではなく、カントとヘーゲルによりドイツ精神史に前向きに位置づけた『形而上学と歴史』(一九二〇) を〈トーマス・マンへの手紙〉と副題にして書いたボイムラーに、マンは「励みとなるみのりある読書。それで私は全くくつろぎ家にいる感じだ」(『日記』、一九二〇年二月二九日) としたためた。同日付けのボイムラー宛ての手紙では「形而上学に比べ歴史は目下全くたしかに〈真なるもの〉です。〈死との共感〉と政治的美徳性との中間や融和としての歴史的パトス。この考えは私にとりあなたの論文の最も美しい贈り物です。」と書き、三月七日の手紙では主にシュペングラー評価に触れている。五月七日にはミュンヘンはポシンガー通り1の自宅で午後のお茶に招待している。[24]

ボイムラーの『形而上学と歴史』は、『考察』を歴史哲学、『西欧の没落』を形而上学と取る。前者は二〇世紀の曙であり、後者は十九世紀の夕暮れである。西洋の没落という時代のペシミズムに対し現在必要なのは、東洋的非論理的ニルヴァーナ形而上学の慰めではなく、カントの自由に行動する実践理性的歴史観である。危機を創造のバネ、苦悩を未来生産的なもの、保守的なものを進歩への萌芽とするような、二元的弁証法的イロニー思考こそ今日必要で、それが『考察』だと絶賛する。[25]

『考察』を挟む『魔の山』執筆までマンの歴史観はフリードリヒ大王論にあるような〈反復〉論であり、同一なるものの永劫回帰というインド的輪廻涅槃思想、受動的宿命主義的ペシミズムに彩られていた。だから一九一九年六月の『西洋の没落』はマンにとりにショーペンハウアーに匹敵する画期的読書であった。しかし二〇年のボイムラーのシュペングラー批判が一つのきっかけとなり、マンの歴史観も転回し始め、二二年の『ドイツ共和国』是認演説に至ることになる。シュペングラー文化形態衰亡説の「悲劇的色彩をもつ懐疑主義」、ペシミズム批判、『考察』の英雄的実践的未来志向的歴史観評価というボイムラー論文は、当時のマンに精神的袋小路からの出口を見出す契機を与え、二四年の『シュペングラー教説について』に表白されたマンの離反を生んだ。[26]

それにもかかわらずなぜボイムラー批判となったのだろうか。ヘフトリヒ（Eckhard Heftrich）によれば、政治的というより、二六年末には書き上げられていた『ヨセフ』四部作の序曲『地獄めぐり』の神話観には、ノヴァーリスからショーペンハウアー、ヴァーグナー、ニーチェを通りフロイトに至る、ボイムラーのいわゆる真でないロマン派の精神が流れ、その心理主義的神話解釈は、真の神話への通路に閂を下ろすことになるというボイムラー所説に従えば、ヨセフ物語企画全体が最初から破産宣告を受けたことになるという、マンのいらだちがあったのではないかという。[27]

『パリ始末記』(一九二六)の、①心理学で神話を解釈再生する、②ノヴァーリスからニーチェに至るロマン派の主知性と自己克服の擁護という論点は、『レッシング論』(一九二九)『現代精神史におけるフロイトの位置』(一九二九)を通り、ヨセフ物語の骨格を形成することになる。

神が右手にすべての真理、左手に真理を求める唯一の不断に活発な衝動をもって、どちらかを選べと言われるなら、私は恭しく左手を選び、真理はただ神だけのものですと答えるだろうと言うレッシングに、マンは真理探究の賢者を見る。「我々は男性的な光明のあらゆる敵、非合理的なもののなかで跋扈する酩酊の司祭たちの低劣な慰みにまで事態を進行させすぎたので、自然に起こる反撥が生に敵対的な悪意あるものと見られ始め、ついには水車に余りにも水が溢れ勢いのつきすぎた冥府のならず者たちを、その母権の暗闇に追い戻すためには、反動に対する反撥が必要に思われる……レッシングの精神と名において、あらゆる種のファッシズムを乗り越え、人間性の名に値する理性と血の同盟に達することが必要だ」(IX, 245)と主張する。

「母権の暗闇に追い戻さるべき冥府のならず者たち」とはナチスのごろつきたちだが、ボイムラー、クラーゲス等も暗に指している。地下冥界の太古の暗闇に非理性的先祖帰りを説くミュンヘン精神(ナチス)の〈革命的保守反動〉に対する反撥、理性による真理探究の必要性を説くトーマス・マンの主張は、また『現代精神史におけるフロイトの位置』(一九二九)の骨子でもある。

第七節　自然科学となったロマン主義（ジークムント・フロイト）

ルー・アンドレーアス゠ザーロメ（Lou Andreas-Salomè）宛て（一九二九年七月二八日）フロイトが「この論文は大変尊敬に値するものだが、ロマン主義論を準備していて、それに精神分析という単板を張ったような感じを与えます」[28]と書き送ったように、マンのフロイト論の骨子は、時代の反動的ロマン主義解釈に、主知主義的ロマン主義を対置し、その系譜にフロイトを位置づけることにあった。

『曙光』（一九七番）〈啓蒙主義に対するドイツ人の反感〉と、『人間的な余りに人間的な』（I部二六番）〈進歩としての反動〉を踏まえ、啓蒙主義とロマン主義、進歩と反動、理性と衝動、意識と無意識、解放と抑圧といった対立図式のなかにフロイトはいかに位置するかをみる。十八世紀の理性進行に対し、自然や魂の夜の面をより生の根源とみなし、前理性的な大地神、意志、情動、無意識の優位を革命的に主張するのは、後ろ向きの反動の、啓蒙主義に対する反感、つまり十九世紀ドイツロマン主義の特性である。ではフロイトは、民族的に始源的なものを歴史上遡るアルント、ゲレス、グリムや、地下、夜、死、魔神、つまり前オリュムポス的な原始宗教大地信仰に民族学的共感を寄せるツェーガー、バハオーフェン、クラーゲス等の系譜に組み入れるべきなのであろうか。ソクラテスの本能敵視に対するニーチェの闘いは、無意識の予言者たちを歓ばせる一方、ニーチェの心理学的認識方法は、神話を理解し「先史時代の神聖なる暗闇をひとりで進む能力に欠ける」、だから「ニーチェをバハオーフェンで測らねばならない」などというボイムラーの主張は、比較にならぬほど卑小なものによりはるかに偉大なものを測るナンセンスな試みだと、『パリ始末記』と同じ文が繰り返される（X, 264）。

現今の保守派の革命は過去の闇に向いているが、革命の原理はノヴァーリスが〈本来的により良き世界〉と名づけた未来への意志である。それは人をより高い段階へ導く、意識化と認識の原理だ。無意識の意識化、分析と心理学。革命という名に値するのはただ「意識化と分析的解体を通じて人を導いていく未来への意志」だけだ、とマンの語調は強い（X, 265）。

ドイツロマン派を反動、反啓蒙主義とみ、精神や理性を幻想の不毛として嘲笑し、暗闇と深淵の力、本能的非合理的なものを復古させようとする現今の時代意志をロマン主義と呼ぶのは正しくない。ドイツロマン主義の本質は、精神への愛、情熱的ユートピア主義、未来志向、意識革命性である。しかもそれは〈死との共感〉、地下や母胎の豊穣性を共感した上での光への志向である。ニーチェのいう進歩としての反動、ブランデス（Georg Brandes）の言う正反対のものによる啓蒙主義の促進である（X, 267）。

フロイト深層心理学は、衝動、無意識、夢の、理性、意識、覚醒に対する力関係の優位という点で、反啓蒙主義の系列に属するのであろうか。否、まさしくかかる前理性的な無意識の意識化、知性による本能の分析という点で〈啓蒙主義〉であり、精神分析の目的は、抑圧された無意識の魂の治療と解放と救済とにある。特にリビドー説は「神秘主義の衣を剝がされ、自然科学となったロマン主義」（X, 278）である。暗闇を知るロマン主義は意識化運動の系譜である。それは、反動としての革命ではなく、進歩としての反動、いいかえれば「現代における非合理主義が、いかなる反動的な悪用にも疑念なく明白に抵抗する現象形式である」（X, 280）。

このマンのフロイト論は、まさしく自己の『考察』の当時の精神状況における位置づけ、ノヴァーリスとホイットマンを軸とする『ドイツ共和国』擁護宣言から、執筆中の『ヨセフ』四部作の、神話に対する基本姿勢の確認、すなわち自己のアイデンティティーの弁明、正当化、確立への必死の試みであった。

『ヨセフ』四部作は、一九三三年の予期せざる亡命、家財産没収、定住地の模索、三八年のアメリカ移住を経て、四三年一月パシフィク・パリセーズの自宅で最終行が書かれた。五一歳から六七歳までの十六年間の受難の存在証明がヨセフ神話である。

第八節　希望の原理としての神話（エルンスト・ブロッホ）

以上を要約すれば、トーマス・マンの神話への関わりには二つの鍵がある。一つは、人間の生の祖型としての神話、永遠の今としての神話である。もうひとつは、ナチズムを形成しつつあった非理性的時代思潮から神話を救出すべく心理学的神話を物語ったことである。

別の相で発想すれば、マンの神話観は、二重視覚の時間論と密接に絡んでいる。すなわち、時間には二つあり、一つは、継起、進歩、歴史、他は、静止、円環、神話である。現象時間の背後に nunc stans の根源的無時間が存在する。「静止スル今」に生の古代祖型が示現する。移りゆく現在の生は、この母型の反復、模倣、踏跡、変奏だ。「立チ止マル今」はいわば生の祝祭である。生のイデアの示現、古代類型の反復、死と再生の円環的繰り返し。その象徴が神話である。物語手とはこの生の祝祭、無時間の秘儀の、祭司である。

マンの神話観は以上のように円環的、保守的、静止的な面をもつ。nunc stans とは、視覚を逆にすれば、停滞せる時間の淀み、時間の沼ともいえる。「すべての事柄で生起しうることはすでに一度生起し、為され、通り過ぎてしまったにちがいないのではないか」、「徒労を伴った、目的も目標もない持続は、最も人を萎えさせる思想だ」(N III, 853)。ハンス・カストルプは言う。「方向の持続はない。永遠というのは、まっ直ぐにずっとではなく、回って回ってなのだ」(III, 526)。「円環の悪ふざけ。そのなかですべてが回帰する方向持続のない永遠」、つまりオイレンシュピーゲルに鼻をつまれ振り回されているようなもの（III, 516）。永劫回帰はニヒリズムの究極の思想でもある。その否定面をたとえばアレマンは批判した。もし現在の生が過去の原型モデルの反復模倣にすぎないのなら、生が新しい未来、新しい可能性を切り拓くという生殖的力動的緊張感に欠け、終末期の閉塞状況、ニーチェのまさしく批判した過重な歴史の害毒に犯され、無意味で不毛なエピゴーネン的遊戯的繰り返しの生にすぎなくなるのではないかと。新しい神話を追創造しえない、新しい文学真理空間を開示しえないマンのイロニー神話、というアレマンの否定的批評については小著『トーマス・マン――イロニーとドイツ性』第二章で詳説した。(29)

しかしマンの神話観のもう一つの面を看過するわけにはいかない。すなわち神話と心理学、太古と未来、祖型とユートピアとの結合である。よく引用されるマンの〈神話の機能替え〉という言葉は、エルンスト・ブロッホ（Ernst Bloch）に由来する。「あなたの力作『ヨセフ』は神話の機能替えということの最も幸運な例証を表現しています」。マン自身も「心理学は事実、神話をファシズムの黒幕たちの手から奪い取り、神話を人間的なものに機能替えする手段です」（ケレーニイ宛て、四一年二月一八日）。「神話の機能替えが可能だとは思ってもみなかった……神話はこの本ではファシズムの手から奪い取られ、人間化されている……」（XI, 658）と認めている。(30)

〈神話の人間的なものへの機能替え〉（Umfunktionierung des Mythus ins Humane）。これこそ、神話に象徴される古代祖型が人間のユートピア的可能性ある未来を孕むという、『ヨセフ』四部作と、『時代の遺産』『ユートピアの精神』『希望の原理』に共通の核心的テーマである。「まだ意識されていないものの意識化」、「実りある先史的なものへの唯一の親和力、唯一の鍵穴は、今なお発酵しつつある現実としての未来への希望だ」。「カナンに向けてのエジプトからの出立とは、神話のなかにあるメールヘンの原初的形象だが……正しい原型というものは、形象から現存在へと肉薄する」。(31)

人間の生の原型は、過去の泉の奥底、太古無時間、無意識の深層に、神話となって沈殿している。同じ深層心理学でも、啓蒙主義的フロイトは抑圧された無意識を意識化しようとし、ファッシズム的神秘主義者ユングは意識を再び抑圧して集団無意識へ押し戻そうとする。しかしブロッホによれば、未だ意識されない新しい未来を予感する前意識（Vorbewußtsein）に気づいていない。「すべて現実的なものとは、自らの内なる未だないを孕んで生起してゆく。意味ある昼の夢の空想は、けっしてシャボン玉を吹くのではなく、窓を打ち開く」[32]。夜の夢は退行、昼の夢は未来、可能なユートピアを先取りする。「ロマン主義が古代的歴史的なものとしてもっぱら古ぼけた泉へ、偽りの深みへ引きずり下ろされたのに対して、ユートピア意識は、目前にあるものはもちろん、古いもののなかにも立ち昇ってくるものを解き放つ。ユートピア意識は真の深みを高み、つまりなおより明るいものが明け染めてくる、最も明るい意識の高みにおいて、発見するのだ」（PH, 161）。

たとえば母たちの国へ不安げに降りようとするファウストにメフィストーフェレスが言う台詞「さあ降りなさい、いや昇りなさいということもできる。どちらも同じことなのですから」が、真の深みを意識の高みにおいて発見する好例という。へーレナとファウストとの媾合こそ希望のユートピアを象徴するだろう。かつて存在した母型の深みにこそ、ユートピアへの希望の可能性が秘められているのだ。「祖型はしばしば希望を深淵において示し、この深淵を古代的なものにおいて示す。祝祭の日に浮かび上がり陽光を浴びる沈める宝のように神話自体のなかに祖型はある」（PH, 197）。

古代祖型とは自然そのものの二重記号、すなわち現実態のなかでは未だ成就されていないが、やがて成就しうる可能態を内包する自然、いいかえれば存在と意味の二重記号である。この記号はただユートピア機能によってのみ解読される。ユートピア機能は、二重の意味を持った祖型の深みから、自己自身の要素、すなわち古代のまま深層を成す、未だ意識されないもの、未だ成就されていないものを先取りする（Antizipation）機能を取り戻す（PH, 187）。神話という自然象徴記号が存在するのは、「まさに世界のプロセスそのものがユートピア機能であり、客観的な可能性という質量を実体としてもっているからなのだ」（PH, 203)。

神話祖型とユートピア機能の出会い、神話祖型のなかにカプセル化されている希望を解放すること（PH, 187)、これが〈神話の機能替え〉である。

『ヨセフ』四部作の、神話とユートピア、未来、希望、理性、心理学との結びつきを説く、これ以上の言葉はない。『希望の原理』第十五章は、『ヨセフ』四部作の双生児とさえいえるのではなかろうか。現実態（ἐνέργεια）のなかに潜在する可能態（δύναμις）を見出し、完成態（ἐντελέχεια）を目指すこと、これが神話再説であるだろう。

第九節　大地（闇）の母から太陽（光）の父へ（バハオーフェン）

トーマス・マンの神話観の核心は、ナチス・イデオロギーの背骨を形成しつつあった、夜、闇、冥府、大地、母、血、狂躁の非合理的な後ろ向きのロマン主義的神話観との闘いである。

「今生成しようとしている真に新しいものは、バハオーフェンとその墓の象徴に結びついているのではなく、ドイツ史の最も驚嘆に値する英雄的な出来事と劇に、すなわちニーチェにおけるまたニーチェによるロマン主義の自己克服である」（XI, 51)。

本書第二章『魔の山』論の主題、クレスディアーンセンとコープマンの論争、つまり非理性、衝動、夜闇のロマン主義と、理性、合理、昼光の啓蒙主義との闘い、陶酔か批評かという対決であるが、事態はそう簡単な図式的なものではない。シュペングラーにもボイムラーにも、そしてベルトラムの『ニーチェ――神話の試み』にも、各々魂の激震を受けながら、彼らの神話観のナチズムとの血縁を予感する。トーマス・マンの本能的な距離のパトス、左右の平衡感覚、留保、中庸のイロニーが働く。

バハオーフェン（Joseph Jakob Bachofen 一八一五―八七）に対するマンの態度は、ボイムラーやクラーゲスにより屈折し誤解を生み、母と墓の退行の神話学の系譜にひっくるめたと指摘批判されている。しかしヨセフを含めた五〇歳以降のマンの神話観にバハオーフェンの占める位置は、ケレーニイ、フロイト、ベルトラム、ミリシュコフスキイ（『東方の神秘』）、イェレミーアス（『古代オリエントの光でみた旧約聖書』）、ダケー（『原初時代、伝説、人間性』）以上に大きい[33]。

死の陶酔に結びつく墓の象徴、母権制の暗闇、過去への先祖帰り、神秘家といった負の評価は、後にアポロ原理の優位、物質的から精神的なものへの志向、光のゼウス教といった正の評価に変わっていく。「ヨセフ第一部を書き上げた。後編、エクナトンの太陽信仰喪失、ポティファルの妻との関係でバハオーフェンを多く読みました」（ベルトラム宛て、一九二七年七月二八日）。「私はバハオーフェンをほとんどショーペンハウアーと同じように研究しました」（ケレーニイ宛て、四五年十二月三日）。「バハオーフェンは地下的なものへの鋭い感覚にもかかわらずけっして暗黒の男ではありません」（Slochwer 宛て、四二年六月十九日）。「バハオーフェンのゼウス教や精神的なものの是認は彼のリベラルで人間的な世紀に対する正しい敬意と思われます」（J. Lesser 宛て、三九年一月三一日）。

マンが見ようとしたのは、母性原理と父性原理、物質と精神、冥界と天上、地球と太陽、夜闇と昼光の抗争、前者から後者への歴史的進展、ないし両者間の弁証法的融合、つまりイロニーである。バハオーフェンは周知のように、古代墳墓装飾図像や東西洋とくにギリシア神話を手がかりに、男女両性と宇宙原理信仰がいかに古代の世界観を形成し、共同体の支配形式を決めてきたかを、歴史哲学、民族学、宗教学、法制史的に研究し、画期的な成果をあげた。臼井隆一郎『記号の森の母権論』[34]は、バハオーフェンに関する明晰な展望を与える秀作である。詩的文体を感受するのは詩人であるだろう。バーゼルのポエタ・ドクトゥスはニーチェ、ブルクハルトに止まらない。

女は質料（ὕλη, materia）、男は形相（μορφή, forma）。肉体と精神、冥界と天界、闇と光である。母権制にはアプロディーテー（ウェヌス）とデーメーテール（コレー）という二つの段階がある。女と母、乱婚と婚姻、狩猟と農業、移住と定住、共有財産と私有財産段階である。この女＝母＝父の三性は、宇宙原理では地球＝月＝太陽、世界構成要素では物質＝心＝精神、身体部位では下腹部＝心臓＝頭脳、信仰神ではイーシス・ヘーレナ＝デーメーテール（ペルセポネー）・アルテミス＝アポロ・ゼウス神話に対応する。墓の象徴図像学からみれば、葦と沼＝麦穂と洞窟＝月桂樹と日輪である。父母両性の確執は、アイスキュロスのオレステス三部作で頂点をみ、天上、光、精神原理を説くキリスト教とその国家的承認をしたローマ帝国で、父権制支配は確立する。地域的にはオリエントからオクシデントへの、東方から西方への支配移行だ。近東に対するローマの、ユダヤ教に対するキリスト教の、自然法に対する国家実定法の勝利である。たとえばアクティウムの海戦のクレオパトラに対するアウグストゥスの勝利、アンティゴネーの自然法に対する父王クレオンの国家法がそれを象徴する。

ヨセフ第三部ポティファルの妻ムト＝エム＝エネトの誘惑の今はの極に、ヨセフの精神の目に現れたのは父ヤコブの戒めの姿である。しかしこれを短絡に物質的肉体的大地的美的母性原理に対する、精神的知性的太陽的倫理的父性原理の勝利と解釈するのは浅薄だろう。「存在の透視性、原初に刻まれた原型の反復と回帰としての存在の性格」（IV, 581）、「ヨセフとエリエゼルの同一のパースペクティーブは、暗闇のなかではなく、光りのなかに消えてゆく」（IV, 422）。ヘフトリヒはこれをもって、マンは、人間存在を太古の暗闇ではなく、光のなかに、つまり祖型の反復という透視性のなかに見たとする。ディールクスやコープマンもバハオーフェンやトーマス・マンを西欧啓蒙主義の光、ratio, λόγος の相の下に見ようとする。(35)

だが、アシェンバハの形骸化せるアポロ的擬古典的存在様式は、異国の竹藪にうずくまるディオニューソスの虎の夢に見る間に崩れ去り、カストルプの白雪の夢のなかで、地中海の太陽の子らの桃源郷は見る間にバッカスの巫女（マイナス）たちの嬰児むさぼりの地獄図絵に暗転する。沼沢に繁茂せる無数の生命の乱舞乱交、快感と無機質への回帰を求めて闇雲に生き死にする無数の力への衝動、意味も目的もない反復の無の海や大地に盲目に生死を分かつ無数の生命、暗闇の無秩序のカオス、母胎原初の深淵を知ればこその、オリュムポスの光と秩序と精神であるだろう。

すなわちトーマス・マンにおいて母権制と父権制の葛藤は、時代の全体主義的反啓蒙主義的神話観からフマニスムスへ神話を機能替えしようとしたことにおいて、母から父への、闇から光への、物質から精神への、質量から形相への、ディオニューソスからアポロへの方向づけは明らかであるが、しかし基本的には両原理の軋轢ではなく、両原理の弁証法的統一への試みである。

トーマス・マンの芸術、芸術家観の要諦と思われる〈月〉の比喩には、バハオーフェンの影響がほとんど字義どおり現れている。剽窃とさえいえるほどである（バハオーフェン『東西の神話』「母権性への序論」、注(20)S. 52ff. 参照）。

「芸術家とは、現象の世界に繋縛されているが、しかし同時にイデアと精神の世界にも属するものとして自覚し、現象をイデアとの関連で透視させる魔術師である。これこそ芸術家の仲介的使命、天上と地下、理念と現象、精神と感性の間の仲介者としての、ヘルメース的魔術的役割である。あらゆる仲介性の宇宙的比喩である〈月〉という象徴は、芸術のいわば宇宙的位置を暗示するだろう。すなわち月は、太陽と地球の、精神世界と物質世界の間の中間的、仲介的位置において、古来神聖化されてきた。太陽からは女性的に受け取り、地球には男性的に生み出すものとして、天体のなかでは最も不純なもの、地上では最も純粋なものとして、二つの領域の境界にあって、両者を分かつと同時に結び、宇宙の統一を保証しながら、消滅するものと不滅なものの間の通訳として、浮遊している月。これこそ、精神と生の間の芸術の位置である。〈月〉のように男女両性具有者（Androgynie）として、精神への関係においては女性的だが、生への関係においては男性的に生産的であり、天上と地上を月のようにヘルメース的に仲介すること。この仲介性こそ芸術のイロニーの源泉である」(IX, 534f.)。

ヨセフやクルルこそこのイロニーの擬人化、ヘルメースの化身である。月の光のなかで我が身の美しさを愛でるナルシスである。このイロニーが、神話母型に潜在する未だ意識化されていない希望のユートピアを解き放ち、人間的な生の可能性を拡大することになるのか、それともすでに生きられた生の模倣を不毛に反復するだけで、何ら新しい生の地平を開きえなかったのか。マンの心理主義的神話、イロニー文学評価の分かれ目の一つはここにある。

第一〇節　始源母胎への意識の光

サント＝ヴィクトアール山はセザンヌを貫きその画布に現成する。画家は山を見、山は画家を見る。見る者と見られる物との一致である。ハントケは静止する現在にその一致を実感する。意識する者と意識される物、ノエシスとノエマ、世界意識と世界の融合する立チ止マル今に、事象そのものが顕現する。現象学的還元(削減)、判断中止による本質直観、脱自的対象認識に、セザンヌの絵もリルケの詩も成り立つ。意志のない、客観の明澄な鏡と化した主観のみが、プラトン的イデアを透視できる。芸術家の生命は、このイデアの伝達、物言わぬ自然を色や言葉で名づけ、無名無意識の自然を記号として、質量を形相として、無形態無時間なるものを象徴として表現することにある。

『ヴェネツィアに死す』と同年の一九一一年、ヴィーンではフロイトの『トーテムとタブー』が上梓される。その第三章『アニミズム、魔術、思考の全能』[36]にマンは芸術と芸術家の命名の意義を見出す。すなわち古代原始人にとって事象よりその表象、その名が優位を占め、現実に対するその名称や言葉や表現が、その現実の征服、克服とみなされる。観念、表象されたことは、事象、現実にも起こらなければならない。思考、記号、事物のアニミズム的一致である。名前、記号、シニフィエ（signifié）は、事物、記号づけられたもの、シニフィアン（signifiant）自体とみなされる。かかる人間精神の命名による所与の現実の征服、克服こそ、アニミズム的な魔術、トーテミズムの本質である。芸術は魔術、芸術家は魔術師といわれるのは正しい。物言わぬ存在に言葉を与えること、それを芸術家の使命としたリルケとも通底する。

永遠と時間を束の間に結びあわせる現在という瞬間に、永遠の美は閃光として示現する。ハーバマースによればnunc stansとは本来的なものと瞬時的なものとが一体となっているメシア的時間でもある。(37) 永遠と時間、不滅と滅、無限と有限の交差点にある瞬間である。「永遠に同一のままであるものの価値に対し、最も短いものや過ぎ去りゆくものの価値、生という蛇の腹の誘惑的な黄金の輝きを対置せしめること」（N III, 559）。nunc stansは自然の神秘、存在の真理が自ら顕現し、開きつつ閉じる、明暗、開閉の交差点でもある。渓声山色、山川草木、悉皆成仏の真理の悟道も、nunc stansの時節因縁によるだろう。

神話とはnunc stansにおける存在の真理、すなわち生への意志の遍在、輪廻という、同一なるものの永劫回帰の顕現、とトーマス・マンはみた。神話は未来の希望とユートピアを秘めた古代祖型であって、そのつどの現在に反復模倣変奏さるべき生のモデルでもある。現実態である神話の可能態を引き出し、完成態へ至らんとする神話再説である。物語手はこの生の祝祭の儀式を営む祭司であると共に、未だ意識されていないがやがて成就すべき無意識を意識化する予言者的詩人兼心理分析の医師でもある。父性的アポロ的理性原理による、人間の踏跡すべき原型としての古代母型の認識と造形、神話の人間的なものへの機能替えが、『ヨセフ』四部作である。

それはバハオーフェンの言うように「父権制の強調に精神の自然現象からの解放があり、物質的法則に対する人間存在の優位がある」[38]のか。それともハイデガーの言うような、物事を模写制作する技術としてのミメシス（μίμησις）にすぎず[39]、イデアの始源、存在の真理の開示、自然の自らの顕現としての芸術ではないのだろうか。心理主義とイロニーによるマンの神話再生は、神話的同一化という没我無私の意図はあっても、マルティーン・ヴァルザーの批判する、世界支配としてのイロニー[40]、神にまで昇ったナルシス的自己意識という肥大せる近代自我による神話再説にすぎないのだろうか。アレマンの言うように、イロニーという言語現象の活動領域がそもそも閉鎖的末期的であり、それ自身意味完結せる閉じた体系は、体系領域内部における華麗な言語意味遊戯の面白さはあっても、絶えず流動する新しい現実に対しては不毛であり、新しい真理の開示、新しい生地平の開拓は不能なのであろうか。

トーマス・マンのサント＝ヴィクトアール山、魔の山には、自然への自己解消、自然と我との一体化、自己捨棄の欠如ゆえに、存在の真理、イデアの現前化、自然の現成は生起していないのだろうか。ヨセフの地獄下りは世界の根底に届かず、蒼古たる暗闇の母たちの国への入口、苔むす墓石の象徴に、ただ夥しい意識の光を当てたにとどまり、ついにヘーレナとファウストの媾合は成らず、父と母、太陽と地球の間の月のように、精神の光を闇の大地に照り返すだけの、聖と俗、理性と衝動、意識と無意識の中間に浮標する、イロニーの貴族的遊戯しか残らないのであろうか。

トーマス・マンの言語意味空間に示現せる nunc stans への問いの旅も、果てはない。しかし本章は、そのような問いに対する、一つのポジティヴな解答を与えんとする研究の試みであった。

註

（1）Peter Handke : *Die Lehre der Saint-Victoire*（=P). Suhrkamp FaM 1980, S.9f. 洲崎惠三訳『サント＝ヴィクトアール山の教え』『影』三八号三八頁

（2）『道元』玉城康四郎編、筑摩書房　一九八八年三版、一三七、二一七頁以下

（3）N III, 895

（4）Maurice Merleau-Ponty : *L'Oeil et l'esprit.* Gallimard Paris 1964, S.23. 滝浦静雄、木田元訳『眼と精神』みすず書房　一九七八年

（5）Rainer Maria Rilke : *Briefe.* Bd.I, 1897 bis 1914. Insel Wiesbaden 1950, S.206 /Vgl. *Die Aufzeichnungen des Malte Laurids Brigge.* In : Sämtliche Werke. Insel FaM 1966, S.775

（6）Käte Hamburger : *Die phänomenologische Struktur der Dichtung Rilkes.* In : *Philosophie der Dichter-Novalis, Schiller, Rilke.* Kohlhammer Stuttgart 1966, S. 188ff.

（7）ibid. S. 225f. *Briefwechsel mit Benevenuta.* Eßlingen 1954, S.94

（8）St. Thomas Aquinas : *Summa theologiae.* Blackfriars. New York, London, 1964. Vol. II, p.138. ／トマス・アキナス『神学大全』（第Ⅰ部第一〇問）山田晶訳、中央公論社、二八〇頁

（9）Martin Heidegger : *Vom Wesen und Begriff der φύσις.* In : *Gesamtausgabe*（=MH), I-9（*Wegmarken*), Klostermann FaM 1976, S.270

（10）Martin Heidegger : *Nietzsche I.* Neske Pfullingen 1961^{2}, S.211（Physis ist das anfängliche griechische Grundwort für das Sein selbst im Sinne der von sich her aufgehenden und so waltenden Anwesenheit.)

（11）Vgl. MH. I-9, S.277 /*Der Ursprung des Kunstwerkes.* In : *Holzwege.* FaM 1972, S.25f., 44

（12）Vgl. Urich Karthaus : *Der Zauberberg—ein Zeitroman.* In : DVJS. 1970, 44 Jhrg. Hft. 2 S.270ff.

（13）Arthur Schopenhauer : *Welt als Wille und Vorstellung.* In : *Sämtliche Werke*（=Sch) I, II. Hrsg. von W. Frhr u. Lohneysen, Cotta-Insel Stuttgart/FaM, 1987^{3}, II. 626

（14）Thomas Mann und Karl Kerényi : *Gespräch mit Briefen.* Rhein Zürich 1960, S.41（an K.Kerényi 20.2.34)/X, 656

（15）Thomas Mann : *Briefe 1937-1947*, S. Fischer FaM 1963（an Heinrich Mann, 3.3.1940）S.134

(16) Vgl. Hans Wysling : *Mythus und Psychologie bei Thomas Mann*. In : TMS III, 1974, S.174ff. /Manfred Dierks : *Thomas Mann und die Mythologie*. In : TMH, S.284ff. /M.Dierks : *Studien zu Mythos und Psychologie bei Thomas Mann*. In : TMS II, Francke Bern 1972
(17) Sch. II, 485ff. /M.Dierks : TMS II, S.91ff.
(18) Vgl. M.Dierks : TMS II, 95f. /Th. Mann : IV 71f. (*Der Adonishain*) /N I, 61ff.
(19) Hans Wysling : TMS III, S.171/176
(20) Alfred Baeumler : *Bachofen, der Mythologe der Romantik*. In : *Der Mythus von Orient und Occident—eine Metaphysik der alten Welt. Aus den Werken von Joseph Jakob Bachofen*. Hrsg. von Manfred Schröter, Beck München 1956^2
(21) Baeumler, S. XCVI ff.
(22) Vgl. Baeumler, CCXLI ff. /M.Baeumler, H.Brunträger, H.Kurzke : *Thomas Mann und Alfred Baeumler*. (=T. u.A.) Königshausen & Neumann Würzburg 1989, S.139ff.
(23) Vgl. Baeumler, CCLII ff.
(24) Alfred Baeumler : *Metaphysik und Geschichte*. In : T.u.A. S.94, 91
(25) ibid. S.74ff.
(26) Hans Wysling : *Narzißmus und illusionäre Existenzform*. TMS V, Bern 1982, S.202ff.
(27) Eckhard Heftrich : *Matriarchat und Patriarchat*. In : TMJ VI, Klostermann FaM 1994, S.208ff.
(28) Siegmund Freud : *Briefe an Lou Andreas-Salomé*. In : TMS II, S.137
(29) Beda Allemann : *Ironie und Dichtung*. Neske Pfullingen 1956. passim.／洲崎惠三『トーマス・マン――イロニーとドイツ性』東洋出版 一九八五年，第三章
(30) *Gespräch in Briefen*. S.98, An Kerényi 18.2.1941 /Vgl. Th.Mann : *Briefe II* 262, 576, X 658 /Dierks : TMS II, S.258
(31) Ernst Bloch : *Erbschaft dieser Zeit*. In : Werkausgabe. Bd. 4, stw 553 FaM 1985, S.350f.
(32) Ernst Bloch : *Das Prinzip Hoffnung*. (=PH) stw 3. FaM, 1959, S.31, 111
(33) Ernst Bertram : *Nietzsche-Versuch einer Mythologie*. Berlin 1918 /D.M.Mereschkowski : *Die Geheimnisse des*

Ostens. Berlin 1924 /Alfred Jeremias : *Das Alte Testament im Lichte des Alten Orients*. Leipzig 1916 /Edgar Dacqué : *Urwelt, Sage und Menschheit*. München 1924

（34）臼井隆一郎『バハオーフェン論集成』世界書院　一九九二年、二〇三頁以下

（35）Vgl. Eckhard Heftrich : TMS VI, S.210f. /M.Dierks : TMS II, S.172ff. /Helmut Koopmann : *Vaterrecht und Mutterrecht. Thomas Manns Auseinandersetzung mit Bachofen und Baeumler als Wegbereitern des Faschismus*. In : *Der schwierige Deutsche*. Niemeyer Tübingen 1968, S.65ff.

（36）Siegmund Freud : *Totem und Tabu*. In : *Gesammelte Schriften*. Bd.10. Hrsg. von A. Freud, O. Frank u. A. J. Storfer. Leipzig, Wien, Zürich 1924, S.97ff.（*Animismus, Magie und Allmacht der Gedanken*）

（37）Jürgen Habermas : *Der philosophische Diskurs der Moderne*. Suhrkamp FaM 1986^{3}, S.18f.

（38）J.J.Bachofen : *Urreligion und antike Symbole*. Hrsg. von C.A.Bernoulli. Leipzig 1926. A I 114 /TMS II, S.182

（39）Vgl. M.Heidegger : *Nietzsche I*, S.198ff.

（40）Vgl. Martin Walser : *Selbstbewußtsein und Ironie*. Suhrkamp FaM 1981, S.60, 112f, 117, 177ff.

第二章　『魔の山』（意志と表象としての世界）
——ロマン主義か啓蒙主義か——

「いまわれわれにオリュムポスの魔の山が現れその根底を示す。ギリシア人は現存在の恐怖と凄惨（ディオニューソス）を知っていたし、また感受していた。そもそも生きぬくことができるために ギリシア人は、そのぞっとする現存在の実相の前に、光り輝く夢の産児（アポロ）を立てねばならなかった」[1]（ニーチェ『悲劇の誕生』）。

第一節　冥府〈魔の山〉への昇降、水平と垂直

メフィストーフェレスはファウストに言う。

「さあ降りなさい。いや登りなさいということもできる。どちらも同じことなのですから」（ゲーテ『ファウスト』第II部、暗い画廊[2]）。

日や月や星の輝きもない、時間も空間もない、果てしない永遠の空無、形を生み、形を変える、永遠の意味（Sinn）の永遠の戯れ、万物の模型（Schemen）、始源の母胎、「母たち」の国への、下降ないし上昇である。

ロドヴィーゴ・セテムブリーニはハンス・カストルプに言う。

「冥府を訪れたオデュッセウスのように、あなたはここをただ見学するだけなのですか。なんと大胆不敵ですね。死者たちが酔生無死の暮らしをしているこの深淵に降りてくるとは」。「深淵へだって。とんでもない。およそ五、〇〇〇フィートもよじ登ってきたのですよ」。「それはそう思われるというだけのことだ。言葉に誓って、それは錯覚ですよ」(3)(84)。

左の道から現れ、明るい部屋に入るときも電灯のスイッチを入れる啓蒙主義者、いわゆる文明の文士セテムブリーニ登場の章は、奇しくも悪魔(Satana)と題されている。啓蒙の、理性の、ratio の申し子セテムブリーニこそ『魔の山』のメフィストーフェレスなのだ。母たちの国への下降ないし上昇。それはまだ誰も踏み入れたことのない、踏み入れることのできない道なき道である。(4)

トーマス・マンの『魔の山』、魔法にかけられた山は、周知のとおり約五、〇〇〇フィート、一、五六〇メートルのスイスはダヴォース(Davos)の結核療養所ベルクホーフが舞台となる。「低地」ハムブルクからダヴォース・プラッツ駅までの旅は今でも一日では無理な長旅というものだ。ましてや底なしのアケローン河ならぬボーデン湖を、カローンの蒸気船で渡るとすれば。日常の市民的職業生活から、非日常の病臥療養生活への隔離は、日常常識の錯覚のヴェールをあげ、日常は不可視の、しかし人間の生に根源的な地下世界を垣間みさせる。

平地から高地へ、健康から病気へ、日常から非日常へ、現世から冥府へ、生から死への旅は、また現象から物自体へ、個物からイデアへ、内在から超越へ、意識から無意識へ、現代から神話への下降ないし上昇の旅でもある。いな『魔の山』は両者の境界、敷居、閾域ともいえるだろう。

ミュンヒェンは北墓地に佇む異形の放浪者に変装した、魂の導き手ヘルメースに誘われ、陸と海、西と東、時と永遠の境ヴェネツィアに死すG・アシェンバハとH・カストルプとは魂の兄弟である。『魔の山』は『ヴェネツィアに死す』と一対の「諷刺(サテュロス)劇」、悲劇に対する喜劇として構想されたことは有名である(XI, 125)。

ヴェネツィアは陸と海とから成る。運河は肉体の血管のように縦横に流れる。水と土、血と肉、そのどちらがヴェネツィアという街の本体なのか定かではない。現実は土なのか水なのか。理念と現実、精神と自然とが一体となって調和せるフィレンツェの美に比し、その乖離、不協和の上にヴェネツィアの美があると言ったゲオルク・ジンメルの眼は鋭い。陸という書き割りのすぐ背後に海が、生という現象のすぐ背後に死という実体が、実感されればこそヴェネツィアは人を魅惑する。目に見える形あるものの底には、底なしの奈落が口を開けている。ヴェネツィアは根のない花、白粉の、妖婦の、仮面の美なのだ(5)。

アシェンバハのヴェネツィアとカストルプのダヴォースは、海と山、下と上の違いこそあれ、同じ生と死の敷居、ハーデースへの入口なのだ。リードの海は、魔の山の雪となる。

以上、第一に、魔の山の世界が、ヨーロッパ思想史の伝統線上にある二元的構造、すなわち質量と形式、イデアと個物、物自体と現象、ディオニューソスとアポロ、無意識と意識、存在と存在者、とくに意志と表象という二重構造の上に成り立っているということである。可視の平地、経験世界は仮象、錯覚であり、その背後には不可視の、生の本質的根拠が覆在する。魔の山はこの二元的原理のいわば閾域であり、そこで生と死の間の有限的人間存在の秘密〈聖杯〉(グラール Gral) を探求するのが〈人生の問題児〉ハンス・カストルプである。

第二に、〈魔の山〉登攀が〈冥界〉沈降という問題は、エルヴィーン・コペンのいう Ikonoklasmus (聖画像破壊) すなわち対位法的パロディーというトーマス・マンの芸術技法が投影されているということである(6)。聖杯探求の騎士は広い世間へ旅立ち、経験を積むことにより無知から真の知を獲得する。しかしマンの場合、教養小説における旅の修行は、魔の山という密封された試験管のなかに閉じこめられる。ハムブルクの〈垂直起立〉の労働活動は、アルプスの〈水平横臥〉の療養生活へ、未来発展をめざす奔流のごとき市民的労働時間は、淀みのような永劫回帰の神話的無時間へ、自己形成ではなく自己解体へ、自己探索は自己喪失へと、教養小説の裏返し的パロディー化が行われる。魔の山の自己探求自己形成物語は、市民的教養理念の終焉ないし不可能の認識プロセスともいえる。カフカの『城』も自己発見ではなく、自己のアイデンティティー喪失物語であるように、時代の落差を共に浮き彫りにする。すなわち、パロディー、対位法、イコノクラスムスとは、時代の精神的位相の陰陽である。世界秩序は神的な絶対的なものの映像比喩と観じえたゲーテ時代と、経験的現実と超越的理念、自然と精神との間の架橋し難い深淵を覗き込まざるをえなかったトーマス・マンやカフカの時代の差異が、彼らの正負のイロニーを生む。「何のために」という問いに時代が黙して答えない「時代の空虚な沈黙」、すなわちニーチェのいわゆるニヒリズムの問題である。存在の意味喪失である。方向喪失である。これは時代の病気でもある。結核は時代の病気だった。周知のとおり結核サナトリウムは今はスキーと避暑のリゾートホテルに変身している。

しかし意味喪失の時代であればこそ意味への問いは強い。「何のために」への解答の一つがまさしく『魔の山』であるともいえる。現存在の悲惨な不条理を知ればこそ、オリュムポスの魔の山という夢の産児が生まれる。七年間の魔の山にいわば缶詰になり、今や方向喪失と混乱と無感動というデーモンに夢うつつの茨の眠り息子〈人生の問題児〉ハンスの青春の夢は、啓蒙の弁証法の一つの帰結ともいえるヨーロッパ文明のネガティヴな成果、第一次世界大戦によって破られ、その死の舞踏の坩堝たる前線への帰還により『魔の山』劇は終幕する。非日常の高山隔離病棟ではなく、日常の市民社会〈平地〉こそ、死の跳梁する冥府地獄となる。

そこには純白のベアトリーチェ（Beatrice）に導かれ至高天（empireo）に天翔けるダンテの姿も、糸つむぎのグレートヘンに導かれ永遠に母性的なるものに昇天するファウストの魂の救済もない。ウェヌス（Venus）とペルセポネー（Persephone）、つまり愛と死の女神ショシャ（Mme. Chauchat）夫人は、タンホイザー（Tannhäuser）であるハンス・カストルプを天上へではなく、ウェヌスベルク（Venusberg）ヘルゼルベルク（Hörselberg）ならぬ、結核の魔の山に閉じこめる。ハンス・カストルプの魂は、救済されず、二〇世紀末の『犬儒主義（シニシズム）理性批判』

の著者にしてポスト・モダーンの小説家ペーター・スロターダイク（Peter Sloterdijk）の『魔の樹』（*Der Zauberbaum*）のなかに再登場して、いまなお同じ影の姿でフランドルの戦場を彷徨している。(7)

第二節　意志と表象としての世界、永劫回帰と時計時間

「時間とは幻なり。その原因、結果の推移は、たんに我々の感覚の装置にすぎず、事物の真の存在は nunc stans（立ち止まれる今）なり」（757）。

魔の山では平地の日常の概念は変わらざるをえない（16）。たとえば真夏なのに雪が降り暖房が入る。時間は初めの七日間は、新しい環境で、きわめて長く感じられるが、七週間、七ケ月、七年と経つにつれ、瀧のように速く短い。ついには毎朝出るスープは、永遠の繰り返し、つまり毎日の同じ反復、静止せる現在としか感じられない（257f.）。降りしきる雪山の、白く渦巻く虚無と死の静寂、太古の沈黙のなかで、太陽の子らの楽園風景と、嬰児をむさぼり食うバッカスの巫女（マイナス）たちの血の饗宴をめぐる思想の夢を見るハンスに、幾時間も経過したと思えた実際の時間は、わずか十二、三分にすぎない。逆に土砂崩れで炭坑に閉じこめられた鉱夫が救出されるまでの時間を三日と言ったが、実際は一〇日であった例。吹雪の山で道を迷った人は絶えず前進しているつもりが、実は円周運動をしていた例（673f.）。そう思われるという我々の表象と、実際の現実ないし真理の差異のきわめて象徴的な体験の一つである。

表向き健康と見える肉体もX線で透視すれば病み、腐敗と解体が進んでいる。肉体とは何か。七五％は水で、残りの二五％のうち二〇％が蛋白質。この細胞蛋白と酸素との結合による酸化作用（Oxydation）が生命であり、それ

は言いかえれば腐敗と解体である。酸化燃焼が病気の熱を生む。「我々の要素の衝動は、脱酸化をめざす。生命とは強制された酸化なり」（ノヴァーリス、XI, 851）。すると生命とは有機壊滅、無機化、つまり死に至る病いなのだろうか。有機と無機、形式と解体、精神と物質の間の須臾の焰ないし虹にすぎない（370ff.）。生とは、肉体とは、病気とは、死とは、人間とは何かを求めて、ハンスの百科全書派的古典学（Humaniora）的人間認識の冒険が果てしなく行われる。母たちの国、冥府下り、ないし生の秘密、聖杯探求の冒険旅である。

日常の可視の表象は錯覚ないし幻影にすぎず、迷妄のヴェールの奥底には我々と我々の世界の根拠となる何かもっと本質的なものが隠されているのではないか。古来世界の根拠律、第一原因究明こそ科学、就中形而上学の課題である。これを「意志」「生への意志」としたのが周知のとおりショーペンハウアーであり、『魔の山』解釈の争点の一つは、ショーペンハウアーの世界観是認か批判かに収斂する。

生物学的虚弱化、事業の没落、血統の絶滅を予感して苦悩するトーマス・ブデンブロークにとり、『意志と表象としての世界』とくに『死と死の我々の本質の不壊性との関係について』[8]は天与の救済の聖書であった。死はこの肉体という牢獄に繋がれた苦悩からの解放、個は死しても種として生きのびんとする根源的意志への帰郷だという福音を見たからだ（I, 654ff.）。しかし市民的勤務に戻った彼は二度とこの書を顧みない（I, 660）。蝕まれた歯根の除去が原因で市道の側溝にぶざまに崩れ落ちるその死にざまは、決して愛死（Liebestod）の救済死ではない。

容認か否認かは別にして、マンがこの意志の形而上学の魔酒を飲んだのは一八九五年、二〇歳前後だ。青春の魔酒の酩酊は深い。「ただ初めて愛やセックスを知ったとき若い魂に生み出される衝撃だけが、この魔酒陶酔の意味する肉体器官のショックと比べることができる」（IX, 561）。青春時にのみ遭遇しうる、一回的な精神的かつ官能的、ロゴスとエロス、真理認識と美感覚の融合せる、読書体験の激震の及ぼす影響は測り知れない。周知のとおりマンにとりショーペンハウアーは青春の夜空に煌めく三連星の中心、生涯を貫く魂の師傅（Mentor）となる。

ショーペンハウアーの教説は、意志と表象としての世界という二元論把握に要約される。我々に現象する可視の世界は、時間、空間、因果律に条件づけられた我々の表象(Vorstellung)にほかならず、その奥底には時間も空間も因果律もない盲目の根源衝動(Trieb)、すなわち〈意志〉、なかんずく〈生への意志〉(der Wille zum Leben)が蠢動している。マンの解釈によれば、この表象と意志としての世界という二重構造論は、プラトンの個物とイデアから、カントの現象と物自体に至るヨーロッパ思想史の伝統線上に位置する。それはさらにニーチェのアポロとディオニューソス、フロイトの意識と無意識につながるだろう。抑圧された無意識のリビドーが意識上歪んだ病理を生むという深層心理学の源は、まさしく意志と表象としての二重世界構造解釈にある。

世界の根拠律。これは現象世界の存在者の根拠であるが、それ自体は深淵(Abgrund)、すなわち根拠をもたぬ、いわばハイデガー的な存在(Sein)とか自然(φύσις)ともいえる第一原理。これをショーペンハウアーは〈意志〉(Wille)と命名する。何物にも制約されず、理由も目的も意味も価値判断もない盲目の衝動、欲望、本能である。根源的一者たるこの意志は、時間空間因果律に制約された個物に客観化され、現実に現象化することを望む。これが〈個別化の原理〉(principium individuationis)である。我々の表象世界である。この二重構造世界形而上学のもつ問題性をマンは以下六点ほど摘出する(cf. X, 528ff.)。

第一。知性と意志の関係の逆転。認識する知性も自己認識を欲する意志の客観化にほかならない。つまり認識する知性や判断する理性が意志の主人ではなく、意志が知性や理性の主人なのだ。知性は意志を代弁、是認、合理化するための下僕であって、その逆ではない。理性、精神に対する意志、衝動エネルギーの優位。この関係には合理と非合理、啓蒙主義とロマン主義のシーソーゲームという時代の問題も反映している。

第二。個別化の原理に基づく意志客観化世界は、個々の生きぬかんとする意志がぶつかりあうエゴイズムの恐るべき生存競争、各自の生を保持するための必要を充たすさまざまな欲望の抗争という、地獄に比すべき煩悩の世界だ。欲望自体、休息も満足も知らない。地獄で永劫に回転する火炎車に縛りつけられたイクシーオーン（Ixion)。同じく永遠に篩で水を汲む罰に苦しむダナイス（Danais)。同じく永遠に飢餓に苦しむタンタロス（Tantalos)。自らの肉を喰い尽くす地獄の底タルタロス（Tartaros）の住人たちの阿鼻叫喚こそ意志世界の実相である。

第三。この間断のない苦悩の世界からの解放、救済の道はないのか。二つある。一つは、芸術、他は意志否定・滅却の倫理、ないし宗教である。知性は意志の召使いにすぎないが、一つの例外状態において盲目の意志の暗闇を照らす光、否、意志の主人となりうる瞬間がある。意志への隷属関係から解放され、意志への利害なく、主観が個体であることを止揚し、純粋明澄な世界眼、純粋認識主観となる、一時的な特例状態、これが審美的状態である。「意志は消滅し、残るのはただ認識のみ」(9)。そこで認識されるものは何か。個物の各々の原型たるイデアたち。母型の影絵たる個々の現象ではなく、母型イデアそのものの認識と伝達。これこそ芸術の課題である。この瞬間に苦悩の意志のイクシーオーンの車輪は止まり、イデアと一体となった純粋認識の美的幸福、カタルシスが生ずる。「生自体、つまり意志、存在そのものは、絶えざる苦悩であり、悲惨であり、恐ろしくもある。これに対し表象としての生は、純粋に認識されるか、芸術に反復されるかして、苦悩から解放され、意義ある劇を提供する」(10)という芸術による意志苦悩世界からの意味ある救済という芸術形而上学は、ヴァーグナーを経、正負の符号逆転にもかかわらず、生は美的現象としてのみ是認できるというニーチェの美的生哲学に至り、ポスト・モダーンの現代芸術にまでその影響を及ぼしている。特に音楽は、世界の現象ではなく、その根源たる意志そのものの模写と伝達として、芸術の玉座につく。

第四。意志否定の倫理的ペシミズム。死は生の終焉ではなく、たんに個性化の原理の揚棄にすぎない。死は人間の煩悩の拷問からの解放、個という牢獄の拘留からの釈放、あらゆる存在の母なる根源への帰郷である。母たる「種」の意志は新しい「個」の生誕において無限に自己自身を再生産する。個々の意志の滅却、小我を捨て大我に生きるインド的仏教的ニルヴァーナ涅槃教説。宗教的聖者と芸術家は、現象世界の自己を捨象禁欲し、根源の意志の自然に身を委ね、それと一体化し、純粋認識世界眼（悟り）となることにより救いの可能性を探る。

個別化の原理による世界認識、自己の欲望充足こそすべてというエゴイズムは、マーヤのヴェールに覆われた錯覚である。私と他とは同じ根源的一者たる意志の別の表象にすぎず、自己の苦悩は他の苦悩、他の苦悩は自己の苦悩という、マーヤのヴェールを透視する認識こそ、あらゆる倫理学の核心である。

第五。ショーペンハウアーは精神分析学、深層心理学の父である。エロスは意志の焦点である。あらゆる心理学の根本は、精神と衝動、表象と意志、意識と無意識の面倒な関係に対する仮面剝奪であり、イローニシュで同時に自然主義的な慧眼である。ショーペンハウアーの「意志と知性」の関係は、フロイトの「無意識 Es と自我 Ich」に対応するのは明白だ。意志の焦点としての性の形而上学は、マン文学のなかに「エロスとして仮装した生への意志」(Kristiansen)[11]として現れ、『トリスタン』のみならずアシェンバハもレーヴァキューンもムト＝エム＝エネトも、このエロスの欲求により、その精神と人間性の構築物全体を破砕されてしまう。アポロに対するディオニューソスの勝利、形式を破砕する無形式、すなわちデモーニシュな衝動的な意志の優位は、周知のように『魔の山』の雪中の夢に現れる。

第六。しかしこのショーペンハウアーのペシミズムにこそ、マンは彼の人間性を見る。世界の根底を暗い盲目の意志、知性はその奴隷にすぎないという非人間的な事実をペシミスティクに容認しながら、意志自体が自己自身を認識したいという意志の高次の客観化階梯に生じた知性という認識能力を、芸術や倫理や宗教と関連づけ、この人間の知性にあらゆる被造物の救い主をみようとしたところに、ショーペンハウアーの精神性とフマニスムスがある、とマンはみる。ショーペンハウアーこそ悪魔と死に囲まれながら母たちの国への道なき道を独り騎行する真理探求の知の騎士なのだ。ナチズムの知性憎悪、本能や非合理の盲目的礼賛という時代潮流に対するトーマス・マンの激しい批判が、一九三八年の『ショーペンハウアー』論を色濃く染めていることは見紛うべくもない。

第三節　意志、無形式、ロマン主義の勝利（B. Kristiansen）

ショーペンハウアーの意志と表象としての世界哲学が、トーマス・マンの、現実を認識する思考モデルであったことは、研究者側の肯否の度合いにかかわらず、きわめて明白であり、『魔の山』はその典型的な例証である。ショーペンハウアー「是認」説をとるデンマークのベルゲ・クレスディアーンセン（Børge Kristiansen）と、その功績を讃えつつ「批判」説をとるアウクスブルクのヘルムート・コープマン（Helmut Koopmann）の論争の争点は、第六章第七節『雪』での「思想の夢」見のあと、サナトリウムに帰った主人公が、「夢見たことは、色あせかけていた。考えたことは、もうその夜のうちによく分からなくなった」(688) と述べるセリフの解釈に収斂する。それは引用の手垢にまみれすぎややや陳腐となりすぎた感のある「対立ではなく人間が高貴なのであって、愛と善良のために、死に思想の支配権を委ねてはならない」(685) というあの有名な一節をめぐる評価である。衝動と知性、死との共感と生への前進、ロマン主義と啓蒙主義のシーソーゲーム評価の岐路でもある。

クレスディアーンセンの主張点は大きく分けて二つある。[12] 一つは、『魔の山』の内容が、意志と表象としての二重世界構造解釈に基づき、「無形式」と「形式」との対立抗争が前者の勝利に終わるプロセスとみる。他は、それが作品構造全体や物語技法そのものに密接に関連しており、したがってあくまで作品内在解釈に徹すべきだという主張である。

前者は、表象世界（形式）を仮象（みせかけ）として仮面剥奪し、その背後に隠蔽されている存在（意志）の実相

（無形式）を認識するプロセスこそが、『魔の山』の根本主題「錬金術的ヘルメース的高揚」（die alhimistisch-hermetische Steigerung, 827）であるとみる。後者は、小説全体を貫くライト・モチーフ技法が、時間・空間により虚構された幻としての表象世界にかかるマーヤのヴェールをあげ、無時間遍在の意志衝動世界を存在の根源真理としてつねに透視させ、作品のどの部分にも nunc stans（立ち止まれる今、静止せる現在）を現出させる機能をもつものとみる。両者とも総じて、ディルタイのいう「作品という有機組織のなかに働いている、意識されない脈絡という〈イデー〉」(13)の摘出が文学研究の課題となる。作品構造に適合した意味体系の抽出をめざす作品内在解釈である。さらには表層の物語の筋しかみない初読を、深層構造を透視できる理念型読書に近づこうとする、受容美学的方法でもある。

一九七八年初版のクレスディアーンセン本の表題は『無形式＝形式＝超形式』（Unform-Form-Überform）である。(14)無形式は意志、形式は表象、超形式は形式過度ないし死に接する精神を、それぞれ表徴する。一九二五年六月十一日五〇歳のマンはヴィーン・ペンクラブのテーブル・スピーチで言う。「形式とは死と死との間の、生に祝福された中間的なものです。非形式（形式喪失）としての死と、超形式（形式過剰）としての死、つまり解体（Auflösung）と硬直（Erstarrung）、荒廃と凝固との間の中間的なものです。形式は尺度、価値、人間、愛です。ヴィーンの魂のなかには無形式と超形式、東方の要素とハプスブルク＝スペインの要素とが触れあっており、そして形式へ、すなわち死について知った形式の生や人間の友好性へと均衡調整されているのです」（XI, 371f.）。

形式と無形式の対立は、表象と意志、知性と衝動、平地と高地、西方と東方、ゼテムブリーニとショシャ夫人、チームセンとヒッペ、太陽の子らの楽園と血の饗宴とに象徴される。病めるウェルギリウス＝セテムブリーニの諫止にもかかわらず、理性の赤信号を越えて、ウェヌスないし黄泉の女王ペルセポネーの石榴を食む二月二十九日謝肉祭の「ヴァルプルギスの一夜」は、時空を越え個別化の原理の鎖を断ち切り、あらゆる存在の母胎、デモーニシュな地下的原動力に自己を解消したいという、カストルプの憧憬の実現である。形式のエトスと死との共感、アポロとディオニューソス、啓蒙主義とロマン主義との確執は、後者が勝つ。ショシャ夫人は、あらゆる形式を逃れる非合理な生衝動、根源的意志の擬人化なのだ。死に誘うヘルメース、エロス＝タナトスでもある。

時間も空間もない世界の根源的原動力は「海」に象徴される。盲目、無目的、非合理、デモーニシュな自然の、無限のエネルギー。無形式とも完璧な形式ともいえるし、虚無とも全一ともいえるし、生とも死ともいえる、永遠無時間の、事物の真の存在のアレゴリー。「海」への嗜好は、「死の」姉妹「眠り」と「エロス」への傾愛と等しい。高地の水平生活は眠りを誘い、吹雪の迷走で、ハンスは横になりかかる。ウェヌスへのエロスは、死へのロマン的憧憬である。形式の無形式への解消の憧憬である。

しかし「死」には二面性がある。一つは、市民的職業というアイデンティティーを解体し、アモルフな意志のカオスへと自己解消したいという破壊衝動と、他は、自然をテロリズムで拒絶し、冷厳な精神の形式のなかで本能を抑圧し、精神の絶対王国を樹立せんとする「形式過剰」衝動である。前者はヒッペ（死の寓意、大鎌）＝ショシャへの傾愛、後者は死の秘密とみなされる雪片解釈や、ナフタ像に現れる。ハプスブルク＝スペインやヨーアヒム・チームセンの取る、死への厳粛な態度である。スペインにおける死概念は、マンによれば、非人間的なイェズイット会や拷問の宗教裁判のように、無形式ではなく形式偏重、放縦ではなく厳格、解体ではなく硬直であって、雪白の襞つき皿型襟飾りに黒服を着、高貴でかつ血塗られたものである（697）。軍人チームセンには軍隊の厳格な直立不動的死の規律がある。ナフタは人間精神を盲目の自然意志の奴隷状態から解放し、禁欲的に生への意志を拒否して精神の専制王国を樹立しようとする。超自然的精神の世界支配をめざすイェズス・カトリック、プロレタリアート独裁をめざすコミュニズム、ユダヤ的知性のラディカリズムの混然三位一体のナフタ像は、超形式（形式過多）の象徴である。

しかし生への意志を抹殺せんとする精神の超形式空間は、生命のない冷厳な硬直の、死の虚空ともいえる。一面、白の虚無、白の沈黙、白の超越に迷いこみ、均整のとれた余りにも合法則的な六角形の雪片に、死の秘密を嗅ぎ、怖じ気をふるう『雪』の場面は、死の別面「超形式」の硬直の比喩であると共に、意志の irratio を根絶せんとする理性 ratio の比喩でもある。ダンテの地獄の最下層酷寒の氷地獄は、神や自然に反逆する、知の倨傲・驕慢（Hybris）の罪を背負う人びとの居住空間である。[15]

白く渦巻く吹雪の雪山を彷徨回帰し、山小屋の木壁によりかかり、横になって眠りこもうとする誘惑と闘い夢見る思想の夢は、ハンスの夢であると同時に、主人公の魂を借り、意識化せんとする、人類共同の、無意識無時間の神話的夢でもある。故郷の息吹に似た地中海の海辺に繰り広げられる、太陽の若者たちの牧歌的楽園風景（ルートヴィヒ・フォン・ホフマンの「海辺の騎行」「泉」「春」などの絵がモデル）[16]がみるまに暗転して、デーメーテールとペルセポネーの冥界の母子石像のある神殿のなかの、嬰児を引き裂きむさぼり食う老婆たちの恐るべき地獄風景となる夢である。太陽の子らの美しい形式世界は仮象（見せかけ）として仮面剝奪され、その背後に残酷でデモーニシュな意志という真の存在の実相が血の饗宴に本性をあらわす。アポロとディオニューソス、形式と無形式、表象と意志、光と闇、意志と無意識、合理と非合理の対立確執、後者の優勢というテーマは、『魔の山』の基本構造を形成するライト・モチーフである。時間空間に制約されない無時間無形式の意志という存在の真理が、「静止せる今」の神話の夢に現出する。

生か死か、健康か病気か、自然か精神かという対立ではなく、その中間、死をくぐった生、冒険と理性の真ん中に神の人間（homo dei）が位置する。高貴なのは人間であって対立ではない。「人間は善と愛を失わないために、死に思想を支配させてはならない」（685）。従来『魔の山』教養小説の中心主題とみなされたこの有名な「人間性」の夢を、クレスディアーンセンは小説構成上核心的なイデーではないと主張する。なぜなら『雪』の章末「彼が夢見たものは色あせかけていた。彼が考えたことは、もうその夜正しく理解できなかった」(688)と書かれてあるからであり、小説の結末ではなくS・フィッシャー書店一九六〇年版全集第Ⅲ巻九九四ページ中の六八八頁の台詞であるからだ。小説はさらに進み第七章になって新しい人物ペーペルコルンの登場がある。セテムブリーニ(形式)もナフタ(超形式)もこの「千鳥足の神秘」的「人物」の前では「侏儒」化し、その論争も空論化する。陶酔のディオニュソースと苦悩のキリストの奇妙な混合、あるいはハウプトマンとゲーテの戯画、あるいは根源的存在そのものの擬人化。しかしペーペルコルンの自殺はディオニューソス的人間の矛盾を暴く。すなわち生の意味はただ有限なこの世界をエクスタシーと共に踏み越え、生の根源の意志と合体化することにあることを知りながら、自身それを踏み越えることができず個別化の世界に捕らわれたままの苦悩者であるからだ[17]。

『魔の山』の最終章でハンスは不精髭をつけ、左右のメフィストーフェレスの哲学に無関心となり、自我解体と完全なアパシーに陥る。周囲の患者たちも方向喪失の失速状態となり、「無感動」というデーモンに襲われ、「いかがわしい」霊魂呼出や、病的「興奮」状態に陥る。「あらゆる事物の終わりにはただ肉体的なものだけが残る。つまり爪とか歯とか」(972)。すなわち最後まで残り本性を現すのは、裸の意志の生存競争であり、論争も爪と歯の肉体闘争となる。生の実相は生への盲目の意志なのだ。第一次世界大戦という「雷鳴」による七年間の魔の山冥府下りからの生還も、それ自体国家や人間の意志生存競争の地獄へと化した平地への逆戻りである。吹雪のなかの人間性の夢は瀕死状態である。

「小説の結末からみれば、コープマンが考えるように、主人公が人間的なイデーをモデルに生きたということは問題にならない。このイデーは、ショーペンハウアーの意志という哲学素により正当化された世界嫌悪と死との共感とに対し、構造的に対抗している。人間的なイデーは抵抗する。しかし解体的な力の魅力を最後まで現実に打ち破ることはできない。人間的なイデーはたしかにその影響を読みとることはできるが、しかしたんに一時的な、主人公にすぐ忘れられてしまう動機である以上、小説の構造を支える啓蒙的な対抗ラインを構成しているわけではない」[18]。『魔の山』の根本構造を構成する二本柱、すなわち意味のない無形式の意志という現実と、意味のある形式の人間的なイデーというユートピアとの闘いは、「意志」が「啓蒙」を撤退させるという構造線で終結する。要するに、意味のある人間的な生の形式というユートピアは、希望と出口の見えない無形式の混沌へと消えていくというのが、クレスディアーンセンの結論である。

第四節　表象、形式、啓蒙へのイニシエーション（H. Koopmann）

ショーペンハウアー哲学が『魔の山』の内容の基体であるばかりでなく、その物語技術や小説構成の隅々にまで及んでいることを、個々の事例で実証したことは、トーマス・マン研究における不滅の功績であり、向後の『魔の山』解釈はこのクレスディアーンセンの研究を見過ごして通過することはできないだろう、と絶賛しながら[19]、しかしトーマス・マンが『魔の山』でショーペンハウアー哲学に仕えたのは、それを擁護するためではなく、それに対する警告を発し、その死の思想に反駁するためだった、とクレスディアーンセン説に異議を唱えるのはコープマン（Helmut Koopmann）である（『ドイツの古典主義的現代小説』一九八三、など）[20]。

死は、迷誤の現存在という牢獄からの釈放や救済ではなく、ネガティヴな意味での形式の解体、生の終焉、生の否認、非在、虚無である。第一次大戦敗北前後のドイツの精神的潮流たる非理性の本能的意志礼拝、そのようなものとしての死への脱個人的合体憧憬や陶酔傾向は、前ファシズム的傾向の予兆とも読める。かかる死に対抗する雪中の人間性の夢をその夜のうちに忘れたというのは、たんに肉体や思考力の疲労にすぎない。『魔の山』I部とII

部の間の世界大戦、思想の転向、『ドイツ共和国』(一九二二)の理性、生、人間性、民主主義擁護宣言をみれば、雪の人間性の夢は、読者を生へ導く「啓蒙」プロセスだったといえる。

一九三三年『魔の山』研究の鼻祖ヴァイガント(Hermann J.Weigand)が指摘した「イニシエーション物語」(initiation story)[21]という命名を借り、トーマス・マンは一九三九年プリンストン大学の学生を前に「知識、健康、生への必要不可欠の通路としての病気と死という概念が、『魔の山』をイニシエーション小説にしています」(『魔の山入門』XI, 613f.)と講演する。コープマンはこのキーワードを使って、病気と死とを媒体に、主人公、ひいては読者を生へと導くイニシエーション・プロセスを三段階に別けて辿っている。

第一段階は、過去それまで依拠してきた古き市民的現実からの訣別で、当然と思われた諸概念が揺らぐ。イニシエーションは読者の意識改革もめざす。物語られることの二重底性、つまり物語事象とその意味関連の透視が、読者の意識を変革するイニシエーションとなる。

第二段階は、表層現実と深層真理との乖離が決定的となり、死の使者ヒッペ＝ショシャ体験により、生の地層の地下、黄泉の甘美な石榴の実を味わう。表面は健康な肉体に病菌が巣くい、生が死の萌芽を育む。しかしこの死との対決こそが問題。魔の山という病気の教育州では、セテムブリーニ、ナフタという左右の教育者の教えも空論と化す。

第三段階は、教育州ならぬ冥府のヴァルプルギスの暑熱の夜と酷寒の吹雪地獄をくぐり抜けた生への新しい道の発見であり、オリエンテーションを失い白い虚無のなかに眠りこもうとする夢遊病的夢のなかから、「人間は愛と善良のために、死に思考への支配を許すべきでない」というフェニックスのごとき再生変容が生ずる。問題なのは、教育者の説教や教養の拡大ではなく、魔の山の誘惑的な愛死の魅力に抗う、自己自身の冒険的体験による「覚醒」である。啓蒙への覚醒である。

ドイツ教養小説の源流である聖杯探求小説（Gralsroman）の主人公（Quester Hero）が求めるグラールとは、生の飲物、黄金水の聖杯である。ハンス・カストルプ物語は、魔の山の蠱惑的なエロス＝タナトスたるウェヌスの魅力に抗しつつ、時代のロマン主義的、非合理的、反理性的潮流に抗しつつ、死をその狂躁、熱狂、陶酔の相においてではなく、ネガティヴな悲惨な相、つまり生の否認、破滅、解体、終焉、虚無とみ、生、愛、善という人間性の秘密を見つける。これはショーペンハウアー初め青春の三連星との対決であり、自己解体の克服としての新しい自己発見、自己自身への到来であり、カント的啓蒙主義の意味での自己解放である。この意味で『魔の山』は、十九世紀ロマン主義との対決、啓蒙主義への信条告白である。自己自身に責任をもつ自己自身への到来があったればこそ、ヴァイマル共和国の危機への警告が可能となり、かつ向後ナチズムに抗する強固な礎を築くことができたのだ。それは主人公ひいては作者自身の意識改革、新しい生へのイニシエーションであるばかりでなく、読者一般の意識改革、新しい生へのイニシエーション・モデルとして、同時代のH・ブロッホやA・デーブリーンと共に読まれるべき古典主義的現代小説であるとコープマンは結論する。

第五節　魔の山にかかる想像力の虹（イロニー）

『魔の山』の構造は、ショーペンハウアーの表象と意志の世界という、前景と背景、表層と深層の二重構造であり、この二重性を透視させる物語技法であるライト・モチーフが、「静止せる今」（nunc stans）を現出する。時間空間因果性に条件づけられた我々の表象世界の奥底には、無時間遍在の生への意志がどす黒く永劫回帰の無窮動を続けている。それは生という仮面の裏側の死の本姿でもあり、現在という前景の裏側の神話的永遠無時間ともいえる。魔の山は、意識と無意識、表象と意志、形式と無形式、アポロとディオニューソス、知性と衝動との境界である。冥府下りであると同時に再生への上りでもある。「死して成れ！」。魔の山から戦争の現実地獄平地への帰還は死なのか生なのか。ロマン主義的死への陶酔なのか、啓蒙主義的生の未来への再出発なのか。

トーマス・マンのショーペンハウアー形而上学解釈是認か批判かをめぐる、クレスディアーンセンとコープマンの論争は、ナフタとゼテムブリーニの論争のように、再び現在生きる我々に同じ問いを投げかける。二〇世紀に起った二つの世界大戦や戦後の米ソ冷戦の生んだ、アウシュヴィッツ初めさまざまな悲惨きわまりない阿鼻叫喚の地獄図絵を見、マン自身の『ファウストゥス博士』をみれば、北欧のクレスディアーンセン説に傾くし、自由主義民主主義世界の勝利拡大、そしてマン自身のヴァイマル共和国支持、反ナチズム、アメリカ亡命、さらに『ヨゼフとその兄弟たち』の人間性のユートピアをみれば、コープマン説に傾く。

トーマス・マン自身は、つねにその中間に留保し、あらゆる対立諸原理の中間に、人間性の希望のユートピアという聖杯（生の黄金水）を探求せんとした、いわゆる「イロニー」の騎士であったと筆者は考える。啓蒙主義かロマン主義かといっても、これは絶対の二者択一ではありえない。たとえばトーマス・マンはドイツ・ロマン主義こそ主知主義（Intellektualismus）とみる（XII, 92）。ロマン派の生命たるイロニーは、マルティーン・ヴァルザーによれば、有限と無限、内在と超越の間を往還する自己意識の浮遊運動、自我の光りの反射運動である。[22] また啓蒙主義といっても、いわゆる「啓蒙の弁証法」によって、理性は野蛮にも仕える道具的理性と化す危険をそれ自体に内蔵する。合理的理性が非合理的本能にみるまに暗転する例は、枚挙に暇がない。死との共感、生への親近といっても、いわば表裏一体のものだ。マンの中間性のパトス、距離への情熱、イロニーの留保とは、精神的かつ美的エートスでもある（IX, 170f.）。形式と無形式、知性と衝動、アポロとディオニューソス、啓蒙主義とロマン主義の間の、絶えざる弁証法的対立緊張関係運動そのものが、トーマス・マンの生と作品を形成する。イロニーとしての芸術。

「イロニー」の騎士。トーマス・マンこそペシミズムのフマニスト、死と悪魔に囲まれてなお独り騎行するアルブレヒト・デューラーの甲冑の騎士であったといえる。

あらゆる存在の根底に潜む盲目の意志の不条理を透視し、その恐怖と凄惨という生の実相を直視して、強靭に生き抜くためにこそ、光と夢のアポロ的言語芸術形式、すなわち二〇世紀のオリュムポスの『魔の山』が生み出されたともいえる。ハンス・ヴィスリングの言うように「人間の想像力」[23]という神々の寄り集うアルプスの「魔の山」である。魔の山を下りたハンス・カストルプが生きていたとしたら何をするだろうか、たぶん『魔の山』を書くだろう、とエーリヒ・ヘラーが諧謔たっぷりに言った意味はおそらくここにあるだろう。世界とそこにおける生はたとえ無意味であると書かれてあるとしても、それを一つの言語芸術作品に形象化すること、それは無意味な存在の実相に意味ある象徴を創造することなのだ、という主旨のE・ヘラー説に全面的に賛成である。[24]それはマルティーン・ヴァルザーの言うようにエーリヒ・ヘラー教会でトーマス・マン神に跪拝することではないだろう。[25]

トーマス・マンのイロニーが、有限と無限、内在と超越、現実と理想など二極間を漂うF・シュレーゲル的な貴族的自己安定意識の「浮遊」にすぎないかどうか。両極間の概念を貨車入れ替え作業のように組み合わせていると、M・ヴァルザーが揶揄する、観念的遊戯にすぎないかどうか。[26]意志と表象、無形式と形式、ディオニューソスとアポロの相剋という瀑布の上にかかる虹こそ、マンのイロニーであり芸術である。アルプスの魔の山の上にかかる虹は、無の映像にすぎないのだろうか。いな、無に抗する、生の意味の織物こそ、『魔の山』という芸術作品であることの立証の試み、これが本章の眼目であった。

註

（1） Friedrich Nietzsche：*Die Geburt der Tragödie*. In：N I, 30.（ ）内と，傍点は筆者の追加。

（2） W.v.Goethe：*Faust*. In：*Goethes Werke, Hamburger Ausgabe in 14 Bänden*, Bd. III, Hamburg 1954², S.193.（Versinke denn! Ich könnt' auch sagen：steige!)

（3） Thomas Mann：*Der Zauberberg*.『魔の山』。主に佐藤晃一訳（筑摩世界文学大系 一九五九年）を参照にすべて拙訳。Bd. IIIは，頁数のみ表記。

（4） *Faust II*, 6222, ibid. S.191.（Kein Weg! Ins Unbetretene, Nicht zu betretende!)

（5） Georg Simmel：*Venezia*. In：*Gesamtausgabe*, hrsg. von Ottheim Rammstedt. Bd.8, Suhrkamp FaM 1993, S.258ff.

（6） Erwin Koppen：*Schönheit, Tod und Teufel*. In：*Arcadia*, Bd.16, H.2, 1981, S.160, 166f.

（7） Peter Sloterdijk：*Der Zauberbaum*. Suhrkamp FaM 1987, S.313ff.

（8） Arthur Schopenhauer：*Die Welt als Wille und Vorstellung*. In：*Sämtliche Werke* I, II, hrsg. von Lohneysen. Cotta FaM, 1987³, Bd.II, S.590ff.

（9） ibid. Bd.I, S.558

（10） ibid. Bd.I, S.372

（11） Bϕrge Kristiansen：*Thomas Mann und die Philosophie*. In：TMH, Stuttgart 1990, S.278

（12） Bϕrge Kristiansen：*Thomas Manns Zauberberg und Schopenhauers Metaphysik*. Zweite verbesserte und erweiterte Auflage. Bouvier, Bonn 1986.［=KZ］

（13） Wilhelm Dilthey：*Gesammelte Schriften*. V.Band, B.G.Teubner Verlagsgesellscahft, Stuttgart 1974⁶, S.335ff.（Die Idee ist nicht als abstrakter Gedanke, aber im Sinne eines unbewußten Zusammenhangs, der in der Organisation des Werkes wirksam ist und aus dessen innerer Form verstanden wird, vorhanden；. . .der Ausleger hebt sie heraus und das ist vielleicht der höchste Triumph der Hermeneutik.）/B.Kristiansen：KZ. *Einleitung*, XXXV)

（14） B.Kristiansen：*Unform-Form-Überform*, 1 Aufl., Kϕbenhavn 1978

（15） Vgl. Lea Ritter-Santini：*Das Licht im Rücken. Notizen zu Thomas Manns Dante-Rezeption*. In：*Thomas Mann*

1875-1975, FaM 1977, S.362ff., 373

(16) Vgl. *Bild und Text bei Thomas Mann. Eine Dokumentation*, hrsg. von Hans Wysling, Francke Verlag Bern 1975, S.178ff. / *Thomas Mann. Ein Leben in Bildern*. Hrsg. von Hans Wysling. Artemis, Zürich 1995, S.260

(17) Cf. KZ. *Zur Einführung* von Helmut Koopmann, XVIII

(18) KZ. S.304

(19) Helmut Koopmann：*Zur Einführung*. In：KZ. XIXf.

(20) Helmut Koopmann：*Der klassisch-moderne Roman in Deutschland, Thomas Mann-Döblin-Broch*. Kohlhammer, Stuttgart 1983 / *Die Lehre des Zauberbergs*. In：*Das "Zauberberg"-Symposium 1994 in Davos*. TMS XI, FaM 1995, S.59ff.

(21) Hermann J.Weigand：*The Magic Mountain. A Study of Thomas Mann's Novel, Der Zauberberg*. Chapel Hill, The University of North Carolina Press 1965, p.86. First published in 1933 under title：*Thomas Mann's novel, Der Zauberberg*.

(22) Vgl. Martin Walser：*Selbstbewußtsein und Ironie*. Frankfurter Vorlesung. edition Suhrkamp 1090, FaM, 1981

(23) Hans Wysling：*Der Zauberberg-als Zauberberg*. In：TMS XI, S.43ff.

(24) Erich Heller：*Der ironische Deutsche*. Suhrkamp FaM 1959, S.248ff.

(25) Martin Walser：*Auskunft*, hrsg. von Klaus Sieblewski. Suhrkamp FaM 1991, S.113

(26) Martin Walser：*Selbstbewußtsein und Ironie*. S.97

第三章　八つ裂き、エロス襲撃、ヘルメース

――『ヨセフ』四部作、三つのモチーフと根拠律――

序――「過去という泉（井戸）は深い。底なしと呼ぶべきではなかろうか。」„Tief ist der Brunnen der Vergangenheit. Sollte man ihn nicht unergründlich nennen?“（IV, 9）[1]

人類始源書の一つ、旧約聖書『創世記』（*Genesis*）第十二章から五〇章まで、ヤコブ（Jaakob）ヨセフ（Joseph）などを主人公とするイスラエルの民の物語を素材にしたトーマス・マン『ヨセフとその兄弟たち』の序曲「地獄下り」（*Höllenfahrt*）の有名な出だしである。一九二六年マン、五一歳。完成は一九四三年一月四日、六七歳。ミュンヒェンから南仏やチューリヒを経てアメリカはプリンストンに渡りロサンゼルス近郊のパシフィク・パリセイズ（Pacific Parisaides）で擱筆するまで十六年。ナチス亡命時代の苦難の所産である。

「過去の泉は深い」。時間的空間的底なしの泉すなわち深淵。過ぎ去りし時をいかに遡源しても底の底には行き着かない。時間は過去も未来も無限である。あるのは「いま」と「ここ」の現在のみである。過去への下降の入り口はつねに現在という井戸しかない。泉（井戸）とは、古代オリエントの楔形文字によれば、地下世界、冥府、死への入り口である（Alfred Jeremias）[2]。生と死の境界たる泉としての旧約聖書を繙き、過去の冥府に下れば、現在の生の劫初に行きつくであろうか。生の原型とおぼしき神話には、さらにそれに先行する祖型がある。かくして時間の堆積たる歴史の底には達しがたい。

「過去という泉は深い。unergründlich と呼ぶべきではなかろうか」。この訳を高橋義孝訳は「測り知れぬ」、望月・小塩訳は「底なし」としている。gründen は基づく、根拠とする、創立するであり、Grund は土地、底、基礎、根拠、理由である。unergründlich は底知れぬほど深い、究明できない、根拠づけできないほどだ、という意味である。空間的にも時間的にも底なしの深淵。無時間、無空間、無因果律、無根拠の底、根底、根拠とは何か。生きとし生けるものの根拠であるが、自らはもはや根拠を必要としないもの、この世の第一原因、生の始源、それは神であれ自然であれ、究めがたい、根拠づけできない深淵である。

ではトーマス・マンが『創世記』という井戸から過去への冥府へ下り、底なしの黄泉の国で探そうとするものは一体何か。人間という存在の秘密、生の母胎、母たちの深淵、生命の種子、命の水である。祖型は太古の死の世界にあるが、しかし日に新たに再生復原される現在の個々の生の基盤でもある。トーマス・マンの手にする武器は、心理学とイロニーだ。神話（Mythos）とロゴス（λόγος）、神話と啓蒙の問題でもある。

「底なしと呼ぶべきでなかろうか」を言う主語 man とは一体だれなのか。ハイデガーのいわゆる「世人」（das Man）、死に至る有限存在にすぎぬ人間一般にとっては測りがたい、ということであろうか。非人称化した語り手、物語を語る者、マンの言葉でいえば「物語精神、物語の霊」（der Geist der Erzählung）である。「物語作者は物語空間を包含するが、物語空間は物語作者を包含しない」。この言は、「神は世界空間を包含するが、世界空間は神を包含しない」（V, 1290）という言と裏腹であって、神にまで登りつめ宇宙を支配しうると思い上がる人間精神の驕傲（superbia, ὕβρις）の問題が伏在する。始源の書『ヨセフ』四部作には、次作終末の書『ファウストゥス博士』の中心テーマが潜在する。

マンのイロニーによる神話再説は、物語素材のみならず物語行為そのものが物語対象となる。物語られてしまった既知の祖型物語を再生しながら、それを物語るとは何か、いかに物語るべきかをたえず自己反省する物語である。物語の物語、物語行為の自己意識、物語の自己言及物語。カント風に言えば超越論的物語、シュレーゲル風に言えば物語の自乗、フッサール風に言えば物語の精神現象学、それがマンのイロニー神話、創世記物語である。かくしてマンの始源の劈頭の二行には、人間存在の始源、根拠に関する問いと、物語芸術の意味への問いが、象徴的に圧縮して表現されている。(3)

以下本章は『ヨセフ』四部作の三つのモチーフをめぐる。

(1) タムズ＝オシーリス＝アドーニス (Tammuz-Osiris-Adonis) 等、八つ裂きの死と再生神話としてのヨセフ像。

(2) ムト＝エム＝エネト (Mut＝em＝enet) 挿話に代表されるエロスの襲撃劇。母なる暗闇の大地と父なる光明の太陽、ディオニューソスとアポロの確執モチーフ。

(3) 生と死、意識と無意識、男と女等の両領域を往来仲介するヘルメースとしてのヨセフ像、すなわちイロニー、芸術の問題である。

第一節　八つ裂きのモチーフ（死と再生）

1　ディオニューソス＝ザグレウス (Dionysos-Zagreus—ニーチェ)、象徴としての神話（E・カシーラー Ernst Cassirer）

ヨセフは二度穴に落とされ、二度衣服を引き裂かれる。一度目は異母兄弟に嫉妬され、ドタン (Dotan) の砂漠の井戸に投げ込まれる。ヨセフが「日と月と十一の星がぼくを拝んだ」(『創世記』37,9) という夢を物語ったからである。「ヨセフは野猪に引き裂かれました」(同 37,20) と偽り、着ていたケートネットは雄山羊の血に浸され引き裂かれて、嘆き悲しむ父ヤコブに引き渡される。二度目は奴隷として売られた家の主、侍従長ポティファル（Potiphar）の妻ムト＝エム＝エネトに言い寄られ、拒んで逃げるときに引き裂かれ残した衣服が証拠となり、Zawi-Reの牢獄の穴に三年間投獄される。しかし夢解釈と英知でファラオのいわば官房長官へ出世し、父や兄弟を呼び寄せ和解する。すなわち〈死と再生〉の物語である。

死と再生復活を暗示する「八つ裂き」モチーフは、古来東西の神話伝説に存在する。バビロニアのタムズ（Tammuz）、エジプトのオシーリス（Osiris）、フェニキアのアドーニス（Adonis）、トラキアのディオニューソス（Dionysos）、そしてもちろん十字架にかけられしキリスト（Messias＝Jesus Christus）である。冬、一年の1―3は地下にあり、春と共に芽生え美しい花を咲かせ果実となり、やがて2―3の地上の生を終え、再び地中に回帰する、植物生命種子の、死と再生の反復を象徴する神話である。

一九三三年不本意な亡命の直接の原因となったかの有名な講演『リヒァルト・ヴァーグナーの苦悩と偉大』でマン自身指摘する。太陽の子ジークフリートの亡骸が暗闇に棺でクリームヒルトの前に運ばれると、グンターはハーゲンを指して言う。「野猪の凶暴。この高貴な者を殺したのは、あの呪われた猪だ」と。「この視点は人間の夢の像の始源へと遡る。猪に殺されたタムズ、アドーニス、八つ裂きにされたオシーリス、ディオニューソス、彼らは十字架に架けられし者として回帰することになるが、ローマ人の槍は彼の脇腹を突き、彼を見分ける目印のために引き裂かねばならない――過去にありまた常に現在もあるすべてのもの、犠牲にされ、冬の憤怒により殺害された美の世界全体を、この神話的眼差しは包括している」（IX, 372）。

すべてはかつてあったように、あるであろう。過去の祖型の反復変奏としての現在の生。現在の生の根拠は神話にあり、というヴァーグナーの神話への態度を、マンは周知のように神話と心理学の関係として捉えた。

トラキアのオルフェウス教でディオニューソスと同一視されるザグレウス（Zagreus）は、ゼウスが蛇の姿で娘ペルセポネーと交わって生まれた第一のディオニューソスである。嫉妬深いヘーラーにそそのかされたティーターン族は、牡牛となったディオニューソス＝ザグレウスを八つ裂きにして呑み込む。怒ったゼウスは雷霆で巨人族を焼き撃つと、その灰から人間が生まれる。アテーネーはザグレウスの心臓だけを救い出し、ゼウスはこれを呑み込む。セメレー（Semere）はゼウスに愛されるが、ヘーラーに欺かれ、ヘーラーの所に行くのと同じ姿で来て下さいと懇願する。ゼウスの本姿、雷光によりセメレーは焼け死ぬ。ゼウスは六ヶ月の胎児を大腿に縫い込む。月満ちて生まれたディオニューソスはニューサの山中でニンフたちにより育てられ、女たちを狂わせる。高貴な女アガウエーはキタイローン山中で野獣と思い違いをして息子ペンテウスを八つ裂きにしてしまう。

ニーチェは『悲劇の誕生』第一〇章(4)でギリシア悲劇の主人公はプロメーテウスやオイディプースにしても皆ディオニューソスの仮面変形にすぎないと言う。ディオニューソスは「個別化の苦悩」を自ら体験する神であって、少年の頃ティーターン族に八つ裂きにされその状態で崇拝されるザグレウスである。根源的一者の地火風水への世界要素分解と同じように、根源的一者「意志」の個体化の原理こそ、世界の一切の苦悩の源泉である。ディオニューソス神話は、世界の八つ裂き状態の苦悩そのものを表す。ディオニューソスの微笑から生まれたのがオリュムポスの神々であり、涙から生まれたのが人間である。八つ裂きにされ、個体に分割された世界の苦悩の面上に一条の歓びの光が射すのは、個別化の終焉、全一性への帰一にほかならぬディオニューソス再生復活の希望に沸き立つときである。永遠の哀悼に沈むデーメーテール＝ペルセポネーはもう一度ディオニューソスを産めると告げられ、初めて歓びを取戻したと言われる。

「現存する一切のものは一つであるという基本認識。個別化は諸悪の根源であるという観察。個体化の原理の呪縛は打破できるという歓ばしき希望。回復される全一性の予感としての芸術（アポロの救済）」（Nietzsche I, 62）。これがギリシア悲劇の秘儀の教えだとニーチェは要約する。個体化原理という苦悩のマーヤのヴェールを上げて、全一の生への意志を透視し、この全一の一者に帰一融合すること、これが師ショーペンハウアーの教えである。

エルヴィーン・ローデの『プシューケー（魂）』(*Psyche*)[5] に拠りつつ、エルンスト・カシーラー (Ernst Cassirer) は『象徴形式としての哲学』（一九二五）で言う。[6]「ディオニューソス祭祀は、すべての偉大な植物祭祀と同様、自我のなかにただ生が普遍的根源から暴力的に離脱することとしか感じ取らない。この祭祀が目指すのは、生の根源への回帰であり、魂が肉体と個性の鎖を断ち切って飛び出し、全一の生命に再び一体化しようとする脱自的陶酔である。ここで個性はただ一つの動機、つまり巨人族に八つ裂きにされ呑み込まれるディオニューソス＝ザグレウス神話に直接表現されているような、悲劇的個体化の原理のモメントしか捉えられていない」。人間は生きとし生けるものすべてから分け隔てられている障壁を取り壊し、自己の生命感情の密度を昂揚し、個体の特殊化から解放されるよう駆り立てられる。野性的狂躁的な輪舞のなかでこの解放、つまりすべての生命の根源との同一性が再生される。巨人族により打ち負かされ八つ裂きにされた結果、一つの神的存在が、世界の多様な諸現象と多様な人間に散佚したこと、ゼウスが雷光により打ち砕いた巨人族の灰のなかから人間が生まれたこと。だから自然現象との直接一体化が、人間の根源的母胎回帰願望となること (Vgl. Cassirer, 233)。八つ裂きと再生の神話群は、冬の猛威と春のよみがえりの、永劫回帰をくり返す植物の生と死の円環運動に、生の実相と夢を見る、古代人の世界観宇宙観生命観といえるだろう。

2　イーシスとオシーリス (Isis u. Osiris. De Iside et Osiride)

トーマス・マンはイーシスとオシーリス伝説を、ヨセフの父ヤコブが婚礼の前に見る夢のなかにまず取り入れる。伯父ラバンの奸計により愛するラケルではなく姉のレアを新婚の闇夜に抱く運命の祖型である。夢のなかで語るのはオシーリスとネブトト＝ネプテュス (Nebthot＝Nephtys) の子アヌプ (Anup)、ジャッカルの頭をもつ美少年アヌピス（Anupis）、実は後のヘルメースである。初めに、「生まれたことのない、隠れた者」たる、始源の神ヌン（Nun）があり、偉大な母テフネト（Tefnet）から、大地ゲブ（Geb）と天ヌト（Nut）が生まれる。この父母からウシル＝オシーリス（Usir＝Osiris）、セト（Set）、エセト＝イーシス（Eset＝Isis）、ネブトトの四人の子が生まれる。太陽神オシーリスとイーシス、冥府神セトとネブトトの兄妹が夫婦となる。ネブトトは牝牛であり、夜闇の罪で、夫の赤いセトと思い違って、オシーリスに抱かれ、アヌピス（トト）を産む。オシーリスがネブトトの所に置き忘れた蓮の冠が証拠となり、セトの復讐が始まる（V, 288ff.）。

プルータルコス（Ploutarchos）では、レア（Rhea）は一日目にオシーリス、二日目にアルエリス（Arouéris）、三日目にテュポン（Typhon＝Set）、四日目にイーシス、五日目にネプテュスを産む。オシーリスの父は太陽神ヘーリオス（Herios）、イーシスはヘルメースの子、セトとネプテュスの父はクロノス（Kronos）で、セトは月足らずで脇腹から轟音と共に飛び出したという。オシーリスとイーシスの兄妹は母親の胎内で愛しあったという（cf. S.T.G. Frazer: *The golden bough*）[7]。オシーリスは黒土、セトは赤土、つまり豊穣と不毛、天上と地下、光と闇とを表す。オシーリスはエジプト王となり、万物の神、特に穀物の神として崇拝される。

さて弟のセト＝テュポン（旋風）は王位簒奪と復讐のため七二人の反逆者と共に奸計を企み、兄オシーリスだけ身に合う棺を作って言葉巧みに誘い込み、釘を打ち熱鉛を流し込んで海へ流す。イーシスは亡夫を探しビブロス（Byblos）の浜辺でヒースの木立に隠れた櫃があるのを見つけ、ブト（Buto）に運ぶと、テュポンはこれに気付き、オシーリスの亡骸を十四の部分に切り刻んでばらまく。イーシスは各々を見つけ、包帯で統合し生き返らせようとする。しかし男根だけは見出せなかったという。

山犬頭のアヌプは新郎のヤコブに言う。「君は婿であり子を孕ませる子種のなかに死のうとしている。性のなかに死が、死のなかには性がひそむ。性は墳墓の神秘であって、性は死のまわりに巻き付けられた包帯を引き裂き、死に抗して立ち上がろうとしている。ちょうどイーシスが牝の禿鷹となって、オシーリスの上に舞い降り、亡骸から精液を流れ出させ、嘆き悲しみながらオシーリスの死体と媾合したように」(IV, 293)。

オシーリスとイーシスの子ホルス(Horus)はセトに復讐する。ホルスはアルエリスないしアポロンともいわれる。オンのアトゥン・ラー(Atum-Rê=Aton-Râ)神は「生者たちの神、光の山のホルス」といわれる(IV, 735)。

八つ裂きにされたオシーリスを蘇生させるものは何か。イーシスは夫の亡骸の上で泣く。「私はあなたの妹、私はあなたが好き。あなたの恋人の所に戻りなさい。私があなたを見つめると、私は大きな声で叫ぶ。しかしあなたは聞き届けない。私はあなたの妻にして妹。地上では誰もあなたを私のようには愛さなかった」。すると死者は愛の叫びに目を開ける。死者復活の秘密はイーシスの愛しかありえない。愛の秘法のみが、再生の薬草である。ドミトリイ・ミリシュコフスキイ(Dmitri Mereschkowski)は、バビロニア、エジプトそしてユダヤの、タムズ・アドーニス・オシーリス・メシアスの死と再生神話の核心を、カリタスとエロスの愛と見る。(8)

ミリシュコフスキイ『東方の秘密』(一九二四)によれば八つ裂きと復活のオシーリス神話には三つの秘密があるという。第一は宇宙神話。入り日、月の欠け、ナイル川の旱魃は、神の死。日の出、満月、洪水は神の復活である。引き裂かれた十四の身体は、欠けた月の十四日を意味する。七二名の反逆人は冬の乾季の日数である。冬ナイル河の底がつくとオシーリスは墓に下る。

第二は、植物神話。オシーリスは種穀の生命の主、パンの魂ベタウ(Betau)である。「種を播く」は「オシーリスを埋葬する」ことと言われる。種から芽を出す穀物の神がオシーリスである。

第三は、動物神話。死者埋葬のとき羚羊や牡牛が殺され、剝がされた皮膚で亡骸を包む。後にミイラの包帯に取って代わられる犠牲獣の皮膚(mesheut)こそ棺であり揺籃である。つまり変身(cheper)輪廻(Metempsychose)の母胎だ。「スフィンクスは岩から彫られている。岩は動物に移行する。動物は人間に、人間は神に移行する」

(M, 43)。

エジプト神話では、初めに水源の深淵ヌン(Nun)がある。水の上に神の息吹、精霊アトゥン(Atum)が浮かぶ。一者のアトゥンは、次に太陽神ラー(Râ)を作り二者となる。テーベ(Thebai)の太陽神アモン・ラー(Amon-Râ)は言う。「私は1だが2に生まれ、2は4になり、4は8になる」。かくしてAmon(隠れたもの、姿は見えぬ秘神)の分裂が自らの胎内で行われる。オシーリスの八つ裂きも細胞分裂という生命の秘密なのだ。一者たる神の八つ裂きという自己犠牲の死により、人間の誕生がある。これこそショーペンハウアーの言う個体化の原理(principium individuationis)である。すなわち多様な現象世界は分割され八つ裂きにされた神なのだ。棺は身体の尺度。身体は魂の尺度。人間の魂は神の涙。魂の暗闇に輝く唯一の白い光はアモンの分光である。登る太陽アモン・ラーと復活再生する人間は同一視される(Vgl. M, 57)。

「その神秘が自己の生の図式となるような、ヨセフによるタムズ＝アドーニスの体験とその自己化」(マンのメモ)(9)。生の祖型に自己の現在の生を重ね合わせること。神話の生の踏跡反復こそ、ここいま(nunc stans)の生であること。「最も深い過去は過ぎ去ってはいないで、あらゆる瞬間に現在する。それにより神話は神秘(Mysterium)となる(9)」。ショーペンハウアーの生への意志の遍在と輪廻の神秘としての神話観が、ヨセフ像の根幹を成している。

3　バビロニアとエジプト、超越と内在、アポカリプスと輪廻

「オシーリスは永遠のミーラ。復活するミーラ。しかしまだ復活したことのない死者なのだ」(M, 125)。生の再生とは過去の反復、同一なるものの永劫回帰である。エジプトは輪廻思想を生み、時間はSphinxの石に硬直する。時間の流れに鼻を浸食され、残忍そうにナイルの悠久の流れを望んでいる、謎の巨大な怪獣は、約束とは何の関わりもなく、その未来は持続だけの予期のない未来ゆえに、荒れて死んでいる(IV, 745)。

これに対し、バビロンは時間の推移、つまりその終末（大洪水 Sintflut）を知る。繰り返し襲来する大洪水を予測計算する循環についての知。ギルガメシュは「すべてを見た者であった」（*Gilgamesch I*）。未来も想像することができる。永劫回帰の神秘に精通した者は、過去から未来を知る。円環反復の背後に、終末論の線的時間を知り、ゆえに救世主（Messias ヘブライ語、Christus ギリシア語、＝香油を塗られた者）の訪れを待望する。

ミリシュコフスキイによれば、タムズ（Tammuz）は dumu-zi、嫡子、真の息子、ないし dumu-zi-absu、深淵の嫡子を意味する。生命の根源たる水の深淵の上に漂う神の精霊こそタムズの父エア・ヤー（Ea-Ja）である。バビロンの Tammuz は、イスラエルの Adonai、キプロスの Adonis、カナンの Adon である。Adon はセム語で「主」を意味する（Vgl. M, 212)。

エジプトとバビロニアの対比は、永劫回帰と黙示録、アーリア的肉体とセム（ユダヤ）的精神、此岸と彼岸、内在と超越、地と天、自然との一致（動植物信仰）とイデアへの憧憬、身体と言葉、意志と知性の対比である。ミリシュコフスキイのこの二元的対位法的思考法を、マンは有名な『トルストイとドストエフスキー』から学び、『ゲーテとトルストイ』（一九二四）に援用していた。自然の子（天才）と精神の子（聖者）、アポロとキリスト、造形と批評、素朴と感傷、自然との一致と憧憬、健康と病気、現象とイデア、類と個、意志と知性の対比と、その弁証法的融合一体化である。ヨセフ像はその理想であり夢である。Humanismus の理想でありユートピアである。またナチズムのアーリア神話に対する暗黙の批判が伏在している。

これはムト＝エム＝エネトとヨセフ、バハオーフェンの母権制と父権制、大地信仰と太陽信仰、オンの Amon-Râ 神とテーベの Aton-Râ 神、永遠の母テイエ（Teje）と祭司の息子エクナトン（Echnaton, Pharao）、現実政治の指導者と魂の祭司、ムト＝エム＝エネトとポティファル、ベクネホンス（Beknechons）とモント・カウ（Mont-Kaw）、侏儒ドゥドゥ（Dûdu）とゴトリープヒェン（Gottliebchen）、牛の二本の角の間に太陽の円盤を挟んだ冠をかぶるイシュタルのムト＝エム＝エネトとアトン、ヤハウェ（Jahwe）崇拝の父性的ヘブライ宗教のヨセフ、ディオニューソスとアポロ、ショーペンハウアーとニーチェ、神話と心理学の対比ともなる。Amon-Râ は母性的生感情を代表し、精神敵対的、保守的、ナショナリズムで女性の館で勢力を持つ。Aton-Râ は、精神的霊的柔和でコスモポリタン、アポロ的父性段階を代表する。母と父、女と男、地球と太陽、自然と精神、肉と霊の闘いと融合が、次章以下の課題となる。

ヴェネツィアの海、ダヴォースの魔の山の雪は、エジプトやカナンの砂漠の熱砂となる。海も雪も砂もみな、単調と無時間と虚無をあらわす。同一なるものの反復と永劫回帰である。そこはみな、生と死、天上と地下、現世と冥府、現象とイデア、表象と意志、意識と無意識、存在者と存在の境界なのだ。そこでディオニューソスとアポロがせめぎ合う。

第二節　エロス襲撃（Heimsuchung）のモチーフ、Mut＝em＝enet と Joseph

1　白い月の尼とエロスの鵞鳥

『ヨセフ』四部作のクライマックスはポティファルの妻ムト＝エム＝エネトの誘惑とヨセフの拒絶物語（旧約、創世記第三九章）である。ヨセフが奴隷として売られた先は、エジプトはテーベの侍従長ペテプレー（Petepré）、令夫人ムトは愛称をエニ（Eni）という。エニには聖女と遊女、純血と汚辱、禁欲と官能が同居する。アルテミス（Artemis）とアプロディーテー、月の白い尼（weiße Mondnonne）とエロスの鵞鳥（erotische Gans）、イーシスとイシュタルである。娼婦的誘惑女とみなされてきたムトをトーマス・マンは、アルテミスやアテーネー、つまり純潔と処女性の象徴としても捉えようとした。

エニは「水面の鏡の上に浮かんで陽光のキッスに微笑んでいる睡蓮のようであって、その長い茎が深淵の暗い泥土に根差しているなどという知識に触れられていない処女であった」(V, 1009)。ムト＝エム＝エネトは、エジプト歴代王の元祖にして、大地、農耕、死の神 Amon と太陽神 Râ と合体した Amon-Râ 神に仕える、ハトホル (Hathor) 修道会の祭壇 vesta (竈の女神) を守る六人の巫女の一人であり、牛の二本の角の間に太陽の円盤を挟んだ冠をかぶって、愛の牝牛の女神ハトホルになる。ムト＝エム＝エネト (Mut＝em＝enet) とは「砂漠の谷の母」を意味すると言われる。なぜか。夫ポティファルが宦官であったこと。そこにエニの悲劇がある。父母実は兄妹のフイイ (Huji) とトゥイイ (Tuji) が子ペテプレーの将来、ファラオの廷臣としての出世を願った親の情けが仇となった喜悲劇である。

エニはある日、指を切りザクロの果汁のようなルビー色の血が純白のドレスを汚す夢を見る。エロスの襲撃である。性の開眼である。侏儒のドゥドゥが火をつける。蛇に嚙まれたような苦悩がムトの身と心を苛む。この夢はやがて「女たちの集い」に正夢となるが、『創世記』にはなく『コーラン』に記述される興味深い夢である。

"Heimsuchung" (襲撃、襲来、災難、災厄) のモチーフ。「それは苦悩の襲来というイデーである。陶酔的に破壊し絶滅せんとする力が、落ち着いた平穏な生、すなわち品位と落ち着きという制約ある幸福とに対するあらゆる希望と盟約した生活へ、侵入襲撃するというイデーである。」「苦悩に襲われ圧倒された女、異国の神 (ディオニューソス) の巫女 (マイナス)。ムトの生活の人工的建物が、嘲り無視できると無邪気に信じていた地下の力により、もろくも瓦解してしまったのはやむをえぬことであった」(V, 1085f.)。

このHeimsuchungのモチーフは、実はマン文学全体の底流を成す。すでに初期短編群、特に『小男フリーデマン (平和) さん』『トリスタン』等では、実生活に欠陥のある男が上流階級の高嶺の花に恋慕して惨めな結末となる。国民的栄誉をもつ禁欲的作家アシェンバハは、ヴェネツィアの迷路に美少年タジオを追い、リードの浜辺でコレラに死す。二四歳のアメリカ青年に恋する五〇代中半のロザーリエ（Rosalie von Tümmler）は癌出血を月経再来と歓び自然に欺かれて死ぬ。娘アナ（Anna）は言う「ママがその幸福な犠牲なんだけど、このHeimsuchungがZerstörung（瓦解、崩壊）と何か関係がありそうに思えるのはなぜかしら」（VIII, 930）。

エロスの襲撃であり、道ならぬ苦悩の恋である。それに襲われたものは自己を喪い、死の影を踏む。「光り輝く愛、微笑む死」。「たとえ死に絶えようとも、甘き唇から、命を吸い上げよう」（Richard Wagner: *Siegfried*, III-3）。「かく我ら死なむ、離れず、永遠に一つ、終わりなく、目覚めず」（同、II-2）。「波打つ潮のなかに、鳴り響く潮騒のなかに、世界の息吹のそよぐ万有のなかに、溺れ、沈み、意識なく、至上の快楽！」（*Tristan und Isolde*, III-3）。ヴァーグナー愛死のモチーフは憧憬のモチーフでオーボエとホルンによりロ音上の長和音で終わる。「私を突き動かすものがある（Es treibt mich）」（V,1253）。フロイトの無意識（es, libido）であり、ショーペンハウアーの衝動、意志（Trieb, Wille）である。自我（Ich）は無意識（Es）に、理性は衝動により圧倒され屈服する。秩序正しいアポロ的形式は、狂乱の質料衝動たるディオニューソス神の襲撃に一朝にして瓦解する。

愛死を願うほど渇愛の苦悩に襲われたエニの一年目は恋を隠そうとし、二年目は相手に分からせようとし、三年目は打ち明け、迫り、狂乱する。エニ内部の肉と心、情熱と抑制、娼婦性と聖女性、汚濁と純潔、夜と昼、エロスの鷲鳥と白衣の月の尼僧、ディオニューソスとアポロの闘いは、徐々に前者が優勢となる。

『魔の山』のラダマンテュス＝クロコフスキは言う。「抑圧された愛は死なないで、暗闇や秘密の深みで充たされようとする。」「愛とはあらゆる自然衝動のうちで最も揺動し危険な衝動として、元々混沌と救い難い倒錯へと傾斜している」（III, 180ff.）。抑圧され昇華しえない意識下の性衝動は意識の壁を突き破って噴火し、砂漠の谷の母、白い月の尼僧を抗し難く圧倒する。「たとえただひと時でも私をあなたと一つにさせて。たとえ神と世が私を追放しても、あなたの下で罪を贖い救われたいのよ」(*Parsifal*, II)。クンドリ（Kundry）のパルジファル（Parsifal）への誘惑の台詞「母の祝福の最後の挨拶として、愛の最初のキッスを！」は、ムトの「母と皆だれでも寝るのよ。分からない。女は世界の母よ。母の息子は男であり、男はみな母のなかで生む……私こそイーシス、偉大な母イーシス、そしてコンドルの冠をしているのよ」（V, 1175）という囁きとなる。ムトとヨセフ、クンドリとパルジファルの誘惑と拒絶物語には、イシュタルとギルガメシュの誘惑と拒絶神話が母型として透けて見える。テーセウス（Theseus）の第二の妻で先妻の息子を誘惑し拒絶されて自殺したパイドラー（Phaidra）モデルもある。

他方、最愛の夫オシーリスの引き裂かれた身体を集め蘇生させるイーシス、野猪（Ninib）に引き裂かれたアドーニスを嘆き悲しむアプロディーテー＝アシタルテ（Astarte）、八つ裂きのタムズ復活のため七つの門を通り黄泉の女王エレシュキガル（Ereschkigal）に全裸にされ地獄の底の命の水をかけられ愛する息子（夫）を甦らすイシュタル、イエスを抱くピエタのマリアという苦悩と愛の母性像をも同時に象徴する。「女神イシュタルは冥府へ下る、タムズの心を歓ばすため、冥府の羊舎に光をあてるため、無力に横たわる羊飼いを生き返らすため」（M, 224）（Vgl. V,452, *Der Adonishain*）。

すべてを生み、すべてを呑み込む大地母神（magna mater）の女性のなかに、エヴァ＝ウェヌス＝アプロディーテーとマリーア＝アルテミス＝デーメーテール、罪の誘惑と救済の約束、闇と光、美と聖、地上と天上の愛、エロスとカリタスの相剋葛藤がある。「渇望する肉体も敬虔な心も愛という言葉は一つ。最高の敬虔さにも肉体の影、最高の肉欲にも敬虔さがないことはありえない」（III, 831f.）。「アシタルテ女神よ、あなたは生命、力、人間と神々の救い幸せだ！　しかしまた死、没落、破滅なのだ」（Plautus : *Mercator* IV. M, 242）。

2　母権制と父権制（J.J. Bachofen）、自然と精神、エジプトとヘブライ

肉体と精神、快楽と禁欲、衝動と理性、ディオニューソスとアポロとのせめぎあいは、しかしムト自身よりも、ムトの誘惑とヨセフの純潔との対比として古来表現されてきた。トーマス・マンが依拠した最大の理論はヨーゼフ・ヤーコプ・バハオーフェン（Johann Jakob Bachofen 一八一五―八七）である。

女性原理と父性原理の対立は、地球と太陽、闇と光、物質と精神、質料と形式、自然と知性、内在と超越、俗と聖、東洋と西洋等の対立と捉えられる。母権制から父権制へ。メソポタミアからギリシアを経てローマへ。キリスト教が精神的父性により、母権制の現世物質主義を打ち負かす。

母権制には二期ある。初期はイシュタル＝ヘレネー＝アプロディーテー（Ischtar-Helena-Aphrodite）の牝犬的遊女的乱婚遊牧時代（Hetärismus）。後期はデーメーテール＝アテーネー（Demeter-Athene-Artemis）の農耕定着時代。大地信仰と月信仰の対比である。「大地の段階は婚姻を伴わない母権制に、月の段階は婚姻に基づいて嫡出子を認める母権制に、太陽の段階は婚姻結合を伴う父権制にそれぞれ対応する[10]」。イシュタル＝アプロディーテー的ヘタイラ（神聖遊女）性は、野生植物の繁茂する湿潤沼沢地帯の狩猟乱婚生活、デーメーテール＝ヘーラー（Hera）的母権性は、穂や穀粒を尊ぶ農耕定着婚姻生活を表す。ネプテュスは沼沢地の汚泥的遊女性（蓮の花）を、イーシスは規律ある農耕定着婚（麦穂や穀粒）を表す。トロイ戦争は小アジア的娼婦性とギリシア的婚姻生活の戦争にほかならない。エジプトは泥土の女性優位性があり、クレオパトラやヘレネーはイシュタル的神聖遊女性の最後を飾る。

アプロディーテーとデーメーテールの間にアマゾーン（Amazon）、母権制と父権制との間にディオニューソスがいる。アマゾーン的に極端化した母権制（クリュタイムネーストラーKlytaimnestra のアガメムノーン Agamemnon 殺し）を、ディオニューソス崇拝は打ち壊し、バッコス（Bakchos）の巫女マイナスたちとして狂乱の女性たちを親衛隊化し、規律あるデーメーテールの麦穂を、生殖の果実葡萄酒に変えてしまう。母胎の cutis ではなく Phallus が崇

拝されるという点では父権制であるが、アポロ的秩序からエロスの狂乱への変化はアプロディーテー的ヘタイラHetärismusへの先祖帰りともいえる。

オレステース（Orestes）の母殺しは、母権制から父権制への移行を象徴する。オレステース裁判は男女票同数となるが、母のない処女神アテーネーは無罪側に加担する。女性のアポロ化、ないしゼウス父権制への従順化である。地球と太陽、受胎と受精の間に位置する月は、最も浄化されたデーメーテール母神の形姿、アルテミス、アテーネー、ヘカテー（Hekate）が象徴する。

大地母神から太陽神へ、地下の暗闇から天上の光明へ、自然から精神へ、混沌から秩序へ、無意識から意識へ、ディオニューソスからアポロへ。上昇と下降、生成と消滅、膨張と収縮を繰り返す陽根（Phallus）のディオニューソス的太陽は、精神と規律と形式と聖性を表し、かつすべてを焼き尽くす厳しい父性的アポロ的キリスト教的太陽となる。

泥土的イシュタル的放恣からアポロ的光の法へ、母権制から父権制への進展は、ローマ法とキリスト教国家宗教化により完成する。自然法から国定法へ。ポリュネイケース（Polyneikes=Typhon）からエテオクレース（Eteokles）への発展。アンティゴネー（Antigone）は前者の弟のために（Kreon）王に抗い生き埋めとなる。イーシスやキュベレー（Kybele）のmagna mater崇拝とディオニューソス秘儀に打ち勝ったのがローマ法であり、アウグストゥスのクレオパトラ支配はそれを表す。『ヨセフ』ではエクナトンによる太陽神アトゥン=ラー（Atum-Rê）崇拝に表れる。

3　汚泥の白鳥

ムトとヨセフ物語を、バハオーフェンの母性原理と父性原理、エジプトの神とヘブライの神の相剋と見るのは興味深い。

ナイル河氾濫により冠水する泥土は母胎イーシスであり、河流自体は男オシーリスの授精力である。弟テュポン＝セトにより十四に引き裂かれた肉体のうち見つからぬ男根を川波は転々と流し続ける。「私は野畑、乾いてあなたを呼ぶ。あなた、男の奔流する滔々たる洪水のような潮よ。あなたは膨張して畑や野に押し寄せ、私と媾合する。あなたが私を去るまで、美しい神よ、あなたは蓮の花輪を大地に忘れていく」（V, 1170）。これに対しオサルシフ（Osarsiph）＝ヨセフは応える。「あなたが誘っているのは沼地で、そこにはせいぜい実を結ばない葦しかはびこらず、穀物は生えていません。そして私を姦通のロバに、ご自分はうろつく牝犬になろうとなさっている」（V, 1171）。ロバはアープレーユス『黄金のロバ』（Apuleius：*Metamoroseon Libri XI*）から由来し姦通してロバに変えられイーシスによりまた人間に戻るルキウス（Lucius）である。牝犬は無羞恥のヘタイラ（Hetära）像で、ムトは黒人女のタブブ（Tabubu）により夜の魔女、淫らな牝犬様を崇める。去勢された精神の夫に嫁いだ不毛の砂漠の谷ムトのアルテミス的純潔の処女性、抑圧された泥沼のエロスは、バッカスの巫女の狂乱となって噴出する。純白の月の尼は、湿潤のどす黒い沼沢地の汚泥に住むエロスの鸞鳥となる。「水を含んで黒い泥土となった大地と、すべての物質の生命の源泉である月の卵のシンボルである、女としての性の欲求は、彼女の中に黙して萌芽として自己自身を意識せず眠りこんでいた……始源の月の卵。美しい処女の姿。それは湿潤の大地で愛の鸞鳥そのものであり、処女の膝間に翼を打ち拡げながら華麗な白鳥のような姿で身を打ち寄せる。優雅で逞しく、雪のような羽根の神は、名誉に驚愕する処女に、羽ばたきつつ愛の営みを行い、彼女に子供を産ませる」（V, 1009f.）。テュンダレオース（Tyndareos）の妻レーダー（Leda）が白鳥姿のゼウスとの間に生んだのがトロイのヘレーネ、つまりバハオーフェンのいわゆるアプロディーテー的ヘタイラの象徴である。バハオーフェンは言う。「卵は母の質料である……月の質料は原卵であり、あらゆる質料的生の原母である。卵の中にネメシス（Nemesis）はその母性を啓示する。彼女は鷲鳥の姿。鷲鳥は深淵の水を表し……湿気を孕んだ大地そのものである」(B,XXXVI, 70)。白鳥の姿を借りるゼウス＝ジュピターは黄金の雨となって鷲鳥と媾合し、ネメシス＝レーダーは月の満ち欠けを繰り返すうち卵を生むが、ヨセフの白鳥は八つ裂きにされたケートネットを残しムトの鷲鳥から逃れてしまう。

ギルガメシュに言い寄ったイシュタルは拒絶され、父アヌー(Anu)に天空の火を吐く牡牛をけしかけるよう頼む。ムトも髭の生えたイシュタルであり、ヨセフは讒言により第二の穴に落ちることになる。ヨセフの陽根が堅くなりムトの想いが遂げられそうになった瀬戸際にヨセフを戒めたのは父ヤコブ、ポティファル、モント＝カウ(Mont-Kaw)の姿、すなわち精神の姿であった。

ヨセフのムトに対する姿勢のなかに、夜闇の母権制から昼光の父権制へ、自然から精神へ、内在から超越へ、現象からイデアへ、動物から神へ、エジプトからカナンへのトーマス・マンの志向が反映される。一九二五年から一九四一年まで十六年間に及ぶ、母国ドイツのナチズム台頭跋扈時代、家も財産も国籍も剝奪されアメリカに亡命せざるをえなかった時代が背景にある。家父長的精神で執筆されたアブラハム＝ヤコブ＝ヨセフ創世記物語は、土と血の先祖帰り神話の烈風に抗い、理性、啓蒙、倫理、秩序の回復、未来につながるフマニスムスとユートピアの樹立を夢見たメールヘンなのだ。時代の魂の暗闇、母性的冥府的なもの、非合理的反理性的なものに対する、暗黙の批判、反面世界である。

4　エロスの火と精神の氷

しかし視点を変えればHeimsuchungモチーフは実はマン内部の根源的葛藤でもあった。災いの苦悩の情熱に身を任せたいという破壊衝動と、槍が肉体をさしても歯を食いしばり冷静に優美に直立姿勢を保持しようとする形相精神(聖セバスティアン)の葛藤である。それは生きることと書くこととの対立である。言葉とは氷結だ。生命を犠性にせずして、芸術の一葉だに摘むことなかれ。『トーニオ・クレーガー』のライト・モチーフはマンの作品全編に鳴り響く。灼熱のエロスと酷寒の禁欲、狂乱と平静、カオスと秩序。灼熱のエロスに襲われれば、酷寒の精神の氷原も一挙に解ける。冷厳な精神秩序は暑熱の生に比べれば、不毛の荒地、死せる硬直である。地下室の犬と鎖、下腹部と頭脳、性と知、盲目の意志と目覚めた理性、汚濁と純潔、堕罪と救済、ディオニューソスとアポロの攻めぎいあいは、生きる限り、書く限り、果てはない。マンの文体にはつねに愛の対象に対する接近と距離化の遊戯、つまりディオニューソスとアポロとの干戈の打ち合う響きがある。

女による惨めな破滅というエロティクなグロテスクなテーマを扱いながら、それを描くマンの文体は、つねに距離を保ち、姿勢を崩さず、少し堅苦しく、少し嘲るような（mokant）調子すらある、とラインハルト・バウムガルト（Reinhard Baumgart）は言う。(11) それは仮面なのだろうか。もしそうなら何を隠すというのか。なぜ姿勢を保った光沢のある文体の割れ目から、エロス、病気、死という不協和音が漏れ響いてくるのか。仮面なしでは白昼堂々と人々の間を歩いていけないという、生と性のパトスとは何か。

よく引用される一九三四年四月二五日、五月六日、五八歳のマンの有名な日記がある。(12) ちょうど棕櫚椰子園でヨセフがポティファルに朗読し、やがてムトの誘惑、ヨセフの純潔の場となる章を執筆中であった。パウル・エーレンベルク（Paul Ehrenberg）などHomophilieの災いをもたらすエロスの襲撃を回顧した日記である。一方にこのエロスの本質は、驚嘆、純粋観照であって、理性でも官能でも何らかの実現はいささかも望むものではないという、非現実化、幻想化、優美化、反省化、形式化への志向がある。いわばアポロ的形式であり、バハオーフェンの光、精神、父の原理である。他方、エロスの嵐の襲撃、その魅力に我を忘れ、地獄の果てまで堕ちて、その悦楽を味わい尽くしたいという破壊衝動、つまり死への衝動がある。エロース＝タナトス（Eros-Thanatos）への帰依である。我もまたアルカディアに、我もまた生きたり、という生命の叫び。いわばディオニューソス的陶酔であり、バハオーフェンの闇、情熱、母の原理である。

抑制（抑圧といってもよい）、すなわちイロニーによる現実の距離化が強ければ強いほど、グロテスクでエローティシュな場面を描写する文体に艶と深みができる。そこにエロスとロゴス、火と氷、美と倫理の弁証法力学がひそむ。ディオニューソスとアポロ、陶酔と形式、情熱と精神という相互限定否定弁証法による緊張関係こそ、ヤーヌス（Janus）の両面をもつマンのイロニーであり文体であり、書くという創作活動、つまりその芸術である。破壊と創造、死と再生の相互矛盾とその弁証法的統合へ向かう、マンの自己意識運動であり、芸術である。これは正の貴族的安定自己意識、自己肯定のイロニーなのであろうか。

「マンの中期芸術は全く二義的だ。死に結びつくかと思えば生に親しく、純粋でも不純でもなく、深く自伝的かと思えば完全に虚構であり、男性的かと思えば女性的、隠蔽かと思えば露出がある。その心は、エローティシュであり続けること。エロス襲撃の災難について、芸術はくり返し唱うだろう。しかし芸術自身はこの災厄を遊戯的に回避克服しようとする。成果は、それはまた損失であるのだが、〈不幸中の快適さ〉（Behagen im Unglück）を告知する。」（Baumgart, 64）

第三節　ヘルメース＝モチーフ（Hermes-Motiv）、月

1　八つ裂きのタムズ＝アドーニス（Tammuz=Adonis）からヘルメースとしてのヨセフ像へ

諸対立を統一するシンボル、調停、救済者。すなわち全体を統治養育する者としてのヘルメース像へのヨセフの発展がある。（第四巻『養う人ヨセフ』*Joseph, Der Ernährer* 1943）

ではマンのヘルメース像とは何か。ディオニューソスとアポロの統合としての第三者。地球と太陽の中間、仲介者としての月。母と父、闇と光、質料と形相、自然と精神、無意識と意識、内在と超越の融合結婚である。

「ヘルメースは私の最も好きな神です[13]」とマンは一九三四年三月二四日カール・ケレーニイ宛て手紙を書く。五九歳のマンはすでに『ヤコブ物語』『若いヨセフ』を上梓していた。文通が始まったのは一九三四年一月二七日である。「暗い狼のアポロというイデーは私には新鮮です」(MK, 11)。

マンのヘルメースは先ず、ヴェネツィアの海と迷路に魂の導き手(Psychopompos)として登場する。次に現世と冥府の境界たる『魔の山』では、二重の顔をもつ。エジプトのトト(Thot)は黒朱鷺(Ibis)とジャッカル頭をもつ狒狒(Pavian)にして、月の神ヘルメース＝トリスメギトス(Hermes-Trismegistos)。ゼテムブリーニはフマニストの神、政治家とみる。「文字の発明者、図書館の守護者、あらゆる精神的努力の奨励者」「文学言語、競技、修辞法の贈り物はヘルメースのおかげ。」他方ナフタは、魂の導き手と死神タナトスをみる。「猿、月、魂の神。眉上に月の鎌をもつ狒狒。死と死者の神。魂の養育者指導者。古代後期原魔法使い。カバラの中世では錬金術の父となった」(III, 723)。

『ヨセフ』でヘルメースは、まず父のヤコブの夢に現れる。ジャッカルの頭をもつエジプトの魂の導き手、死者、ミイラ作り、聖地の神たるアヌプ＝アヌビス＝アプアト(Anup＝Anubis＝Apuat)として。オシーリスとネプテュスの過ちの子とされる。一九三四年二月二〇日ケレーニイ宛て「問題は神の出世です。このアヌプはいまは半分動物、半分風刺的ですが、将来はヘルメース・プシコポムポス(Hermes-Psychopompos)になります。私がアヌプをまさしくナポリはリシポス(Lysippos)のヘルメースのポーズで、岩の上に置いたのに気付きましたか」(MK, 41. ジャッカルの頭はもうなく、美少年のヘルメースに出世する)。ケレーニイはこれに対し「宗教史家として私は、ギリシアの神とエジプトの神を一緒くたにすることはできません……ジャッカル頭は別のものです」(1934.3.1. MK, 44)といさめる。グノーシス的ヘルメース＝トリスメギトスをエジプトのトトやアヌビスに結びつけたのはユーリウス・ブラウン（Julius Braun）『伝説の自然史』（一八六四／五）や、エトガル・ダケー（Edger Daqué）『原始世界、伝説、人類』（一九二四）や、ドミトリイ・ミリシュコフスキイ『東方の秘密』（一九二四）による。

「長い脚の朱鷺は、ナイル河の沼沢地を徒渉する。つまり朱鷺は尺度と知恵の神ヘルメース＝トリスメギトスなのだ」。「人間が砂漠を行くと、ジャッカルは喜んで彼の前を行く。かくして人間を砂漠に、つまりは死者の国へ連れていくのだ。つまり山犬はアヌビス神、魂の先導者、永遠の道を開くものなのだ」（M, 50f./cf. IV, 221）。ブラウンによれば、ジャカル頭のアヌビスも、ハイタカ頭ホルス、ヒヒ頭トト、人間頭のテュポンと共に、冥府四人の守護神の一人である。彼らは腹の出た壷の蓋を成し、死者の内臓を保存し、ミイラ棺桶の下に立てられる。

道の開拓者としてのヘルメース像は、イスラエルを作り救済者の道を開いたヤコブと重なる。若きヨセフがシェケム（Schekem）からドタンへ行く野で出会う若者は、サンダルと杖をもち、盗みもする道案内であって、ヨセフを第一の穴へ連れていく（IV, 536f.）。地下の牢獄であると同時に羊小屋（Etura）でもある、死と変容と再生の空井戸の穴（Bôr）から、オシーリスにしてタムズたるヨセフを助け、死者の国エジプトへ冥府下りをするイスマエルびと商人一行を道案内するのも、この若者ヘルメースである（IV, 583, 701f.）。地下と地上、南（下部）と北（上部）、死と生の間の魂の導き手である。

2　ヘルメースと月

第二は、ヘルメースと月の関係である。「けだし月はトトの天の像、つまり白い狒狒、文字の発明者、神々の言葉の記録者、書く物たちの守護神である。美と文字の魅力を一身に統一体としたものこそ月であった。これこそヨセフの心を奪い、その孤独な崇拝に特性を与えたものだ」（IV, 417）。「芸術家とは、現象の世界に繫縛されているが、しかし同時にイデアと精神の世界にも属するものとして自覚し、現象をイデアとの関連で透視させる魔術師である。これこそ芸術家の仲介的使命、天上と地下、理念と現象、精神と感性の間の仲介者としての、ヘルメース的魔術的役割である。あらゆる仲介性の宇宙的比喩である月という象徴は、芸術のいわば宇宙的位置を暗示するだろう。すなわち月は、太陽と地球の、精神世界と物質的世界の間の中間的仲介的位置において古来神聖化されてきた。太陽からは女性的に受け取り、地球には男性的に生み出すものとして、天体のなかでは、最も不純なもの、地上では最も純粋なものとして、二つの領域の境界にあって、両者を分かつと同時に結び、宇宙の統一を保証しながら、消滅と不滅なものの間の通訳として、浮遊している月。これこそ、精神と生の間の芸術の位置である。月のように男女両性具有者として、精神への関係においては女性的であり、性への関係においては男性的に生産的であり、天と地とを月のようにヘルメース的に仲介すること。この仲介性こそ芸術のイロニーの源泉である」(IX, 534f./B, 52ff.)。第三部『エジプトのヨセフ』(*Joseph in Ägypten*. 1936) をすでに書き終え、もう一人のヨセフ＝ヘルメースたるゲーテ小説『ヴァイマルのロッテ』(*Lotte in Weimar*. 1936-39) 執筆中の評論『ショーペンハウアー』(*Schopenhauer*. 1938) 中の有名な箇所である。ヨセフ＝ヘルメース＝月＝芸術＝イロニーの関係についてこれ以上縮約された言葉はない。

3　神々の子供 (K.Kerényi/C.G.Jung)、男女両性具有者ヘルマプロディートス (Hermaphrodite)

トーマス・マンがケレーニイ・ユング『神々の子供』(K.Kerényi/C.G.Jung : *Das göttliche Kind*)[14] の前身『原子供＝神話祖について』(*Zum Urkind-Mythologem*) (*Paideuma* 3, 1940) を校正刷りで読んだのは一九四一年一月、上梓された本を読んだのは二月二日第四部「ファラオの夢」執筆中である。トーマス・マンはユングを印象深く鉛筆で印をつけつつ完読し、ケレーニイは小説に役立つであろう六章から九章までしか読まなかったと、マンフレート・ディールクスは言う (D. 222)。これに対し、ハンス・ヴィスリングは両者とも影響は重いという。ヘルメースには「愛と

盗み と取引」の関連メロディーがある。男としてはヘルメース、女としてはアプロディーテー（エロスはアプロディーテーの子）、男女一体化したものがヘルマプロディートス（Hermaphroditos 男女雌雄両性具有者）で、これはヘルメースとアプロディーテーの子供である。「ヨセフがタムズ＝アドーニス図式を抜け出し、ヘルメースになりえたばかりでなく、ヤコブのいたずら者的性格がヘルメース的であると捉えることができ、また愛するラケルのイシュタル役がアプロディーテー後継者として理解されえたという認識は、トーマス・マンにとり大切であった[15]」。

一九四一年二月十八日ケレーニイ宛ての手紙は重要だ。先ず『神々の子供』のケレーニイとユングの共作を、神話学と心理学の共同成果とほめたたえる。心理学こそ神話をファッシズム反動主義者の手から奪い返し、人間的なものに機能替えする手段であり、神話と心理学の結合こそ、未来の世界、上は精神から、下はそこに横たわる深淵から祝福された人間性（Menschentum）を現わすからだと書く。次に自分の無教養な神話的夢想も正しい本能であったことを証明するいくつかの事例として、プシコポムプスは本来的に子供であったこと（タジオ、ヨセフなど）、人格のプリミティヴな欠如（書記 Eliezer の、先祖と自己意識の不分離）、月と関係づけられたヘルメース像などを挙げている。「世故にたけた政治家兼商人として現れる最終巻でヨセフは、もともとタムズ＝アドーニスの役割から次第にヘルメースの役割に変わっています。彼の行動や取引は倫理的にも美的にも、神のいたずら者（悪漢）小説の意味以外ではうまく登場できません」（MK, 98）。

かくして八つ裂きモチーフのタムズ＝アドーニスとしてのヨセフは、第一と第二の穴から抜け出し、ヘルマプロディートスつまり男女両性具有アンドロギューン（Androgynie）、太陽と地球の仲介者〈月〉としてのヘルメースとなる。誕生後すぐアポロの牛を盗み、喰らい、素知らぬ顔をしてまた襁褓のなかに包まれるなど、いたずらっぽい子供としてのヘルメース像は、『詐欺師フェーリクス・クルルの告白』で楽しく展開される。しかしまたそこにマンのイローニシュな芸術が二極間を漂う遊戯的芸術として、その負の面を非難される一因になったのかもしれない。

4　祖型（Archetyp）としての神話

ユングは神話祖型の未来性について言う。子供モチーフの本質的位相は未来性である。子供はポテンシャルな未来の発展の先取りである。意識的人格要素と無意識的人格要素との総合から生ずる形姿を、子供はその個性化プロセスで先取りする。子供ヘルマプロディートスは諸対立を統一化するシンボル、総合者、調停者、救世主である。総合（Synthese）というべきか完成（Entelechie）というべきか（Vgl. J/K, 124ff.）。

これこそマンのヘルメース像、ヘルメースとしてのヨセフ像の核心である。諸対立原理の総合ないし完成としてのヘルメース。意識的人格（Ich＝自我）と無意識的人格（Selbst＝集合自我）との総合こそ、人間の全体性である。相対立する両極の葛藤を克服する救世主としてのヘルマプロディートス。「男は誰でも少し女であり、女は誰でも少し男であり、ただ男や女であるのではない。男性的なものと女性的なものとの不安定な緊張関係こそ、人間的個性化への道なのだ。個性的精神的なものとは男女両性なのだ」というミリシュコフスキイの神秘思想とも合致する（M, 252）。

「祖型」（Archetyp）は無意識的根底と意識との間を対立総合的に仲介調停する。祖型は、根こそぎ脅かされる現在意識と、原始時代の自然な無意識的本能的な全体性の間を架橋する。祖型の仲裁によって、個々の現在意識の一回性、唯一性は、「くり返し自然的種族的諸条件に接合される」（J/K, 138）。男女両性の祖型ヘルマプロディートスは、人格統一のシンボル、集合自我のシンボルなのだ。そこで諸対立の葛藤は静まる。古代神話の祖型はかくして人間存在の自己実現の目標となる。

現在の生は、神話的祖型の反復変奏、生きられた神話なり。人間の全体性は、意識と無意識の統合にあり。ヘルメース（ヘルマプロディートス）こそ諸対立原理を仲介総合する者であり、太陽と地球の中間の男女両性具有者としての月である。この命題は、マンのイロニー、芸術、心理学的神話、人間存在、フマニスムス概念の精髄となる。

太陽と地球、父と母、男と女、質料と形相、光と闇、イデアと現象、精神と自然、知性と衝動、氷と火、天上と地下、西洋と東洋、生と死、超越と内在、非在と存在、同一性と非同一性などの間を仲介する月としてのヘルメース。ヘルメースとしてのヨセフである。

ケレーニイは、このマンの芸術に、ディオニューソスとアポロの対立の克服としてのヘルメースをみる。「ヨーロッパ精神史においてニーチェによって導入された二元定理――アポロ的なものとディオニューソス的なもの――の支配は、初めてわれわれの往復書簡によって破られたと今日強調してもおそらく行き過ぎということはないと思います。すなわち第三のものとして、ヘルメース的なものをそれにつけ加えて登場してきたのです」(1959.9, 1960.2. MK, 14f.)。

ケレーニイは「マンという人間のなかにヘルメース的なものの具現化をみるのは誤りではないでしょう」(MK, 12)、「ヘルメース的なものはイロニーに恩恵を与えています(begünstigen)」(MK, 28)と言い切る。

神話と心理学、ショーペンハウアーとニーチェ、意志の遍在と仮面剝奪心理学、同一的なるものの永劫回帰と超人、輪廻(宿命主義)と個人の自由、永遠なる現在と時空因果性、無限と有限、集団無意識と個体化の原理、ディオニューソスとアポロの一体融合化としてのヨセフ。「上は天から、下は下に横たわる深淵からの祝福」という二重のヨセフの祝福は、生と死、天空と地下、神と人間、非在と存在の間を往来するヘルメース像により、マンのイロニーや芸術そのもののシンボルとなる。あるいはマンの志向する人間性(Humanität)のユートピアとなる。

「ヘルメースは人間に友好的な神ですが、それが平和的にヘルメース的に生起するならば、最古のものと最新のものとの結合を、芸術においても学問においても尊重する、人間性が期待できます」(1934.4.30. Kerényi : MK, 56)。すなわち、ヘルメース、ヘルマプロディートス、男女両性具有者、月としてのヨセフ像は、マンの芸術、そのイロニーであるばかりでなく、Humanität すなわち人間存在そのもののシンボルとなる。この理想は浅薄な白昼夢にすぎず、夜闇のカオスにもろくも崩れ去るユートピアなのか。それとも時空を超え常に現在に生きる人間に変わらぬ生命力を与え続けるのか。

M・ヴァルザーの言うように、緊張を作り出すための二極志向、両極に対立概念を貨車入れ替え作業のように並べ替える遊戯、両者のいずれにも組みせずただ中間に浮遊しそれを眺めるだけの貴族的遊戯意識にすぎないのだろうか。(16) アレマンの言うように、イロニーという言語構造そのものが時代末期に生ずるエピゴーネン的な不毛の反復遊戯、閉鎖空間鳥篭のなかで集合無意識と自我意識、仮面と真意、言表と言裏の間を巧みに飛び交うイロニーの不毛な遊戯、鏡合わせのような自己言及遊戯にすぎないのだろうか。(17)

第四節　根拠としての自然とロゴス

1　根拠律、根拠は深淵、矛盾律

「我々の存在はたんに非在と常在の出会う点にすぎない。我々の有限な時間性はたんに永遠の手段にすぎない」(V, 1438)。これは『存在と時間』(Martin Heidegger : *Sein und Zeit*. 1927) ではない。『ヨセフとその兄弟たち』(Thomas Mann : *Joseph und seine Brüder*. 1926-43) の言葉である。「過去の泉は深い。根底なし (unergründlich) と言うべきではなかろうか」。『ヨセフ』四部作はいわばマンの『存在と時間』である。それは生の根源、基底、地盤、根拠への問いである。

ハイデガーは「根拠とは、その上に何かが安らい横たわる土台であり、そこから存在者が由来する所であるという意味で、我々がそこへ降りそこへ帰って行く所である」(18) と言う。彼によれば根拠律＝根拠命題 (Der Satz vom

Grund）とは「いかなるものも根拠なしに存在するのではない」（Nihil est sine ratione.＝Nichts ist ohne Grund. H, 14）である。すなわち存在者はすべてその根拠をもつ。原因のない結果はない。根拠律は因果律でもある。ではその根拠とは何か。神とか自然とか存在と言われるものがその第一原因、根拠である。しかし神、自然、存在には「なぜ」がない。バラは「なぜ」なしに咲く。咲くゆえに咲く。自然は自ずから出現する。すなわち自然や神そのものにはなぜ（根拠）がない。つまり無根拠＝深淵である。根拠と存在（Sein）は同一である。しかし存在はもはや自らを根拠づける根拠をもたず、根拠が存在から抜け落ちるという意味でAb-Grundである。すなわち存在そのものは無根拠（grundlos）、深淵（Abgrund）なのだ。

「存在は根拠と同一」という第一命題と「存在は無根拠（深淵）」という第二命題とは矛盾する。矛盾律である。ハイデガーによればそこには「存在の本質への飛躍、転調」があるという（H, 96）。

しかし存在は φύσις（自然）として自己を開示もするが同時に自己を隠す。存在は自らを我々に贈り歴運（Geschick）となるが、また同時に身を引く。自己開示と自己閉鎖、自己顕現と自己隠蔽、自己贈与と自己脱去は、ピュシス（φύσις）、自然、存在の本質である（Vgl. H, 109）。

2 ratio, λόγος, principium

（α）ドイツ語Grundは、ラテン語ratioである。人間が主体（subjectum：根底についての陳述にとり前に横たわっているもの）、animal rationale（理性的動物）であるという意味は、ratio（根拠）への表象関係に立つということ、すなわちratio pura（純粋理性）とは、根拠を与える能力のことである。人間は自然にも属するが、理性つまり意志と自由のカテゴリーにも属している。根拠の定立、根拠づけの根拠としての理性。理性（Vernunft）とは、存在＝根拠が自ら語っていることを、聴き取る（vernehmen）ことである。存在が我々に贈ってくる歴運に聴従する（gehören）

することが ratio の働きである。ratio は根拠、原因（causa）であると共に、計算する理性である。ratio は reor、つまりあるものをあるものとみなす表象作用であると共に、あるものをあるものに向けて合わせること、すなわちそれに合わせて計算する原理（principium）でもある（H, 167ff.）。

（β）ラテン語 ratio はギリシア語 λόγος である。λόγος の動詞 λέγω は、第一に、集める、すなわちあるものを他のものへ寄せ置くことである（sammeln, eines zum anderen legen）。あるものが他のものに従い自らを方向づけること、あるものが他のものを標準としてそれに従うということ。あるものを他のものに向け合わせる、関係づけるという意味で、λόγος とは ratio＝reor、つまり計算であり関係づけである。λέγω の第二の意味は sagen（say）である。なぜか。言うとは、ギリシア人にとり、あるものを前に横たわらせて（表象 vor-stellen）現象させること、それが我々を見つめるそのありかた、つまりその見相（Aussehen＝ἰδέα）においてそのものを示すこと、我々にその像を与えることである。すなわち λόγος とは現前（anwesen）である。現前として存在である。言うとは存在を自ら現前させること、存在の贈る声を語らしめ、集め聴取することである。λόγος は存在を名づける。その上に何かが横たわる模範、存在者を出現させる根拠である。つまり λόγος は、現前（anwesen）であり、根拠（Grund＝ratio）であり、存在である（175ff.）。

（γ）存在はそこから存在者が存在する第一者、つまり ἀρχή（アルケー、始源）である。ラテン語の principium である。理性は存在者を存在に基づいて、つまり存在を原理として根拠づける。その意味で principium（原理）は αἰτία＝causa（原因）でもある（H, 181f.）。

3　存在は遊戯（Sein-Spiel）、人間存在の啓示としての神話、神話との同一化（unio mystica）

Sein（存在）は、ἀρχή（始源）、αἰτία（原因）、rationes（根拠）、causa（原因）、Vernunftgründe（理性根拠）である。Sein は Grund であるが、それ自体はいかなる根拠もない（grundlos）。根拠づけから離脱しているという意味で Ab-Grund（脱根拠、無根拠、深淵）である。存在は根拠と同一、すなわち存在が存在者を根拠づける根拠である限り、自らは無根拠であるという矛盾は、従来の思考法の届かない一つの飛躍、転調、遊戯（Spiel）である。

「神が遊戯している間に、世界は成る（Cum Deus calculat fit mundus.＝Während Gott spielt, wird Welt.）」（Leibnitz. H, 186ff.）。ハイデガーによれば、存在が我々に贈る歴運とは、遊ぶ子供であって、子供は遊ぶから遊ぶ。なぜ遊ぶのか。なぜなしに遊ぶ。つまり子供こそ自然である。人間の生の秘密は、この自然の遊戯にある。そこには、シラーの遊戯論（質料衝動と形相衝動の融合としての遊戯衝動）に通底するものがあるのではなかろうか。

根拠なしに存在するものはない。存在と根拠とは同一である。だが根拠づけるものとしての存在は根拠をもたない。存在は脱根拠、無根拠にその遊戯を演ずる。存在＝根拠が歴運を我々にひそかに贈り手渡す遊戯である。我々がこの遊戯の楽章（命題 Satz）を聴き取り、競演し、その遊戯、楽音、定理に身を合わせるか否か、またいかにそうするかの問いは、いつもなおオープンのままである。（Vgl. H, 188）

このハイデガーの言葉は、本章の主題トーマス・マンの『ヨセフとその兄弟たち』にもあてはまるところがあるのではないだろうか。トーマス・マンは言う、「人間の魂の底の底（Urgründe）は同時に原始時代（Urzeit 原始時間）、すなわち神話の故郷、生の原規範、原形式がそこに根拠づけられている、時代の泉の深淵（Brunnentiefe）である。けだし神話は生の根拠づけ（Lebensgründung）なのだ。神話は、無意識からその容貌、特性を再生復原しながら、そこへ生が入り込んでいく、超時間永遠の図式、敬虔な公式定理なのだ」（IX, 493）。すなわちトーマス・マンにとって、神話こそ、生の根拠、神、自然、存在、ロゴスの啓示と秘密である。

ケレーニイはこれを神話素（Mythologem）と名づける。神話素とは「人間存在の啓示のあり方[19]」という。ユングの祖型である。神話とは本来前意識的魂の啓示であり、無意識的魂的出来事についての自然発生的表出である。集合無意識の発話である。

意識と無意識、光と闇、認識主体と存在一般、個の自我（Ich）と集合自己（Selbst）、人間と自然とが、未分離一体の同一性の状態が〈神話〉である。祖型は無意識的根底と意識的個を仲裁する。根拠喪失に脅かされる現代意識自我に、規範となるべき根拠を示す。人間の全体性はかくして意識と無意識、自我と宇宙的自己との融合、つまり意識的な神話との同一化（unio mystica）の上に存する。

「いかなる祖型も一つの単純な公式にもたらすことはできない。祖型とは汲み尽くすことも満たすこともできない容器である。祖型はそれ自体ポテンシャル（潜在的）にしか存在しない。ある素材に形象化されれば、その祖型はもはやかつてあったものではもはやない。祖型は何千年も存続し、しかも絶えず新しい解釈を求めている。祖型は無意識の不滅の要素であるが、しかし自己の形姿を常に変化させる」（J/K, 145）。

第五節　「初めにロゴスありき」

1　神の息吹き＝言葉《ロゴス》

神話は生の祖型、エネルゲイア的原型、存在の啓示、過去という泉の底であるという共通項は見出せるだろう。しかし原型、原因、原理、存在、根拠、底とは何か、という問いの底はなお深い。ハイデガーは根拠、存在、自然、神は、理性（ratio）であり *λόγος* であるという。ロゴスとは計算、集積としての理性であると同時に、言う、理由、根拠づけとしての言葉である。日本人である論者には理性や言葉をも包括する「自然」のほうが、より根拠の根拠であるように思われるのだが、理性と言葉のほうが根拠なのだろうか。

トーマス・マンも西欧のカテゴリーから外れるわけではないだろう。過去という泉、神話への冥府下り（カタバシス）の末に、マンの見た底の底は、バラがなぜなしに咲き、自ら出現するという自然ではないのではなかろうか。むしろ「初めにロゴスありき」という、神の息吹たる言葉、理性、精神、魂であったのではなかろうか。

ヨセフはファラオに言う、「春の西風ゼピュロス（Zephyros）の甘い息吹が鳥たちを受胎させる……息吹は神の精神であり、風とは精神なのです……男女のどちらでもない。いいかえれば処女的に実り豊かなのです……つまり世界は性のない受胎と誕生に満ち、しかも精神の息吹の生殖に満ちています。この世界とあらゆる被造物の父にして創造者は神であるが、それは精子によって生み出されたものであるからではなく、だれからも生み出されたものでない神が、精子とは違う力により物質のなかへ実を結ぶ原因を置いたからです。この生産的原因が物質を変様し、多様なものへの変化させるのです。すなわち神の考えのなかに多様な事物が先ず存在していたのですし、精神の息吹により運ばれた言葉が、万物の創造者なのです」（IV, 893）（傍点筆者）。

底の底、根拠の根拠は、性のない、神である。神の息吹き（πνεῦμα, Atem）が生命、精神（spiritus, Geist）、言葉（λόγος）である。性を超越した、あるいは両性具有の精神、霊が創造的生産力をもつようだ。宇宙の無意識の闇に意識の光りが明るみを与える。

「初めに神は天と地を創造された。地は形なく、空しく、闇が淵の表にあり、神の霊（精神）が水の面を覆っていた。

神は〈光あれ〉と言った。すると光があった」（創世記 *Genesis*, I）。

「初めにロゴスがあった。ロゴスは神と共にあった。ロゴスは神であった。すべてのものはこれによってできた……このロゴスには命があった。
この命は人の光であった」(ヨハネ伝 *Johannes*, I, 1-4)。

2　物語の精神

「過去の泉は深い。底なし(無根拠)と言うべきではなかろうか」。ヨセフ物語はトーマス・マンの「存在と時間」である。人間存在の根源、根拠への問い。それは時間への問い、死に至る有限の生の根拠、理由は何かという人間の永遠の問いであろう。存在者を根拠づける始源の根拠は、自らは底なしである。しかし神話にはこの始源の根拠たる神、存在、自然、意志、イデアの示現がある。存在の自ずからの言、語り、発現がある。我々は存在の贈ってくれる声に身を合わせ聴従し、存在が語るままに語らせねばならない。それが詩、芸術の課題である。根拠としての自然は、自らを明るみに現象させると共に自らを隠すというありかたで、自己を語りかつ黙す。この沈黙の語りかけに耳を傾けるのは、我々の ratio であり *λόγος* である。根拠づける機能をもつ理性や言葉は、しかし自然を、主体客体関係のなかで、表象、計算、支配しやすい。主観による客観の認識という図式、主客の同一性では、自然、存在、神は自らを閉ざしてしまう。マンの神話と心理学という図式は、ナチズムの非合理的神話観から、神話を奪い返しフマニスムスへと機能替えするという時代背景を考慮に入れても、神話と啓蒙、存在と *λόγος*、神と ratio という対決、いな緊張関係をも含む。

「過去という泉は深い。底なしと言うべきなのか」。「言うべきなのか」は sollte であり、その主語は man であるから、sollen は話者の意志という文法原則から言えば、まさしくだれがそう言って欲しいのだろうか。cogito ergo sum 以来の人間理性、ratio, *λόγος*、世人としての man とも言えるし、また他面において、根拠、原初としての sein, *φύσις* そのものとも言える。「物語作者は物語を収容する空間であるが、物語空間は作者を入れる空間ではない。神は宇宙を包含する空間であるが、宇宙は神を包含する空間ではない」。「物語精神」に至る人間 ratio, λόγος の驕傲（Hybris）は、啓蒙と神話、理性と野蛮、知と深淵、内面性とカオスという問題として、周知のように『ファウストゥス博士』の核心問題となる。

「存在」といい「根拠」といい「本来性」といういかかる神話的語彙は、あるいはアドルノが激しく批判したように、[20] Jargon（隠語）すなわち「実在しない現実」を「現前化」させ、「仮象世界」の現出という言葉の神秘化作用にすぎないのかどうか。言葉、λόγος, ratio に近い「物語の精神」(der Geist der Erzählung) の精神は、なぜなしに遊ぶ。言葉は遊ぶから遊ぶ。神に近づいた物語精神の驕傲とその遊戯、物語自我と集合無意識、言葉と生、芸術と芸術対象との同一性と非同一性、芸術の社会からの乖離と中毒症状的自己遊戯、このテーマが次作『ファウストゥス博士』の核心とならざるをえない。マンの啓蒙の弁証法はヨセフ神話そのもののなかに胚胎している。

註

（1）Thomas Mann : *Joseph und seine Brüder*. In : Bd.IV.『ヨセフとその兄弟たち』望月市恵、小塩節訳、新潮社 一九八八年、三巻／高橋義孝、佐藤晃一他訳、新潮社 一九六〇年、八巻を参照にすべて拙訳。
（2）Alfred Jeremias : *Das alte Testament im Lichte des alten Orients*. Leipzig 1916^{3}, S.317
（3）Vgl. Hans Mayer : *Thomas Mann*. FaM 1980, S.184ff.
（4）Friedrich Nietzsche : *Werke in 3 Bänden*. Hanser, München 1966, Bd.I, S.61ff.
（5）Erwin Rohde : *Psyche*. Darmstadt 1974, Bd.II, S.8ff.
（6）Ernst Cassirer : *Philosophie der symbolischen Formen*. Berlin 1925, S.243
（7）Plutarch : *De Iside et Osiride*. プルータルコス『エジプト神イーシスとオシーリスの伝説について』柳沼重剛訳、岩波書店 一九九六年、参照。 /S. James G. Frazer : *The Golden Bough. A Study in Magic and Religion*. Part IV., Adonis, Attis, Osiris. Vol II. 1914^{3} London.『金枝篇』(3)フレイザー、永橋卓介訳、岩波書店 一九九六年、第三八章

以下参照。

(8) Dmitri Mereschkowski : *Die Geheimnisse des Ostens*. Berlin 1924, S.91 (=M)

(9) Vgl. Manfred Dierks : *Studien zu Mythos und Psychologie bei Thomas Mann*. TMS II (=D), S.96, 89

(10) Johann Jakob Bachofen : *Der Mythus von Orient und Occident-eine Metaphysik der alten Welt*. Hrsg.von Mafred Schröter, Beck, München 1956^{2}, S.260 (=B) (*Das Mutterrecht. Eine Untersuchung über die Gynakokratie der alten Welt nach ihrer religiösen und rechtlichen Natur*. Benno Schwabe, Basel 1897^{2} LIX, S.120) (Demnach stellen sich die drei Stufen also dar : die tellurische entspricht dem unehelichen, die lunarische dem ehelichen Muttertum mit echten ehelichen Geburten ; die solarische dem Vaterrecht der ehelichen Verbindung.)

(11) Reinhard Baumgart : *Selbstvergessenheit. Drei Wege zum Werk : Thomas Mann, Franz Kafka, Bertolt Brecht*. Carl Hanser, München 1989, S.49

(12) Thomas Mann : *Tagebücher 1933-34*. FaM 1977, S.411f., S.398

(13) Thomas Mann-Karl Kerényi : *Gespräch in Briefen*. Rhein-Verlag Zürich 1960 (=MK), S.51

(14) C.G.Jung/K.Kerényi : *Einführung in das Wesen der Mythologie. Das göttliche Kind/Das göttliche Mädchen*. Gerstenberg Verlag Hildesheim 1980 (=J/K)

(15) Hans Wyslimg : *Narzißmus und illusionäre Existenzform*. TMS V (=W) , Bern 1982, S.248

(16) Vgl. Martin Walser : *Selbstbewußtsein und Ironie*. Suhrkamp FaM, 1981

(17) Vgl. Beda Allemann : *Ironie und Dichtung*. Pfullingen 1956

(18) Martin Heidegger : *Der Satz vom Grund*. Neske, Pfullingen 1957, S.162 (=H)

(19) Karl Kerényi : *Umgang mit Göttlichen*. Göttingen 1955, S.70

(20) Theodor W.Adorno : *Jargon*. In : A 11, 1975, S.421ff.

その他の参考文献

Eckhard Heftrich : *Geträumte Taten*. Klostermann, FaM 1993

Willy R.Berger : *Die mythologische Motive in Thomas Manns Roman „Joseph und seine Brüder“*. Bohlau, Köln 1971

Herman Kurzke : *Thomas Mann. Epoche-Werk-Wirkung*. Beck, München 1991^2
Thomas-Mann-Jahrbuch. Hg.von E.Heftrich, H.Wysling. Bd.VI. FaM 1994
Thomas-Mann-Handbuch. Hg.von Helmut Koopmann. Kröner Stuttgart 1990 etc.

第四章　メフィストーフェレスとしてのアドルノ
――現代のファウストゥス博士――

第一節　実現されたユートピア

「あなたの忠実な悪魔より」[1]とトーマス・マン宛ての手紙で自ら書いたテーオドーア・ヴィーゼングルント・アドルノとトーマス・マンの関係は、盲目の運命の女神たちの織りなす糸により、亡命の地カリフォルニアはパシフィク・パリセイズの丘の上で、『ファウストゥス博士――一友人の語るドイツの作曲家アードリアーン・レーヴァキューンの生涯』(1943.5.23-1947.1.29. トーマス・マン、六七―七一歳)[2]を産み落としたが、この現代のメフィストーフェレスとファウストゥス博士との関係は、人間関係のあざなえる禍福、深層心理学的な光と影の交錯も内蔵している。

二八歳年下のアドルノは一九〇三年生まれだから(一九〇三―一九六九)、マンが処女長編小説『ブデンブローク家の人びと』を世に出し、その響体で青春の叙情詩『トーニオ・クレーガー』を奏でた頃であり、したがってフランクフルト大学で哲学、社会学、音楽等専攻の学生であった頃は、『魔の山』が出た前後である。

マン七〇歳の誕生日に寄せたアドルノの手紙は、多感で才能豊かな一青年がすでに現代の巨匠となりつつあった精神の秀峰に対し、いかにみずみずしい感受性をもってアプローチしようとしていたかを示して感動的であり、美しい手紙の一つである。

「すべてを成熟と責任に向きを変えるあなたほど忠実に、若者のユートピア、目的に歪められていない世界の夢忠実でありつづけた人がいるだろうかと、問うことができるでしょうか……私が子供である私の私的な感謝は次の点以外により正確に表すことはできないでしょう。すなわちあなたの文章の響きやあなたの形象のありようは、私が子供であることを止めた年月の友情や恋愛ともはや区別できないほどの時代の地盤に深く根を下ろしているということです。すなわちあらゆる芸術以前に語りかけてきた一つの存在であり、まさしくそれゆえ芸術の最初の体験でした。そのような精神的・生物学的近さは他者の対極を成すものですが、それをもってあなたは私の心の最内部を揺り動かしました。ここ辺鄙な西岸で、あなたにお目にかかれたとき、私は初めてそしてただ一度、私がそこから受け取ったあのドイツの伝統に生身でいきいきと出会えたという感情をもちました。すなわち伝統に抵抗する力がなお存在すると感じました。その感情とその感情が与える幸福――神学者ならば祝福の恵みというでしょう――が私を去ることはけっしてないでしょう。一九二一年の夏私はキャンプでひそかに気づかれずにあなたのあとを追い長い散歩をしました、そしてもしあなたが私に話しかけたらどうなるだろうと考えたものです。あなたが二〇年後ほんとうに私に語りかけたこと、これは私にとり今まで授けられたことのない、実現されたユートピアの一つです」(Th.W. Adorno an Th.Mann, 1945.6.3)(3)。

目的により歪められていない青年の夢が実現し、正夢となったユートピア。このアドルノのマンへの基本的心情と精神的姿勢は、一九五五年八月十二日八〇歳にて逝去の訃報をヘッセと共にジルス・マリーアで受け取ったアドルノのジークフリート・クラーカウアー宛て同年九月一日の手紙にも、変わらぬ強い余韻が響いている。

「トーマス・マンとは私はそもそも非常に想起すべき関係でした。彼の死の直前私はジルス・マリーアへ自筆のそして手で住所を書いた手紙をマンからもらいました。そのなかで彼は私たちをキルヒベルクに招き、そもそも想像できない仕方で自分の病気と死について戯れていました。その手紙には〈私の代わりにスイスにいるヘッセに会って下さい〉という文が入っていました――そして実際ヘッセと一緒にマンの訃報を受け取ったのです。その知らせに私は、そうあるかもしれないと思っていた以上にはるか気が動転しました。それほど私はマンに結びつき愛着を感じていたのです」(Adorno an Siegfried Krakauer, 1955.9.1)[(4)]。

死の床にあったマンが死去二週間前一九五五年七月三〇日チューリヒの州立病院からアドルノ宛て出した手紙は、「病院の日々は魔の山＝時間で、それに入り込んでいます……自然は全く新しいもの、驚くべきものを私のために案出しました、すなわち病気です。機転の利く、黙っていて静かですが、創意に富む女です。森の小屋ではヘッセがあなたを待っています、私ではなく」(Th.Mann an Adorno, Br. III, 415)[(5)]。「自分の病気と死について戯れている」というアドルノの言は、マン文学の核心を一瞬の稲妻で照らし出す。生と死を内包する〈自然〉がその核心である。

第二節　自然・非同一的なるもの

トーマス・マン死後一九六二年七月二日ヘルマン・ヘッセ(Hermann Hesse 一八七七―一九六二)八五歳誕生日に行われたアドルノのダルムシュタトでのマン展示会オープニング講演『トーマス・マンの肖像に寄せて』[(6)](A 11, 335ff. 以下『肖像』と略)は、あまたのマン論も色あせるほど、マンの人と作品の核心をつく珠玉のトーマス・マン論である。

アドルノのトーマス・マン像の焦点の一つは、〈非同一性としての自然〉ということであろう。〈同一性〉(Identität)とは、主観とその他者、概念とその対象との一致といわれる。主語と述語の一致こそ真といわれる。しかし世界や自然を鏡像化したと思えるいかなる哲学体系にも同一化できないものが、体系に亀裂を生む。人間主観にとって他者たる自然や世界は、宇宙や生命や原子の神秘を想起するだけでも、人間の認識能力よりもつねに大きい。理性認識の網の目から漏れていくもの、理性自体を包含するもの、言葉では語りえぬもの、形式に対する質料、これこそ〈非同一的なもの〉(Nicht-Identität)であろう。これをかろうじて暗示象徴しうるもの、その意味で〈非同一性の同一性〉と言いうるものこそ、芸術である。

この点でアドルノの〈非同一的なるもの〉は、ニーチェの〈ディオニューソス的なもの〉と相重なる近似性をもつのかもしれない。(7) ディオニューソス的なものも、非同一的なものも、主観の他者も、同一性を破壊する力として、理性の同一性強制(der Identitätzwang)に、苦悩の叫びをあげる。音楽の始源はこの非同一的なものの苦悩の叫びである。モンテヴェルディやアードリアーンの嘆き(*Dr.Fausti Wehklage*)である。

〈同一性強制〉は人間共同体における政治的あるいは倫理的規範でもある。正統と異端、異質なるものの排除という原理は、魔女裁判からアウシュヴィッツまで、同一性体系の中核だろう。

アドルノによれば、この〈非同一的なもの〉〈ディオニューソス的なもの〉に、トーマス・マンは終生心を開いていた。たとえば「デカダンス」と人が彼に非難したものは、その反対、すなわち自己の崩れやすさ(hinfällig)を忘れない自然の力、同一性を崩壊させる非同一的なものの現れであり、それが人間性(Humanität)にほかならないという(A 11, 344)。

トーマス・マンにおける非同一的なるものの出現、市民社会の規範からみれば異質で非均一的なるものの出現は、デカダンスと批判された初期作品からグロテスクな形姿として現れている。ちびのフリーデマン(平和)さんや、トリスタンがエロスのヘレネーに惨めな最期を遂げる物語から始まり、同性のエロスをヴェネツィアの迷路に追い求めるアシェンバハ(灰の小川)、アルプスの冥府『魔の山』のペルセポネー、マダム・ショシャ(Madame Chaucha 熱い猫)や影の病人たち、死者の国(Cheol)エジプトのイシュタル(イーシス)たるムト＝エム＝エネトの牝犬様や召使いドゥドゥ、自然に欺かれた女ロザーリエ・フォン・テュムラー、現代のファウスト、アードリアーン・レーヴァキューンの狂気に至るまで、その系譜はトーマス・マンの全作品を貫く。「自己喪失＝忘我」（Selbst-vergessenheit）というテーマでそれをくくったラインハルト・バウムガルトのいわゆるHeimsuchung（災い、エロスの襲撃）の主導楽音であるが、[8]アドルノの捉え方はもっと鋭く広い延長をもつ。すなわち同一的理性概念のカテゴリーの網に捉えられない、人間内部の自然を含めた非同一的な自然のグロテスクな発現、その形象化である。

　アドルノは言う。死の間際の手紙にあるような、死にさへ手を伸ばし、もちろん死の可能性を見誤ることなく、死とすら自由に遊び曲芸するマンの、何にも萎縮することのない、制御しがたい遊戯衝動。マン作品の中心にいつも死が呼び出され語られるとすれば、それは死への憧れでもなく、没落への親和力でもなく、まさしく死と戯れ死を形象化することにおいて、死を遠ざけ祓い封じ込めようとするためのひそかな奸計と迷信である。死という盲目の自然連関にマンの肉体も霊も抵抗する。しかし死を策略にかけ欺き抵抗しようとすれば、生者にとっては諦念ではなく自然に身を委ねることによってしか死と宥和する道はない。古代祭祀で死の仮面を被り生贄を捧げることによって死を祓い遠ざける儀式のように、自然の模倣（Mimesis）死の擬態（Mimikry）によって、死とつきあい親しむ。死を含む自然に対しても人間自我が主権をもち、主観による同一性概念で括弧づけようとする硬直性をゆるめ、より大きな非同一的な自然に身を委ね心をつねに開くことで、死とも和解宥和（Versöhnung）しようとする。八つ裂きと再生、死と復活の希望神話ヨセフ物語もその例の一つである。以上のようにアドルノがマンにみた、死へも手を伸ばそうとする遊戯衝動こそ、芸術の生命だろう。シラーのいわゆる質料衝動と形式衝動、ニーチェのいわゆるディオニューソス的なものとアポロ的なものとの共同融合の遊戯衝動である。

第三節　銀蝿糞塊と麝香の匂い、死と人間性（『欺かれた女』）

一九五四年一月十八日付アドルノの『欺かれた女についての手紙から』[9]にもこの非同一性としての自然のグロテスクな相が摘出されている。たとえばロザーリエ・フォン・テュムラーとアナの母娘が暑い八月の午後森と草原の縁野道で麝香の匂い（Moschusduft）が漂ってくるのに気付く。その源がどこかを探すとそれは日だまりに茹でられ銀蝿のいっぱいたかった糞の塊なのだ（VIII, 887）。これは癌による出血を月経の再来と思いこみ、アメリカ青年に春情を抱く「欺かれた女」のテーマを微光で象徴するばかりでなく、生と死を包含する自然と人間との屈折した関係のグロテスクな寓話でもある。「この寓話を作る人生の事実を取り扱う際の恥じらいのないコケットリーによって、醜悪なものの力と事実自体とを結びつけることを理解なさったのは今回が初めてです……すなわち死を憧れる生ではなく、生を憧れる死がここに表現されています。そしてまさしくこれが同時に、不作法なもの、把握しえないものを表し、これが社会の内在を揺り動かすのです。その程度が強いので、自分自身の概念にいたずらをするあなたの晩年の作品を前にして、読者の多数は、奇矯なキルケーの杖の下で年取ったおばさんに変身するように感じ、神の剣をあなたにふるうのです」（A 11, 679）。

市民的文明は、死の吐き気を催す醜悪な面を排除抑圧するか、高貴化、聖別化するか、もしくは衛生学で垣根を巡らす。無益な生のむなしさは意識に入れたくない。低劣なものが死に現れることに我慢したくない。すなわち死は人間の恥辱であって、悲劇という名で祝福される代わりに、処分追放されるべきものである。マン小説の目指すショックはこの遊戯法則に反する。しかしそれによりそのショックを無限に解放するものとなる。生の仮象性

(Scheinhaftigkeit) と虚栄性 (Eitelkeit) というショーペンハウアーの妄想モチーフがこのような物質主義的な結論に至り、それが人間存在の聖別変容 (Verklärung) というイデオロギーの妖怪に最も痛いところで的中したのだ。文化と、文化の下に潜在するものとの間の緊張関係がマンを引き裂き、弁証法的反転に至らせたのだ。

以上のような趣旨のアドルノの『欺かれた女』論は、恐るべき自然の大地にのみ人間性という生の樹が深く根ざしているという、ニーチェの人間性 (Humanität) 観の系譜上にあるとするベルンハルト・シューベルトの指摘[10]は示唆的である。すなわち、『ホメーロスの競技』でニーチェは、人間性と自然とは分離できない、人間は最高に最も高貴な力を発揮していても全く自然であって、自然の恐るべき非人間的とみなされる能力も、ひょっとすると唯一生産的な大地であって、この大地からのみあらゆる人間性が活動、行為、作品のなかに発現するのだ、と言う (Fr. Nietzsche : *Homers Wettkampf*)[11]。

死という糞塊を聖化する文化と、麝香の芳香文化の実相を形象化すること。文化と自然、昇華と実在、同一性と非同一性との、相互否定弁証法こそマン芸術の根であるだろう。

第四節　『カルメン幻想曲』(*Fantasia sopra Carmen*)

『カルメンについての幻想—トーマス・マン八〇歳の誕生日に、その忠実な悪魔より心からの尊敬をもって—』[12]は、〈自然に還元された愛〉〈愛からの自由〉としての自然をテーマとする。周知のようにニーチェは、音楽を病気にしたヴァーグナーの呪縛を断ち切るべく、アンダルシアの乾燥した空気、透明な大気のなかで鳴る屈託のない明るいビゼー (Bizet) 音楽に健康への快癒を見いだす。「この作品も人を救済する」。音楽による魂の救済である。一八八八年精神の薄明に入る直前のトリノからの手紙『ヴァーグナーの場合』は明快爽快な『カルメン』のメロディーにのる。

カルメンの愛は「自然に再翻訳された愛」であって、さまよえるオランダ人のゼンダの感傷性というような「気高い処女の愛」ではない。「運命としての愛、シニカルで、無邪気で、残酷な愛であり、まさにその点で自然」なのだ。

C'est moi qui l'ai tuée!　　彼女を殺したのはおれだ。
O! Carmen! Ma Carmen adorée![13]　　おお、カルメン、おれの大切なカルメン！

「愛はあらゆる感情のうちで最もエゴイスティクなものであり、したがって傷つけられた場合にはきわめて不寛容となる」(B.Constant)(N III, 907)。

カルメンは自然に生き、自由に生きるゆえに、自然の運命に従容として従う。何度引いても死(La mort)しか出ないトランプの場は、超越や意味への問いはない。カルメンはその避け難さを知り、運命の歌を静かに唱う。マダム・ボヴァリと同じく「そこに支配していて、人間的なものは何もない運命とは、性そのものであり、世界前、精神前のものである。人間はたんなる自然存在として、まさしくそれゆえに、全く非同一的なものによって規定されたものとして提示されている。すなわちたんなる現存在にほかならぬものとして、人間は自己自身に全く得体が知れず把握できないものであり、結局文字通りドン・ホセは自分のしたことが何もわからない」(A 16, 305)。

ヴァーグナーの場合、すべてどの楽節もどの身振りもどのモチーフも意味を背負う。ビゼーの場合、形式の非人間性や厳格さが、意味の最後の痕跡も消し去り、人生において起きることは、現象するもの以上であるという幻想はいささかも生じさせない。カルメンは最後の場でホセに詰め寄られ愛のエゴイズム、ないし自由に生まれ自由に死ぬ(Libre elle est née et libre elle mourra!)と、自由な自然の生死を唱う。何も所有しない、この放棄、運命愛

(amor fati) によるあらゆる要求の放棄は、人間存在に与えられた、運命や自然との、宥和の形姿、最後の自由の約束の形姿である、とアドルノは言う（A 16, 308)。

「運命は表現がなく、星のように冷厳で疎遠だ。銀河系の星座に人間は秩序の織物をみる。運命は絶対的なものへと魔法化された事物化である。運命に似せる音楽も自己を事物化しなければならない。音楽がさながら人間的なものであるかのようにふるまう代わりに、音楽は人間的なもののために自己を事物化する」（A 16, 301)。すると、形式法則という、魂を吹きこまれていない客観性へのミメシスは、人間が巻きこまれている事物化された運命の秩序への抗議の力をもつのだ。これが有名な「芸術の非人間性は、人間的なもののために、世界の非人間性を凌駕しなければならない」（A 12, 125)[14] という十二音階技法論を頂点とする『新音楽の哲学』の核心思想であり、アードリアーン・レーヴァキューンの『ファウストゥス博士の嘆き』の基本音列でもある。

「芸術作品は人間を飲みこまんとして世界が課する謎で試される。世界はスフィンクスであり、芸術家はスフィンクスの盲目のオイディプースであり、芸術作品はスフィンクスを奈落に突き落とす賢い答えのようなものだ」（A 12, 125)。謎は謎であるゆえに魔力をもつ。謎が解明されればその力を失ってしまう。『カルメン』もまた自然連関の内在を共感しつつ理解し、ヴァーグナーのように神話を操作（traktieren）することなく模倣し、超越や意味について幻想を描かず、そのことにより作品は逆に神話の魔力の呪縛から逃れる。音により不安に充ちた者が祭祀の仮面によるようにデーモンたちに身を似せると、魔神たちはそこから逃げ去っていく。自分の鏡像に見入るメドゥーサ初めゴルゴンたちは化石化する。この二重弁証法により神話は瓦解する。「恩寵のない、星に似た、自然法則の像として、カルメン音楽は、眠り込むことを知る識閾での、（自然の運命に身を委ねそれに）保護されてある幸福のエコーとなるのだ」（A 16, 308）という『カルメン幻想曲』の結語は、ヴァーグナー批判のニーチェ賛歌であると共に、現代芸術の意味付けでもある。

そこには「希望のなさの彼方の希望」「絶望の超越」という現代のファウストの苦悩の嘆きへの批判すら感じられる。本質と現象との同一性、生や世界の意味付けを精髄とする伝統的リアリズムと、無意味を自己の意味とし、聴衆とのコミニュケーションを断ち切り、組織化された意味不在（たとえば十二音階技法、具体詩）、その非人間性により、組織管理化社会の非人間性を否認批判する前衛芸術との狭間に、イロニーをもって揺れ動くトーマス・マンに対する、アドルノの言に、現代人の恭順と批判が混在して感じられるのではなかろうか（cf. A 12, 28/A 7, 230）[15]。現代のファウストの救済に関する、マンのオプティミズムとアドルノのペシミズム否定性をめぐる有名な挿話こそ、この両者の差異を浮き彫りにする。

クラーカウアー宛て一九五五年九月一日アドルノは、この『カルメン幻想曲』は「実は『魔の山』の有名なレコードの章〈楽音の泉〉（Fülle des Wohllauts）の描写が終わる『カルメン』第三幕の場の解釈にはめこまれるべきものなのです[16]」という。

下と上、市民社会と隔離された高山サナトリウム、健康と病気、経験的実用世界と観念的非実用世界、現実と夢、意識と無意識、表象と意志、時間と無時間、内在と超越、生と死の境界識閾たる『魔の山』にあってハンス・カストルプはいくつかの音楽を聴く。『アイーダ』も『牧神の午後への前奏曲』も『カルメン』も、通奏低音は、共同体への帰属から自らを解き放ち、セイレーンの美しい誘惑の声に身を任せ、自然のままに自由になりたいという願望である。「ラダメス！」「おまえは闘いを前にして陣営を去った」「弁明せよ！」（III, 894）。市民社会の倫理（労働）義務の定言命令に対し、ラダメスはアイーダとの生き埋めの刑を選ぶ。自然の声に従うことは現世の死を意味するが、その死のなかにしか、いやその死のなかにこそ、自由、真の生がある。

陽が輝き、木の葉にそよ風が吹き、星形の多彩な花が一面に咲いている夏の草原に寝そべり、山羊の足を組んで空の小鳥に口笛を吹く、森の若い牧羊神ファウヌス（サテュロス）の充足感の調べに、ハンスは思う。「ここには

〈弁明せよ〉もなく、責任もなく、名誉を忘れ失った者への僧侶の軍法会議もなかった。ここを支配しているのは、忘却そのもの、至福の停止、無時間という無垢であった。それは心のやましさのないだらしなさ、西欧的活動命令(Aktivitätskommando)をあらいざらい否定することを理想的に神格化することであった」(III, 898)。

そして第三のレコード『カルメン』こそ、共同体の義務（ホセ）と、たとえそれが死に結びつこうとも自然に自由に生きようとするする意志（カルメン）との葛藤や、後者のアンダルシアの空のように明るい讃美を表す。そこにはアルプスの北のヴァーグナー的パルジファル的暗さ、罪と購いの意味づけの葛藤はない。第二幕のLillas Pastia酒場での、帰営ラッパ（Traterata）に不安がるホセと、カスタネット（Lalalala）で踊るカルメンとの二重唱（Duo）は、義務と自由、精神と生、アポロとディオニューソスという二原理の干矛の響きというトーマス・マンの通奏低音を象徴するのだ。

恋のさなかに　帰れといって
帰営ラッパも　鳴らないわ
空はひろびろ　さすらいの暮らし
世界をねぐらに　気ままに生きる
そして何より　すばらしいのは
自由よ、　自由なのよ！　La liberté!　（安藤元雄訳）

第五節　共作の感情移入（Mitdichtende Einfühlung）

マンはアドルノを現職枢密顧問官（たとえばゲーテはカール・アウグスト公の Geheimrat）と呼び（XI, 293）、その音楽の技巧的専門知識のみならず、神学、宗教、倫理、美学的理論を積極的に学び取った。四〇歳前半のアドルノもマンの要請に応じ、その役割に興じないわけではなかった。雑誌『アンブルフ』に音楽評論を書き、マクス・ホルクハイマーと共に権威主義的人間の社会学的研究調査を行い、『啓蒙の弁証法』の一つの章にはめこむべき『新音学の哲学』を書き終えていたアドルノも、マンによりタイプ原稿の出版、名が世に出ることを期待しなかったわけではない。詳細は『ファウストゥス博士の成立、小説の小説』（*Die Entstehung des Doktor Faustus. Roman eines Romans.* 1949. XI, 145ff. 以下『成立』）に詳しい。

しかしそこから削除された部分が、『日記　一九四六―一九四八年』[17]の末尾に初めて公刊された（一九八七）。たとえば『成立』第V章（XI,174）「[音列音楽表現と対話で分析された批評は小説 XXII 章が提供しているが、ほとんどアドルノの分析に基づいている。]……アドルノもそのことに興じなくはなかった。〈私が悪魔です〉とその章と共に有名になったとき彼は言った……」（No.58, TB 46–48, 949, V章, XI, 174）。（[……] 内は既存部分）

「……しかし共作する感情移入でこれを語ったのは枢密顧問官だ。彼が私に与えた、最も意味深い最も的中したヒントは、地獄の哄笑と天使の合唱とが本質的には同一のものであるということだった……事態はこうだった。私が先ず拙速に受け取ったものを確認する、いいかえれば特定の詳細な文に書き下ろす――すると私に残っているのはただ与えられたものを構成的に秩序づけ、作り上げること、いわば詩にすることであった。もっといえば、それを善良なゼレーヌスに真に胸の底から、呼吸するのが困難であるほど、驚愕と愛情をもって、口述させることだけが残っていたのだ」(No. 60, TB 46–48, 950f., XI, 223)。

「『賛歌』の作曲や室内楽の問題でのある種の助言や『黙示録』以来、アドルノは精神的に作品と結合し、未来に予想される反論の余地のなさに自分が責任があると感じていた。つまり音楽の共作者としていわば血を舐め、熱くなったのだ――それを私は満足をもって知覚していた」(No.61, S.951, XIV 章, XI, 282)。

「アドルノにとっては、構成から表現への〈打開突破〉(Durchbrechen) のイデーを支えるために、音楽一般のあらゆる表現を担うモメントを、要約的に動員することに力点が置かれていた。音楽史のなかでかつて書き下ろされたあらゆる音楽特性を自由に意識的に使うことが問題であった。〈すばらしい〉と私は言った。〈それでアードリアーンは完全です。ゼレーヌスはそのことについて報告できるでしょう。そのほかに何かありますか。〉[彼はそれ以上のことを知っていた。]」。アードリアーンの救済に関しアドルノは、「ためらいつつも、強い疑念の声をあげたが、全く正しかった。〈いやいや、そのような宥和にたやすく近づいてはいけません。さながら大罪人がいま恩寵を軽薄に手中に収めているかのような響きがあってはいけません。お願いですから、あなたの技芸すべてを傾注して、このことをより優しく、より漠然と、より低声で、より絶望的に言うように、いやそれどころか逆説的にするようにして下さい……〉。それは煩わしいことであった。私はそのときすでに次の最後の告白の章に来ていて、次の次、つまり終章へ行きたいと思っていた。それがいま変更して戻らねばならないのだ。しかし従順に私はすぐに次の朝、[もう一頁半を徹底的にオーバーホールするために座り込み、それにいまあるような用心深い形式を与えたのだ……]」(No.62, S.952f., XIV 章, VI, 294)。

一九四三年一〇月五日マンはアドルノ宛て「あなたのような驚嘆すべき知者によってのみ、音楽的熟知と固有の精密詳細さを得ることができるのです[18]」と書き、ベートーヴェン、ピアノソナタ、作品111番のアリエッタ (Arietta)

テーマの音符を書いて下さいと頼む。

一九四五年十二月三〇日マンはアドルノ宛て『新音楽の哲学』へ手を伸ばし利用したことを告げ弁明して、アードリアーンの作曲につき専門的な協力を懇願、爾来両者の協力関係が進展する。「あたかも小耳にはさんだものが、自己のイデー構成に充分よく役に立つかのような表情でもって行われた摂取習得の場合、それ自体がすでに精神である素材、すなわち現実の文学的借用が問題になるとき、スキャンダラスとは言わないまでも、事態はより困難になっています。私がここで、あなたの音楽哲学的著作のある部分へ図々しく――そして望むらくはまたなお完全に間の抜けたものでないことを望みますが――手を伸ばし摑んでいることを、これはお許しを得る必要がありますが、あなたが推測なさるのは正しいことです」。音楽小説を書くには〈イニシエート〉されること以上のものつまり「専門性」が必要で、それが私に欠けている。そうでなくともモンタージュ原理に傾きがちな作品のなかではどんな準拠や援助も辞さないつもりである。「摑まえたもの、習得したものはたぶん構成の内部で自律的な機能、象徴的な自己流の生命を獲得できるでしょう……私が必要なのは、読者に尤もらしく、いやそれどころか確信できる像を与える、二、三の特性的な現実的な詳細です。アードリアーンの作品はどのようにしたら一体作品化しうるのか。もし悪魔と契約していたらあなたならどうなさるかを、私と共に考えて下さって、一、二の音楽的メルクマールを幻想を促すべく私の手助けをして下さいませんか……」(Thomas Mann an Adorno, Br.II, 469ff.)[19]。

共同作業は後半の三分の一であるが、アドルノのタイプメモ『ファウスト博士の嘆きについて』(*„Ad Klage Dr. Fausti"* RT, S.26ff.) をみれば、『ファウストゥス』の枢要部たるアードリアーンの最後の作品交響カンタータ『ファウストゥス博士の嘆き』のいくつかの基本テーマが、いかにアドルノの発案によって、あるいは両者の共同作業によって成立したかが歴然とする。

たとえば、(1)『歓びに寄す』の歌の反対物。どうしてもそれは存在すべきではないから第九シンフォニーは撤回すること。（2）被造物の嘆きのイデーと「私はそれを望まなかった」という神の嘆き。モンテヴェルディへの回帰は、表現の再構成であり、すべての表現は本来的に嘆きである。表現の原形式、苦悩の嘆きへの回帰。（3）自由な音符は一つもなく、作曲が始まる前に作曲は終わる。厳格な構成が最も表現的であること。（4）悪魔との契約への忠誠から、救済されたくないと思い、救済を誘惑者としてしりぞける。肯定性はアードリアーンの軽蔑する世界を表し、ネガティヴな疑問が希望のアレゴリーとしてあるというイデー。

これらはヴァイマル古典主義の否認、ゲーテ＝ファウストの陰画[20]として、二〇世紀のファウストゥス博士の核心であるだけに、アドルノのヒントであるとすれば、それを受け入れ活用する土壌が、マンのほうにもすでに充分醸成されていたと言わなければならない。問題は二〇世紀芸術の一つの特性、すなわち自己の新たな考案になる筋というより、神話を初めとする既存の精神的遺産の解体と再構築という、〈モンタージュ技法〉と〈剽窃〉(Plagiat) に接する〈引用〉〈借用〉の問題、すなわち所有権はどちらに、という問題であろう。これはシェーンベルクの訴えにより『ファウストゥス博士』の末尾に掲げられた断り書きのみならず、すでに『ブデンブローク家の人びと』のモデル騒動（「ビルゼと私」）や、ハウプトマンとのペーペルコルンをめぐるもつれなどに象徴的に現れている問題である。さらに『ショーペンハウアー』のプラトンのくだり、バハオーフェンの宇宙と母権、父権との関係論、ケレーニイの神話論、ベルトラムのニーチェ論、ミリシュコフスキイの『東方の秘密』など例をあげれば切りがない。ハンス・ヴィスリングの『形象とテキスト』(*Bild und Text*) をみれば、いかにマンの描写が既存の絵画や彫刻の文学的言語化であるか、そのモンタージュ技法の秘密が読みとれる。

「〈モンタージュ原理〉は、人生を文化所産と、神話的クリシェーの形姿のなかに見る老年の傾向であり、これを人は化石化した威厳のなかの〈自律的〉発案工夫よりも好むようになるのです」(Th.Mann : Br.II,470)。一九四五年十二月三〇日付アドルノ宛て手紙はこの創作の秘密の吐露である。

第六節　亀裂――フィエスコ（Fiesko）のムーア人、ハサン（M. Hussen）

周知のように『成立』は、最大の敬意と信頼を捧げつつ、とくにその第V、XII、XIV章でアドルノに負う部分を詳細に綴った、いわば楽屋裏の告白でもあるが、このことはカトヤやエーリカなどの反撥を生み、やがて〈現実化されたユートピア〉にも亀裂を生むことにもなった。『日記』一九四八年九月十二日付「エーリカのアドルノに対する敵意。彼を彼女はそうほめたものではないと見たがっている。しかしアドルノに信用《クレディト》を与えることは必要である」(TB 46-48, 304)。同一〇月二七日付「朝アドルノ暴露についてカトヤと気の重い会話。秘密を打ち明けたことをカトヤは幻滅とみている。困った問題だ」(同 320)。同一〇月三〇日付「ファウストゥス回想の問題性、女性たちに耐えられないアドルノ告白の章の問題は、私の仕事の気分を押さえつけ、聖人伝説(『選ばれし人』)継続の邪魔となっている」(同 322)。

トーマス・マン死後一九六二年『肖像』でアドルノが、レーヴァキューンの作曲に熱中し精確に案出したので、マンとのディスカッションの際は遠慮しないほどだった(A 11, 341)と述べたことに対し、エーリカ・マンは六二年四月五日「あなたがアードリアーン・レーヴァキューンの作曲をお母さんの魂のソロで考案なさったということは知りませんでした。感謝に満ちた『成立』にもそれを読み取ることはできません。いまとなればおそらくあなたはそうご覧になり、父はそれを別な風にみたのでしょう」[21]と抗議する。同四月十九日アドルノは「アードリアーンの作曲を私自身作曲家として書いたらどうなるかというお父さんの要請に従い考慮検討しました。」(EB, 109)と答える。さらにアードリアーンの作曲が現実にそうであるかのように共作したことに「ある量の正当なナルシズム」があることを認めた上で、ただ「父の死に至るまで両親の家庭医であった善良なリーフマン博士と同じように手に手をとって、マンの生涯まで入っていくつもりはありません」と釘をさす。しかしこの手紙で重要なのは次の二点である。一つは、「オラトリオ計画の際、古代的動機と現代的動機とが交錯すべきであるというマンの願いで、私が一つの技術的手段としてエコー効果を提案したとき、私はそのときすでに書き終えられていた少年エヒョについての章を知りませんでした」ということ。もう一つは、「けだし我は良きかつ悪しきキリスト者として死す」というテーマはファウスト＝オラトリオ中心動機（基本列）として、マンが考え出したものであり、「私がそのスペルを数えたら、ひどく驚いたことに十二であった。つまり十二音列が精確に相応していて、そのような一致は、この小説を支配するネガティヴな神秘の風土にぴったり合っていました」(EB, 111) という二点である。〈共作する感情移入〉の実相の一端であり、詩人が悪魔ザーミエール（魔弾の射手）によってほとんどすべて魔弾を手に入れたというわけではない。

ノーベル賞をすでに受賞し、亡命していたとはいえドイツを代表する作家の、現代のファウスト小説制作工房に家人より重用されて出入りし、特別枢密顧問官として〈共作〉できる幸運にアドルノは、〈ある量の正当な権利のあるナルシズム〉を感じ、それに興じ、悪い気はしなかった、ということを否定はできないだろう。一九四九年十二月二八日のマン宛て手紙でアドルノは、第二次世界大戦後ドイツへ帰らないマンに対する批判、とくにホルトフーゼンなどカトリックからの批判に対して、それはドイツ人の抑圧排除された罪意識をさらに抑圧排除し、マンの指弾したドイツの罪をマンに着せ帰そうとするシルダ市民の愚行だと、マンを擁護したあとで、「そのことによってもちろん私は、正確に言えば立案された必要要求に応じたファウスト小説と音楽哲学の関係により、特に多くのことを感じるに至りました。そして私が一撃を蒙るのなら、けっして悪い気はせず、いかにくすぐられた感じになっているかということを、あなたに黙っていることはできません」(RT, 29f.) と結んでいる。

ところが一九六八年三月十八日マンに関する本の執筆を懇請されたB・ブロイティガム宛てアドルノ（この年急死、享年六五歳）は答える。マン書簡集第III巻の二つの手紙を引き、「マンはきわめてネガティヴに私に対し不当に表現しています。マンが私についてありそうもないことを言う事柄は、そのあらゆる根拠を欠いています。私にはすぐ当てることができますが、マンはある誹謗中傷者に騙されたのです。彼がこの手紙と並んで、私にきわめて友情溢れる手紙を寄こしているということによっても事態はけっして良くなりません。事態がどうあれ、私は私の生きている間に、マンについてもう一度書くことは、彼が私をいわば墓の下から誹謗中傷したのである以上、ないと思います」（RT, 31）と書く。

二つの手紙とは第一、エーリカ四三歳の誕生日のお祝いの一九四八年十一月六日付手紙――「しかしけっして得策でないだろうし、不当であろう、わたしがひそかにシェーンベルクに多くの信用を与えたのだから。しかし詳細にわたって私はアドルノに余りに多くの信用を与えすぎた。それは短くし、削り、一般化できると思うよ」（Br. III, 56）。

第二の一九五一年一〇月十五日付レサー宛て手紙（Br.III, 225f.）からみれば、エーリカ宛ては無害といえるほどである。スイスの文学史家ヨーナス・レサー（Jonas Lesser）が『ファウストゥス博士』と『新音楽の哲学』との関連を考究したタイプ草稿をマンに贈ったことに対する返報である。「私は全く興味がありません……主にアドルノに〈信用〉を与えるために書いた『成立』で、私がアドルノの思想財産に手を伸ばしたことを率直に――本当に腹蔵なく――告白し、あけすけに世間に吹聴しました。今になってなおそのことを立証し、相互に並列してみせるのはなぜでしょうか。そういう立証や並列は事態を過度に強調し、この思想を有機的に統合している作品に損傷を与えるものではないでしょうか（筆者註、Hans.J.Dörr, Ehrhard Bahr など現在のアドルノ＝マン関係研究の系譜への墓下からのマンの痛烈な批判！）。[22]『成立』で私はアドルノに本当に強力なサーチライトを当てました。その照明のなかで彼は全く上品とはいえないありかたで身を膨らませたので、事態はあたかもそもそも『ファウストゥス博士』を書いたのはアドルノである、というようなことに若干なりかかっています。これはわれわれの間だけの秘密にしましょう。彼の傑出した知性に対する私の驚嘆はだからといってけっして減ったりはしません。『ミニマ・モラーリア』にもきらめき輝く事柄が見出されます……ところであなたの草稿に何度もアードリアーンの代わりにアドルノといういたずらがありますが、それをみれば彼に有益であるとはいえないでしょう」(Br.III, 225f.)。

アドルノのことを中傷誹謗した者とは、フランツ・ツェーダー（Franz Zeder）[23]によればアドルノを〈ヘーゲルの小さな提灯持ち〉と貶めたルートヴィヒ・マルクーゼではないかという。「Dorni（=Adorno）は私のアンチ理想です。私が心の底から憎むものすべてをもつ人を彼以外に知りません。私はかつてドルフ・シュテルンベルガー（Dolf Sternberger）に言ったことがあります。A.は卑小な知性の種の人だと」(EB, 132)（Ludwig Marcuse an Erika Mann, 一九六三年一〇月二七日）。

一九六六年四月二七日エーリカ・マンのヴァルデマル・ヴァーレン（Waldemar Wahren）宛ての手紙——「私の正確な体験によれば、アドルノは病理学的に eitel（虚栄心の強い、うぬぼれ）であるばかりでなく、その虚栄心の強さと強度の迫害妄想とが論理的結果として組み合わさっています。彼はこけおどしのはったり屋（Bluffer）です。全く意識的に彼は人々の目をくらませます。全く意識的意図的に彼はしばしば理解できないことを書き、はっきりと知らないことを彼の高度に濃縮され、一切を包括する老練さの背後に隠してしまいます……一体青年たちは、たしかに怖ろしく頭の良い、しかし特に人間的な面では欠陥のある小男に何を見出すのでしょう。自分に必要である分野でのまさしく頭の良さと老練さのほかにマンもまたアドルノには何も見出しませんでした。マンとアドルノ、この二人の紳士は一度も友達になったことはない、いやそもそもそんなことはありえません」(EB, 165f.)。

カトヤ・マンの『書かれざる回想』にも、あたかもアドルノが『ファウストゥス博士』を書いたかのように思っているのは大きな間違いであり、うぬぼれより事実が先行するのではないか、というエーリカと同じ女性感情が対アドルノにみられる。(24)

アドルノ全集編纂者ロルフ・ティーデマン（Rolf Tiedemann）の『共作する感情移入―『ファウストゥス博士』へのアドルノの寄与―もう一度』（一九九二）の結論は、きわめて正しい。「エーリカの手紙は無害だが、レサー宛て手紙はアドルノを極めて傷つけた。アドルノに一度〈実現されたユートピアの一場面〉と思われ、実際また彼の人生にそれなりの栄光を与えたものは、最後には人間らしいコミュニケーションのパロディーに還元された……マンから終生なお〈きわめて友情あふれる手紙〉を捧げられたアドルノは、マリ・ハサン（Muley Hussen）のフィエスコ（シラーの戯曲、ジェノヴァの政治家フィエスコの反乱、ムーア人は手下の間諜）への関係のように、自分がマンによっていかに見られていたか、を学ばねばならなかった。すなわちこのムーア人は自分の仕事をした、だから去ることができたのだ。残るだろうものは『ファウストゥス博士』と、アドルノがこの小説のために貢献した素材である」（RT, 32）。

第七節　絶えず否定する精神

一九五一年四月二二日『ミニマ・モラリア』を読んだマンは「アドルノの本を読む。放心してきわめて神経質になった。禍の世界に捕らわれたような感じがあって、そこから逃れることができない」（TB 51-52, 50）としたためる。一九五二年一〇月三〇日付アドルノ宛てマンの手紙――「尊敬する人よ、真の要請されるべき社会についての、たとえ漠然としていても一つのヴィジョンを与えてくれるような、ポジティヴな発言があなたに一つでもあれば、と思います。傷つけられた人生からの省察はただその点でもの足りません。正しいのは何ですか。何でしょうか。かつてあなたはルカーチをまことに正当に引用なさった。そもそもあなたの場合いくつかの点で純化されたコミュニズムに向かっているように見えます。しかしそれはどういう外観をしているのでしょうか。ソ連の専制性は誤りに陥っています。しかし専制のないコミュニズムは考えられるでしょうか。〈これもだめ、あれもだめ。しかし何が――一体最後に残るのは何でしょうか〉とミヒェル・クラーマー（Michael Kramer）は言っています」（Th. Mann : Br. III, 276）。

『否定弁証法』のアドルノを、マンはひょっとするとまさしく字義どおり、ぞっとする冷気を漂わすカラマーゾフの悪魔、自己の意識下の悪魔、否定の霊、現代のメフィストーフェレスと、イロニーなく、思っていたのかもしれない。

アードリアーンの救済に関する作者と枢密顧問官の楽観論と悲観論、正と負の結末をめぐる挿話。あやめもわかぬ闇夜の希望や恩寵に関する最後の四〇行について、マンのほうも余りに楽観的お人好し直接的明るすぎたと書き（XI, 294）、アドルノのほうも余りに肯定的屈折なく神学的であって「この決定的な箇所に要求されているもの、すなわち他者の唯一公認されている暗号としての限定否定の力が、この最後の重荷のかかった数頁から逃げていくように思われます」（A II, 341）（傍点筆者）。と書いた。他者（das ないし der Andere）とはファウストゥス博士の他者とみれば悪魔メフィストーフェレスであり、アドルノのテルミノロギーから言えば主観、理性、同一性の他者、すなわち客観、自然、非同一的なものである。

ゲーテの『ファウスト』では、

ファウスト「それはそうと君はいったい何者だね。」

メフィスト「つねに悪を欲して、しかもつねに善を成すあの力の一部です。」

ファウスト「その謎のような言葉は？」

メフィスト「私はつねに否定する霊（精神）です……あなたがたの言う罪とか破壊とか、要するに悪とかは、私の要素なのです。」（一三四四行）

ファウストの言う〈カオスの生んだ奇怪な息子〉（一三八〇行）〈つねに否定する精霊〉たるアドルノは、トランプ占いに表れた、死という、星座に似た自然の不可避的運命について書く。「素朴で十分適度に（simlice e ben misurato）にカルメンは歌い始める。その地中海的文明のなかに保持されている自然のように自明に。さながら自然自体が運命と同じ拍子であるかのように悠然として。彼女は不可避的なものを死の悲しみで唱う。その声からは最も弱い光りすら光らない。〈希望のなさの彼方の希望、絶望の超越〉という最も弱い光りすら光ることはない……さながら幸福自体が死と似た運命的なものであるかのようだ。カルメンの神話的意識のなかで、幸福と死とは天秤の一対の皿なのだ。幸福が別の組織に属すかもしれないなどという予感を彼女は抱くことはない」（A 16, 304）。これはひょっとすると、音楽を病気にしたという、ニーチェのヴァーグナー批判と同じ範疇の、意味の重荷にあえぐ芸術からの快癒、罪も惰地獄も悔恨も救済もない、健康な生と死という自然との一体化、非同一的なものへの献身ないしミメシスという点で、〈絶望の彼岸の希望〉〈絶望の超越〉〈暗闇の光明〉を望む現代の『ファウストゥス博士』に対する隠れた批判なのかもしれない。

第八節　同一性への抵抗しての個、自己否定による自己実現

一九五二年六月二四日トーマス・マン夫妻は住み慣れたパシフィク・パリセイズを発ち、一九三八年九月二五日ニューヨークに着いて以来約十四年間に及ぶアメリカ亡命に終止符を打って、同六月三〇日チューリヒに帰着す

る。七七歳であった。五二年十一月一〇日満員のフランクフルト大学講堂で、執筆中の『詐欺師フェーリクス・クルルの告白』のククク（Kuckck）教授の章を朗読する。そのとき学長であったマクス・ホルクハイマーが歓迎の挨拶をするが、その内容とは全く似ていないと但し書きされた『想像上のトーマス・マン歓迎の辞』（*Imaginäre Begrüßung Thomas Manns–Ein Entwurf für Max Horkheimer*）がアドルノ全集最終巻（20/2）で一九八六年に初めて公刊された。

一九六二年の前述の『トーマス・マンの肖像に寄せて』と併せ、この短い二つのアドルノのトーマス・マン論だけで、R・ティーデマンがいみじくも言うように、あまたのトーマス・マン研究や近親者の回想すべてに匹敵するほどの重みをもつと筆者も考える（RT, 30f.）。

〈同一的秩序に対する非同一的個の反抗というドイツの伝統の体現者〉としてのトーマス・マン、〈非同一的自然による自己否定を通じた自己実現としての人間性（Humaniät）〉ということがその骨子である。

アドルノによれば、公的な（offiziell）もの、社会共同体の秩序に対する一世代の用心深い抵抗を刻み込んだトーマス・マンのイロニーは、マンの真の師ニーチェの、悪しき現存物への迷うことのない抵抗、非画一主義に属する。この伝統こそドイツの画一主義伝統と裏腹の伝統である。画一主義に対する一世代の用心深い抵抗とは、リベラルな個人主義時代の謂いであり、マンはその最後の代表者である。マン芸術は、個性化（Individuation）、それは強みでもあり弱みでもあるが、個々人の差違の表現に根差している。個性という概念は歴史的星座に支配され、現代は個性の崩壊ということが言われるが、マンはそれを嘆くことなく、自己自身の性格（Natur）を意識的に努力して堅固に拡大することでその一貫性を貫いている。すなわち「自己（Selbst）が実際不安定なものになった以上、自己自身にとどまるばかりでなく、自分自身に敵対的な、自分に異質で非調和的な要素の混入したものだけが、生きのびる見込みをもつように思われます」（A 20, 470）。

たとえば生涯ヴァーグナーに照準を合わせてきた聴き耳を、シェンーベルクやアルバン・ベルクなどより暗い魔術的現代音楽にも愛情と驚愕に満ちて、立てる。ゲーテの「諦念」(Entsagung)が深く結びつき、ヘーゲル主要概念の一つである「外化、放棄」(Entäußerung)という概念は、マンにより拘束力信頼性(Verbindlichkeit)をもった。全体主義の問題と対決したばかりでなく、人類の団結を実現するか、盲目の神話学やその運命に身を任せるかの時代、孤独な個人個性の生存(これがマンの愛や出所であるが)にもはやとどまらない時代の体験を、自己の創造生産の最も内部の細胞のなかに取り上げたということが、マンの作品に偉大さを与えているのだ。「自己自身を否定する力により自己実現する者にのみ与えられている偉大さです」(A 20, 471)。

「忘却と自己否定のいかなる力が働いて、『ヴェネツィアに死す』の巨匠が自己自身の圏から歩み出て、『魔の山』以来あなたの作品に重みを与え、それによって初めてあなたの精神の自由に対する条件を提供した、あのあらゆる異質的な(heterogen 非同一的な)事態により自己を測ったのでしょうか」(A 20, 471)。それは上昇する者であり同時に下降する者であった(デカダンスの見者、病気と健康、二重の光学)と言ったニーチェの思想内容からマンが芸術家として解き放ったものである。「嘘をつく必要がないように、ニーチェが否定した優しさ、同情、同一性の力——あなたはそれを大声でなく騒々しい説教もなく、あなたの文章にもニーチェの文章にもふさわしい距離のパトスで読み取りました。あなたの散文とニーチェの散文とを分けるほとんど気づかれない微笑、これこそ、肯定的な言葉をまだ思いのままにできないでいる市民批判が、それを自慢する動物性に仕えるのでなく、実現されねばならない、もはや歪められたり切り刻まれたりしてもいない人間像に仕えることを、それと意識せず、表現したのです。あなたは全作品の内容ではなくその表現(wie)によってニーチェをHumanitätから救った、言いかえれば、イデオロギーから純粋な、芸術職人の全的な用心深さ、いな自己忘却でもって現実的なものをめざす、人間性というイデーを形象化されました」(A 20, 472)。トーマス・マンの作品全体の意図(Intention)を捉えそれを学ぶこと、この意図のなかで若者たちの憧憬と、マンがすべての憧憬に対し守ってきた誠実さに出会うことを願っていますと、アドルノは結んでいる。

同一性への抵抗としての個と、自己と非同一的なものの絶えざる否定による自己革新と自己同一性（いわゆる自我のアイデンティティー）の確立、その意味での人間性（Humanität）の、距離のパトスや微笑による、形象化。これがアドルノのトーマス・マン像の基本音列であろう。

第九節　聖画像破壊（Ikonoklasmus）と再構築、ペーネロペー（Penelope）の織物

トーマス・マンの小説世界の背後には西欧文化の始源たる神話要素が顕在的潜在的に存在する。生の原型たる神話モデル、古代類型を意識して模倣遊戯するのが現在の人間の生である。心理学による神話解釈。これは亡命を余儀なくされた苦難の時代のマンを支えた基本的人生観芸術観である。一九四三年一月四日、十六年間かかった『ヨセフ』四部作を擱筆したマンは、一九四三年五月二三日から一九四七年一月二九日まで三年半、六七歳から七一歳まで『ファウストゥス博士』創作に没頭する。『ヨゼフ』が人類始源の書であるなら、『ファウストゥス博士』もまた終末の書、黙示録として、十六世紀のシュピース（Spies）民衆本からゲーテの『ファウスト』を経てポル・ヴァレリの『我がファウスト』（*Mon Faust*）に至るまでのファウスト伝説をモデルにした、ファウストのまねびなのであろうか。たしかに悪魔との契約、二四年間の生死、エロス、人間認識の無限の欲望と不遜、劫罰と救済などファウスト神話の基本モチーフの要は存在する。

しかし、マンの『ファウストゥス博士』は「悪魔小説」ではあっても、ファウスト小説ではなく、時代錯誤的な

象徴ではなかろうか、とケーテ・ハンブルガーは言う。(25)

管見によれば、エルヴィーン・コペンのいう聖画像破壊（Ikonoklasumus）、すなわち神話モデルの意味反転、イロニー心理学による原型解体と再構築、いわゆるパロディーが基本であると考える。それはたんに文学技法や一作者の心的態度に還元される問題ではない。その背後には、どのように迷っても、それが悪魔の誘惑であろうと、個人の罪過であろうと、現象を本質に、経験を理想に、罪を救いに宥和させる、神の見えざる手がファウストを導いていくという、予定調和の世界を、もはや信ずることのできない、不協和、偶然、価値真空時代の到来がある。(26) ハンス・マイアーのいう市民時代の終点であると同時にその芸術の終焉、あるいは終焉の芸術、反転の小説なのだ。(27)

ゲーテの古典的人間性形成の地イタリアへの旅に対する、同性のエロス・タナトス（Eros Thanatos）によるヴェネツィア客死に始まり、魔の山に至ればそこは冥府であるのに、カタバシス（下降）ではなく、アナバシス（上昇）がある。教養小説の主人公は広い大世界へ旅に出、いわば白紙の生地に教養を刻み自己形成発展するが、ハンス・カストルプは閉鎖空間の高山療養所に閉じこもり、垂直の市民的活動義務を果たす代わりに、水平の病臥生活をする。時間は発展生成せず、循環回帰する。

『ファウストゥス博士』では、救済の処女グレートヒェンは、有毒の砂漠の天使ヘタエラ・エスメラルダ（Hetaera Esmeralda）となる。第九交響曲『歓びに寄す』は交響カンタータ『ファウスト博士の嘆き』となる。和声的主観性（harmonische Subjektivität）は多声的事物性（polyphonische Sachlichkeit）へ、「我と共に目覚めてあれ」（Wacht mit mir!）は「安らかに眠って欲しい」（mit Ruhe schlafen）となる。悪魔との契約は、美しい瞬間を求める自由意志の血の契約ではなく、「我に触れるなかれ」という忠告にもかかわらず接したガラス蝶の梅毒のスピロヘーターに姿を変える。二四年間は美しい生の充溢の瞬間ではなく、愛することを禁じられ、生の直接的享受から隔離され、冷たい孤独の氷の世界で、芸術創作のインスピレーションを授かる発病発狂の潜在期間となる。救済は永遠に母性的なるものによる天上への救い上げではなく、最後の審判の地獄堕ちとなる。

それは、陽画に対する陰画、ポジティヴに対するネガティヴ、調性と無調性、協和音と不協和音、神の予定調和、経験的現実と理念的本質との一致を信じえた時代と、その亀裂、神の不在、意味喪失、価値真空時代との、正負の対照を象徴するだろう。しかしそれは伝統とモデルネとの差違を顕すのみではない。アドルノの述語でいえば、非同一性による同一性の破壊と再構築である。トーマス・マンは、非同一的なものを同一化しようとする。同一化しえない非同一的なものと同一化の緊張関係こそ、いわゆるトーマス・マンのイロニーであろう。

ブレヒトによれば(28)、マンはア・プリオリに固定安定した貴族的なイロニーという眼鏡をかけ、それで世界を見るので、見られるすべてはイロニー化、マン化される。マンは、人間世界を形成する二元的対立要素の中間に貴族的に浮遊して、いずれの陣営にも属さず、距離のパトス、留保の自由を享受する。その貴族的安住閉鎖性をM・ヴァルザーは非とする。しかし、アドルノの言葉でいえば、主観による客観の支配、概念と対象との同一性という、理性による同一性強制に、内側から抵抗する自然という非同一的なものの苦悩の声が、トーマス・マンのイロニーとなって表出するのではなかろうか。むしろトーマス・マンのイロニーこそ、同一性を打開（Durchbruch）し、非同一性へと自己すら否定する力を内包する自然の属性なのではないだろうか。その意味ではそういう否定弁証法の力をもち、既存の体制すべてより生きながらえるとM・ヴァルザーのいう、ソクラテスからカフカに至るネガティヴな自己否定のイロニーと通底するのかもしれない(29)。

十二音階技法等前衛現代芸術は、厳格な数学的非主観的非人間的作曲法により組織化された無意味により、全体主義から現代の管理社会まで組織化された社会の意味、つまりその非人間性無意味性を暗に批判否認する力をもつ。「芸術の非人間性は、人間的なもののために、世界の非人間性を凌駕しなければならない」。ゴルゴンのメドゥーサはペルセウスの奸計により、恐るべき自己の姿を見て自ら化石化する。アウシュヴィッツの現実社会も現代芸術に自らの鏡像を見て自ら瓦解する。芸術は、自らに抵抗する自然や社会という他者に同一化する場合のみ、それに反対することに成功する。現代芸術作品はミメシス（模倣）的に自らの物体化（Verdinglichung）、つまり自己の死の原理に身を委ねる（A 7, 201）。

たとえばアードリアーンの父ヨーナタン・レーヴァキューンによれば、翅に鱗がないためガラスのように透けて見えるガラス蝶ヘタエラ・エスメラルダは翔んでいるときは風に翻るひとひらの花びらのようにしか見えない。木の葉の擬態（ミミクリ）によったり、毒の放出によったりして、翅の色彩の幻惑により外敵から身を守り外敵を欺く自然の擬態を語るが、このガラス蝶ヘタエラ・エスメラルダの擬態はいわば芸術の比喩でもあるだろう。芸術は、非同一的なものを自らに同一化させるのではなく、非同一的なものに自らを同一化することにより、自らの固有の世界を創る（A 7, 202）。芸術形式は歴史や自然史の沈殿した内容である。芸術作品の表現は、主観における非主観的なものの表現である。「自らが人間的でないと客観的に悲しむかのように見える動物の目ほど表現の豊かなものはない」（A 7, 172）。

非同一的なものを理性により強制的に同一化することと、その同一化強制を非同一的他者、すなわち自然や現実により破壊打開する、という相互限定否定運動の無限の繰り返し。その緊張瞬間の形象化。周知のようにアドルノはこれをペーネロペーの、昼織り、夜ほどく、織物に例え、これを芸術のアレゴリーとしたが、この相互否定弁証法こそまたトーマス・マンのイロニーではないだろうか。「奸智にたけた女（ペーネロペー）が自己の織物に行う罪は、彼女が本来彼女自体に対し行う罪である。ホメーロスの詩以来安易に誤解されがちだが、芸術のアクセサリーとか残骸といったものではなく、芸術の構成的カテゴリーなのだ。すなわち芸術の構成的カテゴリーは、そのアクセサリーや残骸を通じ、一と他の同一性という不可能を、自己の統一のモメントとして自己のなかに受け入れるのだ」（A 7, 278）。

第一〇節　イロニー——非同一の同一化、同一の非同一化

「自己が主人で、自己のなかに凝固しようとする人間世界では、同一性の括弧をゆるめ、硬直しないことだけがベターなことでしょう。デカダンスとして非難されたものは、実はその反対、すなわちもろいよぼよぼの今にも倒れそうな足弱車（hinfällig）としての自己をけっして忘れないでいる自然の力だったのです。しかし人間性（Humanität）とはそれ以外の何ものでもないでしょう」（A 11, 343）。

トーマス・マンのイロニーをアドルノは「役割演技」「仮面」「仮装」（Verstellung）と名づける。カフカは上司の行為に一喜一憂する中級保険会社員の仮面、マンはハンザ市民という仮面をかぶる。仮面は取り替え可能である。この複雑な人物の仮面は一つではない。市民も一つの仮面にすぎない。彼の仮面の秘密は、即物性（Sachlich-keit）、すなわち目立たないようにすることであった。芸術的本性と同一である、形式に対するマンの感覚は、冷たさや感動の欠如というレッテルを貼られた。自己の本質の一要素は、憂鬱と姉妹の、重さの精神（der Geist der Schwere）であり、鬱陶しく沈思熟慮するものである。彼の自我は強固であるにもかかわらずその同一性が究極目標ではない（A 11, 339）。

アドルノによれば、トーマス・マンは作品においても人生においても死と共同経営を組み、生者にとり自然との宥和は、諦念でなく、自己を自然に委ねる以外にありえないと知る。理性の同一性強制を破砕する非同一的な自然の魔力に対し、市民的主観性という名で甲冑に身を固めるのではなく、Mimikry（ミミクリ、擬態、順応）という仮面により自然の危険な力に抵抗したのだ。市民性という重々しい同一性のクリップで装甲したわけではない。性格

(Natur) という点からみれば、トーマス・マンは変わりやすく、不安定で、メランコリックであった。「彼の生感情のリズムは非市民的である。持続性ではなく、極端の交替、すなわち硬直と照明の交替である。それは中庸的微温、新旧の保護された安定市民の友人たちをいらいらさせたかもしれない。というのは一方の状態が他方の状態を否定するこのリズムのなかに、彼の性格（自然本性）の二重底性が現れているからだ。この二重底性を伴わない彼の発言を私は想い出せない。それを推測することをマンは、イロニーの態度をはるかに超えて、若干悪魔性 (Teufelei) をもって、他人に委ねた」(A 11, 340)。

マンにとってアドルノは冷気を伴う知の悪魔であったが、アドルノにとってもマンは非同一的自然の悪魔であったようだ。イロニーこそ仮面の言葉である。精神と自然、意識と無意識、同一的なものと非同一的なものの相互否定弁証法の発する言葉である。市民的理性の社会的同一性強制と、同一性の破壊力としての非同一的な自然、個別化の原理アポロ的なものとその破砕者ディオニューソス的なもの、言表されたものと言裏にひそむもの、意識と無意識の相互否定のイロニーこそ、トーマス・マンのイロニーといえる。

『ファウストゥス博士』における、厳格な作曲法と表現の回復、組織と打開、理性と野蛮、秩序と混沌、統合と解体、健康と病気、集合と個、抑圧と解放、孤独と共生、知的冷厳と動物的ぬくもり、酷寒と暑熱、氷と火、非人間性と人間性、悪魔と神、劫罰と救済、地獄と天上など非同一的なものの対立は、結局ゼレーヌス・ツァイトブロームとアードリアーン・レーヴァキューンの物語構造に象徴される。しかしこれは「一つの胸に住む二つの魂」ファウストとメフィストーフェレス、ジギルとハイドであって、[30] マン自身言うようにゼレーヌスとアードリアーンは「ひそかな同一性」である。有毒の砂漠の天使ヘタエラ・エスメラルダと不可視のパトロン、フォン・トルナ夫人、歓びに寄すとファウストゥス博士の嘆き、我と共に目覚めてあれと安らかに眠れ、天上への飛翔と深海への潜水、救済と劫罰、牛舎のぬくもりと悪魔の冷気、要約すれば「最も至福なものと最も怖ろしいものとの基体的な同一性、天使の合唱と地獄の哄笑との内的同一性」(IV, 645) である。

同一しがたき非同一的なものの同一化、同一的なものの非同一化、これこそトーマス・マンのイロニーであり、芸術であり、生のありようであったと思う。

実現された青年の正夢、若い星の憧憬につねに応えて光り続けた精神の恒星、二〇世紀の二つの巨星の光りの応答は、深い人間心理の影を宿せばこそ、いな暗い闇を蔵せばこそ、その光量は大きい。それは人間認識能力をつねに超えた非同一的自然という底知れぬ暗闇から発せられた光りであるからなのであろう。

註

(1) Michael Maar : *Der Teufel in Palestrina. Neues zum Doktor Faustus und zur Position Gustav Mahlers im Werk Thomas Manns.* In : *Literaturwissenschaftliches Jahrbuch im Auftrag der Görres-Gesellschaft.* 1989, Hft.30 (211-247) S.245

(2) Thomas Mann : *Doktor Faustus – Das Leben des deutschen Tonsetzers Adrian Leverkühn, erzählt von einem Freund.* Bd. IV. 『ファウストゥス博士』円子修平、佐藤晃一訳（新潮社 一九七一年）を参照にすべて拙訳。

(3) Rolf Tiedemann : *Mitdichtende Einfühlung – Adornos Beiträge zum Doktor Faustus – noch einmal.* In : Frankfurter Adornos Blätter I, München 1992, (S.9-33) S.28f. (=RT)

(4) ibid. S.30

(5) Thomas Mann : *Briefe 1948-1955 und Nachlese.* Hrg. von Erika Mann. S.Fischer FaM 1965, S.415 (=Br.III)

(6) Theodor.W.Adorno : *Zu einem Porträt Thomas Manns. Hermann Hesse zum 2. Juli 1962 in herzlicher Verehrung.* In : Theodor W.Adorno, *Gesammelte Schriften.* Hrg. von Rolf Tiedemann. Bd. 11. *Noten zur Literatur.* Suhrkamp FaM 1990, A 11, S.335f.

(7) Bernhard Schubert : *Der Künstler als Handwerker. Zur Literaturgeschichte einer romantischen Utopie.* Athenäum Königstein 1986, S.186, 213

(8) Reinhard Baumgart : *Selbstvergessenheit. Der Wege zum Werk. Thomas Mann, Franz Kafka, Bertolt Brecht.* Hanser München 1989

(9) Th.W.Adorno : *Aus einem Brief über die 〈Betrogene〉 an Thomas Mann.* A 11, S.676ff.

(10) Vgl. B.Schubert, S.188

(11) Friedrich Nietzsche : *Homers Wettkampf*. In : N III, 291

(12) Th.W.Adorno : *Fantasia sopra Carmen.* A 16, 298ff. *Musikalische Schriften* I-III, 1978

(13) Georges Bizet : *Carmen.* In : Deutsche Grammophon CD-Ausgabe（安藤元雄訳参照）

(14) A 12, S.125. *Philosophie der neuen Musik* 1975

(15) A 7, *Ästhetische Theorien* 1984[4]

(16) RT. 16

(17) Thomas Mann : *Tagebücher* 28.5.1946-31.12.1948. Hrg.von Inge Jens. S.Fischer FaM, 1989（=TB 46-48)

(18) *Dichter über ihre Dichtungen. Thomas Mann III.* Heimeran/S.Fischer 1981, S.15（=DüD)

(19) Thomas Mann : *Briefe 1937-1947.* Hg.von Erika Mann. S.Fischer FaM, 1963（=Br.II) S.469ff. (DüD III, 71ff.)

(20) cf. Helmut Koopmann : *„Doktor Faustus“ als Widerlegung der Weimarer Klassik.* In : TMS VII, S.103ff. / Eckhard Heftrich : *„Doktor Faustus“ die radikale Autobiographie.* In : *Thomas Mann 1875-1975,* FaM, 1977 S. 135ff. /Erich Heller : *Doktor Faustus und die Zurücknahme der neunten Symphonie.* In : ibid. S.173ff.

(21) Erika Mann : *Briefe und Antworten II* 1951-1969. München 1985, S.108f.（=EB)

(22) Vgl. Hans Jorg Dörr : *Thomas Mann und Adorno. Ein Beitrag zur Entstehung des „Doktor Faustus“* (1970) In : Rudolf Wolff (Hg), *Thomas Manns Doktor Faustus und die Wirkung II,* Bouvier Bonn 1983 S.48ff. /Bodo Heimann : *Thomas Manns „Doktor Faustus“ und die Musikphilosophie Adornos.* In : DVJS. 38 Jhrg. Hft.2, 1964 S.248ff. /Ehrhard Bahr : *„Identität des Nichtidentitischen“ Zur Dialektik der Kunst in Thomas Manns Doktor Faustus im Lichte von Theodor Adornos Ästhetischen Theorie.* In : TMJ II, 1989, S.103ff. /Hans Rudolf Vaget : *Thomas Mann und James Joyce. Zur Frage des Modernismus im Doktor Faustus.* ibid. S.121ff. /Karol Sauerland : *„Er wußte noch mehr. . .“ Zum Konzeptionsbruch in Thomas Manns Doktor Faustus unter dem Einfluß*

Adornos. In : *Orbis Litterarum* (1979) 34, S.130ff. /Egon Schwarz : *Adrian Leverkühn und Alban Berg.* In : MLN (1987), Vol.102, No.3, S.663ff.

(23) Franz Zeder : *Studienratsmusik-eine Untersuchung zur skeptischen Reflexivität des Doktor Faustus von Thomas Mann.* Peter Lang FaM 1995, S.102

(24) Katia Mann : *Meine ungeschriebenen Memoiren.* S.Fischer FaM 1974, S.150

(25) Kate Hamburger : *Anachronistische Symbolik. Fragen an Thomas Manns Faustus-Roman.* In : *Wege der Forschung* CCCXXXV, Hg. von H.Koopmann. Darmstadt 1975, S.390ff.

(26) Erwin Koppen : *Schönheit, Tod und Teufel.* In : *Arcadia.* Bd.16, Hft.2, 1981, S.160, 166f.

(27) Vgl. Hans Mayer : *Thomas Manns „Doktor Faustus". Roman einer Endzeit und Endzeit des Romans.* In : *Von Lessing bis Thomas Mann.* Pfullingen 1959, S.383ff. /Ders. : *Thomas Mann.* FaM 1980

(28) Bertolt Brecht : *Kehren wir zu den Kriminalromanen zurück!* In : *Gesammelte Werke 18*, Werkausgabe edition suhrkamp FaM 1967, Bd.18, S.28f.

(29) Vgl. Martin Walser : *Selbstbewußtsein und Ironie.* Suhrkamp FaM 1981

(30) Hans Rudolf Vaget : *Germany, Jekyll and Hyde. Sebastian Haffners Deutschlandsbild und die Genese von Doktor Faustus.* In : TMJ II. S.249ff.

第II部　イロニー（Ironie）

第五章　正負の自己意識（アイデンティティー）とイロニー

――マルティーン・ヴァルザーの論をめぐって――

第一節　イロニーとは何か

「イロニー」は、人と人との間のコミュニケーションを宗とする言語の本質に係わる。「反語」「皮肉」という訳語では、十全にその外延まで包括しえない独語「イロニー」英語「アイロニー」とはそもそも何であろうか。言っていることが考えていることと違う表現法、逆に言えば、本来考えていることとは違うことを言う発話である。つまり、言表と言裏、前景と背景、仮面と本心、言と意、外と内、偽と真の差異に、その構造の本質がある言語現象である。では同じカテゴリーに属する嘘とはどう異なるのか。嘘は本当を隠し、字義通りの受信を期待する。イロニーは字義通りには受信されないことを期待し、真意を言表にほのめかす。さもなければ、言表は字義通り受信され、真意は最後まで伝達できない。

言（皮肉）と意（骨髄）あるいは言（皮）と意（肉）の落差の最大値が「反語」である。反語の最適例は「称賛による非難」といわれる。「ブルータスは高潔な人です」。シェイクスピアのジューリアス・シーザー弑逆に対する有名なアントーニウス演説[1]はその代表例として古来クゥインティリアーヌス（Marcus Fabius Quintilianus）からウーヴェ・ヤプ（Uwe Japp『イロニーの理論[2]』）に至るまで引用されるのが常となっている。

マルティーン・ヴァルザーは来日の際最も印象に残った異質な日本文化の一例として、「私はこのテーマについて論ずる資格は最もない者ですが」という日本の討論者の挨拶を挙げ、日本特有のアンダステイトメント（内輪の言い回し）儀式と名づけている。[3] これは「つまらないものですが」と同じく、謙譲、控え目表現が社会儀礼であり、建前と本音の差異を日常の慣習とする、いわば日本の反語表現であろう。

ではなぜ簡明直截に大は大であると言わず、大は小であると紆余曲折するのであろうか。一つはレトリック、つまりどうすれば真意伝達が最も効果的になされるかという修辞法の問題であろう。「あなたが好き」より「あなたなんか嫌い」により魅力がある場合は想定できる。「ブルータスは高潔な人です」はまさしく劇的クライマックスに高揚する効果をもっている。

しかしイロニーはたんに修辞法や言語伝達問題にとどまらず、究極的には人間の生の問題と深くかかわる。たとえばアリストテレースはイロニーを、中庸からの過多と過小の逸脱という観点から、徳の問題とみた。[4] ソクラテスのイロニーを、プラトンは無知の知の叡智者と捉え、ヘーゲルは主体的思考の導入者とみた。

キルケゴールにおいてイロニー問題は、信仰等人間の最内奥の真理とその言語伝達に関わる実存的根源問題になっていると、M・ヴァルザーは言う。[5] すなわち、内面真理伝達には、直接的より間接的、つまり反語や逆説の方がより適するのではないか。たとえば、口をいっぱいにしてもう食べられなくなってかえって飢えに苦しんでいる者がいるとする。そのときもっと食物を与えて飢えで死なしてしまうより口いっぱいの食物を取り除くようにしてやることが、その人を生かす道だという比喩をキルケゴールは用いる。つまり時代が余りに多くの事実知識を人に与えすぎて、内面的実存の生を忘れている人には、むしろいっぱいに詰め込みすぎた知識を軽くした方がよい。「直接的伝達は、ただ知識という点でのみその受け手に関わっており、実存的に生きる者には関わっていない」。[6] これはまさに現代のわれわれの問題でもある。

内面的真理や無限な根源のカオスは、そもそも言葉で表現、伝達できるのか。F・シュレーゲル風にいえば、伝達は不可能だが必要であるという緊張境界領域にイロニーは棲息する（Lyceum, 108）[(7)]。ドイツロマン派は、イロニーが、自我、自己意識、反省、想像力と深く関わり、作者と作品との関係など文芸創造の根本原理であると捉えた。無限と有限の間に浮遊する自我あるいは自己意識の運動そのものである。トーマス・マンに至れば、イロニーは芸術の原理であるのみならず、生のあり方ないし生そのものの象徴となる。

言葉から意味が腐った茸のように崩れおちるというチャンドス卿の手紙以降、しばしば我と汝の意志疎通、人間の真意伝達不能という、現代における人間存在のおそるべく孤独な位相が現われる。言語伝達が人間相互間に誤解や不信を生み、人間を人間たらしめるはずの言語伝達こそまさに、人間を非人間化するという、現代のイローニシュな生の状況こそ、イロニーの問題そのものである。たとえばある朝目を覚ますと異形の虫けらに変身している自分に気づいたグレーゴル・ザムザは、父や妹に子や兄としての人間の意識をもち、それを言葉として伝達しているつもりが、父や妹には虫けらの声としか聞こえない。そこにカフカのイロニーがある。

言葉は何を伝え何を伝えないのか。真意や真理や根源的なものは言語で表現伝達しうるのか。F・シュレーゲル風に言えば、イロニーは伝達の不可能性と必要性の緊張領域に、ハイデガー風に言えば、真理は顕現と隠蔽の微妙な関係裡に在る。

第二節　自己意識とイロニー、正負のアイデンティティー

マルティーン・ヴァルザーは、現代の人間の生と言葉の核心に触れる問題として、『自己意識とイロニー』

(*Selbstbewußtsein und Ironie*=MW. 1981) という魅力ある観念連合に鋭く切りこんでくる。

彼によれば、あらゆる小説は自己意識の物語である。作者がある小説を書いたとき、どのように自己意識が闘いとられたり、守られたり、喪われなければならなかったかを物語る(MW, 155)。自己のアイデンティティー擁護や喪失をめぐり、二つの自己意識、つまり自己肯定と自己否定の、正負の自己意識小説の系譜がある。イロニーはこれと深くかかわり、自己肯定と自己否定のイロニーが生じる。

自己肯定のイロニーは、たとえばトーマス・マンに代表されるように、自己のアイデンティティー(自己の存在証明)を是認、弁明、正当化する手段として使われる。現代に支配的な自己発想法、生の自己伝達法である。このイロニーの源泉は、F・シュレーゲルであり、有限と無限、現象と理念、主観と客観等二元的対立原理の上に浮遊し、けっして一方の極に党派的立場を取らない。二つの世界の間に立つというあの有名なトーニオ・クレーゲル的イロニーである。つまりある生き方や態度のイロニー、換言すれば、トーニオ・クレーゲルというイロニカー(反語家)が問題であって、作品そのものはけっしてイローニシュな文体により構成されているわけではない。

これに対し自己否定のイロニーは、「私が知っているのは、私が何も知らないことだ」というかの有名なソクラテスのイロニーに端を発する。自己のアイデンティティーを否認抑圧せんとする過酷な所与の現実を是認せざるをえない矛盾(なぜなら現実是認は自己否認にほかならないから)により生ずるイロニーである。オイディプス王からローベルト・ヴァルザーのグンテンやカフカのザムザやKに至る、負の自己意識は、負のイロニーの文体・様式を生む。ヘーゲルの「無限の絶対的否定性」やキルケゴールの『哲学的断片への結びとしての非学問的あとがき』のような、否定の道を通って真理へという、否定や負の弁証法としてのイロニーである。

「いままで支配形式に挑戦したこの(負の)イロニーより後に生きのびた支配形式はないと思う」(MW, 196)とマルティーン・ヴァルザーは断言する。

第三節　マルティーン・ヴァルザー文学の四基音――欠如

ギュンター・グラスと並んで現代ドイツ文学の双璧を成すマルティーン・ヴァルザー文学の基音は何であろうか。以下「欠如」を基音に四つある。

（1）第一の基音は、"Mangel"（欠如、欠乏、不足、欠陥、欠点、瑕疵、傷、貧窮、窮乏、困苦、奇形等）である。何かが欠けているから、人は書いたり読んだりする。欠けている者だけが、言う必要に迫られる。人間の精神活動の基盤は欠如態である。欠如があれば充足しようとする願望や意欲が生ずる。欠如こそ希望のエネルギー源なのだ。エルンスト・ブロッホの『希望の原理』との時代精神の共鳴はあきらかである。

たとえば「神」。全能、遍在、不死、善意など、われわれ人間に永遠に欠けているものすべてを備えているユートピアの願望像、フイクションの英雄像が「神」にほかならない。宗教は最初の文学である。神が人間を作ったのではなく、人間が神を作ったのだ。途方に暮れ、誰の助けもなく、危機に迫られた人間の集合が生んだファンタジーの理想像なのだ。「神はまさしく欠如ある者、抑圧された者誰しもが望むアイデンティティーなのだ」（MW：WS, 39）(8)。

言葉の母胎も同じである。何かをもたないから、言葉をもつ。もし神をもっているなら、神という言葉はいらない。欠如に対してのみ人は言葉を必要とするのだ。言葉のファンタジーによる欠陥現実の補償、埋め合せが、文学の根源のひとつだ（MW：A, 174f.）。

M・ヴァルザーのミューズ神、創作の動機は、この欠如である。何に欠けるのか。自己意識、自己実現、自己存在証明の欠如ないし危機である。欠乏こそ必要を生み、欠けているからこそ満たそうとする。小説の主人公はこの欠如の表現である。一角獣は欠乏を母とするエロスの象徴、清純を求める汚辱の欲望の徴表だろう（cf. MW : A, 75, 132, 135 etc.)。

（2）第二の基音は「小市民」という階層意識である。[9] 大理石のような堅固な安定上級市民層の自己意識に比べ、大多数の小市民の自我、自己意識、アイデンティティーは不安定で存立の危機に瀕している。砂粒のような小市民の自己意識など踏みつぶして肥大化する、現代の組織社会、経済的有用性だけで人間の価値判断をする業績至上主義社会の抑圧から身を守り、それに抵抗し、自己のアイデンティティーを獲得しようとする闘い。文学はそのつど最も現在的な欠如へのリアクション、そのつど最も強力な侵害との対決である。自己のアイデンティティーを、力の優勢な社会との対決のなかで展開すること、これは各自の生の課題である。文学とはわれわれをつねに取り囲んでいる欠陥に対する抵抗なのだ。

M・ヴァルザーの小説は生の各段階で主人公を抑圧侵害する力への抵抗と挫折の物語が多い。小市民の社会への適応と不適応、日和見主義と疎外、自己実現と挫折、上昇願望と下降不安、成績強迫、主従関係、服従と独立、結婚危機など（MA : A, 138)、自己のアイデンティティーの危機への対応が、彼の文学の原盤である。

たとえば、『ヴィルヘルム・マイスター』は、自己のアイデンティティー形成が、有用性を存在証明として要求される市民社会にではなく、貴族社会にのみ見いだされるという洞察に基づき、階層上昇をめざす、自己の存在証明希求の遍歴物語とM・ヴァルザーはみる。これに対し、『審判』『城』等は、社会の欠陥に対する抵抗も空しく、自己実現、自己防禦できず、途方に暮れ、人事不省に陥った小市民の無力状態とみる。負の自己意識である。

（3）第三の基音は、読むことと書くことは同じというテーゼである。[10] 人に欠けているものが人を創造的にするという観点から、彼にとっては、書くことも読むことも同じ人間の精神的営為である。何も欠けていないならば、書く必要も読む必要もない。読書は、創作と同様、自己の存在証明を求めての闘い、各自のアイデンティティーの危機克服の終りなきプロセスである。読者とは、書きながらではなく、読みながら、各自の本を生み出す作家なのだ。人生は解答のない問題集である。答えのない空隙を日に新たに埋め合わせる精神運動。読むことと書くこととは、天と海が地平線で融けあうようなものだ、というM・ヴァルザーの読書論にも(MW : WS, 95ff.)、受容美学という時代精神の共鳴がありそうだ。しかし魅力的なのは、その理論、意見ではなく、『愛の告白』[11] 等を代表とするM・ヴァルザーの読後感、プルスト、スウィフト、ヘルダーリン、ゲーテ、ハイネ、カフカ、R・ヴァルザー等の作家論であり、ことに個々の読書プロセスにおける彼の自己意識の動きそのものである。

（4）第四に、八〇年代のM・ヴァルザーに重きをなすドイツ統一論にも、この自己のアイデンティティーの欠如と充足という創作の力学がその基音を成す。

分裂ドイツとは歴史的欠陥だ。歴史のプロセスは欠乏から生ずる。欠乏、欠陥があれば、これを充足、補修しようとする願望や欲求が生まれる。それはおよそ実現の可能性のないユートピア、一九九九年か二〇九九年に実現するかもしれぬ夢にすぎなくとも、歴史の原動力はこの夢を現実化させ、自己のアイデンティティーを獲得しようとする願望エネルギーなのだ。ザクセンやテューリンゲンを紛失物として片づけることはできない。ニーチェは外国人ではない。たしかにアウシュヴィッツと言われれば、それで話しは終り。ドイツの分裂は祖先の罪で生まれた。しかし、この分裂が永遠に幸福であり自然であるかのように受け入れるのは、逆にその傷を永遠に癒さず、贖罪もしないことだ。そうであるなら、分割されたものは民族ではなかったのだ。フランスは分割できるだろうか。分裂ドイツに欠損を感じ、分裂解消を願うものこそ、歴史意識ではなかろうか。自分の歴史意識からドイツを抹消することはできない。歴史は欠損を補修しようとする必要要求願望を動力とする。というのが大ざっぱなM・ヴァルザーの統一論の趣旨である。ポリュネイケース（Polyneikes）とエテオクレース（Eteokles）という美醜相反せる屍を背負ったドイツ。弟を愛するアンティゴネー（Antigone）のように彼にはBRDもDDRも別々には認知できない。『ドイツについて語る』『アンティゴネーと作家』[12]（一九八九）は、ヴァルザー自身のDKPからSPDそしてCSUまでの政治的振幅もあって、四面楚歌に近い非難と嘲笑を浴びたが、その後の周知の歴史の展開が、彼の言う歴史意識の存在証明を裏付けていることは、言をまたないだろう。

第四節　古典的イロニー（偽装）——ソクラテス

（1）エルンスト・ベーラー（Ernst Behler）はイロニーを古典的（ソクラテス）、ロマン主義的（F・シュレーゲル）、悲劇的（運命や歴史や自然のもつ超人間的不可抗力）の三つに分ける。ウーヴェ・ヤプは、偽装（古典的）、自己同化（ロマン主義的）、留保（現代的）と、イロニーの歴史を理論づけようとする。[13]

イロニーの語源たるギリシア語エイロー（εἴρω）は「言う、話す、語る」である。[14] アリストパネースなどでは、変装して他をからかい嘲笑する野卑なののしり言葉として使われた。[15] ギリシア喜劇の舞台には、二人の敵対役（Antagonist）が登場、一方は羽根を伸ばす孔雀のように大言壮語するアラゾォーン（ἀλαζών＝Prahler 大法螺吹き）、他方は無邪気の仮面下にずる賢い狐の狡猾さを隠し他をからかうエイローン（εἴρων＝Schalk 狡猾悪戯者）であり、たいてい後者が勝つ。アリストテレース『ニコマコス倫理学』のイロニーの定義も、このアラゾォネイア（ἀλαζονεία）とエイロネイア（εἰρωνείᾱ）による。つまり過大と過小、自慢と卑下、誇張と控え目、ほら吹きと偽装の対比を、中庸の徳や真理からの逸脱としながらも、後者のほうにより徳を認め、その範例をソクラテスにみる。アリストパネースがソクラテスをむしろうぬぼれのペテン師と描いたのに対し、[16] 無知を装い、世間知の空虚を悟らせ、善知（ἰδέᾱ）へ導く〈無知の知〉という産婆術的イロニーに、教育的（παιδείᾱ）倫理的意味づけをし、ソクラテスを弁明したのはプラトーンである。たとえば『饗宴』でアルキビアデスはソクラテスを、半神半獣サテュロスのようなグロテスクな酔っぱらいの好色な老人の外貌下に、自制心（σωφροσύνη）の知慧を隠す、酒神ディオニューソスの従者、シーレーノス（Silenos）に比したが、[17] これは西欧におけるソクラテス的イロニカーのトポス（定型）となる。つまり外面は無知醜悪だが、内面は熟慮と叡智の神々しい美しさに満ちていること。無知という偽装にのせられて、己の知の空しさを知らされること。かくして後世イロニーを語る者必ず帰りゆく古典的イロニーやイロニカーの原型は、ソクラテスに存する。

ギリシア人が εἰρωνείᾱ と呼ぶものを、ラテン語の dissimulatio（Verstellung 偽装、韜晦）としたのはキケロ（Cicero）である。真の逆を言いつつも思慮ある者に真意をほのめかす修辞的話法の都雅洗練性(urbanus)を指摘し、この才知に富み教養ある優雅な会話芸の原型をソクラテスにみた。[18] クゥインティリアーヌスは、イロニーを修辞法の tropus（急ぐの代わりに飛ぶを用いるような転義的比喩）や figura（語・文・思考・音調の綾）の範疇下にみ、図式として言われたことと考えられたこととの間の矛盾をほのめかす文飾話法ばかりでなく、無知の知を演じたソクラテスの人生態度そのものに、イロニーの顕現をみた。[19]

これに対しアリストパネースは、天と地との間を漂う『雲』に託し、吊り籠に乗って地上から浮き上がりイデーにまで昇ろうとして宙づりのソクラテスをからかい、彼をむしろ大法螺吹き、うぬ惚れのアラゾォーンと揶揄した。ソクラテスのイロニーの否定面、喜劇面を正しく捉えているのはアリストパネスだと評価したのはヘーゲルとキルケゴールである。

ヘーゲルは、ソクラテスの死刑を歴史の必然的プロセス、歴史の悲劇的イロニーとみる。なぜならソクラテスは、当時通用妥当するアテネ社会の常識に一つ一つ疑いを投げかけ、すべてを自分で考えるという、主観的思惟反省原理を若い人たちに説き歩いたが、これはギリシア国家共同体原理と抵触せざるをえない。既存の習俗的道徳に対し主観的反省倫理を対置することは、アテネの神々の否定である以上、国家はこれを放置できない。しかしアテネ人は普遍的な善のイデアの探求者を悪として処刑することにより、現存の法や思考そのものの欠陥を露呈する結果となり、いわばソクラテス的イロニーを世界に公示し完成させたともいえる（MW, 35ff.）。

ソクラテスが導入した原理とは、人間は自己自身を通じて真理に達しなければならないということであり、イロニーはその方法、産婆術にすぎない。神と人間、共同体と個人の関係が断たれた空虚さが「無知の知」だとキルケゴールは言う。ソクラテスも普遍的イデア、絶対知、永遠の神を知っているわけではない。「私は何も知らないことを知る」とはイロニーではなく、事実その通りだったと取るべきだと、ヘーゲルは言っている（MW, 31）[20]。イロニーとは「無限の否定性」であって、真理そのものではない。しかし否定による真理への道である。しかも自己を通っての道である（MW, 39ff.）。

ソクラテスのイロニーは、個々の場合、一種の会話法であり、明るい社交的都雅であり、人と人との間の一つの振舞い方であり、弁証法の一つの主体的形態にすぎない。その対話法も、相手の主張に反対するのではなく、その主張自体のなかにいかにそれと矛盾するものがあるかを、その主張に即し明示する。

「すべての弁証法（対話術）は、承認すべきものを、あたかもそれが承認されているかのように、承認する。そしてその内的崩壊を、それ自体に即し、それ自体展開させる――世界の普遍的イロニーだ」（Alle Dialektik läßt das gelten, was gelten soll, als ob es gelte, läßt die innere Zerstörung selbst sich daran entwickeln—allgemeine Ironie der Welt.）（『哲

学史講義』）[21]。M・ヴァルザーのイロニー論の中心点はこのヘーゲルの言葉に要約される。

（2）ノーマン・ノクス（Norman Knox）のイロニーの四つの定義、①考えていることの正反対を言うこと、②考えていることとは若干違うように言うこと、③偽りの賞賛により非難し、装った非難により賞賛すること、④自己を笑いものにし茶化してからかう話法は、古典的イロニー定義のイギリス的総括である[22]。

既述のとおり、ベーダ・アレマンはイロニーを〈字義上言われたことと本来考えられたこととの透視可能の対立〉話法と定式化し、このイロニーの遊戯活動空間を〈ガラス張りの鳥かご〉という比喩をもって説明した[23]。鳥というイロニーが、透視可能の鳥かごのなかで、言と意との間を、敏捷に飛遊することから、イロニー空間のさまざまな諸特性を抽出した意義は大きい。

ヘルダー（Johann G.Herder）は、イロニーが、目覚めた悟性（Sophron）を父とし、快活さ（Euphrosyne）を母とする子で、諷刺（Satire）を改名した娘とした[24]。変身と韜晦の才は母から受け継いだ。叔母（父の妹）の批評（Kritik）は、姪のイロニーに、弓と矢を与え、弓は大きくも小さくもなり、矢は多様だから、人間には好意的に使いなさいと諭す。弓と矢は、後年トーマス・マンが批評、言語、イロニーなどの比喩によく使用した。

言（皮肉）と意（骨髄）の差異がほのめかされる発話形式という古典的イロニー定式は、この言語構造から必然に演繹される種々の特性、たとえば知性、快活、批評、諷刺、諧謔、揶揄、嘲笑、皮肉、機知、遊戯、擬翻、距離、中間、反語、逆説、understatement、dry mock、偽装、仮面、老人、犬儒、冷笑などと共に、以後修辞法のみならず、主に滑稽、諷刺、道化文学の劇や小説中で、主にイギリスを中心に、十八世紀末まで支配通用する。

この古典的イロニー概念の意識的改造を試み新しい近代的意味を付与したのが、ロマン主義的イロニーであり、その創始者フリードリヒ・シュレーゲルである。

夏目漱石の『三四郎』に、浪漫主義的イロニーとは「何でも天才というものは、目的も努力もなく、終日ぶら〳〵ぶら付いてなくっては駄目だという説だ[25]」という箇所がある。『魔の山』にもそこにはびこるイロニーが、だらしない精神的態度、不健康な遊び、文明の障害に傾くことへのセテムブリーニの警告がある(X, 309)。両者共、いわゆるロマン派イロニーの、主観の恣意、放縦、無拘束、無限への憧れ、現実の蔑視、離俗などの特性を鋭くついている。ヘーゲルも周知のように、とくにシュレーゲルのイロニー観の、一切を否定できるという主観の高慢や恣意性、天才的精神の思い上がった無責任な自己耽溺を、終生憎悪に近い反感で批判した[26]。

第五節　ロマン主義的イロニー（自己同化）——シュレーゲルとフィヒテ

1　ソクラテス的イロニーの市民的イロニーへの機能替え——F・シュレーゲル

ロマン主義的イロニーの創始者F・シュレーゲルが、ソクラテスのイロニーとフィヒテの自己意識を、自己流に解釈（自己同化）発展させ、自己肯定のイロニー、正の自己意識の系譜を作ったという、M・ヴァルザーの批判とその根拠づけは何であろうか。

「イロニーは論理的美。ソクラテス的ミューズ神の崇高な洗練優雅。神的息吹き。外面はイタリア喜歌劇道化役の野卑素朴な演技技巧。内面は一切を高みから見渡し、自己の芸術、美徳、天才性を含め一切の制約されたものから無限に身を高める気分」(L, 42)。「ソクラテスのイロニーは、徹頭徹尾自然だが、同時に徹頭徹尾熟慮された偽装。冗談かつ真剣。自然と芸術の融合。制約と非制約、さらには、完全なコミュニケーションの不可能性と不可欠性との間の、解決し難い相互矛盾の感情を内包喚起する」(L, 108)。

シュレーゲル解釈では、イロニーの美学、仮面性、浮遊、内面的主観の無限な自由性、さらに「超越論的道化性」、つまり偽装を偽装として意識して演技する主観の自乗性が強調される。この捉え方をM・ヴァルザーは、ソクラテス原理から遠ざかる、シュレーゲル特有の、つまりロマン主義的イロニーの創設であり、以後トーマス・マンに至る市民的イロニーへの機能替えだとみなす。すなわち、ロマン派のイロニーは、有限と無限の間の浮遊として、現実からもイデアからも遊離し、無際限に自由な主観、自我、自己意識として神の玉座に昇り、時空を越えてすべてがこの自己の主権に支配される。「自己同化」(Ironie als Anverwandlung) (UJ, 181ff.) としてのイロニーである。この超自己肯定的イロニーは、アーダム・ミュラーでは「自由」の代名詞となり、マンのゲーテ人形では「イロニーの世界支配」(Ironie als Weltherrschaft) にまで膨張肥大していると、ヴァルザーの批判は厳しい。

主観的自己意識は、一切の上や外に立ち、一切を弄び、否定し、片付け、真剣を冗談に変え、現実も神聖も無に解体してしまう。ロマン派のイロニーの、内面的主観性の放恣な恣意性、天才的精神の高慢で無責任な自己耽溺を、終始激しく非難したヘーゲルに連なる批判の系譜である。ソクラテスは当時の実体に欠ける通用現実の空虚さを暴き、自分で思考すべきという主体性原理を導入したが、ロマン主義的イロニーは、現実から遊離して実体を捉えぬ無能な主観性を、自由や全能と思い上がっているという批判である。

何の制約もない、何の義務もない貴族的精神は、この主観の自由を享受する。あるいは享受することを享受する。自由の享受の意識化、シュレーゲルの述語でいえば、超越論的享受である。何も決断しない、どの立場にもアンガージェしない、中間に浮遊する、トーニオ・クレーゲル的「留保のイロニー」(Ironie als Vorbehalt) (UJ, 239ff.) もその現代版であり、主体の自由の享受、享受の意識化だとみなされる。

一切の根源たる自我に光を当てたフィヒテの自己意識はそういうものではないとヴァルザーは言う。すなわち隣国フランスで革命が市民解放した役割を、ドイツでは自我が内面的に負わざるをえない。隷属からの小市民の解放と、そのアイデンティティーの確立のための自己意識。「自我はただ能動的だ[27]」(„Das Ich ist nur tätig." Fichte)(MW, 38)とは、自己実現を阻む非我という壁に衝突して自己意識に目覚め、くりかえし自由を求めて非我にぶつかるその自我の能動性を言ったものだ。自己解放、自己意識獲得への刺激剤(„Fichtes WL. ist die Theorie der Erregung." Novalis[28])(MW, 42)として、『知識学』は読まれなければならない。これをシュレーゲルはただフィヒテの述語だけ継承し、貴族的精神の何ものにもとらわれぬ優雅な自己休息、何もしないという遊惰な精神の貴族性へと読みかえたのだ、というのが第二の批判である。

2 自我と非我、有限と無限間に浮遊する想像力――フィヒテ

ヴァルザーによれば、ソクラテスとフィヒテに共通するものは、自己自身への回帰の徹底性、一切のこれまで信じられ崇拝され真だと思われてきた外面的、実在的、客観的なものを価値剝奪し、それが神だろうと国家だろうと一切から内的倫理のためにコペルニクス的転回をし、自己自身以外の何物にも目を向けないことだという。

近代自己意識とロマン主義的イロニーの聖書は、フィヒテの知識学である。

子供の自己意識の発生プロセスのように、自己意識は自己が自己でないもの、つまり非我という壁と衝突することにより生じる。壁を意識するとは、意識する自己があるということであり、すべては自己へ回帰していく。自己と、この自己回帰運動は同一である。自己意識なくしていかなる意識もない。『全知識学の基礎』(一七九四)によれば、この自我は、自ら自我を定立するゆえに、存在する。非我は、この自我に反立して自我により定立されたものである。自我と非我は相互に制限しあう。両者は量的には不変で、自我のうちに非我が定立されているその実在性の部分だけ、自我は否定され不定立となる。逆も真である。つまり自我は、非我を自我により、自我を非我により、制限されたものとして定立する。もし一切の非我(客観)が揚棄されると、残るのは自己自身を定立し、自己自身に

より定立される絶対純粋自我（主観）である。

さて自我には相反する二つの運動方向がある。一つは遠心的自己超越、他は求心的自己回帰運動である。すなわち一方は、自己から無限へ超越していこうとする能動的（tätig）活動、他方は非我に衝突し制限されて、自己自身に回帰しようとする受動的（leidend）活動である（F：WL, 48ff.）。有限から無限へ、無限から有限へという、この自我の自己定立と非我定立、自己肯定と自己否定間の浮遊（schweben）こそ想像力（Einbildungskraft）の能力である。「想像力とは、制約と無制約、有限と無限の間で浮遊する能力である」（F：WL, 48ff.）。想像力はこの両者の合一し難きものを合一せんとし、自我と非我、実在と非在、有限と無限の間に浮遊し、相反立するものの総合体を産出しようとする。「一切の実在性はただ想像力によって産出される」（F：WL, 145f.）。この〈産出的想像力〉（die produktive Einbildungskraft）こそ、ノヴァーリスやシュレーゲルの詩作や思索の核となる。主観と客観、自我と非我の間に浮遊し、両者の間を並べられた鏡の間の映像の反射（Reflexion）のように往還運動をくり返し、表象する者の表象、つまり超越性や先験性まで累乗される自我運動を、フィヒテは想像力（構想力）と名づけた。これがシュレーゲルの「叙述主体と叙述客体との間にあって、一切の現実的または理念的利害関心から解放され、詩的反省(poetische Reflexion)の翼に乗って浮遊し、この反省を反復累乗し、ちょうど鏡を無数に並べたように加乗できるもの」(A, 116)というロマン主義的文芸の定義の源泉であることは明白であろう。自我の根源能力たる想像力、反省、浮遊、これこそロマン主義的イロニーにほかならない。つまりイロニーとは、自我の活動そのもの、自己意識の別名といっても過言ではないだろう。

3　意識の累乗、超越論的ポエジー

自己の意識化、意識の意識化、意識の二乗化はシュレーゲルの「文芸の文芸」「超越論的文芸」というロマン派の

文学観の核、文学創作原理となる。けだし先験的ないし超越論的（transzendental）とは、認識主体との関連で客体を認識する、反省的、自己意識的態度である。哲学概念の文学への応用、ロゴスの美である。ロマン主義的イロニーはとりわけ作者の作品に対する関係に現われる。ギリシア悲劇のパラパーゼ（合唱による劇進行の中断、観客への社会諷刺的呼びかけ）のような、ティーク等に代表される作者の作品への絶えざる介入。虚構と現実間の往復運動による幻想破壊。すなわち自己の文学創作プロセスの意識化、反省化である。

エルンスト・ベーラーによれば、シュレーゲルのイロニー概念には三つの特性がある（Ernst Behler, 67ff.）。

第一は、自己創造と自己破壊の絶えざる交替による自己限定としてのイロニーだ（A, 51, 121. L, 28, 37）。芸術創造力には両極がある。陽極は、形式衝動の熱狂、自己創造。陰極は、破壊衝動の懐疑、自己破壊。これはフィヒテの自我活動の二極、一は遠心的自己超越、他は求心的自己回帰に対応する。数学的には無限の累乗と無限の求根。カオスとシステム、無限と有限への交互交替である。この両極間に浮遊し、中間仲介媒介位置を取ることが、イロニーであり、自己限定である。つまりイロニーとは、形成衝動と破壊衝動を弁証法的に制御する自己限定能力である。

第二は、文芸創造の芸術的反省に自己が絶えず反映される（Selbstspiegelung）（A, 238）超越論的精神活動としてのイロニーである。現実的または理念的利害関心から自由になり、詩的反省の翼に乗って、叙述客体と主体の中間に浮遊し、無数の鏡の間を光が反射するような反省をくり返すものこそイロニーである（A, 116）。つまり詩的反省のどの叙述にも同時に自己自身の叙述があること、言いかえれば作品と共に創造行為そのもの、作者の自己意識運動自体を表現呈示すること、これが「超越論的文芸」「詩の詩」（A, 238）である。今世紀文学の多くがいわば「文学を文学する文学」であることを思えば、シュレーゲルのイロニー論は、ロマンすなわち小説文学の聖書ともいえよう。

周知のとおりルカーチはイロニーを、神のない主観主義時代において、総体性を創造する真の客観性の唯一可能なア・プリオリな条件とした。[29] かくしてイロニーとは、神に代わる自我の超越論的活動そのものである。

第三は、「永遠の敏捷性、つまり無限に完全なカオスの明確な意識」（I, 69）「宇宙に対する感覚を通しての無限性、普遍性の顕現」[30]（PL）としてのイロニーである。文芸の表現すべきものが何であり、自我意識の究極地点は何であるかを暗示する言葉だ。無限の全き混沌とは無限の生の充溢であり、全体、宇宙、神的なものである（I, 44）。この全体への予感、直観、意識がイロニーである。逆にいえばイロニー文学には全体の象徴、啓示がなければいけない。「芸術の神聖なる遊戯は、世界の無限の遊戯、つまり永劫に自己形成する世界という芸術作品の模倣にすぎず、換言すれば一切の美はアレゴリーだ」（GuP, 324）。直接言表伝達し難いゆえに、象徴やアレゴリーとしてしか描出できぬ至高、全体なるものを予感、直観、啓示するものがイロニーであり、創造力の最古の形式たるアラベスクである。

以上要するにシュレーゲルのイロニーはロマン主義文学論の要でありその構成原理である。「発展的総合文芸」という理想は、古代と現代、客観的とインタレスト、素朴と感傷の弁証法的総合にあった。しかし総合達成が眼目ではない。永遠に生成し、けっして完成しないことがロマン主義文学の本質である。理念と現実、無限と有限、主観と客観、意図と本能、混沌と体系といった二元的両極間の浮遊、交替、振幅プロセスそのものの描写が、その調和よりもロマン主義文学の課題だった。対話や断片形式が多いゆえんである。ロマン主義的イロニーとは、無限に生成破壊をくり返す生や宇宙そのものの反映意識としての、弁証法的自我活動といえる。

「自己創造と自己破壊の弁証法の本来的動機は、自己自身のための幻想破壊を行うことにあるのではなく、有限な創造力の超越能力にある。つまりこの創造力は〈完全な伝達は不可能だが必要である〉という感情をもって〈一切の有限なものの上に身を高め〉アラベスクの技法でより高いもの、つまり〈全体の予感〉を示すのだ」(Behler, 72f.)という第三の論点は、ヴァルザーの視野には入っていないようだ。

第六節　イロニーの弁証法——ペーター・ソンディ、ヘーゲル

(1) F・シュレーゲルが、過去(古代)の想起される正命題(These)と、未来(ユートピア)の予感される綜合命題(Synthese)の狭間にある現代を、もはやないとまだないとの過度期の反命題(Antithese)とみたとして、ペーター・ソンディ(Peter Szondi)は、ロマン主義世界を歴史哲学の弁証法で捉えている。[31] 古代の全体性、客観性、本能に対し、現代は分裂、関心、恣意(自由)の時代だ。対立疎隔があれば、その止揚合一への願望が現代の努力目標となる。自己の内なる自然の調和状態を素朴に描出する古代詩人に比べ、自然からの分離疎外状態にある現代の感傷詩人は、失われた自然を憧憬するという、シラーの素朴と感傷文学という時代認識と同方向である。

ロマン主義的イロニーの主体は、調和全一から分裂孤立した自我である。世界は対立有限であればこそ、彼は統一と無限に憧れる。自己環帰と自己超越のくり返し累乗される反省により彼がめざすのは、自己の外に立脚点を得、彼の自我と世界観の亀裂を仮象の領域で止揚しようとする試みである。現在の状況の否定的面を行為により克服はできないから、自己の信ずる未来の統合の先取りにより、現在の否定面は過渡的なものとみなされ、価値転換される。この負から正への価値転換は、現存在を受容可能なものと思わせ、主観的仮想的領域に滞留するよう誘う。イロニーは、自我の批判的姿勢を距離化と価値転換により保持しようとする自我の試みである。だがイロニーは、否定的なものを捉えながら、それに捉えられ、否定性の克服と考えられていたにもかかわらず、それ自体否定性とな

りやすい。統合は過去と未来にのみ仮想されるので、現在の一切は無限性の尺度により測られ、否定される。自己自身の不能の予想はイロニカーに、それにもかかわらず成就したものへの尊敬を禁じ、ついには自己を空無に追い込むところに、イロニカーの危機と悲劇がある、とソンディはみる（Szondi, 155f.）。

ロマン主義イロニーの正負の特質、その弁証法的性格のまことに鋭利な解剖所見である。虚無に雲散霧消する危険を内蔵せるイロニーという指摘は、〈無限の絶対的否定性〉とキルケゴールにより強調されたヘーゲルのイロニー観の系譜である。[32]ヘーゲルによればシュレーゲルのイロニーは、一切の事物を否定しうる恣意的主観である。「このイロニーはあらゆるものと戯れる。この主観性は何事も本気にとらず、本気になってもすぐそれを否定し、一切を見かけに変える。一切の気高い神的真理も卑俗な虚無に解消する。一切の真面目は同時に冗談にすぎない。[33]」無際限な主観の恣意性、一切を無化する自我の思い上がりを終始激しく非難したヘーゲルはたしかに、無と戯れ一切を無化することで、自己をも無化するイロニーの正体を、垣間見ていたともいえる。

一方このイロニーの否定的弁証法遊戯のなかに、循環する円としての一つの力動的な統一性（文芸ないし芸術）を形成するポジティヴな価値を認め、ロマン派の〈反省〉と〈批評〉概念を梃子にこのイロニーに創造的意味を与えたのがヴァルター・ベンヤミンであったと、E・ベーラーは述べている。[34]『ドイツロマン主義における芸術批評の概念』（一九一九）の意義については、その名訳に付せられた大峰顯氏の卓抜な外題を読むに如くはない。[35]

ソンディーもシュレーゲルの思惟世界の、終末論的ユートピア的局面を照射して、イロニーの正の符号づけもする（Szondi, 150ff.）。自己環帰と自己超克をくり返す自己意識は、無限に累乗される反省作用により、正反合の弁証法的無窮動を行う。現在はつねに過去から未来への相対的過渡的予備的段階にすぎない。断片（Fragmente）が、望まれる綜合体系への萌芽、準備、予言であるように、現在という欠陥ある断片も、完成さるべき未来への希望とみなされうる。未来の予知は、否定相の現存在を、一時的過渡的なものとすることにより軽減する。かくして現在の否定性は、その欠陥すら未来への萌芽として、負から正への価値転換の、弁証法的動力を与えられる。イロニーはこのように正から負への絶対的否定性のみならず、負から正へのユートピア的性格をもつ。イロニーとユートピアとの関連についてはアレマンにもその緻密な洞察があるが(Allemann, 200ff.)、後述するように、カフカなどの自己否定のイロニーのなかに、現在の負を正に転換する弁証法的契機をみたのは、マルティーン・ヴァルザーである。

（2）イロニーの古典的定義たる言と意の落差による修辞的偽装話法はアングロ・サクソン民族に、イロニーのロマン主義的超越論的弁証法的解釈はゲルマン民族に特有のことと分類しつつ、E・ベーラーは最後に〈悲劇的イロニー〉を取り上げる。オイディプス王やシェイクスピア悲劇に現れる〈運命のイロニー〉である。自分の制定した法により自分自身が裁かれるというような歴史のイロニーをヘーゲルは〈世界精神の意志〉〈理性の奸智〉(List der Vernunft)[36]と言ったが、このイロニーのカテゴリー下に、キルケゴールの〈自然のイロニー〉[37]、ホーフマンスタールの〈事物のイロニー〉[38]、ムージルの〈構成的イロニー〉[39]が属するだろう。主観の恣意によるイロニーではなく、「事物の関係そのものから裸形で現れてくる」ような、いわば客観的、自然発生的イロニーである。前者の代表マンにではなく、後者の代表ムージルに文学的イロニーの発現をみたアレマンとはまた別の角度から、M・ヴァルザーは、正負のイロニーを対比させる。その〈イロニーと自己意識〉関係分析は、正負のアイデンティティーと正負の自己伝達の問題として、現代社会のわれわれ自身の生の問題に鋭く切り込んでくる。

第七節　正負の自己意識とイロニー

1　対立両極間に浮遊する精神的自由、正の自己意識――F・シュレーゲル、トーマス・マン

シュレーゲルが「フランス革命、フィヒテの哲学、ゲーテのマイスター」を当時の時代の三大傾向と呼んだのは有名である(A, 216)。しかし隣国で市民革命により獲得された市民階級の社会的自由を、自国では社会と遊離した観念の王国で、いわば代償行為として求めた精神的自由であり自己意識であることを自覚していたのは、フィヒテであってシュレーゲルではないことを、ヴァルザーは鋭くつく (MW, 61ff., 80ff., 109ff.)。『ヴィルヘルム・マイスター』にあるように、全的人間性へと自己形成できるのは貴族階級だけであって、市民階級には厳しい現実の制限がある。この制約された惨めな現実を否定し、想像力の翼に乗って超越的自由へと浮遊し飛翔していくこと、これがロマン主義的イロニーの社会的歴史的背景なのだ。フィヒテにとり、自我や自己意識の省察の根本動機が、抑圧制限された小市民階級に属する自己の解放や自由であったのに対し、シュレーゲルにとっては、対立両極間のいずれにもアンガージェせず、その上に浮遊する精神的自由や自己享受、あるいは現状に安住できる上級市民階級の自己意識が、イロニーとなるという指摘は鋭い。

「この流儀は事物を片づけ事物の上にある高貴な位置である」[40]。「このイロニーはあらゆるものと戯れる。この主観性は何事も本気にとらず、本気になってもすぐそれを否定し、一切を見かけに変える」。ヘーゲルはこのロマン主義的イロニーの父シュレーゲルを貴族と名指し、その主観の無拘束な自由、恣意性、遊戯性、現実の蔑視、一切を否定しうるという思い上がり、貴族的無為遊惰を終始激しく非難した。ヴァルザーによれば、この事物の上や外に

あって一切を片づけ自由な高貴な位置に浮遊するロマン主義的イロニーの完成者がトーマス・マンである。彼の場合、没落下降せんとする上級市民層の自己アイデンティティーの危機に臨みながらも、対立両極間の上に浮遊し、どちらの原理にも組せず、決定ではなく留保を好み、既得の生活特権を維持し、つねに自己を弁明、正当化、是認すべく、イロニーを召使のように使う。一方も他方も取りこみ、和解調停し、かくて全体を代表し象徴し包括する神のような立場のイロニーとなる。神ともニヒリズムスともいえるイロニーである。「一切を包括するイロニー」(eine umfassende Ironie)(II, 658)「イロニーによる世界支配」(Weltherrschaft als Ironie)(II, 233)。今世紀に支配的な、上級市民階層の、自己肯定、正の自己意識が神の玉座に昇ったモデルが『ヴァイマルのロッテ』のゲーテ像だと、ヴァルザーの批判もヘーゲルに劣らず激しい。

トーマス・マンのイロニーはけっしてイロニーの文体や表現法ではなく、一つの生き方や世界観や主題である。文体そのものはきわめてまとも、直接、リアリスティックであって、ただ主人公がイローニシュな存在の仕方をしていると、M・ヴァルザーは指摘する。

2　負の自己意識——フランツ・カフカ、ローベルト・ヴァルザー

これに対し、負の自己意識、自己否定のイロニーの系譜は、ソクラテス、フィヒテ、キルケゴールを経て、ローベルト・ヴァルザーやカフカ、ユダヤの否定神学に至る。徹底した自己否認意識は、ヴァルザーによれば、イロニーの文体、イローニシュな表現法を生む。逆にいえば、イロニーの文体が可能なのは、ただネガティヴな自己意識、自己アイデンティティーの否認においてだけである。

たとえばローベルト・ヴァルザーの『ヤーコプ・フォン・グンテン』(Robert Walser : *Jakob von Gunten*)[41]の主人公は召使養成学校の生徒だ。その主要徳目は忍耐と従順である。自己を無にする修練の場である。ヘーゲルの主人・

奴隷関係公式によれば「主人の自己意識は召使の認知により生じ、召使の自己意識は労働と有用さにより生じる」[42]。自己を滅却して主人や客の命令に従い役立つことが存在証明である。かかる自己否定のアイデンティティー、負の自己意識の、モデルとなるイロニー発言は、たとえば「僕は僕の自己を殆ど尊敬しない。それは僕を冷たくする」「裸で僕を冷たい道に放り出さねばならない。そうすればひょっとすると僕は僕を一切を包容する主なる神と感じるだろう」「ぼくたち生徒は希望というものは一切もたない。そう、人生の希望を胸に抱くことは固く禁じられている」などである。小説の出だしの「僕は将来魅力的な円のように丸い零となり……破滅するだろう」は終りの「僕が粉々になり破滅しても、何が壊れ何が破滅するのか。零だ。僕は個人として零にすぎない」(Robert Walser, 336-492)となる。零としてのアイデンティティー。零存在として自己意識を基礎づけること。自己自身を否定する、無への運動としての自己意識である。目の前に救済としてあるのは砂漠と荒野しかない。しかしそれは砂漠と荒野としての、つまり「無」としての神かもしれない。未来への希望のなさが、この教育小説の教育的原理である。希望なき無への修練が、言いかえると、無に接せんとする自己否定の意識運動が、どうしてアイデンティティー獲得の、正の符号をもちうるのだろうか。

ローベルト・ヴァルザーを愛読したカフカの負の自己意識も同様である。たとえば『変身』は、仕事により家族や社会に役立つその有用性により成立している現代市民のアイデンティティーの危機と防禦の闘いと解釈される。働けなくなり有用性を喪失した人間は、社会にとっても家族にとっても寄生虫でしかない。虫けらとしてしか評価されない状況においていかにして人間としてのアイデンティティーを保持できるか。グレーゴル・ザムザは周囲の人びとの言うことを理解できるが、他人は彼の言うことが分からない。人間の言葉ではなく虫の音声でしかないからだ。人間としてのコミュニケーションはもはや不可能である。言語の喪失は人間のアイデンティティーの喪失である。

妹は「もしこの虫が兄ならば、とっくに分かっているはずだわ。人間とこんな虫とが一緒には住めぬことを。そして自ら去っていくはずだわ[43]」と言う。兄はこれを聞き、いわば自ら死を選ぶ。人間は何にも役に立たなければもはや何者でもない。しかし自殺することはできる。そして自己の死によりまだ家族に役立つことはできる。自殺によりいわば虫ではなく人間であったという存在証明はできる。主人公に残された唯一ポジティヴな、人間としての自己アイデンティティーの証明が「死」である。

これほどイローニシュな物語があろうか、とM・ヴァルザーは言う。運命のイロニーにより自己処刑するオイデプス王や自ら毒杯を仰ぐソクラテスからカフカに至るこの負の自己意識、負のイロニーの系譜は、西欧においては少数派で、支配的なのは正の自己意識だというが、自己の死によってのみ自己アイデンティティーの死守が可能という負のイロニーは、切腹の伝統をもつ日本人にはむしろ共感しやすい自己意識かもしれない。

3　否定弁証法

人権宣言の精神の実現たるフランス革命すでに二〇〇年。それにもかかわらずこのヴァルザーやカフカの負の自己意識、負のアイデンティティーはどうして起きるのか。カフカの『城』のKのように、自己の人権や存在の主張をする努力が、なぜ自己の人権の侵害、自己の存在の不可能化を招くことに役立つだけのことになるのか。グンテンやザムザの自己否認の自己意識は、ただ無の境地を示すだけで、何の正の符号ももちえないのか。ヴァルザーのこの問いに対する答えは『自己意識とイロニー』というこの秀抜なアイデンティティー論の核心である。

全的人間性へと自己形成できるのは貴族階級だけであって、市民階級には厳しい現実の制約があるという『ヴィルヘルム・マイスター』の認識があるが[44]、人間社会にはいつの時代でも支配層あれば必ず非支配層あり、後者の自己意識は抑圧制限される。では後者には負の生しかないのだろうか。革命の望みがなければ、この負の自己意識は、カフカの言うように「自己と世界との闘いでは世界に味方[45]」し、自己を否定する世界を容認し、そこに自己を解消するほかはない。けだしそれが唯一自己を生かす道だからだ。服従、忍従つまり自己否定が逆に自己を生かすという逆説。しかしこのイロニーは、負から正への弁証法的運動を内蔵している。

すなわち、知れば知るほど知らないことを知るというソクラテスのイロニーのように、グンテンやKは抑圧制限を感じれば感じるほどそれに堪えることを学ぶ。非抑圧者は、抑圧に堪えるうちに自己の生をただ抑圧されたものとして感じるようになる。抑圧そのものが彼の生となる。フィヒテの自己意識はただ、自我の無限に向かう活動が非我に衝突、制限され反省されることにより初めて生ずるのと同様、現代人の自己意識も人間ひとりびとりの個性など踏みにじるほどに巨大化した社会機構により抑圧否定される。非抑圧者の自己意識は、この自己意識を否定する抑圧そのものに同化し、これを是認せざるをえないほどになる。非抑圧者が抑圧者の賛歌を意に反し唄わざるをえないほどの状況があるとすれば、これほど喜悲劇のイロニーがあろうか。しかし喜悲劇の自己否認の自己意識こそ、現代の大多数の小市民の自己意識でありアイデンティティーではないだろうか。

「一切の弁証法は、通用すべきことを、あたかも通用するかのように、通用させ、そのことで内的破壊をそれ自体で展開させる——世界の一般的イロニーだ」(Hegel, Bd.18, 460)。会話において、相手の主張を、否定ではなく承認し、その内的矛盾をそれ自体で展開させ崩壊に導く、あのソクラテスのイロニーについて述べたヘーゲルの有名な言葉である。カフカに代表される自己否定のイロニーも、通用すべきものは、あたかも通用するかのように、通用させる。すなわち、人間のアイデンティティーを否定するほどに巨大な抑圧力となった現代社会、そこに通用妥当支配するものを、絶望的に是認肯定する自己否定のイロニーにより、逆にその欠陥を示す。抑圧者の賛歌を唄わざるをえないほどに抑圧された者の唄を聞けば、現在何が通用妥当し何が支配抑圧しているかが逆に明瞭となる。イローニシュな文体からは、確実に作者が受苦せざるをえなかった抑圧や支配の正体が何であるか、逆に絶望的に是認しているものの欠陥は何であるか、主人公の死や無によってしか人間の存在証明ができない状況とは何であるかが、逆に鮮明に浮き彫りされてくる。敵の仮面をかぶり、自己を抑圧支配する敵と一体化して、内部からその矛盾や欠陥を露呈させ仮面剝奪する、スウィフトのイロニーである。

この負のイロニーはいかなる直接の批判よりも強い。ヘーゲルの弁証法のように、所与の通用支配現実自体により、通用支配現実は内的崩壊を惹き起こす。「いままで支配形式に挑戦したこのイロニーより後に、生きのびた支配形式はなかった、と私は思う」(Bis jetzt hat, glaube ich, noch keine Herrschaftsform die Ironie, die sie provozierte, überlebt.)(MW, 196) とM・ヴァルザーは言い切る。時の権力により抹殺されたソクラテスやイエスが数千年を経てなお現代人の心にまで脈々と生き続けているのをみれば、彼の主張が安直な否定弁証法でないことは自ずから証明されよう。自己否定のイロニーが、自らの弁証法により、正の符号をもちうるゆえんである。キルケゴールの言ったように、イロニーは否定的なものとして道、真理ではなく道、真理に至る否定の道なのだ。

4　内面の逆説的表現、匿名としてのイロニー――キルケゴール

キルケゴールの場合、信仰や実存の問題は、言語表現の問題となる。「人間の最内面での実存のありかたと、これを外面に表現することの不可能性との間の矛盾を知ればこそ、彼はイロニーを自己の匿名とみた。つまり意味も変装せざるをえない」とE・ヘラー(Heller, 251)も言う。自己の内面にふさわしい表現形式を求めての闘いからキルケゴールのイロニーが生じる。最も深い内的宗教体験は、これを外に伝える直接の言語形式をもたない。内面の信仰は、外面には不信仰という、否定の、受苦の形として、つまり対立形式として、つまりイロニーとして現われざるをえない。「啓示は秘儀において、至福は苦悩において、信仰の確実さはその不確実さにおいて、容易は困難において、真理は不条理において知られる」[46]。

M・ヴァルザーによれば、この負のイロニーの否定弁証法は、運動そのものに生命があるという。イロニー自体は無限の否定性として無に通じている。現実もイデアも否定するのみならず、否定する自己をも否定しようとする。ただこの否定運動は、意識に自己を自覚させる音を与える。知覚できるかできないかのアイデンティティーの音を与える。否定弁証法運動という厳しい狩立て猟が停滞すれば、生そのものも停滞する。生の危機に面してもこれと闘う限り、生の運動は続き、そこにかすかであっても自己の存在証明の音を聞き取ることはできるだろう。生涯にわたって自我・非我ビリアードを通じ、真に安定した自己意識を演繹することに、いわば一秒だに成功せず、だから実際「知識学遊戯」を死ぬまで営み続けねばならなかったフィヒテ。自己の実存が停滞せずそれを感じ得るためには、不信仰が信仰を、信仰が不信仰を促すような、弁証法的狩立て猟を一日たりとも中止することはできなかったキルケゴール。両者とも負の自己意識運動、負のイロニーの否定弁証法運動の聖者なのだと、M・ヴァルザーは言う（『過酷な文体―ローベルト・ヴァルザー生誕百年祭に寄す』[47]）。

では、F・シュレーゲルやトーマス・マンのイロニーが、ただ自己肯定、自己のアイデンティティー正当化のためにのみ召使のように使われ、イロニーによる世界支配といわれるほど、デカルト以来の近代自我の神化段階を指し示し、一切の上や外に浮遊して、一切を見下ろし、無と戯れ、自己休息し、自己を享受しつつその享受する意識をさらに享受する、遊戯的な貴族的な思い上がった自己肯定意識にすぎないのかどうか。本書は随所で、この見解に対する批判を呈示したが、しかし〈自己意識とイロニー〉に関するM・ヴァルザーの問題提起は、現代のわれわれ自身を取り囲む社会状況とその自己意識を鮮明に照射する、その度合いにおいて極めて鋭い。そしてイロニーという逆説的自己伝達形式が、いかに現代における言葉の問題とかかわっているか、さらにはその根底で、人間の生のありよう、実存、内面の真理といかに深くかかわっているかが、明確に照射されているという点で、M・ヴァルザーの提起した問題性のもつ意味は大きい。

第八節　マルティーン・ヴァルザーのトーマス・マン批判

M・ヴァルザーのトーマス・マン批判は、大市民階層の安定せる正の自己意識に向けられる。けっしてマルクス主義的視点ではない。安定や固定が非とされる。その何事からも自由な貴族主義的自己意識、自己肯定のイロニーが、問題の焦点となる。「ぼくが今あるがままのぼくであり、それを変えようとも思わないし、変えることもできない、ということで十分だ」(VIII, 275)。M・ヴァルザーはこのトーニオ・クレーゲルの、二つの世界の間に漂うという自己意識を、どんな場合にも自己正当化される一種の恩赦であり、上級市民生活特権という一種のマグナ・カルタだと言う。

市民と芸術家とか、生と精神とか、自然と知性とか二元の極にさまざまな対立概念が貨車入れ替え作業のように配置され、接着剤で接合されたり剝がされたりする。対立融合ではなく、対極の間に浮遊するというその自由が肝要なのだ。『アイーダ』のラダメスのように自己弁明せよという義務から逃れた『魔の山』の楽音の自由な世界である。個人的義務を負うことのなさを主張できる文化的な技芸性、価値相対化のための手段としての修辞法、自己の階層のアイデンティティー確認、文化的禊ぎのために、女中のようにイロニーを使う。

これは、有限と無限の間を浮遊し、あらゆる立場から自由な自己を享受する、F・シュレーゲルのいう貴族の無為怠惰の自己肯定意識だ。フィヒテのいわゆる休みない能動的自我運動ではなく、自己休息のイロニーである。イロニーとは詩的自由(ライセンス)のなかで最も自由なもの、というシュレーゲルから発し、イロニーとは人間や芸術家の最も神的な自由だというアーダム・ミュラーを通り、トーマス・マンに行きつく超肯定的なイロニーの系譜である。あらゆる立場や原理の外や上に立って、すべてを相対化する自由としてのイロニーである。

これは『ヴァイマルのロッテ』のゲーテ像で「一切を包括するイロニー」「イロニーによる世界支配」となる。つまりどんな原理にも組みせず、どんな立場も和解調停させる、換言すれば、全体を代表し、一切を包括するイロニーである。神ともニヒリズムともいえるイロニーである。死せる神に代わって神の玉座に昇りつめ、逆に虚無に雲散霧消しかねない、神と無の両面をもつヤーヌス神かもしれない。ゲーテの生誕百年祭に老ゲーテの内面を「生まれつきの詩人の無定見さ」(eine naturelbische Dichtergesinnungslosigkeit)、つまり「イロニーのニヒリズム」と捉えたトーマス・マンの講演に出席したりそれを読んだ識者はいなかったのだと、M・ヴァルザーのマン批判は厳しい（MW, 75)。

制約や抑圧という壁に衝突して自己の内面に帰り、さらにまた非我と自我の間を往還しつつ、自己のアイデンティティーを何とか獲得せんとする小市民の自己意識と対照的に、どうころんでも自分は自分という上級市民階層の安定せる自己意識、労働なしに存在するだけで自己実現可能な大市民意識が問題のようだ。

業績至上主義原理に基づく市民社会では、自己意識は労働、仕事と密接に関わる。社会に役立つこと、有用性が、市民のアイデンティティーである。役に立たなければ、社会における自己の存在証明は成り立ちえない。仕事が出来ぬようになった社会に無用の寄生虫は、死なねばならない。この自己処刑、自殺物語こそ『変身』であるとヴァルザーは言う。負の自己意識、無に至るアイデンティティー、自己否定のイロニーである。

このイロニーは、遊戯でもなければ自由でもなければ恣意的なものでもない。自然発生的な最も巧まざるものだ。カフカはこのイロニーの仮面を一度も脱ぎ捨てることはない。語り手は正体をけっしてあらわさない。君は引っかかったねとは、けっして言わない。負の自己意識、自己否定プロセスは最後まで何の宥和もなく自己処刑(死)に至る。

これに対しトーマス・マンのイロニーは主観的恣意的だ。作者はあるときは仮面をつけ、あるときは仮面をはずし、いま言ったことの真意はこうですよ、言と意の差異を間違って取ってはいけませんよ、と注釈する。これは正の自己意識の自由な遊戯であって真のイロニーではない。主観の恣意の図柄が見え透いてはいけない。真が伝達するかしないかの微妙なニュアンスにイロニーの芸術度が存すると言ったアレマンも同じである。イロニーという塩の味は隠し味なのだ。

真のイロニーは、支配通用する力に、ノーではなくイエスという。イエスと肯定しつつ、支配通用する力そのものの内的矛盾によりその支配力を崩壊させる、否定弁証法である。スウィフトのように敵の衣装を着て内部から敵の内面の矛盾を白日の下に引き出す。ミメシスの仮面剝奪こそ、イロニーの原点である。

*

しかしこのM・ヴァルザーのトーマス・マン批判も、ニーチェが『ツアラトゥストラ』に対し取るように要請したイロニーの眼が必要だろう（本書第七章、二五七―八頁参照）。ヴァルザーにとりマンは、何かつねに気に障る、挑戦せずにはいられない、巨大な障害物のようなものらしい。マンは対決するにふさわしい作家だ。しかしマンはマン一人であって、エーリヒ・ヘラー教会やエーミール・シュタイガー寺院で祈られるトーマス・マンやゲーテ崇拝、その信者たちはいただけない。マンの自己解釈、自己述語や自己概念でマン解釈をするのはグロテスクだという主張（cf. MW : *Auskunft*, 145）には、耳を傾けるべきかもしれない。

『自己意識とイロニー』は理論というより挑戦と解釈、特にF・シュレーゲルからトーマス・マンに至るドイツ特有のイロニー概念に対する挑戦対決であると、M・ヴァルザーは言う。しかし自他に対する愛憎、肯否、正負裏返しの批判も仄見える。そこにM・ヴァルザー自身のイロニーが潜んでいる。さもなければ、あまたのトーマス・

マン論のなかで、これほど魅力的なイロニー論は書けるはずがない。愛憎の深さ、明察の関心こそ、対象の核心を捉える。その例証は、ニーチェのヴァーグナー像である。それをトーマス・マンは、三連星ショーペンハウアー、ヴァーグナー、ニーチェに対する自分のアムビヴァレントな内的かかわりにつき、くり返し述べた。ゲルマニストのなかから、この一九八一年に出たM・ヴァルザーの、トーマス・マンのイロニー批判に対抗しうる反論研究は、まだ出来していない。

註

（1）W.Shakespeare: *Julias Caeser*. In：*The Works of Shakespeare*. ed. by W.G.Clark & W.A.Wright. London：Macmillan & Co.Ltd. 1961, S.826f.

（2）Uwe Japp：*Theorie der Ironie*. FaM：Klostermann 1983（=UJ）

（3）Martin Walser：*Auskunft*. Hrsg. von Klaus Siblewski. FaM：Suhrkamp 1991, S.270.（=MW：A）

（4）Aristoteles：*Nikomachische Ethik*. Übersetzt von Eugen Rolfes, hrsg. von Günther Bien. Hamburg：Meiner 1972, S.94ff. アリストテレス『ニコマコス倫理学』上下、高田三郎訳、岩波書店 昭和四六、四八年。上の一六〇頁以下。

（5）Martin Walser：*Selbstbewußtsein und Ironie. Frankfurter Vorlesungen*. FaM：Suhrkamp 1981, S.187ff.（=MW）. マルティーン・ヴァルザー『自己意識とイロニー』洲崎惠三訳、法政大学出版局 一九九七年、一八四頁

（6）cf. Sören Kierkegaarde：*Abschließende unwissenschaftliche Nachschrift zu den Philosophischen Brocken*. In：*Gesammelte Werke*. 16 Abt. Übersetzt von Hans Martin Junghans. Düsseldorf/Köln：Eugen Diederichs 1957, S. 271ff.／『哲学的断片への結びとしての非学問的あとがき』。キルケゴール著作集、一九六七ー六九年。第七、八、九巻。杉山好、小川圭治訳、白水社、中一六七頁以下。

（7）Friedrich Schlegel：*Kritische Friedrich-Schlegel-Ausgabe*.（=KA）. Bd.II. *Charakteristiken und Kritiken I*（1796-1801）, ed. von Hans Eichner. Paderborn：F.Schöningen 1967. *Lyceum-Fragmente*（=L）108, S.160, *Athenäum-Fragmente*（=A）, Ideen（=I）, *Gespräch über die Poesie*（=GüP）. /*Philosophische Lehrjahre*（=PL）.（1769-

1806) In : KA. Bände 18 und 19, 1963 S.81ff.

(8) Martin Walser : *Wer ist ein Schriftsteller?* edition suhrkamp 959, 1979, S.39 (=MA : WS) / *Wie und wovon handelt Literatur?* edition suhrkamp 642, 1973, S.119ff. (MW=WWL)

(9) Martin Walser : *Halbzeit* (1960). st. 94, FaM 1963, S.274 /Anthony Waine : *Martin Walser*. München : Beck 1980, S.74

(10) Martin Walser : *Des Lesers Selbstverständnis-Ein Bericht und eine Behauptung*, Parerga 12. Eggingen : Edition K.Isele 1993, S.7

(11) Martin Walser : *Liebeserklärung*. FaM : Suhrkamp 1983

(12) Martin Walser : *Über Deutschland reden*. edition suhrkamp 1553, FaM 1988, S.21, 88f. 99f.

(13) Ernst Behler : *Klassische Ironie, Romantische Ironie, Tragische Ironie－zum Ursprung dieser Begriffe－*. (=Behler). Darmstadt : Wissenschaftliche Buchgesellschaft 1972

(14) *Griechisch-Deutsch. Langenscheidts Grosswörterbuch I*. 24 Aufl. 1981, S.210

(15) Norman Knox : *Die Bedeutung von „Ironie"* : *Einführung und Zusammenfassung*. In : *Ironie als literarisches Phänomen* (=IalP). Hrsg. von Hans-Egon-Haas, Gustav-Adolf Mohrlüder. Köln : Kiepenhauer & Witsch 1973, S. 21f.

(16) たとえば、アリストパネース『雲』高津春繁訳、岩波書店 一九五七年 /cf. Behler, 18

(17) Platon : *Symposion*. In : *Meisterdialoge*, eingeleitet von Olof Gion, übertragen von Rudolf Rufener. Zürich : Artemis 1958, S.168ff.／プラトン『饗宴』久保勉訳註、岩波書店 昭和二七年、一二一頁以下

(18) cf. Behler, 25 /Menge-Güthling : *Langenscheidts Grosswörterbuch. Lateinisch-Deutsch* 1984[22], S.231

(19) cf. Behler, 26 /Norman Knox, 22f.

(20) G.W.F.Hegel : *Werke in 20 Bänden*. (=Hegel) Hrsg. von E.Moldenhauer u. K.M.Michel. FaM 1970, Bd.11. *Solgers nachgelassene Schriften und Briefwechsel* (1828), S. 255f.

(21) Hegel : *Vorlesungen über die Geschichte der Philosophie I*. Bd.18. S.460

(22) N.Knox, 25f.／D・C・ミュカ『アイロニー』森田孟訳、研究社 昭和四八年参照。

(23) Beda Allemann : *Ironie als literarisches Prinzip*. In : *Ironie und Dichtung*. Hrsg. von Albert Schaefer. München : Beck 1970, S.31 /*Ironie und Dichtung*. Pfullingen : Neske 1956, S.15ff.
(24) Johann Gottfried Herder : *Kritik und Satire*. In : (15) IaIP, 281ff.
(25) 夏目漱石『三四郎』新潮社　昭和四三年、七六頁
(26) Hegel : *Vorlesungen über Ästhetik*. Bd.13. S.93ff. /Bd.18. S.460ff.
(27) Johann Gottlieb Fichte : *Grundlage der gesamten Wissenschaftslehre*. Hrsg. von Wilhelm G.Jacobs. Hamburg : Felix Meiner 1970, S.60
(28) Novalis : *Schriften*. Bd.3. Das philosophische Werk II. Hrsg. von Richard Samuel. Stuttgart 1960, S.383
(29) Georg Lukács : *Die Theorie des Romans*. Neuwied 1971, S.81ff.
(30) Fr. Schlegel : PL. シュレーゲル『ロマン派文学論』山本定裕訳、冨山房　昭和五三年、解題参照。
(31) Peter Szondi : *Friedrich Schlegel und die romantische Ironie*. In : *Friedrich Schlegel und die Kunsttheorie seiner Zeit*. Hrsg. Von H.Schanze. Wege der Forschung 609, Darmstadt 1985, S.143ff. なお Szondi の読み方は Duden により〈ソンディ〉とした。
(32) G.W.F.Hegel : *Vorlesungen über die Ästhetik*. Bd.13. S.98. 竹内敏夫訳『美学』第一巻の上、一三七頁、岩波書店　一九五六年 /S.Kierkegaarde : *Über den Begriff der Ironie*. Übersetzt von Emanuel Hirsch. Düsseldorf : Diederichs 1961, Bd.31, S.259. キルケゴール著作集21『イロニーの概念』飯島、福島、鈴木訳、下一六七頁
(33) G.W.F.Hegel : *Vorlesungen über die Geschichte der Philosophie*. Bd.18. S.460
(34) E.Behler, 124 /Walter Benjamin : *Der Begriff der Kunstkritik in der deutschen Romantik*. In : Gesammelte Schriften I-1. FaM : Suhrkamp, 1974
(35) ヴァルター・ベンヤミン『ドイツ・ロマン主義における芸術批評の概念』訳・解説、大峰顕、高木久雄、晶文社　一九七〇年
(36) Hegel : *Vorlesungen über die Philosophie der Geschichte*. Bd.12. S.49
(37) S.Kierkegaarde : *Über den Begriff der Ironie*. S.259
(38) Hugo von Hofmannsthal : *Die Ironie der Dinge*. In : Prosa IV, FaM : S.Fischer 1955, S.40ff.

(39) Robert Musil : *Der Mann ohne Eigenschaften*. Hamburg 1952, S.1645
(40) Hegel : *Solgers nachgelassene Schriften und Briefwechsel*. Bd.11. S.233
(41) Robert Walser : *Jakob von Gunten*. In : Das Gesamtwerk. Hrsg. von Jochen Greven. Bd. IV. Genf : Kossodo 1975／ローベルト・ヴァルザー『ヤーコプ・フォン・グンテン』藤川芳郎訳、集英社　一九七九年
(42) cf. Hegel : *Phänomenologie des Geistes*. Bd.3. S.150ff.
(43) Franz Kafka : *Die Verwandlungen*. In : Erzählungen. Hrsg. von Max Brod. Berlin : S.Fischer 1965, S.134
(44) J.W.v.Goethe : *Wilhelm Meisters Lehrjahre*. In : Hamburger Ausgabe in 14 Bänden. Ed. von Erich Trunz. Bd.VII 1950. S.290ff.／登張正実『ドイツ教養小説の成立』弘文堂　一九六四年、一八一頁以下参照。/cf. MW. 61, 109f., 111, 181
(45) マルト・ロベール『カフカ』宮川淳訳、晶文社　一九六九年、一九七、二三一頁参照
(46) S.Kierkegaarde : *Abschließende unwissenschaftliche Nachschrift zu den philosophischen Brocken*. 2.Teil. S.140
(47) M.Walser : *Über den Unerbittlichkeitsstil－Zum 100. Geburtstag von Robert Walser*. S.90f. In : *Wer ist ein Schriftsteller?* edition suhrkamp 959. 1979

第六章　イロニーと言語再生、モンタージュ、表現主義論争、仮象と現実

――トーマス・マンとハイセンビュテル――

序　連続と非連続の転回点

本章は一つの仮説である。トーマス・マンの特に後期顕在化する〈パロディー、引用、モンタージュ〉という言語様式現象は、ヘルムート・ハイセンビュテルのいう〈反文法的言語再生〉（antigrammatische Sprachreproduktion）というコンクレーテ・ポエジー（具体詩 Konkrete Poesie）にまで至るものを何か包摂しているのではないか。その意味でマンの文学は、一方ではマンと共に終わるフマニスムス市民時代の象徴的典型であるにとどまらず、他方新しい戦後文学の萌芽も内包しているのではないかという仮説。それは現代文学に対するマン文学の連続、非連続の問題でもあるが、終点にせよ始点にせよ、ともかくマンが一つの転回点であったことは否定できない(1)。

家系図の自分の下に長い線を引いて咎められたとき「もう続かないと思ったんだもの」（I, 523）と口ごもるハノ（Hanno Buddenbrook）の言葉は、マンと共に終焉する時代の告別の辞でもあり、同時代の文学は「夜が、ひょっとすると長い夜が、深い忘却の帳がおりる前の、ヨーロッパ神話の疾過する想起、再喚起、再説」と、彼は的確に把握している。夜、すでにないとまだないの、二重に乏しき、漆黒の闇。そこには混沌だけが遍在し、彼の作品もほとんど異邦人の目でしか見られぬであろう（XI, 691）(2)。

しかしこのような中心根拠なき戦後文学にも大別して二条の光芒が感受される。すなわちアンガージュマンとアヴァンギャルド文学。前者は政治の文学化、文学の政治化に、後者は何よりも言語の問題にかかわる。例えばハインリヒ・ベル、ギュンター・グラス等と、ハイセンビュテル、ペーター・ハントケ等という対比。(3)小論は両方向の萌芽を孕むマン文学の後者にのみ焦点を絞り、神話を初めとする既存の言語作品と現代意識とのイローニシュな関係による、その再生と変形、すなわち引用、モンタージュ、パロディーなどの言語遊戯的技法にその交点をみたいと思う。

第一節　日本のトーマス・マン受容三態

マン生涯八〇年の文学活動が包蔵する問題は多岐にわたり、したがってその人と作品研究も多面的であるが、その手際よい交通整理の役をしている、ヘルベルト・レーナトの『トーマス・マン研究』(一九六九)報告、ヘルマン・クルツケの『トーマス・マン。時代、作品、影響』(一九九一)、ヘルムート・コープマンの『トーマス・マン・ハンドブック』(4)(一九九〇)にも瞥見しえない、日本におけるマンの受容について、本章の問題枠のなかで、三つの視点から、ごく簡潔にふれておきたい。

第一に、トーマス・マンとその時代。ファシズムを含む、時代における知識人の生き方の問題として。たとえばアンドレ・ジッドの序言を付しフランス語訳から『ヨーロッパに告ぐ』『ボン大学への公開状』『イスパニア』『キリスト教と社会主義』など四論文を戦争中に邦訳し戦後すぐ(一九四六)出版した渡辺一夫『五つの証言』のあとがき(5)に滲み出るようなトーマス・マン受容。カトリック、プロテスタント宗教戦争の地獄にあって、エラスムス(Desiderius Erasmus 一四六九―一五三六)、ラブレー(François Rabelais 一四九四―一五五三)、カルヴァン(Jean Calvin 一五〇九―一五六四）など、寛容（tolérance）を説く十六世紀のフランス・ユマニスム研究に基づく、狂信主義（fanatisme）に対するユマニスム（humanisme）、ユマニテ（humanité）の問題である（『フランス・ユマニスムの成立』岩波全書　一九七六）。

第二は、市民社会における芸術、芸術家問題（いわゆる〈生〉と〈精神〉問題）。時代の終末における芸術のアイデンティティーないし可能性の問題。特に作家の受容という視座からみれば、前者には三島由紀夫、後者には辻邦生の名をあげたい。

前者の受容には種々の問題性があるが、マンの二元論的諸対立の相剋と克服問題をまともに受け止めた正符号の受容系列に属する。自己のなかに病的なもの、デモーニシュなもの、弱さのペシミズムを内蔵していたからこそ、ニーチェのいわゆるアポロ的なもの、ギリシア的健康と強さ、トーマス・マン＝鷗外的文体を志向し、ザインではなくゾレンの、現在ある私の再現ではなく、私の意志や憧れや自己改造の試みとしての文体化に鏤骨砕身したのだと思う。無論そのさい二元論は、両者にとり安直な弁証法的融合が目標ではなく、むしろ小説世界のある動的な緊張を創り出すためのきわめて職人芸的な問題意識であるという指摘も忘れるべきではない(6)。

一方、フローベール以来市民社会の俗物性、非人間性に対する反措定たる美が、知的認識化の傾向をたどり、一切の事物を対象化することで、逆に人間主体の疎外も惹起し、かつて創造しえた全人間的なものを包括する美を表現しえなくなって、反措定の意味を喪い、自己解体していくという、現代芸術の美的閉塞化問題を明確に意識し、その超克にその主題を絞った作家の代表としてマンをあげたのが、ロマニストの辻邦生である。現代のファウストゥス博士たるアードリアーン・レーヴァキューンの当面せる問題こそ、神的秩序から離脱した人間が、自己中心的認識と実践により客観的世界を宰領していった果てに到達した極限の問題、すなわち知性の孤立化、自律的近代人の自己喪失の問題であるとして、終末期における芸術の存在根拠、その可能性への問いを、自己自身の問いと捉え返す『小説の序章』『トーマス・マン』の著者のトーマス・マン受容は、小説一般の孕む諸問題をあらゆる視点から、特に近代精神史とのかかわりできわめて犀利に解剖するメス捌きと同様、きわめて示唆に富む、わが国では最も本格的な、いな世界的にも最も生産的なトーマス・マン受容といえるだろう。(7)

第三に、神話と深層心理学の問題。「市民的、個性的世界から神話的、典型的世界」への関心の移行、神話のなかに無時間的な生の原型をみ、現在の生はその踏跡、模倣、変奏であるとみるマンの神話観を、フロイトの精神分析と、ユングの集合無意識、古代類型との対比的考察から解明した高橋義孝のマン受容。(8) 彼はこの深層心理学的神話解釈の光を、たとえば〈能〉の因襲的儀式的芸、面による役者の非個性化類型化、〈本歌取り、歌枕、枕詞〉などの踏襲的戯翻的(Travestie)詩作法に当て、芭蕉の俳諧をかかる〈踏跡〉の文学伝統の継承者完成者とみ、既存の母型を演ずる演技、まねび、遊びの文学や生という視角からホモ・ルーデンス(homo ludens)としての芭蕉像を描き(『近代芸術観の成立』(一九六五)、トーマス・マンの立てたゲーテ、トルストイとシラー、ドストエフスキー、つまり素朴(ナイーフ)と感傷(ゼンチメンターリシュ)の対立を、鷗外と漱石に援用した(『森鷗外』新潮社 一九五四)。

第二節 イロニー三態(中間性、批評距離、遊戯性)

以上三点の大ざっぱな展望からみても、マン受容の中心問題として本章の視界に入り込んでくるのは、広義のイロニー問題といえると思う。なぜならマンのイロニーは、たんなる修辞上文体上の問題を超えて、芸術論認識論世界観的な視野でも捉えねばならぬと思われるからである。私見によればトーマス・マンのイロニーは、〈中間性〉〈主知的反省的批評距離〉〈遊戯性〉という相絡む三つの契機を内包しつつ、一番根底には〈ニヒリズム〉の問題を包摂していると思う。

第一は、一切の二元的対立要素間の相剋、アムビヴァレンツ（Ambivalenz 両面価値併存）、到達しえぬ弁証法的総合への緊張関係の上に立つトーニオ・クレーガー的中間位置のイロニーである。留保のモラル、距離のパトスとしてのイロニーは、両者へ外交的に等距離を保ち、両者の仲介的ヘルメース的使命を果たす。これが太陽と地球の間に浮遊する月のシンボルによる芸術の位置づけ、つまりイロニーとしての芸術把握につながり、中間を語る者ドイツを、ドイツを語る者中間を語るとして、自己の存立基盤を〈ドイツ的倫理的市民的芸術家〉とみることにつながり、さらにはあの少しく言い古された「人間は諸対立の主人で、諸対立は人間を通じて存在する。だから人間は諸対立より高貴なのだ。」（III, 685）という『魔の山』の人間把握、Humanismus や Humanität 概念につながるものであることは、あらためて言うまでもない。

このような二項対立物間のイロニーを、川村二郎の言うように陰影と力動のない安手な図式とみるか[9]、それともマンの中心的イデーとみるかは、マンのイロニー評価、いなマン文学全体の評価の分かれ目になるだろう。いずれにせよ時代との関連でいえば、まさしくこのような十九世紀的 Humanismus の崩壊現象を直視し、廃嫡と知りつつも自己をその最後の嫡子と任じ、空洞化しゆくその教養遺産、諸価値、諸様式に依拠しつつ詩作したところに、マンのイロニーの発生要因があるということは見過ごしえぬ枢要点である。

第二の、主知主義、反省、批評距離としてのイロニーは、第一の中間性としてのイロニーを、主体と客体、物語る者と物語られるものとの関係で捉えなおした別名にすぎない。これはヴァルター・ベンヤミーンのいうロマン主義の芸術批評の核心をなす反省（Reflexion）概念に通ずる。ロマン主義的イロニー、特にフィヒテの「想像力とは規定と無規定、有限と無限の中間に浮遊する（schweben）する能力である」（『全知識学の基礎』）を踏まえた、F・シュレーゲルの「叙述対象と叙述者との間にあって、あらゆる現実的なまたは理念的な関心から自由になり、詩的反省（poetische Reflexion）の翼に乗って中間に浮遊し、この反省をくり返し相乗し、ちょうど鏡を無数に並べたように幾倍にも乗じうるものこそロマン的ポエジーである」（『アテネーウム116』）のなかの〈想像力（Einbildungskraft）〉〈浮遊（schweben）〉〈詩的反省（poetische Reflexion）〉に深くかかわることは、明らかだろう。[10] それはあらゆる非我を客体化し、その鏡のなかの累乗作用により無窮動を続け、やがて有限な客体を無化するのみならず、無化する主体も無化せずにおかぬ、イロニーにおける〈主観の無限の自由性〉と〈絶対的否定性〉の問題でもある。これが終末期の主知的自我の境位、すなわち共通の生存根拠の喪失と、意識的反省主体の自己閉塞状態に通ずることはいうまでもない。シュレーゲルが芸術作品としては結実化しえなかった発展的総合文学の理念の実現をゲーテの『ヴィルヘルム・マイスター』小説にみたように、今世紀におけるその再現を『魔の山』にみるエーリヒ・ヘラーの論[11]を首肯するか否かは、マンのイロニーの文学的生産性、不毛性の価値判断の分かれ目になるだろう。ここではただ、知性的反省的批評的距離としてのマンのイロニーが、たとえばフリッツ・マルティーニのいうように物語り手の物語対象に対する弁証法的対象克服機能と力学をもつこと、[12] この距離のイロニーの創作技法上の意識化が『ファウストゥス博士』における物語り手の設定となり、この物語り手による「文化とは本来、夜闇の妖怪的なものを敬虔に秩序づけつつ、あえていえば宥めつつ、神々の礼拝へ組み入れていくことなのだ」（VI, 17. 円子訳）という文化観一般にまでつながるものであることだけを指摘しておきたい。そしてこの距離のイロニーは、マンの場合究極的には、アポロ的、客観的、ホメーロス的、叙事詩的精神、つまり〈物語の精神〉そのものとなる（X, 348ff.）。イロニーを芸術創作行為そのものと同一視する所以である。

神話のなかに生の原型をみ、現在の生はそのイミタティオ、パロディーにすぎないというところに生ずるイロニーには、膨大な過去の教養遺産を目の前にして嘔吐し、現在の生への意欲を減退させる自嘲の意味も含まれなくもないが、ポジティヴにとれば、共通の地盤を喪失せる批判的反省的意識主体が、その拠り所を、ヨーロッパの始源、すなわち神話に求めんとした、現代のロゴスとミュトス、理性・言葉と神話とのかかわりの問題に通ずる。[13] 無時間への時間の旅、無意識への意識の下降、母型への模倣的同一化と遊戯的変奏、すでに忘れ去られたものの新たな再現など、神話を初めとする過去の遺産と現代知性との文学的交渉の発現が、遊戯的文体現象、つまりパロディー、引用、モンタージュという技法につながっていく経緯は、すでに詳説を必要としないだろう。

すなわち、マンのパロディー、モンタージュ、引用という手法は、イロニーと表裏一体の関係にある。逆にいえば、マンの芸術とはイロニーの芸であり、もじり、引用、編集とは、そのイロニーの言語芸だといえよう。

第三節　イロニーの表現構造・落差（差異）信号

次に言語学的、様式的見地からみたイロニーとは何か。一言でいえば、言葉で言われたことと、本来言いたいことの落差にその本質がある話法である。ただ同じ範疇に属する嘘との違いは、この表面と背面との落差を聞き手に知ってもらうべく、落差（差異）シグナル、イロニー信号を発信しなければならない、ということである。言いかえれば、言葉と本音との差異は透視可能でないといけない。さもなければ、言葉はまさしく言葉どおり受け取られ、反語的には理解されないからである。(14)

このようなイロニーの基本構造から次のような問題が生ずるだろう。言ったことと腹のうちは違いますよ、というイロニー信号がコミュニケートされるためには、発信者と受信者に共通の基盤、アレマン (Beda Allemann) の述語でいえば **konventionell** (conventional) な、つまり因襲の、慣習の、協定の、鋳型の共同世界が必要であるということである。逆にいえば、イロニーの遊戯活動領域 (Spielraum) はコンヴェンションの世界だということである。

ここにマンのイロニー文学の対象が、読者に既知の十九世紀市民社会、科学の世界、ゲーテ、旧約聖書、聖徒伝説などの教養遺産に向けられる一つの根拠があろう。この共通のコンヴェンション世界を背景にして初めてイロニーはその絶好の活動遊戯空間を得る。なぜならさもないと、ちょっとしたひねりやねじりやもじりのほのめかしを生命とするイロニーの言語芸は成り立たぬからである。しかしそのことは逆に、マンのイロニー芸の基盤となる十九世紀フマニスムスの市民社会、その教養遺産の陥没現象が否定しえない事実である以上、彼のイロニー芸が通じない新しい現実の発生、新しい世代の出現という問題にぶつかるのではないか。とくにマンのパロディー的引用というイロニーの言語芸のコードは、特定のエリートの教養遺産をもつ読者にしか解読されえない、という事態が生じつつあるのではないかともいえるだろう。ここにマン文学は、マンと共に終わる一時代の終焉であり、現代を汲み上げる認識様式にはなりえぬのではないかという批判が生じる一つの理由がある。

次にイロニーを文体様式上からみれば、前景と背景との差異を悟らせるイロニー信号は、少なければ少ないほど芸術度の芳醇なイロニー文学となる。なぜならイロニーはひとつまみの塩なのであって、あまりにも明白に悟られてしまえば、味わう者をうんざりさせ、その味を落としてしまうからである。イロニーの文体とは、そのほのめかしが通じるか通じないかというまさしくその微妙な呼吸に生命をもっている。この点でマンの『ヨセフ』四部作におけるイロニーの不毛性、芸術度の落ちを指摘するアレマンや川村二郎の批判は一考に値するかもしれない。なぜならブレヒト(Bertolt Brecht 一八九八―一九五六)がマンについて「この紳士は他人が額に汗して作ったもので、イローニシュに笑うことのできるものを作り出す。彼は物を書く前に、すべての事柄に対し、すでにイローニシュなのだ」[15]と酷評したように、マンのイロニーの特性は、彼固有の明白なイロニーが一切に先立ってあり、それですべてを図式的に料理するという、その主観性、明白性、図式性、同一性にあるともいえるからである。

これがマンの神話調理に対する両者の批判の基となる。すなわちヨセフ物語の場合も、心理学とモラリズムによって身を固めたマン固有のイロニーがア・プリオリにあるために、神話のイロニー化、フマニスムス化は、神話の平板化、無害化、市民化、いわばトーマス・マン化を生じてしまう。彼の神話解釈、つまり神話のなかに生の原型があり、以後の生はすべてその枠内での踏襲、変奏にすぎないなら、過去も未来も硬直化してしまう。それでは神話は、その発生時の蒼古たる母胎的深みを喪い、被投と企投の間の現存在の一回的歴運的緊張を欠くに至り、かかる存在の根源的開示を目指す詩的なものの核心に迫りえないのではないかという前者の批判(16)。

神話的無意識の闇夜を現代の主知的意識の光で照らし出すという詩業が、ジョイスと同じように、原型のパロディーという作業によりその破壊を行うのみならず、むしろ露骨な変形を通じてかえって人間の母なる祖型を想起させる。意識による自然回復の試み、第二の素朴さへの歩みという現代文学共通の志向をもちながら、マンの場合ジョイスのような伝統との苛烈な断絶の意識を欠くために、連結も不十分に終わり、その明晰なイロニーも、神話の闇のなかに食い込むのではなく、その周辺に細部にわたる夥しい照明を当てたにとどまり、その怜悧に計算された話法の技巧や、近代リアリズム小説の生命たる神なる作者の恣意の図柄だけが見え透くという後者の批判(17)。

両者とも結局は、ヨセフ小説におけるマンのイロニーが様式上詩的なもの、詩的様式美に達しえなかったということへの審美的批判であると共に、主客二分による思考法の所産たるマンの、近代リアリズムと結合せるイロニーの到達点、その不毛への転落可能性を剔抉しているといえようか。これに対し詩にまで身を高めうるイロニーとは、ムージルの「構成的イロニー」(die konstruktive Ironie)やホーフマンスタールの「事物のイロニー」(Ironie der Dinge)であり、それは事物の関係から裸形で現れてくるようなイロニー、つまり事物の関係そのものに内在するイロニーである、という前者のイロニー観は(18)、いわば「造化にしたがひ造化にかへれ」(芭蕉『笈の小文』)というような自然と主客一如の日本的リアリズムに近いと、捉えうるかもしれない。

しかしそれでは、イロニーがいわばヴィルヘルム・ヴォリンガーの感情移入的ミメシスのリアリズム論(19)となり、言表されたものと言表されぬもの、言語と言語意識との差異にその本質がある話法という彼の立論の始点と矛盾するように思われる。意識の志向性との類推で言語の志向性、すなわち言語はつねに何かについての言表である、[20]という論点からいっても、同じリアリズムの地平でマンのイロニーを捉えるなら、ルカーチの批判的リアリズム、すなわち移ろいゆく現実の表層の写真的再現ではなく、あるパースペクティブ下に現実の深層を剔出するリアリズム、小説の構成原理としてのイロニーを顧慮すべきかもしれない。[21]意識には社会の現実が反映されているのみならず、ルカーチの言いたいマルクス＝レーニン主義というようなパースペクティヴではなくとも、ある主観（意識）にはその主観なりの、すなわちマンにはマンなりの、Humanismus のパースペクティヴという意識の志向性があるからである。

第四節　ニヒリズム

イロニーは、デカルト以来主宰的になり、他の非我一切を客体化し、神にまで登りつめた人間主観の際限なき自由性と、そのことで逆に主客未分の調和状態から自己疎外され、反省的意識となり、この反省を合わせ鏡のように無限に反復することで、主客一切を無化せずにおかぬ絶対的否定性という二つの要素を孕みつつ、〈何のために〉という問いへ時代が空虚な沈黙を守るだけの時代の問題、すなわちニヒリズムと根底的にかかわる。

神の去った時代において、神に代わる自由をもち、喪われた人間の全体性（Totalität）を創造するのが小説である。小説は市民時代の芸術上の代表形式となり、主観の自己意識とその極限に至った主観性の自己止揚、つまり第二の客観性との間に浮遊するイロニーこそが、この神なき時代の叙事詩たる小説の基本原理となるのだ、というルカーチの小説論、イロニー論は、十九世紀リアリズムに結びつく叙事詩的客観的アポロ的イロニーを標榜するマンのイロニーを最も正確に言い当てているかもしれない。「果てまで行き着いた主観性の自己廃棄としてのイロニーは、神なき世界において可能な最高の自由である。それゆえイロニーは、全体性を作り出す真の客観性の唯一可能なア・プリオリの条件であるのみならず、小説の構成カテゴリーが世界の状況に突き当たることにより、この小説という全体性を、時代の代表的形式に高めている」（ルカーチ『小説理論』L：TR 81ff.）[22]。

しかしこのいわゆる「全体性」が時代の現実においては瓦解し、小説の上でのみ実現されているという矛盾こそ、『ファウストゥス博士』の主楽音、すなわちあの有名な、芸術という遊びは今日のような状況でなお許されなお精神的に可能なのか、自足的調和的に自己完結した形態としての作品は現代の社会状態の不協和性に対しなお自己を主張しうるか、最も美しい仮象こそ今日では嘘となるのではないか（VI, 241）、という神なき時代における芸術の存在根拠への悲痛な自問へと通じていることは言うまでもない。そして引用、編集、もじりというイロニー芸が、そのことと密接な関係にあることは、ルカーチ自身、マンの遊戯性について、失われた全体的人間性はただ『詐欺師フェリクス・クルルの告白』のようなフモールある詐欺師の遊びのなかにのみ見出される、と明察していることでも明らかであろう[23]。

この意味で『ファウストゥス博士』の世界は、超越のない、中心的イデーの欠如せる、書き割りの世界ではないか、というホルトフーゼンの批判はネガティヴな対象照射が逆に対象のある側面、場合によってはその核となる部分を照らし出すという機能を果たしているかもしれない。つまりこの小説は、彼の生きた時代の相対的真理を、心理学とモラリズムで、エッセイ風に器用に引用、編集、織り合わせた、才気ある観念連合と言語遊戯との、巧みな職匠の芸にすぎず、偉大な文学を支える超越的理念を欠く、という批判である[24]。しかしこの批判こそまさに、超越のない、すべてが相対的な、中心の喪失せるニヒリズム時代の文学は、いかなる様相を呈するか、という現代文学の根底にかかわる。この視座からいっても『ファウストゥス博士』は古き神々は飛び去り新しき神々はまだ飛来せずという中間の暗夜における一つの恒星、終点とも始点ともいえる一つの里程表であることは、否定しえぬであろう。

第五節　風景からレンズへ、所記から能記へ、芸術の自律化

このようなニヒリズム時代における文学が、時代の無意味さに抗し自律的言語芸術作品という意味を構築しようとしたり、また時代の無意味さに照応する無意味な言語遊戯に自己の生命を見出すようになるのは、抽象衝動や感情移入というヴォリンガーの根源的芸術衝動からいっても必然の成り行きといえよう。

たとえばゴトフリート・ベンのように、すべてが無意味であるなら、信憑できる唯一の拠点は、自己の精神活動の形式化である技芸性(Artistik)、形式、様式、言語の祝祭、オリュンポスはアポロの仮象のみ、という自律的言語空間への信仰帰依がある。マンに関しては、たとえばエーリヒ・ヘラーの、意味なき世界に意味ある芸術作品を創ることは不可能だというあまねき否定のささやきに対して自己主張をする一人の芸術家の生命力あるイロニー、という把握に注目すべきであろう。すなわち芸術作品とは、たとえ無意味性の象徴であるとしても、その否定である。それは芸術作品である限り、何らかの意味で象徴的であり、象徴であるならば、たとえ世界が無意味であると言われているとしても、意味ある象徴なのだ、という把握にかかわるだろう。(25)この点でマンのイロニー芸、その言語様式が、ニーチェのいわゆる生の本来的形而上学的課題としての芸術、アポロ的形式、ベンのアルティスティク、技芸性、美的形式に通ずるものであることは、ベン自身の言をまつまでもない(26)。

文学の素材が言語である以上、それは言語の技巧性、形式、様式である。言語そのものが文学の主題となること。

これはオルテガ・イ・ガセーの、芸術の非人間化、風景から窓ガラスへという二〇世紀芸術の特性づけにかかわるだろう。(27) つまり芸術は、各々の素材、たとえば絵画は色や線に、音楽は音そのものを主題とし、風景よりそれを透かして見る窓ガラス自体に焦点を照準するという流れである。それはシニフィエからシニフィアンへの、意味されるもの（所記）から意味するもの（能記）への、芸術の背面から表面への回帰ともいえるだろう。文学においても、自己の素材たる言語への還元、純粋言語芸術化、非人間化の傾向は、象徴主義以来、反リアリズムのさまざまな流派を通り、具体詩にその一つの帰結点を見出すといっても過言ではないだろう。

それは、チャンドス卿の口のなかで腐敗した茸のように崩れ落ちる、言語と実在の乖離現象と相呼応する、言語芸術の純粋自律化運動のベクトルともいえよう。それは、マン芸術の通奏低音たる芸術と芸術家の市民社会における孤立離在の問題とも明らかに絡み合う。ハイセンビュテルも言うように、マンの場合も、芸術家小説から、物語精神と一体の言語そのものを主題とする傾向は、『ファウストゥス博士』からグレゴーリウス聖譚『選ばれし人』への歩みであり、それはジェイムズ・ジョイスの『ユリシーズ』(*Ulysses*)から『フィネガンス・ウェイク』(*Finegans Wake*)への歩みに相応するといえるかもしれない。(28)

第六節　反文法的言語再生（Helmut Heißenbüttel）

ここにマンとハイセンビュテルを、パロディー、モンタージュ、引用という言語再生、変奏、遊戯的技法で縫合するという本章の立脚点があるわけであるが、では〈反文法的言語再生〉こそ今世紀文学の主要特性というハイセンビュテルの現代文学論の座標軸はどこにあるのだろうか。(29)

第一には言語論との関係である。彼の詩学の原点は、文学は何よりも言語から成り立つ、というところにある。しかしその際言語は一般言語と文学言語とに分けられる。一般言語はコミュニケーションの手段となる記号で、その文法は、世界認識と、そこで人間が自己を方向付けるための基本モデルである。これに対し文学言語は、一般言語を選択し形式化することで、先例的な特殊モデルを創ることにある。いずれにせよ言語は世界の鏡像であって、言語の変化はしたがって世界の変化を示すだろう。この世界の変動を最も鋭敏に予言者的に受信し、言語化するのが、文学という特殊モデルである。つまり文学は世界の変化から生まれると共に、逆に世界の変化、世界解釈の変化を先例的に促す、という相関関係の機能をもつ。

ところで在来の統語論の基本モデルは、今日動脈硬化現象を起こし、この新しい現実を汲みあげる容器ではなくなりつつある。では新現実を汲みあげる特殊モデルとは一体何か。それは旧来の統語論と対比を試みる方法、すなわち反統語論、または自由統語論、要するに反文法という方法である。そのさい文学という特殊モデルの二大原理たる、第一の選択的パラディグマ的原理は偶然へ、第二の形式化シンタグマ的原理は、統語論的結合から反統語論的解体へと代わる。以上が〈反文法、反統語論〉ということの論拠である。[29]

では次に〈言語再生〉とは何か。一言で言えば、既成言語製品からある部分を任意にその本来のシンタクス的秩序から引用、編集、変形して、新しい言語製品を再生産するということ。すなわち既存の言語製品の解体と結合による再生、変形、言語遊戯である。

しかしなぜ過去の既成言語製品の引用、再現、再生でなければならないのか。もちろん現代芸術の不妊性という見方[30]も成り立たなくもないが、ハイセンビュテルの言語再生論には近来の言語論と相呼応するものがあり、非生産的な再生論ではない。彼によれば、言語とはもともと保守的因習的なもので、過去の人間の世界解釈、認識、分析を、幾層にも貯蔵している倉庫のようなものだという基本認識がある。もしそうだとすれば、既存の言語製品には、人間の世界認識と、自己の方位づけの成果が、蓄積されているはずである。人間は事物を言葉としてもつ限りにおいてのみもつのかもしれない。たとえばGeschehen（出来事）は言語化されGeschichte（物語、歴史）となって初めて人間の所有に帰すともいえる。[31] 前期ヴィトゲンシュタインのように世界の事態と言語命題との間に鏡像関係があるとすれば、言語命題の分析は世界の分析となるだろう。いずれにせよハイセンビュテルの詩論の基底には、事物と言語の関係、時代によるその一致、不一致、日常言語と詩的言語の差異など、共時通時両面からの、意味論統語論実用論を梃子に、新しい現実をわれわれが認識する場合、言語はいかなる機能をもつのか、その反省なしに言語外のものを把握しえないのではないかという強烈な自覚がある。

この自己反省的言語こそイローニシュな文学言語である。それは日常言語の保守的伝達的基本モデルに対し、先取的自律的非伝達的特殊モデル性をもつ。ここに「過去の言葉のなかに保管されているものの関係を引用することでのみ、われわれは言語外の世界と名づけうるものへアプローチしうるのではないか[32]」という言語再生論の支点がある。それはエルンスト・ブロッホの「すでに意識されなくなったもの」(das schon nicht Bewußte) を「まだ意識されていないもの」(das noch nicht Bewußte) に接合する試みとみなすこともできるかもしれない。[33]

第七節　象徴から再生へ、主観の内面告白から外的略語的人間把握へ

ハイセンビュテルの詩学を支える第二の、いわば通時的論点は、叙情詩における〈象徴〉から〈再生〉(Reproduktion) へ、小説における〈主観の内面告白〉から〈外的略語的人間把握〉へという推移である。この視点からの反文法的言語再生論は、市民社会の開花と衰微という時代背景に見合うであろう。[34]

ヘーゲル美学を光源としつつ彼は、ロマン派以降の近代詩の生命を象徴と捉える。詩の象徴的表出法とは、意識の内面とのかかわりにおいて外面世界を語ること、逆にいえば、外的世界は人間の内面意識とのかかわりをもつときにのみ詩的意味をもつ。マラルメを始祖とする象徴詩は、外的事物より内的精神のみを重んじ、非現実的な超越、つまり現存せぬものを歌うことで、日常言語から飛翔し、純粋詩、絶対言語を目指すようになる。かくして自律的となった詩的言語は、もはやそれに対応するいかなる現実も表現せず、いわば自己自身を、強いて言えば、虚無や非在を象徴しようとしたゆえに、やがてコンクレーテ・ポエジーのような、現前する語の具体性だけを生命とする詩、つまり何の象徴も超越もない、何の現実との関係もない、目に見え耳に聞こえる具体的言語そのものの選択と形式化、解体と結合という遊戯的言語再生を目指す詩の誕生をみるのは、ある意味では必然の成りゆきといえる。

特殊的なものが普遍的なものを代表しているということが真の象徴であるというゲーテの視角からいえば、象徴から再生的表出法への推移は、いわば個が全を象徴・啓示しえなくなった時代、逆にいうと、この共通基盤であった全体性を喪失した時代、ということを逆照射しているだろう。それはマンが、「自分のことを語れば時代や普遍のことも語る」(IX, 340) と言った、普遍や全体を象徴・啓示しえた個の解体現象に、契合しているであろう。

そもそも小説とは、万人を平等に関連づける〈私〉という内的中心的関係点をもった民主主義市民社会のいわば保証人的な芸術上の代表形式である。誰しもそこに自己の姿を見出しうるような主観、個性、私の内面告白こそ、小説の生命でありバネであった。しかし両次世界大戦による市民社会の巨大な地殻変動、技術情報管理社会の生誕と共に、現代の人間を結ぶ関係点は、略語的記号という、内的なものと何らかかわらぬ外的記号でしかなくなり、反小説の人間把握も外的略号的なものとなる。言語もまた内的意識とのかかわりにおいて何かを象徴するのではなく、可視的言語そのものの具体性を主張する。それは個が普遍を象徴しえなくなった、言いかえれば、個が他の経験空間への開いた窓をもたない孤立せるモナドとなった、ニヒリズム時代における文学と言語の一相貌であろう。

神なき技術時代の管理登録社会においては、人間が主観的内面からではなく、具体的見出し語的言語の非人称的客観性においてしか把握されえなくなる。主人公をKとしか書かないカフカにすでにこの略語的人間状況が顕在化しつつあったと言ってもよいのではなかろうか。

象徴から再生へ、個の内面告白から人間の略号的管理操作へ。個の、主観的自己意識と何のかかわりもない表現法、既成言語断片の任意で偶然な選択と、その反統語論的形式化、という反文法的言語再生を生命とするコンクレーテ・ポエジーの言語遊戯が、神なき時代における人間の無人称的生といかに深く照応しあっているかということは、以上で明らかであろう。

第八節　表現主義論争、小説の理論、全体性とイロニー（G.Lukács）

マンとハイセンビュテルを言語再生的技法で関連づけようとする詩論は、結局ニヒリズム時代における事物と言語、現実と文学の関係という光学からのリアリズム論、前衛芸術論に行きつくであろう。真のリアリズムは、真のアヴァンギャルド芸術とは何かを主題に、すでに一九三〇年代にルカーチとエルンスト・ブロッホ、アドルノ、ブレヒト、アナ・ゼーガス（A.Seghers）などとの間に展開された表現主義、リアリズム論争の焦点である。ルカーチの主張点は、現実とは関連のある全体性なのか、断片なのか、芸術とは表層現実の模写なのか、深層現実をあるパースペクティヴ下に形象化することなのかにあった。

『小説の理論』によれば、小説は神の去った時代の叙事詩（Epos）である。叙事詩においては英雄の主人公は、共同体の代表的典型的人物として、ある時代ある共同体の生のありかたを代表象徴する。エーポスの対象は、個人ではなく共同体の運命なのだ。共同体（Gemeinschaft）とは、一つの有機的な、だからそれ自体意味ある具体的な全体性である。叙事詩のコスモスは、一つの閉じられた完結性、意味ある価値体系をもつ、一つの有機的全体性である。

たとえばギリシア人の生きた形而上学的世界は、一つの閉じられた完結性をもつ円といえる。個々の点が一つの線につながり閉じる全体性のある世界である。あらゆる個々の現象を形式化する第一要件としての全体性は、閉じられたものは完結されうる、ということを意味する。完結（vollendet）というのは、すべてが閉じられたもののなかで自己自身の完結性に熟し、自らに達しながら全体結合に身を合わせるからだ。存在の全体性（Totalität des Seins）が可能なのはただ、存在が形式に包括される前にすでに同質（homogen）であるところ、形式が強制でないところだけである。すなわち「知が徳であり、徳が幸福であり、美が世界の意味を可視的にするところにおいてのみ、存在の全体性は可能なのだ。これがギリシア哲学の世界である」（L：TR, 26）。

これに対しわれわれの世界の円は砕かれている。神は去り、全体性は瓦解し、意味は喪失し、個々の生はバラバラの破片となった。

現代の芸術はもはや模写（Abbild）ではない。なぜなら模すべき原型（Urbilder）は失われてしまったからだ。現代の芸術は、意味ある閉じられた完結性をもつ円が砕かれた虚空の時代における、創造された全体性（eine erschaffene Totalität）、幻想的現実（eine visionäre Wirklichkeit）である。主観と客観の調和ある自然の全体性が失われた以上、主観が主体となり、したがって芸術も自律的となる。現象と本質、現実と理念、形式と質料の一致融和せる古典古代の美は、今や到達しえぬ理想として憧憬されるにすぎない。現代芸術とは、シラーのいうように失われた自然、失われた全体性を、理想として渇仰するゼンチメンターリシュな芸術となる。「小説とは、生の外延的全体性がもはや明確に与えられていない時代、意味の生＝内在（Lebensimmanenz）が問題化したが、それにもかかわらず全体性への志向をもつ時代の叙事詩である」（L：TR, 47）。

小説の全体性はただ抽象的にのみ体系化形式化される。形式化により要請された意味内在は、神なき時代にあっては、意味不在(Sinnabwesenheit)の暴露を徹底化するところから生ずる。「小説の客観性とは、意味が現実にけっしてくまなく浸透しえないこと、しかし現実は意味なくしては本質喪失という無に瓦解してしまうだろうという、男らしい成熟した洞察なのだ」(L：TR, 77)。意味に対峙するdocta ignorantia（無知の知）。これこそイロニーである。

唐木順三によれば、神なき時代とは、古き神々はすでに飛び去り、新しき神々はまだ飛来していないという、中間の、虚空の時代、すなわちニヒリズムの、デカダンスの時代である。[35] ルカーチによれば、追放された神々とまだ支配に至っていない神々とがデーモン(Dämonen)となる。彼らの力は効果があり活発だが、世界にもはやあるいはまだ浸透するに至っていない。したがってデーモンの営みは純粋な無意味とみなされやすい。小説の主人公の心理学は、デモーニシュなものだ。世界は、内面性としての主観性と、それに異質な外的客観世界に、二分される。小説とは内面性の冒険の形式なのだ。その中身は魂の物語である。自己を知るために出発し、冒険によって試され、冒険によって自己を確証し、自己本来の固有性を発見すべく、冒険を求める。小説の主人公の心理は、デーモンの働く領域なのだ。自己の生の意味を求めての旅である。

「デーモンたちの善良かつ悪意の作用の指摘。この作用の事実以上のことは把握できないという諦め。それはただ形象化しつつ表現可能だという確信。この何も知ろうとしないこと、何も知りえないとするなかで、究極のもの、真の実体、現前するが存在はしない神に出会い、眺め、つかまえたとする確信」。これが「神なき時代のネガティヴな神秘（Mystik）たる詩人のイロニー」「意味に向かいあった無知の知（docta ignorantia）」としてのイロニーである。

「小説にとってイロニーとは、神に対する詩人の自由である」。すなわちイロニーは神に代わり神の座を占める。「イロニー、それは神により見捨てられた世界が神によって充たされていることを、直感的な二重視角のうちに眺めうる。イロニー、それは理想となったイデーの失われたユートピア的故郷を見ながら、しかし同時にこの理想を自己の唯一可能な実存形式たる、自己の主観的・心理主義的条件のなかに捉える。イロニー、それは――自身デモーニシュなものだが――主観のなかのデーモンを超主観的な本質性として捉え、そのことによって、予感しつつかつ漠として、過ぎ去ったかつ来たるべき神々について語る……イロニーが本質のない空虚な現実のなかで迷い込んだ魂の冒険について語るとき。イロニー、それは、自己にふさわしい世界を求めながら見出すことができない、内面性の苦悩の道のなかで、権力あるがむなしい自己の造作に対するすべての弱々しい抵抗についての創造主神の意地悪い喜びと同時に、救世主たる神がまだこの世に至っていないというあらゆる表現を超えた気高い苦悩を形象化する。究極に至りついた主観性の自己揚棄たるイロニーは、神なき時代において可能な、最高の自由である。したがってイロニーは、全体性を創造する真の客観性の唯一可能なア・プリオリの条件であるばかりでなく、この全体性、すなわち小説を、この時代の代表的形式に高めもする。小説の構成カテゴリーが、世界状況に、konstituitiv（構成的、構造決定的、本質規定的）に突き当たることによって」（L：TR, 81f.)。

第九節　表現主義、リアリズム、単語の独立、モンタージュ（E.Bloch)

一つの閉じられた完結性をもつ意味連関のある全体性の形象化、という視座から、ルカーチは自然主義に抗して興った表現主義を、反リアリズムとして批判する。客観的現実から切断され、内容が空洞化した、純粋に主観的な〈表現〉（Expression）だけが、意味ありげなファッサード（前面）のみかけの堆積として現象する芸術だからだ。関連させる全体性ではなく、たとえば同時性（Simultaneität）の技法とは「内的全体的関連性の欠如を、観念連合で関連づけられた単語の外的並列により代替しようとする、空疎な形式的に外面的な手段である」。ここには内容と形式の間

の齟齬がある。(36)

E・ブロッホはジョイスについて言う。「〈私〉のない口が、流れる衝動のまっただなかにある……言葉は完全にこの崩壊に追随する。それは完成しておらず、形成されておらず、規格化されておらず、開かれたままで、混乱している……語は失業し、意味関連から解雇されてしまい、言葉はまるで、ウジ虫のように歩む……言葉は文法上の規則に従ってはいるが、論理上の規則には従わない。その言葉の源泉は第一次的な音響イメージの関係であるとされ、その意味は意識下の生を解放し把握することであるとされる」(36)(B：EZ, 242)。

ヘルヴァルト・ヴァルデン (Herwarth Walden) は『表現主義文学、アンソロジーへの序』(*Einleitung zur Anthologie : Expressionistische Dichtung*, Berlin 1932) で言う。「なぜ文だけ理解さるべきであって、単語はそうではないのか。」「支配しているのは単語なのだ。単語は文を引き裂く。詩はつぎはぎ細工だ。単語だけが結合する。」「言語芸術の表現主義的イメージは、経験世界への関連なく比喩を持ち出す。反論理は、感性なき概念を、感性的に理解できるものとする」(L 4, 144)。

このように現実関連を、動的な全体性へと方向付けられる関係文ではなく、孤立化せる単語に再現する試みは、詩人の独在論的主観的恣意、デカダンスなのだと、ルカーチは鋭く批判する。「その無内容-非合理的な〈概念〉の空虚な主観性を、告知、叫び、道標として言わざるをえなかった。客観的現実の対象性から切り離された言語はそのため凝固し、ブリキ製のモニュメントとなり、内容を貫く力の欠如の代わりに、内的関連のない形象や隠喩を並列して並べた、ヒステリックな誇張でもって代替し覆いをかぶせたのだ」(L 4, 145f.)。

ニーチェは『あらゆる文学的デカダンスを特徴づけるものは何か』(*Womit kennzeichnet sich jede literarische decadence?*)でヴァーグナーを念頭に言う。「生がもはや全体のなかに宿っていないということによってである。単語は至上権をもち文から外へ飛び出し、文ははみ出してページの意味を曖昧にし、ページは全体を犠牲にして生命を得る

――全体はもはや全体ではなくなる。だがこれはあらゆるデカダンスの様式に対する比喩だ。いつの場合も諸原子の無政府状態、意志の分散だ……生、一様な活力、生の振動と過剰とは最小の構成体のうちに押し込められ、残余は生命に乏しい。いたるところに麻痺、困窮、硬直あるいは敵対とカオス。あとの二つは、より高い組織化形態に上昇すればするほどますます目に立つ。全体はもはやそもそも生命がなく、合成され、計算され、人為的なもの、つまり人工物となる。」(N II, 917. *Der Fall Wagner*)

表現主義から具体詩に至るアヴァンギャルド言語芸術の一つの核心、すなわち、対象の欠如、現実からの切断、空疎な言語遊戯、全体の意味関連喪失、全体からの個の孤立・自律化、恣意的な主観化・独在論など、負の特性をついた、けだし名言である。ハイセンビュテルのコンクレーテ・ポエジー、その反文法的モンタージュ詩論も例外ではない。ただ、その無意味ともみえる具体詩の言語遊戯に、現代の生の状況、その意味不在が、鏡像のように反映されているという側面は、見過ごすわけにはいかないだろう。すなわち現代社会における生は、意味関連の欠如せる、バラバラの破片なのだ。

E・ブロッホは『表現主義論争』(*Diskussion über Expressionismus* 1938) でそこをつく。閉じ完結した関連性のある現実、切断のない全体的現実？　「現実とはそんなものだろうか。もし現実が、切断のない完結した関連のある全体性であるならば、もちろん表現主義的破壊と改竄(Interpolation)の試みも、近来の中断(Intermittierung)とモンタージュの試みも、空虚な遊びである。しかしもしかとするとルカーチの現実性(Realität)、すなわち無限に媒介された全体的関連 (Totalitätzusammenhang) という現実性は、まったくもってそれほど客観的ではないかもしれない。たぶんルカーチの現実概念自体、古典主義的＝体系的特徴をもっている。ひょっとすると真の現実とはまた――中断(Unterbrechung) なのかもしれない……客観主義的な＝完結せる現実概念をもっているからこそ、彼は、表面的関連のリアルな解体 (Zersetzung) を利用しつくし、その空洞に新しいものを発見しようと試みる芸術のなかにただ、主観主義的解体しか見ない。だから彼は崩壊化（Zerfallen）の実験を、退廃（Verfall）の状態と同一視するのだ」（B：EZ, 270f.)。

現実は瑕疵のない関連（lückenloser Zusammenhang）ではなく、つねに中断であり断片（Fragment）であること（『表現主義の問題、もう一度』Ernst Bloch：*Das Problem des Expressionismus nochmals.* 1940, S.278)。かかる現実をリアルに捉え形象化するには、モンタージュ技法が有効となる。表現主義末期を表すのは超現実主義であり、シュルレアリスムスとはモンタージュであり、「モンタージュとは、陥没した領域や中断ある体験現実の混乱の記録である」（B：EZ, 224)。それは伝統と革新、過去と未来、原型と変型、神話とユートピアを結ぶ、現代のロゴス、深層心理学と言語分析哲学の活躍する芸術技法である。現実が意味のないバラバラな破片であるならば、破片の再構築による新しい意味の形象化が、物象化し非人間化した資本主義社会の批判と人間性あるユートピアを志向する現代芸術家の課題となる。「古い現存在の破片からなるモンタージュは、その古い現存在を新しい現存在へと機能替えする実験なのだ」(die Montage des Bruchstücks aus dem alten Daseins ist das Experiment seiner Umfunktionierung in ein neues.)（B：EZ, 227)。すでに意識されなくなったものをまだ意識されていないものへ、過去を未来へ、原始モデルをユートピアへ組み入れること、すなわち伝統の解体と再構築こそ、アヴァンギャルド芸術、その核たるモンタージュの生命であり、希望の原理であるだろう。『表現主義、今から見て』（*Der Expressionismus, jetzt erblickt* 1937）は言う。表現主義は「崩壊のための崩壊ではなく、より真なる世界のイメージに席を与えるべくこの世を吹き抜ける風だ」。それは紙上に限られるのでもなく、ショックを与える異化効果でもない。時代流行の孵化しつつある（brütend）原始的な（archaisch）なものの優位でもなく、「ベンの場合しばしば見られるわざとらしい光のない闇や偽造された洪積世でもない。そうではなく、もはや意識されなくなったものを、まだ意識されていないもののなかへ組み入れること、とっくに過ぎ去ったものを、まだ全然現れていないものへ、原始的にカプセル化されているものを、ユートピアの露出へと、組み入れ整序することなのだ」(Einordnung des Nicht-mehr-Bewußten ins Noch-nicht-Bewußte, des längst Vergangenen ins durchaus noch nicht Erschienenen, des archaisch Verkapselten in eine utopische Enthüllung.)(B : EZ, 260)。

トーマス・マンの『ヨセフ』四部作には、このエルンスト・ブロッホのモンタージュ論や、生の古代モデルを現代の生へ機能替えするという考え方が、顕在的潜在的に現れている。

第一〇節　引用、伝統と革新

本章が前衛的実験文学を新しい現実把握と人間の方位付けに資する生産的文学とみなし、その内在をマンにみようとしていることには、ルカーチ側、いなマン自身から強い反発を招くであろうことは必死である。

たとえば〈引用〉が現代小説の構造要因としていかなる意味をもっているかという問題設定から、引用は何より伝統とのかかわりの問題であり、引用と引用者との間の関係をあらわすとしたヘルマン・マイアー(Hermann Meyer)の論に従えば[37]、マンとハイセンビュテルはこの点で好対照をなす。つまり、伝統との接続、伝統擁護と、伝統との断絶、伝統破壊という正反対の立場である。

マンの場合その引用は、読者と共通の伝統的教養遺産に基づき、その普遍妥当性を示唆する。そしてこの引用を自由に操作すべく、それ自身虚構物語の一要素たるフィクションの個人的物語り手を設定する。これと対照的なのがアルフレート・デーブリーンであり、マンにおいてその空洞性は指摘されつつも共通の教養基盤とされた、十九世紀 Humanismus や個人的市民世界の、完膚なき仮面剥奪のために引用が使われる。さらにこの引用言語と意識の流れの融合化や、映画のモンタージュのような技術的再生技法が前面にでる。ハイセンビュテルに至れば、マンのような心理的動機づけや因果関係によるいわば統語論的引用ではなく、任意で非論理的ないわば反統語論的引用がなされ、プロジェクト第一号といわれる『ダランベールの終わり』[38]（一九七〇）では、既成言語断片の引用が、小説の筋や虚構の代わりをし、そのモンタージュがこの新小説の新しい構成原理となっている。[39]これに相応して伝統的な全能の物語り手は消滅する。物語の視点は複眼化し、内的モノローグ、体験話法を経て、引用、モンタージュ技法により消失する。[40]ヴォルフガング・カイザーの「物語り手の死は小説の死なり」というテーゼ[41]につながる、前世紀市民社会の小説と、今世紀技術工業時代における反小説、という小説の変質、崩壊の問題である。問題は、新しい現実を表現するには、いかなる物語技法が最適かということである。

いずれにせよ引用という織物芸が、現実と虚構、伝統と独創、原型と変型、引用物と引用者、既成言語作品と現代意識とのかかわり、素材を再現する芸術家の技巧性遊戯性自由性、ということから前述の神話問題に接続するのみならず、現代文学、いな現代芸術を支える中心問題の一つとなっている。[42]芸術とは何かというより、何が芸術という意味を生み出すのかという問いに、引用、編集、もじりという技法は少なくない役割を果たすに違いない。

第十一節　強制された宥和、芸術的仮象と経験的現実の差異（Th.W.Adorno）

トーマス・マンが終点であれ視点であれ、戦後の現代文学が萌え育つ豊穣な沃野であったかどうか、コンクレーテ・ポエジーに至るアヴァンギャルドの激流をも併呑する大河であったかどうか、議論の分かれるところであろう。具体詩の反文法的言語再生遊戯は、神なき時代の無根拠さに対応する無意味な言語遊戯にすぎず、そこには時間の破壊力に耐えうる偉大な芸術のもつ超越的イデーを欠く、とマン自身が強い拒否反応を示したであろう。

純粋芸術の非人間化に対するマンのイローニシュな批評距離は、アードリアーン・レーヴァキューンに対するゼレーヌス・ツァイトブロームの立場に最も象徴的に現れているだろう。現代の生や芸術それ自身に内在する非人間的な悪魔的なものと、それを宥めすかしながら文化という耕作と礼拝のなかに様式化しようとする努力。非人間化を前提とせずにはおかぬ現代芸術と、それを人間や自然の生や存在の総連関のなかに包みこまんとする美的かつ倫理的努力。それを〈イロニー〉と呼べば、やはりマンの芸術はイロニーとしての芸術であった、と言いうるだろう。小論はこの点で『モラリズムの内実』[43]（森川俊夫）のマン把握に近い。いなむしろ、両者の生むダイナミックな緊張関係のエネルギーの強度が、マン文学の生命とさえ言いたいと思う。

しかし反文法的言語再生という技法の孕む問題は、おそらくあのホーフマンスタールの言語と存在の亀裂意識以来、能記と所記の統一としての意味ある作品が解体し、記号の恣意性、言語記号と言語内容の不整合などを背景に、既製品を思いがけぬ仕方で引用、編集、モンタージュすることにより、この両者の不整合、言語記号の無限の戯れから新しい意味作用を生み出そうとする、実験的前衛芸術一般の問題である。それは前述のマンの、精神の共通項なき時代において、芸術作品のそれ自身完結せる調和的全体性、仮象性、遊戯性はなお自己の存在を主張できるかという、中心的意味根拠なき時代における芸術の存立理由への問いに絡みあっていることはくり返すまでもない。

この前衛的実験文学を、ルカーチのように病的なデカダンスの反リアリズム、ないし現実の断片的な表層をパースペクティブなく模写するだけの素朴リアリズム（あるいは主観的意識描写）とみるか、それともやがて成長し現実化する潜在的萌芽たる現実の底流を先取し見通す真の前衛的リアリズムとみるか、それは終局的には各自の世界認識にかかわる問題であろう。現実を不連続な偶然の破片とみるか、連続せる全体性の一部とみるかの問題である。

ルカーチは『リアリズムが問題だ』（*Es geht um den Realismus*, 1938）でE・ブロッホなどに反論し、表現主義が事物の本質だと信じたもの、それは事物の分解、腐敗であり、解体された現実の表層たる破片が、現代の人間の意識に反映されたものにすぎず、それは写真的模写という素朴リアリズムだと批判した。本質的でないもの、見かけのもの、表面に見出されるものは、できては消える水面の泡のようなもので、大切なのは川底の水の流れの方向である、というレーニンの言葉を引き、真のリアリズムとは現実の流れがどこからどこへ流れていくかを客観的に見通すパースペクティヴをもって把握することだとするいわゆる〈批判的リアリズム〉を主張した[44]（L 4, 315ff.)。

アドルノは、ルカーチ美学に色濃く残る古典主義美学論の核心、主観と客観、現象と本質、概念と対象との宥和を、「強制された宥和」(erpreßte Versöhnung) と呼び、かかる理性による同一性強制の打開と、逆に非同一性の批判的美的同一化という相互限定否定弁証法を基に、ルカーチの西独版『誤解されたリアリズムに抗して』(*Wider den mißverstandenen Realismus*, 1958)、東独版『批判的リアリズムの現代における意義』(*Die Gegenwartsbedeutung des kritischen Realismus*, 1957) を批判した (*Erpreßte Versöhnung*. In : der Monat.11 Jhrg. 11.1958)[45]。

芸術は現実から生まれ現実のなかでその機能をもつ相関関係にあるが、しかしそれにもかかわらず芸術は現実とアンチテーゼとして対立する。芸術作品に形式化された現実が、現実の社会と同一の意味での現実ではないということ、これがいわゆる〈美的仮象〉(der ästhetische Schein) である。芸術は現実世界の反復コピーではない。芸術の仮象性とは、直接的現象世界に対する、本質であり形象 (Wesen und Bild. A 11, 261) であることである。芸術の生命は、たんに存在しているものに対して、本質と形象であることにある。これが芸術すなわち美的仮象と経験的直接的現存在との差異 (Differenz) である。現実を受動的に模写することによってではなく、自己固有の形式的法則の結晶化においてのみ、芸術は現実と宥和する。芸術は現実を、写真のようにあるいはパースペクティブをもって模写することによってではなく、現実の経験的形態によって覆い隠されているものを、芸術の自律的な構成の力で表現することによって、認識する。リアリズムといってもそれは認識主体の主観的志向に強制的に宥和合体化された同一性を免れるわけにはいかない。「形象のなかで宥和された、すなわち主体へと自ずから取り入れられた客体と、現実では宥和されていない外部の客体との間の矛盾の力によって、芸術作品は現実を批判する」(Kraft des Widerspruchs zwischen diesem im Bild versöhnten, nämlich ins Subjekt spontan aufgenommenen Objekt und dem real unversöhnten draußen, kritisiert das Kunstwerk die Realität. A 11, 261)。それは現実のネガティヴな認識である。これが「現存在の美的差異」(ästhetische Differenz) である。「差異の否認によってではなく、ただこの美的差異によってのみ、芸術作品は両者、すなわち芸術作品であると同時に真正な意識となる」(Th.W.Adorno : *Erpreßte Versöhnung*. In : A 2, 261)。

形象化された本質たる美的仮象と直接的経験的現実の〈差異〉により、芸術は現実の負の認識ともなり、現実の批判ともなる、というアドルノの非同一的批判的芸術論は、マンの『ファウストゥス博士』の精髄でもある。世界認識としての科学と芸術の相違点は、アドルノの言を借りれば、その形式、様式、表現手段である(A 2, 253)。「そのモデルのなかに、事実上変化した世界と、この変化をそのまま反省もなく名指すことはできない、ということとの間にある切っても切れぬ関係を示す文学こそリアリスティックなのだ[46]」というハイセンビュテルのリアリズム論は、新しい現実の認識とその様式化という文学営為において〈言語〉がいかなる意味と機能をもつかを、何にもまして意識化し主題化し方法化する現代文学通有の自覚といってよいだろう。それは現代文学の、自己の生命たる言語を梃子にした、詩的自己反省による、自己の存立根拠への根源的問いといっても過言ではない。前衛的実験的言語再生詩作をどう評価するにせよ、ハイセンビュテルにおいて看過しえない枢要点は、文学は世界認識と一体の世界叙述であり、世界と自己の状況を認識し、自己の方位づけをしようとする美的努力の試みである。

「今日、小説という領域においては、もはや小説でないものだけが、考慮されているかのような外観を呈している。もしかするといつもそうだったのだ」(トーマス・マン『ヨセフとその兄弟たち。講演。』一九四二年、XI, 661)。小説が小説でなくなる地点、芸術が芸術でなくなる地点、トーマス・マンもハイセンビュテルも、変質せる現実認識にふさわしい美的現実表現の実験を行い、新しい現実における方位づけをしようとした点では、時代の騎士だったと言えるのではないだろうか。

註

（1）Hans Mayer : *Deutsche Literatur seit Thomas Mann*, rororo 1063, FaM 1968, S.7ff.

（2）Vgl. Reinhard Baumgart : *Thomas Mann von weitem*. In : *Literatur für Zeitgenossen*, edition suhrkamp 186 FaM, S.151ff.

（3）Vgl. Peter Pütz : *Peter Handke*. In : *Deutsche Dichter der Moderne*, ed. B.v.Wiese, Erich Schmidt, Berlin 1973, S.662ff.

（4）Herbert Lehnert : *Thomas-Mann-Forschung*. Stuttgart 1969. / Hermann Kurzke : *Thomas Mann. Epoche-Werk-Wirkung*. C.H.Beck München 1991^2 / *Thomas-Mann-Handbuch*. Hrsg. von Helmut Koopmann. Alfred Kröner, Stuttgart 1990

（5）渡辺一夫訳『五つの証言』高志書房 一九四六年。この点での日本のGermanistik側からの最大の寄与は、佐藤晃一・山下肇共著『ドイツ抵抗文学』（東大出版会 一九五四年）であることは周知の通り。

（6）三島由紀夫文学論集、講談社 一九六五年、一四五頁以下／川村二郎『三島由紀夫の二元論』「文芸」一九七四年二月号参照。

（7）辻邦生作品全六巻—六、河出書房新社 一九七三年／『トーマス・マン』岩波同時代ライブラリー 171— 一九九四年

（8）高橋義孝『芸術文学論集』東京創元社 一九五八年参照。

（9）川村二郎「イロニーの場所」「神話と小説」（『文芸』一九七三年八月、一九七四年五月）参照。

（10）J.G.Fichte : *Grundlage der gesamten Wissenschaftslehre*. In : *Fichtes Werke in 8 Bänden*. Herg. von I.H.Fichte. Berlin 1971, Bd.I, S.216f. /Friedrich Schlegel : *Kritische Ausgabe seiner Werke II*. Zürich 1976, S.182

（11）Erich Heller : *Der ironische Deutsche*. FaM 1959, S.210ff.

（12）Fritz Martini : *Das Wagnis der Sprache*. Klett, Stuttgart 1954, S.184ff, 201ff.

（13）Vgl. Walter Jens : *Statt einer Literaturgeschichte*. Neske, Pfullingen 1957/62.

(14) Vgl. a) Beda Allemann : *Ironie als literarisches Phänomen*. Hrsg. von H.E.Haas, G.A.Mohrlüder. Kiepenhauer, Koln 1973 /b) *Ironie und Dichtung*. Hrsg. von A.Schaefer. Beck'sche Schwarze Reihe 66. /c) Beda Alemann : *Ironie und Dichtung*. Günther Neske, Pfullingen 1956 (=BA : ID)/d) Herald Weinrich : *Linguistische Lüge*. Lambert Schneider, Heidelberg 1970, S.59ff.

(15) Bertolt Brecht : *Kehren wir zu den Kriminalromanen zurück!* In : Gesammelte Werke 18, Werkausgabe edition suhrkamp, FaM 1967, Bd.18, S.28f.

(16) BA : ID, Thomas Mann の項参照。

(17) 川村二郎「神話と小説」参照。

(18) Beda Allemann : *Ironie als literarisches Prinzip*. In : (13) b) S.32.

(19) Vgl. Wilhelm Worringer : *Abstraktion und Einfühlung*. München 1959

(20) Vgl. (18) S.32f.

(21) Vgl. a) Georg Lukács : *Wider den mißverstandenen Realismus*. Classen 1958. /b) *Die Gegenwartsbedeutung des kritischen Realismus*. 1957. In : Georg Lukács Werke. Bd.4. *Probleme des Realismus I. Essays über Realismus*. Luchterhand, Neuwied u. Berlin 1971, S. 457ff.(=L4)

(22) Georg Lukács : *Die Theorie des Romans*. Neuwied : Luchterhand 1971 (=L : TR)

(23) G.Lukács : *Das Spielerische und seine Hintergründe*. In : Thomas Mann. Aufbau, Berlin 1957, S.86ff.

(24) Hans Egon Holthusen : *Die Welt ohne Transzendenz*. Ellermann Hamburg 1954

(25) E.Heller : *Zauberberg-Gespräch*. In : (11) S.248f.

(26) Vgl. Gottfried Benn : *Rede auf Heinrich Mann*. In : *Provoziertes Leben*. Ullstein FaM 1961, S.90ff.

(27) Vgl. José Ortega y Gasset : *Die Vertreibung des Menschen aus der Kunst*. dtv.194, München 1964

(28) Helmut Heißenbüttel : *Über Literatur*. dtv sr. 84, München 1970, S.167

(29) Vgl. ibid. /a) Heißenbüttel-Vormweg : *Briefwechsel über Literatur*. Neuwied Luchterhand 1969 /Heißenbüttel : *Zur Tradition der Moderne*. Luchterhand SL 51, 1972

(30) Hans Wysling : *Die Technik der Montage*. In : Euphorion. Bd.57, Heft I/2, S.194ff.

(31)（29）a）S.24ff., 41ff.
(32) ibid. S.29
(33) Ernst Bloch : *Erbschaft dieser Zeit.* Erweiterte Ausgabe. FaM : Suhrkamp 1962（=B : EZ）S.260 / *Geist der Utopie.* FaM : stw 35 1973, S.237ff.
(34)（28）S.146ff.
(35) 唐木順三『詩とデカダンス』講談社　一九六六年、『無常』筑摩書房　一九六四年、『中世の文学』筑摩書房　一九六五年参照
(36) Georg Lukács : *Größe und Verfall des Expressionismus*（1934）. In : Georg Lukács Werke. Bd.4. *Essays über Realismus.* Neuwied : Luchterhand 1971
(37) Hermann Mayer : *Das Zitat in der Erzählkunst.* Metzler, Stuttgart 1961
(38) H.Heißenbüttel : *Projekt Nr.1. D'Alemberts Ende.* Luchterhand 1970.　なおこの作品のモットーにトーマス・マンの引用に関する句（XI, 166）が引用されている。
(39) Vgl. Manfred Durzak : *Zitat und Montage im deutschen Roman der Gegenwart.* In : *Die deutsche Literatur der Gegenwart.* Hrsg. von M.Durzak. Reclam, Stuttgart 1971, S.211ff.
(40) Tzvetan Todorov : *Poetik.* In : *Einfühlung in den Strukturalismus.* stw 10, FaM 1973, S.123ff.
(41) Wolfgang Kayser : *Entstehung und Krise des modernen Romans.* Metzler, Stuttgart 1954, S.34
(42) 高橋英夫「引用と再現」、『役割としての神』所収、新潮社　一九七五年／川村二郎、前掲「神話と小説」。／宮川淳『引用の織物』筑摩書房　一九七五年、参照。
(43) 森川俊夫『モラリズムの内実』、『すばる』一九七五年、Vol. 20
(44) G.Lukács : *Es geht um den Realismus.* S.313ff. /*Der Sinn der kritischen Realismus in der gegenwärtigen Zeit.* In : EüR. L4, 459ff.
(45) Th.W.Adorno : *Erpreßte Versöhnung. Zu Georg Lukács :* 〈*Wider den mißverstandenen Realismus*〉. In : *Noten zur Literatur II.* A 2, S.261
(46)（29）a）S.28f.

第七章　イロニーの相におけるトーマス・マンのニーチェ受容

――『ある非政治的人間の考察』――

第一節　ヴァーグナー、ドイツ性批評家としてのニーチェ

周知のように、マンが自己の精神的基盤として、ドイツ精神の蒼穹に輝く三連星の名をあげ、ニーチェが教育者としてのショーペンハウアーとバイロイトのヴァーグナーをめぐり、自己の青春の生成を情熱的に語ったように、この三連星へのかかわりを内省（Einkehr）する章は、何度読み返してみても魅力に富む。青春の情熱を回顧する〈認識の眼をもつ愛情〉（XII, 74）が読者にも伝わるからであろう。

精神の師ニーチェと同じように、いな師の批評を通じてその弟子も、芸術と芸術家という現象を青春の情熱をもって体験したので、両者の生涯を貫くテーマ、芸術と芸術の本質は何かという自己への問いは、つねにその背後にヴァーグナーの音楽と人の問題性が見え隠れする。しかも、良きにつけ悪しきにつけ、ヴァーグナー芸術は「ドイツ本性の、考えうる限り最もセンセーショナルな自己表現であり自己批判」（XII, 77）であり、「その噴火のような発現」であるとすれば、この芸術と取り組むことは、ドイツ性とは何かという問いと取り組むことにほかならない。

「ニーチェの批評は、一見ヴァーグナー芸術を扱っているようにみえながら、実はドイツ性一般を対象にしている」（XII, 77）。

「ドイツの本性についてはマイスター・ジンガーが後々の世まで語り伝えるのではなかろうか。いや語り伝えるというより、むしろドイツ本性の最も熟した果実の一つではなかろうか。つねに改革を欲して革命を欲せず、その快適な生活に安住しながら、きわめて高貴な不快、つまり革新的行為に伴う不快をも忘れなかったドイツ的本性の」(N I, 377.「バイロイトのヴァーグナー」)。

「総じて、美なく、南国なく、南の空の晴れた明るさもなく、優雅なく、舞踏なく、論理への意志一つない。さらには一種の鈍重ささえあり、それがここで強調されて、あたかも作者が〈これこそ私の意図だ〉と言わんばかりである。重ぐるしい衣裳、わがままな野蛮さと荘重さとがあり、教養と威厳をひけらかす宝石とレースの服がひらひらしている。言葉の最善最悪の意味でドイツ的なもの。ドイツ式に多様、不格好、汲みつくせぬもの。洗練された頽廃に身を隠すことに何のためらいもない魂のある種のドイツ的力強さと充溢……若くして老成し、熟しすぎてかつなお未来に富むドイツ的魂の真の表徴である。この種の音楽は、私がドイツ性について考えているものを、最良に表出している。ドイツ人は、一昨日と明後日のもの――今日をまだもっていない」(N II, 705f.『善悪の彼岸』)。

北方的な〈生成〉(Werden) の民としてのドイツの特性である。ドイツ人が、現実への怯懦から、リアリストではなく、過去への懐古趣味、伝統主義、歴史主義、保守主義者となり、また未来や理念のイデアリストとなることに、晩年の彼は(たとえば『ヴァーグナー事件』)くり返し声高にドイツの本性批判の鉄槌を下したが、かかる辛辣にして肯綮を射る第一級のドイツ性批評家でありえたのは、まさしく「ドイツに対する彼の関係がきわめて情熱的なものであったことの証拠だ」(XII, 78) というマンの指摘はきわめて正しいと思う。ドイツに対する愛情の深さが、ドイツ性批判への苛酷さと裏腹であることは、やがてマン自身が身をもって証明することになる。

マンは、ヴァーグナー芸術からニーチェの批評を媒体にして、教養ある少数と凡俗の大衆とを同時に満足させる二重視角と効果手法、叙事詩的精神、その構成法、心理学による象徴的神話解釈と創作法、主導旋律と対位法、個人的要素をひそかに対象に適合させる様式、個々の作品の完結性と作品集合全体の統一性（cf. XII, 80）など、芸術手法一般を学んだが、その根底にあったのはつねに、自己のよって立つ基盤たるドイツ性とは何かという自己認識、自己批判の、師と代わらぬ〈認識する献身〉（erkennende Hingabe）、〈明察の愛〉（hellsichtige Liebe）、〈関心〉（Interesse）、〈情熱〉（Passion）（cf. XII, 74）である。ヴァーグナー音楽は、いかに詩的にドイツ的にみえても、きわめてモダンな、よく考え抜かれた、素朴とはいえぬ、狡猾でありながら憧憬に満ちている。すなわち聴衆を麻痺させると同時に知的に目覚めさせておく技法と特性を融合させることを心得た二重視角の魔法芸術である。その魅力にすっかりとらわれてしまうことは危険であり、したがってニーチェの分析と批評と心理学が必要なのだが、しかしそれは認識の眼をもつ愛情、あるいは愛情ある認識、すなわちイロニーなのだ。

ところで、このドイツ性の特徴は二義的である。ヴァーグナーへの愛憎も単純ではない。「私はヴァーグナーをわが生涯の恩人と呼ぶ」（*Ecce homo.* N II, 1092）という表現のそばに、「何を私はヴァーグナーに許そうとしなっかたのか。彼がドイツ人に降伏したこと。彼がドイツ帝国国民となったこと」（ibid. 1091）という愛情と倦厭のアムビヴァレントな表白がある。「結局、ヴァーグナーの音楽なかりせば、私は私の青春を凌ぎ切れなかっただろう。なぜなら、私はドイツ人に生まれついたのだから。耐え難い圧迫から逃れようとすると、麻酔薬が必要だ。そう、私はヴァーグナーを必要とした。ヴァーグナーはすべてのドイツ的なものに対するすぐれた対抗毒だ」（ibid. 1091）。

つまりヴァーグナーのなかにニーチェは反ドイツ的な要素をみ、それを救いと感じてもいる。マンはこれを〈国際的〉（kosmopolitisch）な要素と名づけた。ニーチェは、私はデカダンであると同時にその対蹠者、つまり二重存在者で、他のどのドイツ人よりもドイツ的であり、〈最後の反政治的ドイツ人〉であると同時に、他面〈よきヨーロッパ人〉であると言った（ibid. 1072f.）。マンはこれを踏まえて「非ドイツ的になろうとすることはドイツ性の本質。国民的なものから国際的なものへ向かう傾向は、ドイツ国民性と不可分。みずからのドイツ性を失わずして、真のドイツ性を見出さんとするのは困難。真のドイツ人はよきヨーロッパ人」(cf. XII, 71) という逆説のテーゼを定立する。自己否定に至る自己批判の精神、〈死して成れ〉のメタモルフォーゼの精神である。

マンはヴァーグナーの多様複義的な作品のなかに、この国民性と国際性との共存をみた。彼のドイツ性は典型的にナショナルである。しかし言うなれば、ドイツ性の演劇的表出であって、装飾的分析的知性的心理主義的である。大衆にも玄人にも、ドイツ人にも外国人にも、「ああこれこそドイツだ」と感じさせる効果をもった音楽劇である。全世界に影響を及ぼしうる国際性をもつ。つまりいかなる外国人にもドイツ性を分からせるプロパガンダ的効果をもつ最もセンセーショナルなドイツ本性の自己表現であり自己批判であり、その意味で国民的なのだ (cf. IX, 422f.『リヒアルト・ヴァーグナーの苦悩と偉大』)。

「ドイツにおいては、ドイツ性に対して最も不満足な人間が、つねに最もドイツ的な人間である」(X, 517.「ヘルマン・ヘッセ七〇歳の誕生日に寄せる」)。

模範的なドイツ人は皆よきヨーロッパ人だったとしてその代表に三連星の名をあげるマンが、もちろん自己のことをも語ろうとしたのは明白であるが、しかしこのテーゼをもう一つの大戦前後にさらに困難な状況で身をもって体現し実証しようとは、マン自身も予想だにしなかったにちがいない。このことこそドイツ的宿命とみるべきか。いずれにせよニーチェをドイツ性の表徴とする最もドイツ的な本『ファウストゥス博士』をマンは周知のとおりアメリカで書いた。既述のように、アドルノはマンの文学のなかに、この同一性に対する抵抗としての非同一性を見てとり、ニーチェと共にマンをこのよきドイツの伝統の体現者と称揚した(1) (A 20-2, 470)。

第二節　心理学者としてのニーチェ

ニーチェのヴァーグナー批判が、つねに負の符号のついた賛辞であり、ドイツ性への批判もつねに愛憎併存のアムビヴァレントな情熱の対象であったことを、マンはくり返し述べているが、マンのニーチェの関係もまた同断である。批評の原理とは、〈認識の眼をもつ愛〉〈知的関心〉つまり対象のすべてを表も裏も知りつくしたいという欲求、別の言葉でいえば〈心理学〉である。マンの心の三連星に共通する特性は、みな第一級の〈心理学者〉であったことだ。意志と知性の関係、意志に仕える女中としての知性、この関係こそあらゆる心理学の原点である。この意味でショーペンハウアーこそ近代心理学の父である。この父から心理学的神話オペラのヴァーグナー、比類なくラディカルな仮面剝奪心理学のニーチェを経て、深層心理学のフロイトに至る道は明白である。〈生への意志〉(der Will zum Leben) と〈知性〉(der Intellekt)、〈無意識のエス〉(das unbewußte ES) と〈自我〉(das Ich) の相関関係は疑うべきもない。ある意識上の生起は意識下のいかなる暗い衝動により生み出されたのか、という仮面剝奪、正体暴露こそ心理学の核心であり武器である。ニーチェのキリスト教道徳批判、反ソクラテス主義、ルサンチマンとデカダンスへの通暁、健康と病気の二重光学、ビゼーとヴァーグナー、ギリシアの晴朗と悲劇の必要性の関係、アポロとディオニューソス、一切の価値の裏返しなど、思いつくままに並べてみても、基本は仮面剝奪、動機暴露の明察の心理学である。

ニーチェにおける心理学は、マンにとり二つの意味をもつ。一つはイロニー、他はラディカリズムの問題である。第一に、イロニーも、いなイロニーこそ、この心理学の嫡子かもしれない。ヴァーグナーやドイツ性やキリスト教倫理に対するニーチェの愛憎のアムビヴァレンツを見抜く〈認識の眼をもつ愛〉。後述するように、彼の優しい心根ゆえの声高の強者のモラルの主張、禁欲的モラルゆえの〈背徳者〉(Immoralist)の自称、デカダンスやロマン主義に通暁すればこその自己克服をいう病者の視角など、ニーチェ発想のイロニー性を読み取る批評距離が読者側に必要という指摘は、まさしく心理学の眼である。ペーター・ピュッツのいう、マンがニーチェから継承した最大の遺産、認識のペルスペクティヴィスムス(Perspektivismus)も、この心理学とかかわるイロニーの遠近法主義であろう。

幾度も反復して使用され陳腐になりすぎた嫌いがあるが、マンは周知のとおり、〈イロニー〉を〈生〉と〈精神〉の関係という図式で捉えた。彼によれば、人はその究極の拠点を〈生〉と〈精神〉のいずれかを取ることにより、イロニカーかラディカリスト、保守主義者か急進主義者になるという。〈精神〉の〈生〉否定、自己賛美はラディカリストになる。自己が絶対に正しいという確信と美徳をもつ。これに対し〈精神〉の〈生〉による自己否定は〈イロニー〉となる。ただ自己否定をしつつひそかに〈生〉に求愛するという屈折した関係で、マンはこれを〈エロスのイロニー〉(erotische Ironie)と名づけた。知的な老獪な求愛であるが、成功の見込みを信ぜず、意志薄弱で宿命論的な、いささか憂鬱な個人のエートスである。非政治的で倫理的である。これに対しラディカリストは、精神により生を支配統御できるという自己信仰のもとに、政治的社会的組織化をし徒党を組む。狂信集団に化しやすい。周知の『考察』の中心的対立、ドイツとフランス、非政治的保守的ドイツ人対政治的急進的フランス人、イローニシュな保守主義者対自己信仰の急進主義者、懐疑のイロニカー対文明の文士などのアンチ・テーゼである。

マンはさらに論を進め、芸術は生と精神の中間に位置し、そのどちらにも色目を使い、その間に遊ぶとする。芸術のイロニーの源泉である。〈月〉の比喩による生と精神、現象とイデー、現実と理想などの間を漂い遊ぶイロニーとしての芸術というのが、既述のとおりマンの芸術観の核心である(cf. IX, 534f.)。マンはこの中間的仲介的媒介的イロニーを、生涯自己の芸術の基盤とし、自らをドイツ的市民的倫理的芸術家と称した。

ドイツの市民性倫理性については次節にゆずり、マンがこのラディカルなニーチェ心理学の学校で学んだ第二の点は何か。近代芸術とくに文学が、同時に認識であり知性であり批評となったことである。シラーのいわゆる素朴文学が感傷文学になるとは、認識対象（生）の肯定的造形が否定的批評となること、世界認識哲学への文学の接近であり、文学の知性化、つまり心理主義化である。

マンはニーチェを「この魂は歌うべきだった」とするシュテファン・ゲオルゲのように〈詩人〉とは見ず、ドイツの散文に音楽性、修辞性、明察性、批評性を革命的にもたらした、世界第一級の文学者、著述家、批評家、エッセイスト、文体家として称揚し、自己の文体修練の師と仰いだ。革命的だったのは、ニーチェの教説そのものではなく、その説きかたであった。ドイツ散文のヨーロッパ化、心理主義化は、このニーチェの心理主義、そのラディカリズムに由来する（cf. XII, 86ff.）。このニーチェにおける心理主義、ヨーロッパ主義こそ、マンによれば、彼の深いドイツ性にもかかわらず、ドイツの知性化、文学化、急進化、文明化、つまりドイツの政治化、デモクラシー化に、他の誰よりも貢献する要素となる（cf. XII, 123）。

これは前述の「反ドイツ的になろうとすることはドイツ的人間性の一部、国民的なものから国際的なものへ向かおうとする傾向は、ドイツ国民性の本質と不可分。異質なものの附加なしにはより高いドイツ性は不可能。模範的ドイツ人は皆よきヨーロッパ人だった」という逆説のテーゼである。このテーゼの体現者がニーチェであり、異質なものの附加、それが〈心理学〉である。

このテーゼは、反政治的非政治的ドイツ人のドイツ擁護に微妙な影響を与える。ドイツのデモクラシー化に抗しつつ、逆にそれを促進する、という逆説の要素を自己のうちに内包しているということである。この要素こそ心理学であり、心理学を武器とする文学者性、著述家性、文明批評家性であり、その代表的な代表者としてマンはニーチェを仰ぎ見たわけである。

第三節　自己磔刑の悲劇的倫理家としてのニーチェ

ドイツ性の噴火的顕現といい、ドイツ性への愛憎共存の批評といい、そもそもドイツ性とは何か。この問いこそ、『考察』のライト・モチーフであるが、その答えも複雑多様、ドイツ人の愛する雲のように変幻する。その答えの一つ、ドイツ性は〈倫理的生の大気〉をもつというテーゼも、マンの師、三連星に共通する根本特性である。

ニーチェがヴァーグナーにもショーペンハウアーにも共感をおぼえた共通点、すなわち〈十字架と死と墓〉の〈倫理的空気、ファウスト的大気〉をマンは誰よりもニーチェにみる（cf. XII, 146ff.）。下記に縮約される倫理家としてのニーチェ像を、マンは生涯、自己のつねに帰りゆくべき母なる故郷、北方的倫理的プロテスタント的世界、すなわちドイツ世界の象徴と捉えた。

「彼の生の倫理的な悲劇、この心臓と脳髄を引き裂く精神的殉教死をもって幕を閉じた、自己克服と自己懲戒と自己磔刑の不滅のヨーロッパ的悲劇の、魂的前提と起源――それはナウムブルクの牧師の子のプロテスタンティズム、あの北国的ドイツ的市民的倫理的な領域、〈騎士・死・悪魔〉の銅版画のある、このつねに厳粛な全く南国的でない魂の故郷でありつづけた領域、この領域以外のどこに見出すことができようか。……ニーチェ自身精神史上最も無条件にファナティックな禁欲者であり……英雄・天才・十字架にかけられた者を一身に体現した人間以外の何者であっただろうか」（XII, 146f.）。

ドイツの悲劇的倫理性の体現者としてのニーチェ像の最も美しい定式化である。自己克服、自己陶冶、自己磔刑という禁欲的プロテスタンティズムの倫理、英雄と天才と十字架にかけられた者を一身に兼ねた業績の倫理家

(Leistungsethiker)。『プロテスタンティズムの倫理と資本主義の精神』のいわば文学的人間像を、マンもトーマス・ブデンブロークをはじめとする多くの主人公や、フリードリヒ大王像に形象化したが、周知のようにその最大の結晶化がニーチェの生涯を下敷きにしたアードリアーン・レーヴァキューンであることは、いかにマンのニーチェへの愛情が深かったかを自ずから物語るだろう。A・デューラーが描いた〈騎士・死・悪魔〉の騎士を、若きニーチェはショーペンハウアーのなかにみたように、道なき道を進み、苦悩のうちに孤独の高みにのぼり、「思想の十字架に殉死した」悲劇の騎士を、マンは誰よりもニーチェにおいてみた。

「慰めようもなく孤独に陥った者が、最もふさわしい我が身の象徴として選び出すことのできるのは、デューラーが描いたような〈死と悪魔に付き添われた騎士〉であろう。甲冑に身を固め、青銅のように堅い厳しい眼光をもち、身の毛もよだつ道連れに心迷わされることなく、しかも希望もなく、ただ一人馬と犬とを供につれ、おのが恐怖の道を進むすべを知る騎士……彼には何の希望もなかった。にもかかわらず真理を欲した……」(N I, 113.『悲劇の誕生』)。

知性の強さと厳しさの印である。悲劇的なものやペシミズムへの意志をもち、あらゆる現存在につきものの恐るべき、疑わしい真理をみずから求めんとするニーチェ。不条理と不公正ともいえる生の真理に耐え、大いなる危険と窮迫にもかかわらず、勇敢に、歯を食いしばり、最も緊張した思惟の状態で、精神の偉業を成しとげんとしたニーチェ。元来それに生まれついたのではないのに知ることに召され、その過大な負担のために、精神の薄明の迷宮に道半ばにして迷い込んだ魂。元来優しく繊細で人がよく愛情を必要とした孤独には向かない魂が、よりによって最も冷たく厳しい孤独の、道なき道を登りつめ、思想の十字架上に自己磔刑したニーチェ。この悲劇的生への心からの同情。これがマンのニーチェへの愛情の骨格である。

*

トーマス・マンのニーチェ像が、エルンスト・ベルトラム『ニーチェ—一神話の試み』[2]（一九一八）のニーチェ像といかに姉妹的親縁性をもっているか、それはとくにその「騎士・死・悪魔」の章など読み比べれば明白である。マンが『考察』執筆時ミュンヘンの自宅やバート・テルツの別荘でこの博識のゲルマニストといかに足繁く交際しあっていたかは、両者の往復書簡や、ペーター・ド・メンデルスゾーン『魔術師—ドイツの作家トーマス・マンの生涯』第I部第九、十章に詳しい[3]。ニーチェに関する両者の関係は、その資料や知識という点で、この〈魔術師〉作家のほうが、あの該博な知識を駆使する文学史家に、大半とはいわずともかなりの部分をいかに負っているかに関しては、ヴァルター、インゲ・イェンス夫妻の論攷[4]がある。ベルトラムの着想になるのは、ニーチェとパスカルとの類縁性、ヘルダーリンやルターへの関係、宗教改革の評価、デューラーの銅板画、M・ヴェーバー的意味の市民的業績の倫理家、〈それにもかかわらず〉と〈こらえとおせ〉の倫理、プロテスタンティズムと音楽の伝統との関係証明としてのマタイ受難曲などである。さらにマンがニーチェを〈北方的人間、宗教改革の子〉、思想、音楽、デューラーに刻印された〈新しき聖者〉と捉えたのは、ベルトラムのプロテスタント的ニーチェ理解によるなどの指摘がある。またベルンハルト・ベシェンシュタインの、『ファウストゥス博士』の源泉としてのベルトラムのニーチェ論攷があるのでここでは詳細に立ち入らない[5]。

ただ興味のあるのは、その相互依存性、あるいは作家の学者に対する依存性がいかに大きくとも、両者を分かつ根本的差異である。ベルトラムがニーチェに〈先駆者と神話的預言者〉をみたところに、マンは〈偉大な孤独な兄〉をみたと、イェンス夫妻がみているのは(Jens, 243)、肯綮に当たっているだろう。別の言葉でいえば、ニーチェをベルトラムは〈神話化〉し、マンは〈市民化〉したという点である（ibid. 251)。この差異は両者をナチス時代〈ドイツ神話形成者〉と〈ヨーロッパ・フマニスト〉に分けることにもなった（ibid. 250)。

この市民化（Verbürgerlichung）という言葉で表されているマンのニーチェ受容が、〈イロニー〉の問題とかかわって、マンのニーチェへの関係の核心であることは、第五節で述べる。

＊

さてドイツの倫理的雰囲気、そのなかには、市民性、没落、デカダンス、ペシミズム、ユーモア、イロニー、ロマン主義、音楽などの観念連合が包含される。ドイツ的市民性の世界においては、倫理的なものが優美的なものより優位にある。ラテン的美より、醜、病気、没落などの倫理的なものが愛される。倫理的でペシミスティクな空気、これがドイツ的市民世界の雰囲気である。市民的生活形式の倫理的諸特性たる秩序、継続、勤勉、職人的丹念さを芸術的制作に移入することにより、芸術家は市民的となる。ドイツ的市民的倫理的芸術家である。ショーペンハウアーとヴァーグナーのなかにその典型を仰ぎ見つつ、マンは、戦争により震撼されその存在意義を疑わしくされた自己の依って立つべき生の地盤を再認識する。この地盤は十九世紀ドイツ市民の教養基盤でもある。ベルトラムの神話像を超えてマンがニーチェにみようとしたのは、ドイツ市民世界の倫理的エートス、この世紀の教養基盤の範例的発現、十九世紀ドイツの総計と克服を体現する最後の市民である。

「誠実だが陰気な世紀」とニーチェは十九世紀を定義づける（N III, 550f.）。デカルト的な理性に支配される貴族的十七世紀。ルソー的な感情に身を委ねる十八世紀。これに比べ十九世紀は、ショーペンハウアー的な欲望の動物的世紀。願望、理想に仕える十八世紀の精神に比べると、あらゆる種類の現実に従順で、意志が弱く、ペシミスティクで、暗く、賤民的で宿命論的である。〈事実的なものへの宿命論的服従〉（eine fatalistische Unterwerfung unter das Tatsächliche）、これこそ十九世紀を一言で射当てる（cf. XII, 22）。

マンがニーチェにみた倫理的エートスとはこの十九世紀の特性、そしてとくにドイツの特性である。十七、十八世紀の理性の支配や理想に奉仕する精神、それは英仏側の特性である。文明の文士の十八世紀的フランス的な〈正義と真理〉のための〈新しきパトス〉、その行動主義、急進主義、社会改良主義を、マンは二〇世紀の政治＝デモクラシーと呼ぶ。この英仏の政治精神に対し、非政治的後進国ドイツは、生来の〈深い嫌悪〉(N II, 720) をもった。それが今時大戦の一つの心的原因、とマンをして言わしめたものは、ほかならぬこの十九世紀的な倫理的なドイツ性である。反理性、反フェミニズム、反文明、反政治、反デモクラシーの、ローマ的ラテン的ヨーロッパにプロテストするゲルマンの倫理的な反抗の魂である。

存在の民に対する生成の民の無言の抗議。政治に対する音楽の抵抗。巧言令色のレトッリクに対する粗野野人の沈黙の反乱。〈マイスター・ジンガー＝文明に対する反措定、フランス的なものに対するドイツ的なもの〉。マンが『考察』全体を通じ苦心して追求した対立が、一瞬の目もくらむ雷光のうちに照らし出されるとした、ニーチェの天才的批評のアフォリズムである (cf. XII, 31)。ドイツとフランス、哲学と政治、文化と文明という対立のもつ意味は、政治と哲学の峻別、社会に対する個の内面性の優位、音楽、叙情詩、ロマン主義、生の根源への陶酔などに色濃く現れる。

第四節　〈生〉の概念定立者としてのニーチェ

「私がニーチェに精神的に負っているものを一つの定式に、一つの言葉に要約するとすれば、生の理念以外の何ものも見いだせない」(XII, 84)。

この世のすべてを〈善〉や〈真理〉によってではなく〈生〉(das Leben) という価値の法廷で裁くこと。生の哲学にも二つの側面がある。

前者は〈放埒とルネッサンスの優美主義〉（XII, 25）である。力と美とに結びついた残忍非道な反倫理的でさえある生に対する、チェーザレ・ボルジャ（Cesare Borgia）的な狂信的なヒステリックな崇拝である。唯美主義的に解釈された生である。あのいわゆる〈金髪の野獣〉（XI, 110）としての生である。ニーチェの〈生〉概念に内在するロマン主義に由来するこの〈放埒なルネッサンス的唯美主義〉は、世紀の分かれ目頃から大流行し、やがて周知のようにナチズム世界観の一翼を担う政治性をもつに至るが、マンはこの受容のありかたを峻拒し軽蔑した。つまりこれはたとえば〈超人〉とか〈インモラリスト〉というニーチェの願望像を実像と受け取り、ニーチェの発想のイロニーを理解する洞察力に欠ける、子供っぽい、単純な模倣であるからだ（cf. XII, 538ff.）。ナチズムに悪用される要素がこの方向線上にあるのは否認しがたい。

後者はドイツ的といえるもので、一つは保守性、他はイロニーという問題を含む。

「ドイツは生の民族だ。生の概念、この最もドイツ的な、ゲーテ的な、そして最高の宗教的な意味において保守的な概念こそ、ニーチェが新たな感情を染み込ませ、新しい美と力と真正な無垢を装わせ、至高の地位に高め、精神的玉座に就けたものだ」（XII, 84）。

〈生〉の祭壇の前には、〈真理〉も〈徳〉もひれ伏すべしという要請。それはひょっとするとアウグスト・フォン・プラーテンの「トリスタン」詩の〈美〉を、〈生〉という新しい名で読み替えただけの、つまり本質的には芸術愛好家の要請であり、道徳や科学に対する芸術家の反逆ではなかったかというマンの問いは面白い。「科学を芸術家の光学でみる」（N I, 11）「生の光学の下におくと――道徳は何を意味するか」（I, 13）という『悲劇の誕生』の核心思想である。ただマンは、ニーチェのなかの生の審美主義を十分見据えながら、それをまともには受け取らなかった。つまり、ニーチェの発想のイロニーを見抜くこと、ニーチェの教説への批評距離を保つことを、事あるごとに主張する。

「私にとりニーチェの権力哲学や〈金髪の野獣〉は何であったか。ほとんど当惑。彼の精神を犠牲にしての〈生〉の賛美、ドイツの思想に非常に面倒な結果を招いたこの叙情詩――これを私に同化させるただ一つの可能性があった。すなわち、イロニーとして。」「ニーチェが私のなかで体験した個性的変化は、市民化(Verbürgerlichung)を意味してほしいものだ。この市民化は、ニーチェがそうでなければ文学的に煽り立てたすべての英雄的・唯美主義的酩酊よりも私にはより深くより老獪なものに思われる」(XI, 110.『略伝』)。

〈イロニー〉〈市民化〉という問題は、マンのニーチェ受容の焦点である。これはニーチェをディオニューソス的唯美主義者として、その生概念における本能と知性の関係と、倫理と生の関係についての二つの誤謬を糾弾する『われわれの経験の光に照らして見たニーチェ哲学』(*Nietzsches Philosophie im Lichte unserer Erfahrung*. 1947)に通ずるマンの基本的態度とかかわる。しかしまたその受容の限界を批判される問題点でもある。この点に関しては次節にゆずり、ドイツ的生の概念は保守的反ラディカルという点についてふれておきたい。

「生の理念は、反ラディカル、反ニヒリズムの、反文学的理念であり、最高に保守的な理念、ドイツ的な理念である」(XII, 84)。

たとえば〈生〉の名においてニーチェが行った道徳批判は、マンによれば、本質的にはカントの〈実践理性〉にほかならない。すなわち両者にとり問題は、もはや〈真理〉ではなくて、実践倫理への要請、つまり〈生〉だからである。最も深い認識の彼岸にある、実践への、倫理への、定言命法への、生への意志。理論的精神的ラディカルな真理探究は純粋理性の役につかせ、真理不可知の生に対しては実践的倫理的反ラディカルな態度をとること。これは非政治的民族の、実は政治的考え方であり本能であると、マンはいう。フランス的文明の文士のように〈正義と真理〉のためではなく、〈生〉の価値基準により政治が営まれるということか。それは、ドイツにおける哲学と政治の分離という問題にも絡んでくる。哲学と政治、個人の内面生活と社会生活を峻別し、個人の内面へ政治が介入することに強く反発するドイツ人の非政治性という問題である。

明晰な言語表現すなわち文学をもたぬいわば音楽的な生の民ドイツの、反文学反ラディカルな反政治性。この反啓蒙主義のロマン主義的生の民族ドイツの魂は、ニーチェというその典型を通じて、ラディカルな精神の民族、アングロ・ラテン系の政治形態、すなわちデモクラシーに対し、〈生〉の反逆を企てる。ドイツのデモクラシー化への反抗という『考察』の中心テーマの一つに、このニーチェ的ゲーテ的〈生〉の概念が厳存することは、すでに明らかであろう。

ただイェンス夫妻が指摘しているように、このようなマンによるニーチェの生概念把握が、ニーチェの中心をついているかどうかはもちろん問題である。ニーチェにとり〈生〉とは〈力への意志〉、〈道徳〉とは力の下降、生の衰弱すなわちデカダンスであるとすれば、マンのドイツ的市民的倫理的〈生〉、非政治的なロマン主義的内面の〈生〉という、保守主義的市民的把握は相容れず、後年マンがニーチェの生と倫理、本能と知性の関係の誤謬を批判するのも当然かもしれない。

第五節　イロニーと市民化

トーマス・マンのニーチェに関する表現のうち、筆者は『われわれの経験の光に照らして見たニーチェ哲学』の冒頭の、ニーチェをハムレットと比する箇所を最も美しい、そしてマンのニーチェに対する愛情が最も濃く滲み出ている一頁とひそかに思っている。「ああ、何という高貴な精神がここにそこなわれてしまったことか」というオフィーリアへの悲嘆である。憐憫と畏敬の混淆ともいうべき感情、それは「過重な負担を負わされ、過重な使命を課せられた魂、もともと知ることに生まれついたわけでもないのに、知ることだけに召され、そのことで、ハムレットのように、破滅した魂に対する、悲劇的な同情である。優しく、繊細で善良で、愛情を必要とし、高貴な友情をめざす、孤独にはとうてい向かない魂に、よりによって最も深い、最も冷たい孤独、いわば犯罪者の孤独が課せられた、この魂に対する同情である。元来は信仰心の深い、全く尊敬に値する、敬虔な伝統と結びついた精神性が、運命の手によりいわば髪の毛を引っ張られ、野蛮に膨張する力、良心の硬化、悪という、粗野な酔っぱらいの、あらゆる敬虔さを棄てた、自分の本性に逆らって荒れ狂う預言者的存在へと、無理やり引きずり込まれたことに対する同情である」(IX, 679)。

ニーチェの生の悲劇に対する深い、心からの哀惜の念。この愛情にもしかしさめた認識の眼をマンはもつ。すなわち、マンのニーチェへのかかわりの核心をなす〈イロニー〉である。それは、ニーチェの発想法のイロニー性と、マンのニーチェに対する批評距離のイロニー(〈市民化〉とも呼ばれる)の両面を含む。ペーター・ピュツの論を援用すれば、ペルスペクティヴィスティシュ(遠近法主義的)な認識の眼だ。

ニーチェの発想のイロニー性(反語性)は、たとえば、上の引用のような、優しい心根の愛情に飢えればこその孤独、プロテスタントの牧師の子の敬虔さゆえのキリスト教道徳批判、〈人類の不滅の汚点〉という誹謗と〈自分が知ることのできた理想生活のうち最大のもの〉というキリスト教へのアムビヴァレントな発言(cf. IX, 683)、自己の本性に逆らって荒れ狂う晩年の魂の発想の逆説などのうちに見出せるだろう。自己の弱さを知ればこそ強さのモラルを言い、病気による生の力の下降を知ればこそ力への意志やデカダンスの克服を言い、自己の根のドイツ性に精通すればこそドイツ性を苛酷にこき下ろす、というニーチェ独特のイロニー性である。ヴァーグナーへの愛情もこのカテゴリーに属する。

次に放埒なルネサンスかぶれの超人崇拝、残虐無道なチェーザレ・ボルジャ的生の唯美主義に対して、徹底した軽蔑と嘔吐の念をもち、偉大なモラリストのインモラリズムの相対性を二〇歳にして見ぬいていた（cf. XI, 109）というのは、マンのニーチェへのイロニーの代表例である。

「一言でいうと、私がニーチェのなかにみたのは何よりも自己克服者（Selbstüberwinder）である。私はニーチェの言葉を何一つ言葉どおりには受け取らなかった。彼の言うことをほとんど信じなかった。そしてこのことこそ、私の彼への愛に、二重に情熱的なものを与え、深みをもたらしたのだ」（XI, 110）。

既述のように、言われたことと言いたかったこと、言表と言裏の差異、落差こそ、反語を最大値とする〈イロニー〉の定義である。言表の背後にいわば言裏の真意を見抜く術は、しかし、管見によれば下司の勘ぐりに紙一重の〈悪意の正体暴露心理学〉には不可能のことであって、マンの言う〈認識の眼をもつ愛〉、筆者流にいえば〈好意の心理学〉でなければいけない。悪意よりも好意、憎悪よりも愛情のほうに、ものみなすべてその真の姿を開示するという、単純だが普遍の真理を、われわれは忘れがちである。マンの、ニーチェに対するイロニーの態度の根底にある、この〈認識の眼をもつ愛〉を看過してはならない。二重にも三重にも深い情熱の陰影をもつマンのニーチェ理解は周知のように『ファウストゥス博士』に極まる。

「彼が差し出すのは、芸術ばかりではない。彼を読むことも一つの術である。鈍重さや率直さでは歯が立たない。彼を読むには老獪さ、留保、イロニーが必要である。ニーチェを〈本当のもの〉として受け取り、言葉どおりに受け取り、彼を信ずるものは、破滅だ」（Th.Mann : IX, 708）。

「僕がビゼーについて言うことを本気に取ってはいけません。私のような者にとってはビゼーは千分の一の価値もないのです。ただヴァーグナーに対するイローニシュなアンチテーゼとしては大変強烈に作用します」（Bertram : *Nietzsche*. S.159）。

「そのさい私に味方することは全く必要ないどころか、けっして望ましいことではない。反対に、未知の植物を目の前にしたときのような、イローニシュな反発心をもつ、一抹の好奇心のほうが、比較にならないほど私に対する頭の良い態度だと思う」(IX, 708)。

後者は『この人を見よ』序言最後につけられたツァラトゥストラの友たちへの忠告に通ずる。「いま私は君たちに命ずる。私を捨て、君たちを見出さんことを。そして君たちが皆私を否定したとき、私は君たちのもとに返ってこよう……」(N II, 1068)。

しかしいかなる捨てかた、いかなるイロニーの反発、いかなる批評距離、いかなる自己発見により、ニーチェのほうが、前とは違った眼と愛をもって、読者のほうに語りかけ、その真の姿を開示してくれるのか。ハイデガーやヤスパース、ベンやムージル、ベルトラムやマンの、いずれのニーチェ像が、いわば復活せるより真のニーチェ像なのか。

「ニーチェ哲学は、ショーペンハウアー哲学がトリスタン作者に対するのと全く同じありかたで、偉大な詩人にとり幸運の授かりもの、幸運の掘り出し物になりえたはずだ、と私はしばしば感じてきた。すなわち、生と精神の間を遊び戯れる、最高の、エロスの老獪極まるイロニーの源泉になりえたのではないか」(XII, 84)。

「ニーチェはそういう芸術家を見出さなかった、いやまだ見出していない……」、次に来るべき言葉が何か、……言わずもがなである。マンのイロニーの真骨頂ともいえる表現法の一つである。

マンによるニーチェ解釈の核心をなす〈イロニー〉〈市民化〉という受容のありかたが、真のニーチェ像を復活させる力をもつのかどうか。あるいはひょっとするとニーチェを平板化日常化し、まさにその問題性を剔抉された市民社会の価値基準で評価する危険性を内蔵するのではないか。マンのイロニーが真のニーチェ像を見失う危険をはらむ可能性については、たとえば既述のマンの神話解釈やイロニーの非生産性を鋭く批判するアレマンに代表してみられる。彼によれば、マンもムージルも、モラリストであるという点では共通するが、ムージルのほうはインモラリズムをも含むニーチェ的なもので、トーマス・マンのモラリズムを一歩決定的に踏み越えている。ムージルの倫理概念は、犯罪の可能性も包含するより深い広がりのあるもので、そういう生の深淵を捉えるのが、詩人の課題だとさえ主張する (cf. Beda Allemann : *Ironie und Dichtung*. S.191f.)。

マンのニーチェ受容の核心たる〈イロニー〉とか〈市民化〉とか〈モラリズム〉という問題が、市民道徳を超えたより高い生の倫理性、善悪の彼岸にあるニーチェの生把握に肉薄できないのかどうか。ニーチェが攻撃し仮面剥奪した、生を卑小化し弱体化するひからびた市民道徳でもってまさしく、ニーチェを理解することになるのではないかという危惧の指摘は傾聴すべきものをもつ。しかしマンのモラリズムが、けっしていわゆる市民道徳の、デモクラシー共同体の美徳主義、抹香臭い修身教科書のような疑似道徳主義でないことも明らかである。逆に『考察』は、そのような我の側にのみ正義と真理あり、美徳ありとするような確信的な信仰の道徳主義、もっといえば狂信主義に対する、いささか憂鬱な懐疑的イロニカーの不信であり反発であることもたしかである。

モラル (Moral) と美徳 (Tugend) との差異は、危険で有害なもの、すなわち〈罪〉に対して心を開いているかどうかにあるとマンは言う。「罪とは懐疑 (Zweifel) のことである。禁じられたものへの敬愛、冒険への衝動、自失、没入、体験、探求、認識への衝動。それは誘惑的、惑溺的なもの。この衝動を不道徳というのは、俗物だ」(XII, 399)。

もちろんこれは、市民社会の基盤たる〈理性・美徳・幸福〉というデモクラシー道徳の三色旗を錦の御旗に奉じ、反市民的なるものを罪として悪として糾弾せんとするかにみえた文明の文士側の〈美徳主義〉に対し発せられた抗議の言である。しかしこのマンの、罪に対し心を開いていること、禁じられたものへの冒険という発想と、アレマンが『特性のない男』の暴行殺人魔モースブルガーを例として、犯罪の可能性を含む広がりをもつ生の倫理性、と言っていることとが、同一とはいえないにしても、同一方向の線上にあるとはいえるだろう。それともマンの言う

〈罪〉(die Sünde)とは、市民道徳に反するものというだけのことで、反市民的なものといっても、同じ市民道徳と同一平面にあって符号が逆なものにすぎず、したがってニーチェのいう生の本来的な姿、市民生活とは次元を全く異にする善悪の彼岸にある生の実相には到達しえない、ということであろうか。この評価の違いは、おそらくマンのニーチェ受容の評価、いなマン文学の評価の分かれ目となろう。アレマン教授自身は、筆者のボンでの直接の質問に答え(一九七八年)、彼の教授資格論文(『イロニーと文学』一九五六)執筆当時に比べ、ムージルの詩人性(Dichtertum)とマンの〈文学者・著述家性〉(Schriftstellertum)という対比で、現代という時代の問題性によりよく見合うマン文学の代表性を見直したいという返答を与えて下さった。それは、本章との関係でいえば、マンが、ニーチェの心理主義的批評のアフォリズム群、とくに『人間的、あまりに人間的』から『善悪の彼岸』『道徳の系譜学』に至る自由精神の道徳批判文を高く評価し、ニーチェのなかに詩人よりも、ヨーロッパ第一級の散文家、著述家、エッセイスト、文明批評家を賞賛しているところにも現れている。チューリヒの連邦工科大学(ETH)付属トーマス・マン文書館所蔵の、マンが生前愛用した大八つ折り版ナウマン社版ニーチェ全集の、鉛筆によるアンダーライン欄外書き込みは、詩人ニーチェの代表作『ツァラトゥストラはかく語りき』にはほとんど見出せない。

「トーマス・マンはニーチェの生の悲劇にのみ目を向け、彼の教理を無視し、あるいはせいぜい彼の教理を『悲劇の誕生』と『非時代的考察』のテーゼと同一視することにより、自己の偉大な宣誓保証人と主要証人を市民化し、リューベクの親友にし、ニーチェをむしろシュティフターとシュトルムで測り、いたるところイローニシュな二義性を認識すると信ずることによって、何よりトーマス・マンの諸カテゴリーをニーチェの尺度で測ったのだ」(Inge und Walter Jens : ibid. 249)。このイェンス夫妻の指摘は正しいだろう。マンのニーチェ受容の要は、ニーチェの生の悲劇に対する愛情であって、そこに自己を含めたドイツとドイツ人の生の悲劇の象徴をみたことである。だから「思想の十字架に殉死せし者」というマンの力点の置き方が強い生命をもつ。『魔の山』のペーペルコルン像に、酩酊のディオニューソスとゲッセマネのキリスト像を重ね合わせたように、マンはニーチェのなかにこそ、生のディオニューソスと磔刑のキリスト像を仰ぎ見、これに熱い苦悩にみちた愛情を注いだのだと思う。この愛情と苦悩の文学的表現の総決算が『ファウストゥス博士』であることはくり返すまでもない。

そのニーチェ受容が、トーマス・マンの尺度で切り取られた、いってみれば、ニーチェのトーマス・マン化であること、別の言葉でいえば、〈市民化〉〈イロニー化〉であることもまた、当然といえば当然である。市民性と倫理性とドイツ性は、既述のようにマンにおいて不即不離の観念連合であるから、そのニーチェ像が、市民的倫理的な性質のもの、すなわちドイツにおけるニーチェ受容の一つの典型を示すといっても不思議はない。各人には各人のニーチェ像しかありえない。ただそれが、真のニーチェ受容に近いか否か、時と所をこえてより普遍性をもちうるか否か、ある時代の代表的受容たりえたかどうか、ニーチェ受容史にどう位置づけられるか、それは別の問題であろう。

第六節　非政治的人間と芸術的フマニスムス

「私がいたるところにニーチェを、しかもニーチェだけを見ることをお許しあれ。デモクラシーによるニーチェの精神的・政治的克服が今日あらゆる街角に貼り出されているというのに、私がいたるところに今日なおニーチェの生の軌跡を見出すことを、お許しいただきたい」(XII, 497)。

マンのニーチェ受容という問題は、マンの生と作品を織りなす一本の最も赤い糸であるが、そのさい〈デモクラシー〉や〈政治〉や〈国家〉に対するニーチェの考えが、その魂の弟子の非政治的考察の、いかに大きな支柱であったかという側面は、案外見落とされやすい。第一次世界大戦、英仏露三国協商とドイツの戦争を、ドイツのデモクラシー化、政治化、英仏化と解し、この逆らえぬ時代の潮流に棹さそうとした、一人のドン・キホーテの考察。反時代的な、時代に適さない、季節はずれの芸術家、この非政治的人間の考察の、主任弁護人兼主要証人となったのが、ニーチェである。

〈デモクラシー〉問題はマンにとり〈ドイツとは何か〉という自己の存立基盤への問いと不即不離の関係にあった。ドイツ人は元来デモクラシーには不向きな民族ではないか、という自己認識である。「要するに本書の根本認識、その出発点となった公理とは、一体何であったか。それは政治とデモクラシーの同一視である。そしてこの観念連合の生まれつきの非ドイツ性である。言いかえれば、政治ないしデモクラシー世界に対し、ドイツ精神は自己固有のものとして〈文化〉という非政治的・貴族主義的概念を対抗させる。結局この疎遠性、この対抗が戦争の原因であった。それゆえにドイツが孤独に陥り、それゆえに周囲世界がわれわれに対し兵を起こし憤ったのだというのが、はっきりはせぬが、誤りのない感じであった」(XII, 641f.)。

『非政治的人間の考察』完成後一〇年後の回顧である。一九一〇年代のマンにとり、〈政治〉とは〈デモクラシー〉、ことに英仏的政治形態としてのデモクラシーであり、ドイツにとりこれは生来異質のものではないか、というのが基本定式である。マン自身が、政治＝デモクラシーに生理的な嫌悪と違和感を抱いていたようだ。非政治的人間と称する所以である。「私はデモクラシーが嫌いだ。同時に政治が嫌いだ。けだしそれは同じものだからです」[6]。この嫌悪はどこから由来するのか。ハンス・ヴィスリングは、トーマス・マンの非政治性、政治嫌いについて、心理主義的、芸術的、倫理的、ユートピア目標設定、という四つの角度から解明を試みている[7]。なぜドイツ精神にとりデモクラシーは異質なのか。これはつねにその反対概念、すなわち英仏の本質、とくにその政治形態たるデモクラシーの本質とは何かという問いと表裏一体をなす。

結論を先取りすれば、ドイツでは、政治と哲学、社会と個人、外的生活と内的生活、社会的なものと形而上学的なものとを峻別し、後者を前者より優位に考える。個の内面性の尊重。個の内面から発酵する文化。音楽。詩。哲学。ロマン派。内なる道徳律。宗教改革。外より内に価値をおくこと。政治による内面への介入に対する拒否反応。これこそドイツの非政治性の核心である。スタール夫人の言った有名なドイツの三特性、精神の独立性、個々の人間の固有性、孤独への愛、これこそドイツのデモクラシー化への反発の根拠である。

「体内に哲学的熱狂（furor philosophicus）を宿しているものは、もはや政治的熱狂（furor politicus）になど費やす時間をもたないだろう……どれかの党に奉仕するようなことは賢明にさしひかえるだろう。政治家以外の人間までが政治のことを心配しなくてはならないような国家は、すべて出来の悪い国家だ。そういう国家はこれらの夥しい政治屋どものために破滅してしまって当然だ」（N I, 349.『教育者としてのショーペンハウアー』）。「文化と国家とは……この点で欺かれてはならない……敵同士だ……すべての文化繁栄時代は政治的没落時代である。文化の意味で偉大なるものは、非政治的であり、反政治的でさえあった。ゲーテの心はナポレオン出現時に花咲き、解放戦争時に閉ざされた」（N II, 985『偶像の黄昏』）。哲学的熱狂と政治的熱狂、文化と国家とを対立命題化し、前者を後者より良きもの、より高きものとする価値判断、これこそドイツ的だとマンは主張する。人間形成をめざす内面教養尊重のドイツ市民性の、政治に対する基本的な態度である。

「実質的な点でニーチェの最大の功績は、形而上学的な生を社会的な生から区別したことだ……形而上学的に超個人的なものに比べると、社会的に超個人的なもの、つまり社会は、ニーチェにとり、取るに足らぬ副次的な手段にすぎない」（Emil Hammacher：*Hauptfragen der modernen Kultur.* XII, 209f.）。「超個人的なものを社会的なものへ移行することの拒否、〈哲学〉と〈政治〉の区別、つまり形而上的生活の社会生活からの区別、これこそ本来のドイツ的なもの、プロテスタントのキリスト教的なもの、私の理解では、市民的・精神的なものです」（Th.Mann：BrPA. 16.12.

1916. S. 50)。E・ハムマハーのニーチェ論は、マンの政治や国家への関係の基本定式となる。文化と国家、哲学と政治、形而上学的生と社会的生、この内面性とデモクラシーの分離と、前者の後者に対する優位である。

しかもマンは、国家的、社会的なものに解消しえない部分、すなわちこの内面的なもののなかに、ドイツ文化の母胎、さらには人間性一般を見出そうとする。「人間の使命は、国家的、社会的なもののなかに解消できるとは考えないばかりか、こういう意見は、不愉快なほど非人間的なものであると考える。宗教、哲学、芸術、文学、学問というような人間精神の最も重要な部分は、国家と並び、国家を超え、国家に反してさえ存在するものと思う」(XII, 149)。政治的領域に人間の本来的なものを認めることを峻拒し、その非倫理性、非人間性を唾棄せんばかりに嫌悪するドイツの魂の例証に、ヴァーグナーが引用される。一八四二年二月革命のドレースデン騒乱に関与しチューリヒに亡命したこのロマン主義者も保護者フランツ・フォン・リストあて「政治的人間には反吐がでる」と政治への嫌忌を隠さない。「デモクラシーはドイツでは完全に翻訳物。それは出版物のなかに存するだけ」(XII, 121)とデモクラシーのドイツにおける異物性、非ドイツ性を強調する。英仏人のようにデモクラシーを信奉する民族は、生来政治を好みその才に長じた政治的民族であって、ドイツ人は生来非政治的保守的である。ドイツ人は偉大な政治家にはなれぬだろうが、その資質からみて、何かもっと高級なものになれるし向かうべきだという趣旨のことは、ニーチェもシラーも発言している。「国民になる修業をしようと、諸君は望んでいるが、ドイツ人よ、それはむなしい。むしろそのかわり、もっと自由に人間になる修業をするがよい、それは諸君にできるのだ」[8]。国家の繁栄と精神の偉大さとがけっして交差しえないところにドイツの悲劇をみたヴァルター・ムシュクは、このシラーの諷刺短詩を『悲劇的にみたドイツ古典主義』という論末に掲げる[9]。

ニーチェは『善悪の彼岸』の「民族と国家」と題するアフォリズム群で、ビスマルク(Otto von Bismarck 一八一五—九八)と彼の創設した権力国家を非難したのも、この政治と哲学、国家と文化の離在と、ドイツの本性への洞察である。「ある政治家が、生来政治に対しよい素質も準備もない民族を、今後〈大政治〉を行わざるをえない状況に追い込むと仮定しよう。その結果この民族は、新しい中庸性のために、その古来の信頼すべき美徳を犠牲にすることを余儀なくされるだろう。これまでは政治よりもっとましなことを行い考えてきたこの民族、元来政治的な他の民族の騒動、空騒ぎ、騒々しい喧嘩好きに対し用心深い嫌悪感を魂の底に秘めたこの民族に、〈政治的になるべし〉とこの政治家が宣告したら……どうなるだろう」(N II, 706f. 『善悪の彼岸』241)。鉄血宰相によるドイツの近代国家統一は、時代はずれのバーゼルのドン・キホーテにとっては、新しい中庸性(デモクラシー！)によるドイツ古来の信頼すべき美徳(個の内面性哲学性倫理性など)や隠れた無限性(雲を愛する絶えざる生成の民！)の追放、すなわちドイツの非ドイツ化である。生来非政治的民族たるドイツ人をデモクラシー政治の馬に乗せ、ドイツの特性ともいえる国家をもたぬ内面文化から、文化をもたぬ国家へと成り上がらせ、拝金と功利と軍力、つまり鉄血政策による疑似民主主義の権力国家を築き上げ、ドイツ固有の内面文化を地均しして英仏風文明に同化させていくこと。「国民主義的独善性、物資主義的反動、腐敗堕落の経済繁栄、フランス風道化芝居、ダーフィト・シュトラウス風教養俗物的自己満足の混合」(XII, 238)する、泡沫会社乱立のグリュンダーツァイト(創設期)を攻撃するこの非時代的騎士の槍先は鋭い。ドイツの政治化＝デモクラシー化に対する「最後の非政治的ドイツ人」のプロテストは、ドイツ内面性の教養文化理想主義の、英仏型〈政治〉に対する危惧であり反感であり抵抗である。政治と哲学とを截然と区別し、カエサルのものはカエサルに、デウスのものはデウスにと、哲学の政治化に反発すること。この点でイエスもニーチェも非政治的であった。イエスやニーチェを政治化すること、それはドイツ的でないと言うマンの主張は、やがてナチズムへの反抗の拠点ともなる。

マンにとって英仏流デモクラシー政治とは、彼が生来根を張り枝葉を伸ばしてきた、自己の精神的基盤たるドイツ文化を否認し解体しようとする原理と思われた。人間をもっぱら社会的動物とみてこれをトータルに組織化し統治せんとする〈政治〉に対する、ドイツ内面性の反発が『非政治的人間の考察』である。〈ドイツ的〉と〈人間的〉ということとは表裏一体の問題、すなわち当時のマンはデモクラシー＝政治を、反ドイツ性＝非人間性と解していたから、ドイツのデモクラシー化への反抗は、ドイツの非人間化への反抗を意味した。周囲世界から非難攻撃されたドイツ性の新たな見直しと、自己の依って立つべき人間性への問いと重なる、自己認識、自己点検、自己批判という、自己のアイデンティティー再確認の死闘である。

ではマンが英仏流政治＝デモクラシー的なものから身を守ろうとした、個の精神的内面性、ドイツ性、人間性とは何か。この問いこそ『魔の山』以降マン文学後期の中心課題である。「本書は政治を敵とし人間的なもののために闘う書だ」(XII, 489)。「人間性、つまり人間的な考え方や見方があらゆる政治の反対物であるのは自明なことだ……人間的に考えてみることは、非政治的に考えてみることだ」(XII, 428)。「人生の本質的なもの、人間的なものは、政治的なものによっては、けっして一指だに触れえないという真理」(XII, 436)。「人間の問題は政治的に解決されうるものでは断じてなく、魂的倫理的にしか解決されえないという私の信念」(XII, 588)。

人間性とは何か。政治に対立するもの。政治とは何か。人間性に反立するもの。という同語反復であるが、人間を、政治的社会的存在としてではなく、内面から心的精神的形而上的に把握しようとするドイツ的方向は明白である。この内面的精神的人間形成を通じ、普遍的人間性に自己を高めようとする教養文化理想主義である。ドイツを代表する精神の貴族たちの非政治性のなかにマンはかかる人間性の理想型 (Idealtypus) を見出そうとする。

しかしこのようなドイツ内面性、その精神的イデアリズムは、激動する二〇世紀の動乱時代になおその価値と意味を主張しつづけることができるのか。一切を政治化せんとする時代には、カフカの『審判』のように社会のほうからこの内面へ土足で闖入して、個人の内面を容赦なく蹂躙してしまうのではないか。このようないわゆる〈政治的時代〉(丸山真男『政治の世界』お茶の水書房 一九五六) において非政治的非社会的個の内面的人間性とは何か。社会から切断された、あるいはルカーチ風にいえば〈権力に保護された内面性〉の自由に人間性を見出す姿勢は何を生むか。『『ファウストゥス博士』の成立』でマンはこのニーチェ小説の主題を、「中毒現象によるある芸術家気質の悪魔的な破滅的な無拘束」と特性づけているが、この一行にドイツ内面性の問題（その非政治性の政治的危険性）が縮約されているだろう。すなわち、英仏的デモクラシーの負の特性に対し、マンが死守しようとしたドイツ性、ドイツ内面性は、終生マンの精神的芸術的人間的土台であることに変わりはなかったけれども、他面いささかも社会や政治とのかかわりをも拒否し、孤立内向して中毒現象を起こし、精神の肥大化、無拘束さを生む間に、無精神野蛮無頼の徒、政治怪獣の悪魔的跳梁跋扈をやすやすと許してしまう種をみずからのうちに宿しているのではないか。そこに三〇年戦争から第二次世界大戦に至るまで通奏低音をなすドイツ性の宿命的悲劇の淵源があるのではないか。国家の繁栄と精神文化の開花とが、ギリシア・ローマ古典主義のようにはけっして重なり合わない、つまり政治と文化、権力と精神とがつねに離反しあって交錯しないドイツの悲劇を生む一つの要因ではないか。丸山真男もドイツの悲劇の主因を「あまりに潔癖な倫理的要請とあまりに過剰な権力の肯定との間のバランスが終始取れなかったことにある」[10]としている。この内面の自由は、周囲世界から離反して、己のうちにとぐろを巻き、孤高の空虚な空間に雲散霧消し、ついには自由とは逆の、非自由、強制、強権を許容し、むしろこれを求める逆運動を惹起するのではないか。ヒトラー＝ナチズムを生む土壌はひょっとするとかかるドイツ内面性そのものに内在しているのではないか。

『非政治的人間の考察』を書きながら、この非政治的ロマンチストにして事実志向型リアリストでもあるマンは、必死に抗戦したドイツ人間性の敵、デモクラシー政治の不可避性と共に、その必要性もうすうす感じ取っていく。人間性は政治という悪魔的なるものをも包含する総体性のなかに求めねばならぬのではないかという予感である。一〇年後マンは『考察』を、新しいものに対する「ロマン主義的市民性の、最後の、見込みのないことは百も承知の、だから気高さの漂う、大規模な退却戦」（XII, 640ff）と言った。

それは「闘争の書であると同時にエレギーだ。ロマン主義的というような概念では把握すべきではない超政治的なドイツからの訣別の書なのだ」[11] (Max Rychner)。

政治からの自由というドイツ内面性はこの政治的時代においては絵空事にすぎないのか。ドイツ理想主義の非政治的人間性理念は、物量万能の、数力を価値基準とする、実利功利主義のデモクラシー時代には、夏炉冬扇の如しにすぎないか。たとえそう断罪されても、自己の根差すこのドイツ的人間性を新しいデモクラシー時代の精神的倫理的根幹に接ぎ木する努力をすること。これこそマンのドン・キホーテ的闘いとなる。政治という場ではなく、小説を書くという芸術的な自己内面の仕事において。言語が彼の唯一の槍と盾であった。文明の文士のような雄弁と修辞のプロパガンダにおいてではなく、あくまでイロニーと芸術という職人的市民的芸において。ニーチェを代表とする三連星やゲーテというドイツの恒天星を導きの星として、ドイツ的倫理的市民的芸術家として、イロニー言語芸術作品創作に彫心鏤骨すること。二つの世界大戦、敗北と壊滅の悲劇という激動の政治的世紀をマンがどう生き抜き、いかにそのドイツ的人間性を守り抜いたかは、『魔の山』から『ヨセフ』四部作を経て『ファウストゥス博士』に至るマン後半生の作品群や日記書簡の主題である。作品を書くという自己の仕事のなかに人間性を示現させようとする〈芸術的フマニスムス〉[12]とでもいうべき態度。これがトーマス・マンの究極的拠点である。

〈政治〉に対する非政治的人間マンの『考察』を読み返すたびに、筆者は必ず基本で相通ずる日本のある非政治的芸術家の文章をいつも思い出す。一九八一年にその現世の光は消えたが末永く昭和を表徴するであろう精神の星の『政治と文学』(一九五二)という講演とマンの『考察』とにおける、精神の同一なる姿勢を強く感ずる。

「私には政治というものは虫が好かない。」「政治の対象は、いつも集団であり、集団向きの思想が操れなければ、政治家の資格はない。」「人間の文化活動に、その内的動機を認めず、すべて外的因子からこれを理解しようとする安易な傾向は、政治主義の発展には好都合なものであった。」「芸術家の根本の態度、文学者も画家も、各自の仕事の裡に、人生とは何かといぅ問題を持ち込み、人間如可に生くべきかを、仕事によって明示しようといふ、芸術家の新しい自覚。」「根本的な事は彼等は、歴史や社会の動きの裡に全的に解消して了うことの出来ない人間の本質なり価値なりを信じていたところにある。」「彼等は、進歩の概念などを無視し、歴史を自由に逆行し、過去の至るところに、思うままに、理想的人間を蘇らせた。芸術という仕事の本来の性質が、人間という汲み尽くし難い永遠の問題に常に立ち還ることを要求したからだ。」「彼等の仕事を見るならば、彼等にとって美とは、新しい生き方の事であり、人間の新しい意味であり思想であった事は、容易に理解出来る。」（小林秀雄『政治と文学[13]』）。

〈政治と人間〉〈社会と芸術〉をめぐる『非政治的人間の考察』の主導旋律と美しい和音を奏でる一文である。人間という永遠の謎に、『チェホフ試論』(1954. IX, 843ff. 869) にあるように、たとえいささかの有益で明確な答えを出せぬとしても、それにもかかわらず、人間という問題の永遠の汲み尽くしがたさを、ほかならぬ芸術という自己の仕事のなかに暗示しようとした芸術家共通の強い自覚である。

この自覚と、マクス・リュヒナーが以下のように言う、ドイツへの自己愛、この両者が『非政治的人間の考察』という〈政治と人間〉〈デモクラシーとドイツ性〉論の最も太い経緯の撚り糸ではないだろうか。

「『非政治的人間の考察』は、ドイツ性を解明せんがために出発せる騎士によって書かれた、精神的な冒険と愛の小説だ。ドイツ性について彼はこれを愛する以外何も知らない。まるで敬愛せる婦人を敬愛する以外何も知らぬ彷徨の中世騎士のように[14]」。

第七節　ドイツ性、ロマン主義、音楽（ヴァーグナー）への惑溺とその克服

〈イロニーの相におけるトーマス・マンのニーチェ像〉の核心は、ニーチェにおける〈ロマン主義への耽溺とその超克〉である。

ニーチェのロマン主義との闘いとは、ヴァーグナーとの闘い、ドイツ性との闘いであった。その闘いは、その対象たる、ロマン主義、ヴァーグナー、ドイツ性に対する、最高の愛と献身と感謝を生涯捧げつつ、同時に逆に最高の憎悪と離反と批判をもつ、まことに複雑な Ambivalenz（相反感情相互併存）のうちにある。このアムビヴァレンツこそイロニーである。イロニーの相におけるマンのニーチェ像もこのアムビヴァレンツのうちにある。

その代表オペラ『パレストリーナ』を『考察』で絶賛したが、一九三三年『リヒァルト・ヴァーグナーの苦悩と偉大』講演に対する抗議声明に加わったその作曲者ハンス・プィツナー（Hans Pfitzner）宛て、ミュンヒェン発一九二五年六月二三日付の手紙でマンは、ヴァーグナーとニーチェとを比較し、両者ともロマン主義の遅咲きの息子であったが、「ヴァーグナーは一時代の最後の自己賛美者、魅力的な自己完成者にとどまったのに対し、ニーチェは革命的な自己克服者であり〈ユダ〉になったことが、ニーチェを新しい人間の未来の予見者かつ導き手とした」（Br. I, 241f.）とみている。

一九二五年はトーマス・マン五〇歳、『魔の山』を完成し、一方でドイツの本性たるロマン主義に自己の根差す基盤があることを再確認しながら、他方でデモクラシー（ヴァイマル共和国）へ〈転向〉しつつある人生の転換期であった。ロマン主義的なもの、死との共感、音楽、生の脆いデカダンスという側面、そこにドイツの、ひいてはトーマ

ス・マン文学の魅力も面白さもある。しかし『非政治的人間の考察』や『魔の山』を書きつつ、マンは時代の新しい潮流を抵抗しつつ認識し、新しい未来への道、すなわち〈デモクラシー〉にHumanität（人間性）を見出そうと努め始める。ロマン主義と啓蒙主義、ロマン主義的反革命的過去回帰というドイツ型世界と、理性、進歩、人権という革命的未来志向的英仏型世界との、対比と宥和への試みである。

自己の精神的固有性を根本的に否定することなく、時代の新しい潮流にいかに自己を方位づけるか。トーマス・マンはそのモデルを、ニーチェの『ヴァーグナーの場合』ないし『ヴァーグナー事件』（*Der Fall Wagner*）の〈自己克服〉（Selbstüberwindung）のプロセスにみた。それが『魔の山』の「楽興の時」の『菩提樹』（Der Lindenbaum）解釈に現れていると、ハンス・ヴィスキルヘン（Hans Wisskirchen）は言う。(14)

菩提樹の歌は、「死から生み出され死を孕む生の実なのだ。きわめて痛みやすく腐りやすい果実にも似て、しかるべき時期をはずして味わえば、腐敗と死とを招く。これは魂の奇跡である――良心のない美の目から見ればおそらく最高のものとして祝福されるだろうが、責任をもって統治する生の友人、有機的なものへの愛の目からは、不信の目で見られるのはもっともであり、究極の良心の要求に従うなら自己克服の対象なのだ……そうだ、自己克服こそ、陰鬱な結果を招くこの魂の魔力、この（菩提樹の歌への）愛の克服の本質であろう……あああこの魂の魔力は強大だ。われわれは皆その息子であって、強大なものを、それに仕えることによって、地上に築くことができる……しかしその最上の息子は、その克服のために生涯を費やし、まだ表現することを知らない、愛の新しい言葉を唇にして死んでいく者であろう。この魔力の歌のために死ぬのは実に価値がある。しかしこの歌のために死ぬ者は、実はこの歌のために死ぬのではない。彼が英雄であり主人公であるのはただ、彼がこの愛と未来の言葉を心に秘めて、根本的にはきっと新しいもののために死ぬからこそなのだ」（III, 906f.）（傍点筆者）。

これはニーチェの自己のうちにおけるドイツ的ロマン主義の自己克服なのだと、ヴィスキルヒェンはみる。ニーチェのロマン主義の克服のありようは、時代の大地震に悩むマンにとって、きわめて重要な支えであった。一九二四年『ニーチェ音楽祭への序文』（*Vorspruch zu einer musikalischen Nietzsche-Feier*. X, 182ff. 1924）でマンは言う。〈音楽（ヴァーグナー）、ロマン主義、ドイツ性〉は問題性を孕む棘である。

「ニーチェの英雄性は、その自己克服にある。彼は、生のために〈禁欲的理想〉と天才でもって闘った。しかし彼自身は、革命の倫理的形式であるあの内面世界的禁欲の主人公だった……ニーチェはわれわれにとり生の友人、より高い人間性の予見者、未来の導き手、われわれのうちにある生と未来に対立するもの、すなわちロマン主義克服の教師だった。けだしロマン主義とは、過去への郷愁の歌、死の魔力の歌、ヴァーグナー現象だからだ……。自己克服はしかしつねに自己謀反ないし反逆一般とみえる。ニーチェの偉大な代表的な自己克服、すなわちヴァーグナーからのいわゆる離反もそういう様相を呈した」（X, 183）（傍点筆者）。

つまりニーチェはヴァーグナーのユダである。ベルトラムはその『ニーチェ―神話の試み』に「ユダ」（*Judas*）という一章（B, 152ff.）を設ける。いかにしてユダとユダの裏切りは可能であり、必要だったのか。神話は一つの本質存在を二つの形姿で明示する。たとえば救世主を光と闇に、天使と悪魔の反面に二分するがごときである。神とデーモンとが一体となって初めて、世界の更新と救済とがなされる。創造者は同時に破壊者、生み出す者は同時に殺害者、救済者は同時に裏切り者であるという厳然たる法則を、神話は二者対立において具象化する。あらゆる偉大な象徴的人間のなかでキリストとユダが新たに暗いキッスをかわさざるをえない。ニーチェの生こそこの法則に従ったのだと、ベルトラムは言う（B, 154）。マンの『ファウストゥス博士』のアードリアーン・レーヴァキューン像がまさしくこのニーチェ像である。「デカダンス、ニヒリズムはニーチェにとって本来的に悪魔的なもの、それ自身悪だった。しかし彼はこの力と闘い、克服した。それに身を献じ、他のだれよりもより深く堪え忍ぶことによって――さらにはそれ自身に身を献じたということで我が身を裁くことによって、それを克服したのだ。ヨーロッパの頽廃・

ニヒリズムの克服は、彼によって生じたのと同じく、彼のなかで、模範的に行われたのだ」(Bertram, 165)。ドイツとロマン主義とヴァーグナー音楽の三位一体。ユダとキリストを一身にそなえたニーチェ。ロマン主義はニーチェにとってドイツ本性の最も完全な表現であり、ロマン主義、ヴァーグナーとの対決はドイツ性との闘いであることは既述のとおりである。「ニーチェは、彼自身が明白にしたあのドイツ的生成の古典的象徴以上のものだ。彼のドイツ性との絶えざる対決は、一つのたぶん最も大規模なドイツ的本質の自分自身との対決をなしている。ドイツ精神は、ニーチェのなかで、ニーチェとして、自己自身と対決し、自己を情熱的に明確化し、自己と決着しようと試みる。ニーチェはドイツ的生成の一つの形式、ドイツ的な〈自己超克〉、ドイツ的自己克服の唯一の忘れることのできない態度である。彼個人の個々の克服、彼の情熱的な禁欲は、実際はただその反映と比喩にすぎない」(Bertram, 87)（傍点筆者）。

ニーチェ自身がドイツ性の表徴であり、ドイツ精神はニーチェにおいてニーチェを通じてニーチェとして自己生成、自己克服、すなわち死と再生のメタモルフォーゼを行ったということ。それはニーチェの、自己の胸のうちの二つの魂との相剋にほかならない。ロマン主義と啓蒙主義、ディオニューソスとアポロ、自然と精神、無意識と意識、母性と父性、大地と太陽、神話とロゴス、という二大原理対決と克服のプロセスである。

『非政治的人間の考察』と『魔の山』のトーマス・マンは、このニーチェ像のなかに、自己のドイツ・ロマン主義との対決とその超克のモデルをみる。ドイツとデモクラシー、ロマン主義とヴァイマル共和国を隔てる深い溝に架橋する試みが、ノヴァーリスやウォールター・ホイットマン（Walter Whitman 一八一九―九二）に依拠して行われる。ロマン主義の煉獄の火を通り抜けた第二の啓蒙主義の追求である。フロイトの現代精神史への位置づけも、過去への先祖帰り、盲目の無意識の衝動への沈潜ではなく、未来に結びつく、知性の光りを志向する、あのショーペンハウアー的死と悪魔の間を独り騎行する真理探究の騎士とみる。

ロマン主義に対するトーマス・マンの基本姿勢も〈自己克服〉という言葉に縮約される。ロマン主義をその底の底まで味わい尽くすことが、その反転、その克服を生ずる。そこに生ずる第二の新しい啓蒙主義こそ、アンチ・ファシズムの強固な精神的芸術的支柱を築く。ニーチェのヴァーグナー対決とその克服をモデルとした、いわばニーチェ＝イミタティオである。

ニーチェの最期は、ロマン主義ドイツの十字架上に自己磔刑せる犠牲死といえる。あるいは十字架に自己磔刑せるディオニューソスと言いかえることもできる。すなわち自己克服は、自己破壊であり自己犠牲でもある。アンチ・キリストであると同時に、キリスト自身。ユダであると同時にキリストそのひとなのだ。アンチ・キリストとして、実は地殻大変動期の時代の諸問題を一身に引き受け、自己破滅し自己犠牲することにより自己克服した、死と再生のメタモルフォーゼの、タムズ＝アドーニス＝ディオニューソスの系譜上にあるキリストなのだ。アードリアーン・レーヴァキューン像である。トーマス・マンのニーチェへの愛はそこに極まる。〈イロニーの相におけるニーチェ像〉とはこの謂いである。

註

（1）Th.W.Adorno : *Imaginäre Begrüßung Thomas Manns. Ein Entwurf fur Max Horkheimer.* In : A 20-2, 470

（2）Ernst Bertram : *Nietzsche –Versuch einer Mythologie.* 1918. Bonn : Bouvier 1989[10] [=B]

（3）Peter de Mendelssohn : *Der Zauberer –Das Leben des deutschen Schriftstellers Thomas Mann.* Erster Teil 1875-1918, FaM : S.Fischer 1975

（4）Inge und Walter Jens : *Betrachtungen eines Unpolitischen. Thomas Mann und Nietzsche.* In : *Das Altertum und jedes neue Gute fur Wolfgang Schadewalt zum 15. März 1970,* hrsg. von Konrad Geiser. Stuttgart : Kohlhammer 1970, S.237-256

（5）Bernhard Böschenstein : *Ernst Bertrams Nietzsche–eine Quelle für Thomas Manns Doktor Faustus.* In : Euphorion. 72 Bde. 1 Hft. 1978. S.68-83

（6）Th.Mann：*Briefe an Paul Amann 1915-1952.* Hrsg. von Herbert Wegner. Lübeck：Schmidt-Römhild 1959. 1916年11月25日. S.49.［=BrPA］

（7）cf. Hans Wysling：*Narzissmus und illusionäre Existenzform.* TMS V. Bern：Francke 1982. S. 211

（8）Fr. Schiller：*Xenien.* In：*Schillerswerke.* Nationalausgabe. Hrsg. von J.Petersen und Fr. Beißner. Weimar 1943. Bd.I, *Gedichte 1776-1799. Xenien, Deutscher Nationalcharakter.* S. 321

（9）Walter Muschg：*Die deutsche Klassik, tragisch gesehen.* In：*Begriffsbestimmung der Klassik und des Klassischen.* Hrsg. von H.O. Burger. Wege der Forschung Bd.CCX. Darmstadt 1972. S.176

（10）丸山真男『現代政治の思想と行動』下巻、未来社　一九五七年、4．権力と道徳、四四七頁

（11）Max Rychner：*Von der Politik der Unpolitischen.* In：*Antworten, Aufsätze zur Literatur.* Zürich：Manesse 1961. S.254

（12）Max Rychner：*Thomas Mann und die Politik.* In：*Welt im Wort.* Zürich：Manesse 1949. S. 368

（13）小林秀雄『政治と文学』新潮社版全集第八巻「ゴッホの手紙」一九五五年、一〇〇頁以下

（14）Max Rychner：*Thomas Mann und die Politik.* S.360

（15）Hans Wisskirchen：*Nietzsche-Imitatio. Zu Thomas Manns politischem Denken in der Weimarer Republik.* In：TMJ I, S.50ff. FaM:Klostermann 1988

その他の参考文献

Martin Flinker：*Thomas Manns politische Betrachtungen im Lichte der heutigen Zeit.* Mouton & Co. S-Gravenhage 1959

Kurt Sontheimer：*Thomas Mann als politischer Schriftsteller.* In：*Wege der Forschung* Bd.335 *Thomas Mann.* Hrsg. von H.Koopmann 1975

Ernst Keller：*Der unpolitische Deutsche.* Bern:Francke 1965

André Banuls : *Thomas Mann und sein Bruder Heinrich.* Stuttgart : Kohlhammer 1968

Peter de Mendelssohn : *Der Zauberer–Das Leben des deutschen Schriftstellers Thomas Mann.* I.Teil 1875–1918. FaM: S.Fischer 1975

第八章　パレストリーナ、性と知の悪魔

――イタリアへのトーマス・マンのアムビヴァレンツ――

第一節　火と氷地獄

三七歳にして初めて「ローマに入りし日より、第二の誕生日、真の再生始まれり」[1]のゲーテ。ドイツを嫌い、オーバーエンガディーン（Oberengadin）のジルス・マリーア（Sils Maria）からマローヤ（Maloja）峠を下り、ジェーノヴァ（Génova）からソレント（Sorrento）まで生の快癒を索め、ムーア人の建てたエズ・シュル・メール（Eze sur mer）にそそり立つ岩砦への急峻な山路を登り、サンタ・マルゲリータ・リグーレ（St. Margherita Ligure）の入江ポルトフィーノ（Portfino）の岬に立ち、意味も目的もなく無への終楽章もない地中海の万古不易の寄せ返しに、永劫回帰と amor fati（運命愛）のツァラトゥストラを想念するニーチェ。両者に比べトーマス・マンのイタリアへの関係はアムビヴァレンツ（正反感情併存）そのものだ。否ゲーテのイタリア体験の陰画という面すらある。

「我もまたアルカディアに」（Et in Arcadia ego）という、北方的ゲルマン精神と南方的ギリシア・ローマ古代文化との邂逅による古典主義的人間形成神話は、我もまた墓所アルカディア（Arcadia）にて死なむ、という語源の意味に暗転する。生と美のアリアドネー（Ariadne）の糸を手繰り、病気、悪魔、死の迷路をさまようディオニューソス＝ニーチェを背景の陰画ファウスト劇が誕生する。神と悪魔は天国と地獄の支配対立ではなく、世俗化されて、人間の心

に共存棲息する。古典主義的イタリア像のアルカディア神話反転は、エルヴィーン・コペン (Erwin Koppen) によれば、トーマス・マンのイコノクラスムス (Ikonoklasmus 聖画像破壊)、すなわち定型化し常套句化した偶像を破壊し反対物に転化する対位法的文学技法による。(2) 聖化されたイタリア像、ゲーテ像の異化であり、破壊による再構築である。陽画と陰画に、両者の時代の精神的境位の差異が浮き彫りされる。

『ファウストゥス博士』の悪魔は、ローマ東南東約四〇㎞の、パレストリーナ (Palestrina) に現われる。なぜだろうか。オトー・グラウトフ (Otto Grautoff) 宛て一八九六年十一月八日付ナポリ発の手紙はマンの青春像を解く一つの鍵である。(3) 性と知の悩み。ここにすでにマン生涯の二元的原理対立モデルがあり、ファウストゥス小説で、性と知の悪魔、火と氷地獄に極北化される。「地獄はその住人たちにただ極寒と、花崗岩すら溶かす業火との間の選択をさせるだけなのだ」(VI, 329)。

マンの第一回イタリア旅行は、二〇歳一八九五年七月十二日から十月末までである。兄ハインリヒと止宿先はローマのパンテオンに向って右裏の Via Argentina 34、ほとんど耐えがたい蒸暑さの夏三週間はパレストリーナに避暑。帰国後平凡健康非文学的なミュンヘンへの嫌厭から南国への郷愁止み難く、(4) 第二次イタリア旅行は、翌年一八九六年十月十日より九八年四月二二日まで十八ケ月、一年半に及ぶ。二一から二二歳、青春のまっただなかだ。まずヴェネツィアに三週間。十一月一日船でアンコーナ経由ローマで兄と再会するが、三日後一人でナポリへ行き、首都帰着は十二月三日である。ドイツ的なものから可能な限り遠く離れようと願う青年に、ナポリの粗野な賤民性や甘美な官能性が気に入る。リューベクの同級生オトー宛て、知と性の悩みにつき書く。知を憎むのは、知が芸術を知の仲間になれと強要するから。性を憎むのは、性があらゆる美をその効果として要求するから。「ああ性は毒だ。すべての美のなかに秘む毒だ」。(3) 殷賑を極めるナポリの夜、女衒とおぼしき者が、大変いい子がいますぜ、いや女の子ばかりじゃありませんぜ、と狡猾に囁きかける。「迫り来る青春の神聖にも悩み多き混乱」(XI, 111)「鎖に繋がれた地下室の犬たち」(BrG, 68)、性の悩みは深い。

周知のようにトーニオ・クレーゲルは、南国で、肉の冒険と罪に陥る。身を灼く官能の劫火と、冷厳な精神性という対極の間を、激しく揺動しながら、良心の呵責の下、身と心を蝕む道ならぬ生活を送らざるをえなかった、とある。「何という邪道にいることか」(VIII, 291)。マルセル・ライヒ=ラニッキー (Marcel Reich-Ranicki) は、この邪道、官能の劫火が何を意味するか、今や議論の余地なく明白という。(5) つまり Homophilie という倒錯の性の悪魔である。

第二節　Homophilie (火)

マンのエロス、性、愛という問題研究は、一九七五年日記開封以来急進展をみた。ペーター・ド・メンデルスゾーン氏 (Peter de Mendelssohn) をミュンヘンの自宅に訪れた七八年夏、『日記』の核は何ですかという筆者の問いに、Homoerotik だと、言下に言われたことを想い出す。正常な市民性へのトーニオの愛もこの性の光学下で透視可能とラニッキーは言う。(6) ペーター・ハントケはカフカのにきびに興味を抱きそれが彼の性体験にかかわるはずと日記手紙作品全体を調べあげたと書くが、(7) 最近のマン研究は鍵穴覗きの深層心理学の観さえ呈す。ナポリの女衒の誘いに乗り有毒の天使の巣窟を訪ねたのだろうか。たとえば九六年ナポリで書かれた『幻滅』の、サン・マルコ広場で出会う奇妙な男は、たとえマンの心中劇としてもホモの性格を帯びる。なぜならマンがフランス語を使うときは、ハンス・カストルプのショシャ夫人へのぎこちない愛の告白にせよ、ジビュラ (Sibylla) とヴィリギス (Wiligis) の禁じられた兄妹愛にせよ、必ず性的場面に現われる、とゲールハルト・ヘルレ (Gerhard Härle) は言う。(8) イタリアへの旅は複義的だ。ハンス・マイアーに依ると、市民的家庭美徳時代、西欧でソドムのアウトサイダーたちがそのアイデンティティーを見出しうるのはイタリアのみである。[9] だからヴィンケルマンはトリエステで殺される。プラーテン、アンデルセン、チャイコフスキー、オスカー・ワイルドもイタリアでのみ幸福だった。グスターフ・フォン・アシェンバハがミュンヒェンは北墓地の未知の男に旅へ誘われ、トリエステ（Trieste）経由イストラ（Istra）半島プーラ（Pula）行船でBrijumi島に十日程滞在するが、どこか気にそぐわず実は無意識のうちに欲していたヴェネツィアに着くのは、まさしく所を得ているのだ。「私は知る、この思いの衰えるときもないのを／ヴェネツィアへの想いとそれは、分ちがたくもつれ合い／絶え間なくわが胸から吐息は立ちのぼる／半ばしか花ほころびぬ、春へ向って」[10]。一九一九年八月五日愛妻カトヤとの間にすでに六人の子持ちの四四歳の男は、グリュクスブルグ(Glücksburg)の旅先でオスヴァルト・クリステン(Oswald Kristen)という少年に、このアウグスト・フォン・プラーテンのソネットを想起し「眠りはいささか浅く夢みがち」と記す。[11]

マンの同性愛史は、リューベクはカタリネーウム・ギムナージウムで一年下のアルミン・マルテンス(Armin Martens)に始まる。死去約五ケ月前の一九五五年同級生ヘルマン・ランゲ(Hermann Lange)宛て「僕はあいつが好きだった。事実僕の初恋だった。そしてあれ以上初々しく幸福かつ苦しい恋はもはやそれ以後授らなかった。あのような体験は忘れられるものではない。滑稽に響くかもしれないが、この無垢な情熱への記憶を宝物のように守っている」と書く。[12] 次はプシヒビスラフ・ヒッペことヴィルリ・ティッペ(Willri Tippe)。その次はミュンヘン時代のパウル・エーレンベルク(Paul Ehrenberg)。三人共金髪碧眼の同タイプだが、後者は「より精神史的近親性がありはるかに幸福な体験」(XI, 107)であった。ドレースデンで画家兼美術学校教授の息子カール、パウル兄弟とは、一九〇一、二年頃よくトリオで楽器を弾き、音楽絵画鑑賞、食事、自転車旅行を共にする。くり返される引用で垢まみれといえる一九三四年五月六日付け日記のvita sexualisによれば、それは二五歳の彼の「天にも届かんばかりの歓呼と深い震撼を伴った心の核体験、強烈な若々しい激情[13]」であった。ハインリヒ宛て一九〇一年二月十三日、灼熱の生の高揚と自殺すら思う精神の抑鬱を訴え、有名な「ああ文学は死だ」（Br.I, 25）と呪詛する。三月七日鬱と燥の錯綜するこの応諾された熱情につき書く（Br.I, 27）。

一九二七年五一歳のマンがズュルト島（Sylt）で知り合ったデュセルドルフ美術大学長の息子当時十七歳のクラウス・ホイザー（Klaus Heuser）体験は「生の恩寵による充足とでもいうべき種の遅蒔きの幸福」（T 33, 411）。これを回想する五八歳キュスナハトのマンは「かかる嗜好は非現実的、幻想的、美的。その目的は観照と驚嘆。性的だが何らかの実現についてては理性も官能も夢知ろうとしない」（T 33, 398）と記す。この発言にラインハルト・バウムガルトはトーマス・マンの Pädophilie の根本性格があると言う[14]。いわば悪魔とも神ともいえるこの倒錯のエロスの襲撃による傷痕（Trauma）をいかに芸術昇華させるかが問題なのだ。自己を距離化し芸術様式に高めること。Armin Martens は Hans Hansen へ、Willri Tippe は Hippe へ、Paul Ehrenberg は Rudi Schwertfeger へ、Klaus Heuser や Ed Klotz は Joseph や Ken Keaton へ、Wldyslaw Moes は Tadzio へ、Franz Westermeier はミケランジェロへ。深淵の形式化、ディオニューソスのアポロ化、悪魔の神化。一九五〇年七五歳のマンは、七二歳のミケランジェロの少年愛について、禍、受苦、甘い毒と呪うが、誰よりもその虜となった「巨大な苦悩に充ちた生命力の証し」「創作の基盤、創意を吹き込む守護霊、原動力、男性的な、否ほとんど超人間的な作品の燃えるバネ」と書く。「君の吐息のなかでわが言葉は形作られたり」。美への没入、恋着、創造性は一体と謳う[15]。

第三節　エロスの襲撃

だが、カリフォルニアはパシフィク・パリセイズ、六六歳一九四二年二月二〇日付日記は前言を粉砕する。ミュンヒェンでのクラウス・ホイザー（＝K.H.）との別離時「初めて夢のような境地へ跳躍し、彼の顳かみを私の顳かみにもたせかけた。とにかく私は生き愛したのだ。黒い瞳、私のために流された涙、愛の唇、それに私は接吻したのだ。それは起った。私は体験したのだ[16]」。我もまたアルカディアに、というこの発言の衝撃度は大きい。

フォルテ・デイ・マルミ（Forte dei Marmi）でのチポラのマーリオへの接吻はマンの自己投射なのだ。インド湿地帯を舞台のディオニューソスの夢魔が、威厳と自己克服の擬古典的アポロ的存在形式を一挙に突崩すエロスの襲撃の震度は大きい。K.H. 体験はかくして自然に欺かれ癌出血を月経再来と見紛う五〇歳更年期障害に悩むロザーリエ・フォン・テュムラーの、アメリカ青年二四歳ケン・キートンへの傾愛にグロテスク化される。なぜこの舞台がイタリアではなくデュセルドルフなのか。K.H. の住む聖所だからだ。マン自身何度も巡礼している。これは明らかに『デュセルドルフに死す』なのだと言うハンス・マイアーの指摘は頷ける[17]。

一九二七年十月十九日五二歳の父は長女エーリカ、長男クラウス宛て「彼を du と呼び別れ際に明確な同意を得て胸に押し抱いたよ[18]」と親の恥らいと誇りの錯綜する興味深い手紙を書く。クライストのアムフィートリオーン論も K. H. 体験の投影で、その朗読会に本人を同席させるほどだ。愛の恩寵を授けるのはユピテルにあり（IX, 211f.）、愛される者より愛する者が神に近い（VIII, 492）。恋慕のもつ狡猾と愉悦の最も微妙なジュピター＝マンの、いわゆるエロスのイロニーである。「憧憬は精神と生の間を往来する。生もまた精神に恋焦がれる。両者は男女原理を表徴しないがその関係は性的。だから両者の合一はありえず、須臾の間の融合と了解の幻想、解決のない永遠の緊張があるにすぎない」（XII, 569）。つまりこの場合イロニーとは Homoerotik なのだ。

第四節　仮面と素面、舞台と楽屋、小説と日記

接吻ありといえども子は望みえぬ不毛の愛は、しかし芸術作品という子を生む。マンの同性愛はナルシズムの変形、泉の上に身を屈め自己の姿に恍惚となるナルシスの微笑、自己の鏡像とは言語芸術作品にほかならない。自己閉塞の危険を孕む自己愛は、非社会的白日夢に終りやすいが、作品化された自己鏡像は客観的現実性社会性を獲得する。[19] マンの男色、ナルシズムの罪は、言語芸術作品により審判と救済への道を見出す。精神のナルシズムは、選出、例外、特異性、孤独性の複合体である。現実に対しナルシスの壁を築き、隔離、唯美主義、非社会性となる。自己鏡像ないし同血統者しか愛さぬゆえに、同性愛や近親相姦に傾きやすい。ペーター・ソンディーによれば、これが倨傲、驕慢（Hochmut、Hybris、superbia）の罪だ。[20] 罪は救済を、病気は治癒を欲す。マンにとり、治癒と救済の道は、言語以外にない。ローマの鐘を鳴らすのは誰か。物語の精神である。抽象性に至るまで拘束のない精神であり、その手段は言語自体である。物語の精神とは言語自体ともいえる（VII, 14）。

マンの場合、言語による自己審判と救済は、日記と作品により行われる。両者は楽屋と舞台という関係を成す。日記は仮面を脱ぎ化粧を落とした素顔を見せる。一方は生き、他方は書く。生きる自己とそれを観察距離化する自己との二重性である。ああ俺の胸には二つの魂が住む。アードリアーン・レーヴァキュンとゼレーヌス・ツァイトブローム両者は、実は秘かな同一性である（XI, 204）。楽屋は万人入室禁止の隠れ家。舞台上では完璧な自己演出、精巧な自己様式化を行う偉大な俳優、喜劇役者、魔術師なのだ。演技は、その虚を実とみて、拍手喝采する観客を必要とする。ナルシスの自己愛は舞台を通じ応答されて世界愛人類愛となる。孤独の社会化が起る。[21]

舞台上のチポラ(Cipolla)も、観客の物語手の私も、両者共マン自身なのだ。[22] 世界は舞台であり、マーヤのヴェールに覆われた仮象と夢の幻想世界である。フェーリクス・クルル(Felix Krull)は、ハンス・ヴィスリングによれば、神の寵児としてフェーリクス(Felix)、甘き眠りとしてモルペウス(Morpheus)、融合憧憬としてエロス(Eros)、自己愛世界愛としてナルキッソス(Narziß)、魔術師芸術家としてプロスペロー(Prospero)であると同時に、幻想世界としてマーヤ(Maja)、俳優模倣性としてヒストリオ(Histrio)、同一性喪失と役割存在としてプローテウス(Proteus)、半神半人英雄としてのヘロス(Heros)である。[23]

雄弁のチポラには十八世紀特有の山師、道化師のタイプが残る。「南国では言葉は生の歓びの成分、北国人よりはるかに活発な社会的尊敬をもつ」、「人がいかに話すかは、人間の位階を決める基準である」(VIII, 679, 680)。北と南、音楽と文学、宗教改革と文芸復興、ロマン主義と啓蒙主義、文化と文明等周知の対立の鍵が言葉だ。文明の文士こと兄ハインリヒも念頭にあるセテムブリーニは姓同名のイタリア統一運動家がモデルである。文学とは明晰に言語化された精神であり、ローマからフランス革命で頂点に達する古典的理性、文学的人間性、人間の美と尊厳を讃える雄弁術、これこそ人間を人間たらしめる。[24]

しかし、言葉のもつ両義性、仮象性、演技性を魔術師の魔術と比喩するマンの自己像と言語芸術論を見誤ってはいけない。Lido は Hotel de Bain の庭の大道芸人の哄笑は象徴的である。舞台と楽屋、表と裏、虚と実、ハイドとジギル、vita publica と vita secreta(インゲ・イェンス Inge Jens)[25] の間の往還運動を繰り返し、王侯ないし詐欺師にパロディー化された芸術家の役割を見事に演じのけたマンの作品と日記、詩と真実の関係こそ、あるいはマンのわれわれ観客に対する最大のイロニーだったのかもしれない。

第五節　プラエネステ（praeneste）の悪魔（Karl Kerényi）

『神話と小説創作』をめぐる往復書簡でツァイトブロームのモデルを想わせる、ハンガリアの神話学者カール・ケレーニイ（Karl Kerényi）の日記一九六〇年十月二三日にパレストリーナ訪問のことが記されている。[26] 彼はアードリアーンと悪魔の対話の家メナルディ家（Casa Menardi）へと赴くが、爆撃を受け今はない。サヴォーナ広場に通じる下り坂の小路はすでにVia Thomas Mannと名づけられている。町役場宿台帳記載のマンの署名年、悪魔の戯画についての詮索は別にして、六二年『トーマス・マンとパレストリーナの悪魔』[27]の地獄論が面白い。ラティウムの小邑パレストリーナの前身古代プラエネステ(praeneste)は、オデュセウスとキルケーの息子テーレゴノス(Telegonos)の創始した街で、彼はローマの火神ウゥルカヌス（Vulcanus）の子カークス（Cacculus＝Cacus）の別名だ。現在も山腹上部にあるTempio della Fortuna Primigeniaは、古代ウェヌス（Venus）の寺院として敬われていた。カークスは火と鍛冶神ヘーパイストス(Hephaistos)の変種で、当地は古来青銅容器等を生業とする。ヘーラクレース(Herakles)がゲーリュオーン(Geryon)の牛を奪ってローマのアヴェンティーヌス丘に来たとき、カークスは八頭の牛を盗み洞窟に隠す。ヘーラクレースは鎖で繋がれた岩戸を開けることができず、丘からその頂きを除去すると、冥府の洞穴が露呈する。ウェルギリウス（Vergilius）は『アイネーイス』（*Aeneis.* 8.243–6）にこの映像を物語る。つまり古代イタリアの地獄の在所なのだ。その住人悪魔出現にパレストリーナはまさに所を得る。階段状小路を駈けめぐる黒子豚は『マタイ伝』（8–23）の豚に入る悪魔、マンが散歩の途中拾い上げた犬ティティーノを、悪魔の化身尨犬とみなすことも可、という控え目の主張も面白い。悪魔の戯画素描は、地獄の花嫁＝娼婦を暗示するのではないか、というメンデルスゾーンの意見に従うほかはない。(28) いずれにせよ青春の悩み、性の悪魔である。『魔の山』のウェルギリウス＝セテムブリーニは言う、「石榴の味はいかがでしたか。あなたは肉欲の罪人、理性を快楽の犠牲にした呪いの者を吹き飛ばす第二地獄の竜巻が怖くはないんですか」(III, 496)。フロイト『十七世紀の悪魔神経症』によれば、悪魔とは不道徳非難さるべき願望、排斥抑圧された衝動の所産にほかならない。(29)

しかしカークスの洞窟やサビーネ山の豚や犬よりも、パレストリーナを悪魔に結びつけるのはダンテの地獄篇第二七歌である。ギベリン党首グィード・モンテフェルトロ (Guido da Montefeltro) は、ボニファキウス (Bonifatius) Ⅷ世の誘惑に負け、フランシスコ修道会司祭の身でありながら、予め一切の罪の免罪を得て、プラエネステを居城とする対立勢力コロンナ(Colonna)侯に、難攻不落の城を明け渡せば一族の生命財産地位を保証すると詐称してこれを滅ぼす。(30) 黒天使ケルビムは言う「痛悔しない奴を赦すわけにはいかない／痛悔と悪意とは共存できない」。堕地獄を恐れての形式的悔悟アトリーチオ (attritio) だけでは救済できない。必要なのは内面的プロテスタント的回心、真の罪の痛悔コントリーチオ (contritio) だ。アードリアーンは言う「カインの痛悔、罪を犯しすぎたので無限の慈悲も罪を赦し得ないという、どんな希望もない痛悔、これこそ真の回心。罪人に心底救済を絶望させるほど救いのない罪こそ、恩寵に至る最短の真に神学的な道なのだ」(VI, 328f.)。この罪と救済の否定弁証法は、「善人なをもて往生をとぐ、いはんや悪人をや」という有名な悪人正機、業と往生関係の逆説へと通じていると筆者は考える。

第六節　ダンテ『地獄篇』(Dante : *Inferno*)、氷地獄

ベルナルディ家 (Casa Bernardi) でマン自身が実際見たという異形の者は、先ずクリスティアーン・ブデンブロー

クの幻視に（I, 578）[48]、そして『ファウストゥス博士』第二五章の悪魔となって登場する。この悪魔は、イーヴァン・カラマーゾフのいう「お前は僕の病気、化身、熱に浮かされた幻覚」なのか、それとも自律存在なのか、ともかく古来神にのみ使われるErとして出来する。[31] 悪魔出現にはぞっとする冷気を伴う。アードリアーンの身の回りにも常に冷気が漂う。イーヴァンの悪魔にも心臓を凍らせる冷気への言及がある。

マンのダンテ受容研究者レーア・リタ＝サンティーニ（Lea Ritter＝Santini）の氷地獄論は含蓄に富む。[32] 地獄篇最下層第九圏は、全宇宙の底、氷地獄で、ルシフェル（Luzifer）ことサタン（『イザヤ書』14, 2）つまり地獄の帝王が支配する。悪魔大王の両翼が羽ばたくと酷寒の嵐がすべてを凍結させる。神への反逆、倨傲、裏切りの罪は氷地獄。神の愛と対極の、劫罰の苦患の極北である。性の悪魔が、噴火せんとする根源的生衝動の灼熱せる劫火をもつとすれば（神に背く男色の罪は火の粉に苛まれるダンテの師ブルエット・ラティーノ（Bruetto Latino）の口から地獄篇（*Inferno*）第十五歌で唱われる）、冷、凍、孤、死、無に結びつく氷地獄は、いわば知、精神、自我の悪魔の居城である。暖かい活気ある凡俗のダンスを硝子戸ごしに眺めるトーニオ・クレーゲルにあるのは「凝固、荒涼、氷、精神、芸術」（VIII, 336）である。『予言者の家』は「奇妙な脳髄の住む奇妙な領域である。ここに君臨するのは終焉、氷、純粋、無。反抗、極端な徹底、絶望的に王座を占める自我、自由、狂気、死」（VIII, 362）である。白一色の雪魔の中に迷い込み、骨髄まで氷らんとする死の息を吹きかけられながら、死と生とhomo deiを想うハンス・カストルプの雪の章は、己の分限を越え神に反抗せんとする巨人の倨傲（Hybris）を断罪する地獄篇第三一歌に相応する。バベルの塔のニムロデ（Nimrode）初め傲慢不遜の者は永遠の闇と氷に閉じこめられる。病めるウェルギリウス＝セテムブリーニの理性の角笛を遠くに聴きながらハンス＝ダンテは言う「君は理性（ragióne）と反抗（ribellióne）をもつ教育的Sàtanaだ。でも僕は君が好きだ……法螺吹きオルガン奏者だがね……中世に神と悪魔が人間の魂の取合いをしたようにナフタと、僕の魂の争奪喧嘩をするとき、ほとんどつねにナフタのほうが正しいがね」（III, 660）。言葉の祭司、知、理性、啓蒙のフマニストも、憎めない教育風琴の悪魔と戯画化される。冷気を伴う精神、知の悪魔は、ルカーチを擬すナフタ、アドルノを擬すパレストリーナの悪魔として戯画化されて登場する。

ハンス・カストルプの職業、造船技師も倨傲の一つである。海という無限の混沌に分限逸脱の冒険をする人間理性の船旅。その不遜はたとえばタイタニック号沈没として神の罰を受ける。Cogito ergo sum 以来神の玉座にまで昇りつめた人間主観は、自己内部の自然を含めた非我全体を抑圧支配し得ると過信する。神話の魔術から脱し、子供の蒙を啓くという啓蒙主義、知と理性の極致自然科学の生み出した成果は、核や環境破壊問題など、自然の生態系内の一生物にすぎない人間自体に復讐する。自己保存原理を宗とする人間理性は野蛮な権力衝動にも仕える道具的理性と化して、たとえばアウシュヴィッツを生む。死せる神の代理人とならんとした計算的道具理性は、啓蒙を再び神話へ、文明を野蛮へ、理性を本能の奴隷へと貶めてしまう。知の悪魔たる人間理性、啓蒙の弁証法の過程と帰結が、いまわれわれの眼前に横たわる。(33)

第七節　知の悪魔＝イロニー

サン・マルコ広場に出没する奇矯な中年男は、言葉と現実の乖離による〈幻滅〉を語る。実体験なく言葉だけで成り立っていた人生への青年の期待は、体験が現実になっても充されない。名所名画も、これはすばらしい、だがこれだけのことか、これ以上ではないのか、としか思えない。ひょっとすると死も同じなのだろうか(VIII, 66)。チャンドス卿の手紙と同様、言葉と現実、存在と意味、芸術と社会の間に横たわる深い裂け目は、パレストリーナの悪魔の中心話題となる。

「現象は本質を欠けば何だろうか。本質は現象しなければ何だろうか」[34]。古典主義美学論の核、現象と本質、形式と内容の一致たる芸術作品、自足的調和という仮象空間は、不協和な現実に対し、空虚な遊戯否嘘とさえ化している。個と社会、精神的芸術と経験的現実の神的調和対応関係はもはやない。たとえばナチス支配社会で、精神が認識するのは、醜悪な現実以外にない。いかに肯定的な（affirmativ）、事実に従順悲観的な十九世紀の心性にとっても、この現実にイデアとしての美が見出せるはずがない。芸術は醜い非人間的社会に反抗離反し、自己自律世界に美と人間性を求める。生は美的現象としてしか是認できない。芸術は現実対象から離脱し、知性化抽象化する。音は音、色は色、語は語という自己媒体と遊戯し、冷厳な数学的計算の形式世界を構築する。抽象絵画、十二音階技法、具体詩の如き、所記（signifié）との対応関係のない音、色、語の能記（signifiant）順列組合せの美は、超越も意味もないニヒリズム時代に相応せる芸術形式と言えるかもしれない。しかし生も愛もない精神世界、内容なき形式こそ、非人間的な氷地獄である。「精神は生の去勢」とナフタは言う（III, 725）。肉体も悪魔だが、精神もまた、官能的自然の生命からみれば、貧血の悪魔なのだ。精神としての芸術は、虚無と氷冷の極北世界として、悪魔の恰好の住処となる。文学は死だという呪詛の意味がそこにある。芸術自体が知の悪魔となる。ルカーチの言うように、神なき時代の小説は悪魔と関わり、意味なき時代の意味、喪失せる虚の全体性を構築しようとするイロニーが小説の構成原理となる[35]。イロニーこそ知の悪魔といえる。

ショーペンハウアーの無意志の芸術認識、純粋世界眼が観照するのは、イデアとしての美ではなく、聖性も人影もない無人地帯、潮の引いた海辺に取残された命なき貝殻、要するに芸術家各自の創造的想像力そのものにすぎない、というエーリヒ・ヘラー説は今もなお示唆的である[36]。しかし「現代芸術は、世界の非人間性を、人間的なもののために凌駕しなくてはならない[37]」というアドルノの言は、この創造的想像力、現実の鏡文字としての芸術が、虚数として、非人間的現実の批判力となりうることも暗示する。現実批判的ネガ提示によるユートピア志向も、イロニーの大きな機能だ。第九交響曲の陰画『悲しみに寄す』のカンタータ（交声聖譚曲）『ファウスト博士の嘆き』は、ヴァイマル古典主義の拒絶撤回の果てに、その復活ないし新しい人間性を生じうるのか。絶望の彼方に恩寵の星を望みうるのか。(38)

第八節　ドン・ファン、ファウスト (Don Juan, Faust)

パレストリーナの石造りの間で鎧戸を閉ざしアードリアーンが読んでいるのは、キルケゴールの『あれかこれか』、有名なモーツアルトのドン・ファン論である。悪魔 Er は言う「美学に惚れ込んだあのキリスト者は、悪魔の音楽への関係をよく知っていた。音楽はキリスト教により導入展開されたものだが、悪魔的領域として否認排除されたという意味で、負の符号はもつが最もキリスト教的な芸術だ。罪も悪魔も音楽も、神学の問題なのだ」(VI, 322f.)。ドン・ファン狂のキリスト者によれば、官能性を罪と意識させたのはキリスト教である。古代ギリシアでは官能性と魂とは一体だった。キリスト教により措定されたプラス原理である精神により、官能性はマイナスの対立原理となり、否認排除される。(39)

生のデモーニシュな冥府的深層であるエロスや死への神秘主義的共感。逆に現実を超越し観念の大伽藍を建立せんとする抽象性。神秘的抽象的、ロマン主義的ドイツ内面性は、音楽に噴火する。音楽は世界の根源たる意志の直接の発現である。ホルトフーゼンが超越なきパロディストの気のきいた思いつき (Aperçu) と批判しようとも、(40) 認識のドン・ファンたる現代のファウストは音楽家たらざるをえない。これも眼の人ゲーテへの対比だ。ドン・ファンとはファウストのイタリア翻案劇ともいえる。認識、知は、母達の国、自然の秘奥、物自体に肉迫する。ニーチェ＝

ファウストは言う。認識のドン・フアンは対象への愛に欠けるが、認識の狩猟と苦痛への享楽を愛す。最遠の認識の星に至るまで。最後に彼を誘惑する認識は地獄だが、これさえ幻滅を生む。幻滅に石化せる客となり、生の晩餐を一口も味わえず立ち尽す。[41]

生と認識の若きドン・ファンでありファウストであるマンも、性と知の悪魔に誘惑されつつ、官能と精神の葛藤をイタリアで体験する。屈託ない灼熱の官能的生のなかに、冷厳な禁欲精神をより強く意識し、逆にまたこの北のエートスにより南の美(bellézza)、石榴の味をより強烈に味う。イタリアへのマンのアムビヴァレントな感情は両者間の激しい振動そのものだ。エルンスト・トレルチュ(Ernst Troeltsch)は言う。[42]ドイツ宗教改革とイタリア文芸復興との対立は、キリスト教的宗教世界とギリシア・ローマ古典文化から成る西欧世界の二大根源原理である。前者は厳粛な超越的禁欲王国を建立し、精神の玉座下に人間や自然力を従属させようとする。他方後者の自然衝動、美的感情、創造力は、前者に反抗し、徳より美に価値を置く。しかし魂は肉に、肉は魂に満足せず、永遠の抗争が続く。マンの内部でもこのエロスと自我、衝動と知性、堕罪と禁欲などの両契機がつねに弁証法的緊張関係を形成し、それが彼の生と作品の重層性と新たな生命を絶えず生み出す。

第九節　フィオレンツァ(*Fiorenza*)、美とアスケーゼ(禁欲)

プレネスティーネ(Prenestine)山脈の一角、四六五メートルのジネストロ(Ginestro)山の急勾配の南斜面パレストリーナを、真夏の夕暮れ、ハインリヒとトーマス兄弟が、オリーヴや葡萄畑の間を夾竹桃や桑の茂みに沿い下りていくと、眼前に純金の空が入陽の地平線上臙脂色に縁取られてある。「ビザンチン絵画は金で地塗りされている。あれは比喩ではない。これは視覚の事実なのだ。この空に聖母のほっそりした頭と重すぎる王冠をのせてご覧」と兄が言うと、弟はその荘麗美を嫌って「あれは外観だよ」と答える。[43] その意味は「視覚現実は幻想と仮象のMaja、時空に縛られたSansara(輪廻)だ」とハンス・ヴィスリングは言う。[44] これはニーチェ、ルネサンス、イタリア的bellézzaに対する兄弟の評価と関わる。兄は唯美主義者、弟はモラリスト。現実の生への賛美神化と懐疑批判。ロレンツォ・ディ・メディチとジロラーモ・サヴォナローラ。生の権化と神の剣。人文主義的啓蒙主義的現実主義者とロマン主義的プロテスタント的理想主義者との対比である。[45]

『フィオレンツァ』(*Fiorenza*)の素材を求めマンがフィレンツェを訪ねたのは、一九五一年五月二日までの約三週間で二五歳である。Via Cavour 11 の Pension Fondini 三階に泊り、サヴォナローラの居たサン・マルコ修道院に日参する。世界で最も愛すべき街と思う。[46] ヴェネツィアと異り、外観と内実、現象と本質、衣装と肉体とが調和せる美なのだ。[47] メアリー・スミスという同宿の英国娘と結婚を考えるほどの恋愛もする。美の敵対者、生の禁欲的批判者、純粋精神の憂鬱な預言者サヴォナローラの方に弟の当時の自画像がある。「精神は死。芸術は生の生」(VIII, 1066)と言うロレンツォには、ニーチェ=ディオニューソスの金髪の野獣をイロニーなく受取り、放埒強靭な生こそ偉大な美の創造者と弟に囁く兄が投影される。お前は現実批判に拘りすぎると言う兄に、最後の審判やアンナ・カレーニナのような造形的倫理主義こそ芸術と弟は反発する。ダンヌンツィオ的「ルネサンス被れ、超人崇拝、チェーザレ・ボルジャ的唯美主義」と、ファウスト的「十字架、死、墓穴」、デューラー的「騎士、死、悪魔」の対決だ。[48] この兄弟対決は周知のように『ゾラ論』と『非政治的人間の考察』に発展し、『ファウストゥス博士』でインスティトーリス博士とイーネス・ロッデに余韻が残る。ロレンツォ=ハインリヒとジロラーモ=トーマス対決は、素朴と情感、造形と批評、唯美と倫理、生の祝祭化と神聖化、芸術と宗教等、一つの胸に住む二つの魂の葛藤、その劇的対話であり、その弁証法的総合への試みが『フィオレンツァ』である(XI, 564f.)。

第一〇節　アムビヴァレンツのイロニー

総じてイタリアへのマンのアムビヴァレンツに彼の生と作品の根源が仄見える。それは社会と自己へのマンの関係でもある。愛と憎、肯と否、正当化と批判、祝福と呪詛との錯綜[49]。ナルシズムとプロテスタンティズム、ルネサンスと宗教改革、南と北、火と氷、性と知の対立緊張。「問題的な私」の魂を、性と知の悪魔が奪い合う抗争の末に救済の望みはあるのか。病めるウェルギリウスや有毒のベアトリーチェに導かれて遂には至高天(empireo)の光を望みうるのか。恩寵往生は、神仏の他力にありて、衆生の自力にあらず。衆生にできるのは、神仏に召命されし日々の仕事の間断なき遂行以外にない。たとえ絶望の果てに希望の光なくとも、世界的死の舞踊に愛の誕生望めずとも、人生とは何、という問いに、ああ何も分からないとしか答えられなくとも、それにもかかわらず日々の仕事を続けるほかはない。

トーマス・マンの作品は、たんなる幻想遊戯、代償願望充足、白日夢ではない。人間の生を構成する両対立原理間の絶えざる緊張葛藤関係そのもの、つまりイロニーとしての芸術である。一方は太陽という天上世界からイデアの光を女性的に受信し、他方地球という物質世界にこの精神の光を男性的に送信する、月という仲介的ヘルメース的魔術的な男女両性具有者（Androgynie）こそ、イロニーとしての芸術を象徴する（IX, 534f.）。『トーニオ・クレーゲル』の'präparierte' päpstische Sänger(VIII, 297)を既訳は「わざとらしい」「不自然な」とあるが、ファーゲト(Vaget)によれば kastriert（去勢された）という意味である[50]。つまりローマ法王庁の聖堂付き歌手たちは、司馬遷の如き宦官、中性なのだ。だから、芸術家とはそもそも男なのか、その問いは女に聞くがよい、と文が続く。すなわち芸術家とは、両性具有、半陰陽、中性なのだ。ここにもトーマス・マンの性の問題が陰翳を与えている。

神が全体そのものならば、悪魔は神との対立原理ではない。「神と悪魔を、二つの異なった人物とか原理とかと説明することは間違いだ、だって実際彼らは一つなのだから」(III, 640)。善でもあり悪でもあり、全でもあり無でもある。一方の眼からは天国と愛が、他方の眼からは地獄と冷酷とが覗く。左右二つの眼が一体となる眼こそ、芸術である。ニヒリズムとも一切を包含するともいえるイロニーとしての芸術。このマンの理想自我ゲーテの、神でも悪魔でもあるイロニー、世界支配としてのイロニーは[51]、マルティーン・ヴァルザーの批判するように、さまざまの二元的対立原理間の遊戯的貨車入替操作にすぎないのだろうか[52]。イロニーを自己正当化のために女中のように使い、どの党派原理にもアンガージェせず、生の坩堝の上に浮遊する、安定上層市民階級の、フリードリヒ・シュレーゲルの系譜の、正の自己意識、自己肯定にすぎず、だから、やがてカフカからの系譜の、真のイロニーたる負の自己意識の、自己否定のイロニーに凌駕されていくことになるのかどうか。二〇世紀最悪の小説とマルティーン・ヴァルザーの批判する『トーニオ・クレーゲル』をなぜカフカが好んで再読し、多くがそこに自己の似姿を見出しえたのか。自己と世界に他より深く悩み、二つの対立原理のいずれにも安住しえず、故郷を喪い道に迷い、文芸の仕事に最後の拠点を見出した者すべての聖書が『トーニオ・クレーゲル』にほかならない、と言ったマルセル・ライヒ=ラニツキーの美しい評言[53]をもって、本章の結語としたい。

註

(1) Wolfgang von Goethe : *Italienische Reise.* In : *Goethes Werke.* Hamburger Ausgabe 1954^2, Bd.XI, 329

(2) Vgl. Erwin Koppen : *Schönheit, Tod und Teufel.* In : *Arcadia,* Bd.16, H 2, 1981, S.160, 166f. /Hans Mayer : *Thomas Mann.* FaM : Suhrkamp 1980, S. 420 /Erich Kahler : *Säkularisierung des Teufels.* In : Die neue Rundschau, 59 Jhrg. 10H. 1948

(3) Thomas Mann : *Briefe an Otto Grautoff 1894-1901 und Ida Boy-ed 1903-1928*. FaM, 1975 [=BrG], S.79ff.
(4) BrG, 60 (1895.10.5)
(5) Marcel Reich-Ranicki : *Thomas Mann und die Seinen*. Stuttgart 1987, S.106
(6) ibid. S.107
(7) Peter Handke : *Zu Franz Kafka*. In : *Das Ende des Flanierens*. FaM 1980, S.153
(8) Gerhard Härle : *Männerweiblichkeit—zur Homosexualität bei Klaus und Thomas Mann*. FaM : Athenäum 1988, S.168ff., S.351f.
(9) Hans Mayer : *Außenseiter*. FaM 1975, S.179
(10) August von Platen : *Sonette, Venedig* XXX. In : Platens Werke in zwei Bänden. Hrsg. von G.A.Wolff, Leipzig Bd.I, S.144.／川村二郎訳『世界名詩集大成―ドイツ編I』平凡社 一九五五年、二二七頁
(11) Thomas Mann : *Tagebücher 1918-1921*. FaM 1978 [=T18], S.290 /Vgl. G.Härle, S.162f.
(12) Th.Mann : *Briefe 1948-1955*. FaM 1965 [=Br.III], S.386f.
(13) Th.Mann : *Tagebücher 1933-1934*. FaM 1977 [=T33], S.411f.
(14) Reinhard Baumgart : *Selbstvergessenheit*. Wien 1989, S.52ff.
(15) IX, 792f./Vgl. Inge Jens : *Eine Variation über die Tagebücher* (Maschinenschrift. Vortrag. Tübingen 1990)
(16) Th.Mann : *Tagebücher 1940-1943*. FaM 1982 [=T40], S.396
(17) H.Mayer : *Thomas Mann*. S.408
(18) Erika Mann : *Briefe und Antworten* I. München 1984, S.17f.
(19) Vgl. Hans Wysling : *Narzissmus und illusionäre Existenzform*. Bern 1982, TMS V, S.92ff.
(20) Peter Szondi : *Thomas Manns Gnadenmär von Narziß*. In : *Schriften* II. FaM 1978, S.241f.
(21) Vgl. H.Wysling : *Thomas Mann als Tagebüchschreiber*. In : TMS VII. Internationales Thomas-Mann-Kolloquim 1986 in Lübeck. Bern 1987, S.139ff. /H.Mayer, S.460
(22) G.Härle, S.19ff.
(23) H.Wysling : TMS V, S.67ff.

(24) Ilsedore B. Jonas : *Thomas Mann und Italien*. Heidelberg 1969, S.63ff. /Vgl. XII, 51

(25) I.Jens, a.a.0. S.11

(26) Karl Kerényi : *Tage-und Wanderbücher 1953-1960*. München 1969, S.370f.

(27) K.Kerényi : *Thomas Mann und der Teufel in Palestrina*. In : Neue Rundschau. Jg.73. H.2/3, FaM 1962, S.238ff.

(28) Peter de Mendelssohn : *Der Zauberer. Das Leben des deutschen Schriftstellers Thomas Mann. I.Teil 1875-1918*. FaM 1975, S.206f., 294f.

(29) Siegmund Freud : *Eine Teufelsneurose im siebzehnten Jahrhundert*. In : Gesammelte Schriften. Wien 1924, Bd.X, S.410

(30) Vgl. Lea Ritter-Santini : *Das Licht im Rücken. Notizen zu Thomas Manns Dante-Rezeption*. In : TM75, S.363

(31) P.Mendelssohn ; S.292ff. /G.Härle ; S.192ff., 357

(32) Vgl. Santini ; S.362f., 373

(33) Vgl. Max Horkheimer und Theodor W. Adorno : *Dialektik der Aufklärung*. FaM 1969. passim.

(34) Goethe : *Die natürliche Tochter*. (II,5). In : Bd.V, S.246

(35) Vgl. Georg Lukács : *Die Theorie des Romans*. Neuwied 1971, S.81ff.

(36) Erich Heller : *Thomas Mann. Der ironische Deutsche*. FaM 1959, S.40, 83

(37) Th.W.Adorno. : *Philosophie der neuen Musik*. In : Gesammelte Schriften. FaM 1975, Bd.12, S.125

(38) Vgl. Helmut Koopmann : *„Doktor Faustus" als Widerlegung der Weimarer Klassik*. In : TMS VII, S.103ff. /Eckhard Heftrich : *„Doktor Faustus" Die radikale Autobiographie*. In : TM75, S.135ff. /Erich Heller : *Doktor Faustus und die Zurücknahme der Neunten Symphonie*. In : TM75, S.173ff.

(39) Vgl. Heinz Gockel : *Thomas Manns Entweder und Oder*. In : *Thomas Manns Dr.Faustus und die Wirkung. 1. Teil*, Bonn 1983, S.137ff. /Sören Kierkegaarde : *Entweder/Oder*. 1.Teil, übersetzt von E.Hirsch, Düsseldorf 1956, S.64ff., 68ff.

(40) XI, 1131f., 1142f. /Hans Egon Holthusen : *Die Welt ohne Transzendenz*. Hamburg 1954, S.5ff., 59ff.

(41) Friedrich Nietzsche : *Morgenröte 327*, N I, 1198

(42) Ernst Troeltsch : *Aufsätze zur Geistesgeschichte und Religionssoziologie*. In : Gesammelte Schriften, Hrsg. von H.Baron, Aalen 1966, Bd.IV, S.259f.
(43) Heinrich Mann : *Ein Zeitalter wird besichtigt*. Stockholm 1946, S.232
(44) H.Wysling : TMS V, S.115
(45) Vgl. H.Gockel : *Die unzeit-zeitgemäßen Brüder*. In : *Wagner-Nietzsche-Thomas Mann. Festschrift für Eckhard Heftrich*. FaM : Klostermann 1993, S.216 / H.Wysling : *Zur Einführung*. In : *Thomas Mann-Heinrich Mann Briefwechsel 1900–1949*. FaM 1984, VII-LXI
(46) Mendelssohn ; S.434ff.
(47) Georg Simmel : *Zur Philosophie der Kunst*. Potsdam 1922, S.72
(48) XII, 539/Vgl. Vittorio Santoli : *Thomas Mann und D'Annunzio*. In : *Philologie und Kritik*. Bern 1971, S.18ff.
(49) Vgl. H.Wysling : TMS V, S.312ff. /TMS VII, S.140ff.
(50) Hans Rudolf Vaget : *Thomas Mann-Kommentar*. Müinchen 1984, S.106
(51) Vgl. II, 439f., 658 /Vgl.H.Gockel : *Faust im Faustus*. In : TMJ I, FaM 1988, S.135ff., 148
(52) Vgl. Martin Walser : *Selbstbewußtsein und Ironie*. FaM 1981, S.83ff.
(53) M.Reich-Ranicki : *Eine Jahrhunderterzählung „Tonio Kröger"*. In : Ranicki, S.93ff.

結論　ミュトスとイロニーの織物
――トーマス・マンの文学――

第一節　神　話（ミュトス）

1　ウェヌス・アナディオメネ（Venus Anadyomene）

Tätigkeit und zücht'ge Schöne
Sich vor unserem Blick verband, ―
Venus Anadyomene
Und Vulcani fleiß'ge Hand.

„Die Buddenbrooks"（I, 35, 296）

逞しい活動と慎み深い美とが
われわれの眼前で結ばれる、――
ウェヌス・アナディオメネと
ウゥルカーヌスの勤勉な手の結び合い。

『ブデンブローク家の人々』（第一部第六章、第五部第八章）

ローマ東南東約四〇km、プレネスティーネ連山の一つ、四六五メートルのジネストロ山の急勾配の南斜面パレストリーナで書き始められていた、トーマス・マン二〇代前半の青春の書、この最も自然主義的リアリズム小説とみなされている『ブデンブローク家の人びと』(一九〇一)に、すでに神話の背景が見えする。上掲の詩は、四代にわたるリューベクの大穀物商会ブデンブローク家の大黒柱トーマスと、その異国出身の美しい妻ゲルダの結婚にあたり、トーニが想い出す、ホフシュテーデ (J.J. Hoffstede) の祝歌の一節である。「何という女性だろう。ヘーラー、アプロディーテー、ブリュンヒルデ(Brünhilde)、メリュジーヌ(Melusine)が一体となっているようだ」(I, 295)とゴシュ(Gosch)は言う。ゼウスの貞淑な妻ヘーラー、海の泡より生まれし美の女神ヴィーナスたるアプロディーテー、ジークフリート (Siegfried) の宿命の恋人ブリュンヒルデ、そしてフランス伝説の海の妖精メルュジーヌである。[1]

ゲルダは、穀物商会の賢夫人ヘーラーであるが、同時に彼女には、謎にみちた、犯しがたい、歳月が浸食しえないものがあって、それは人間ではなく、自然の元素、地霊、あるいはアンデルセンの人魚姫のようなところがある。美しく冷たい、滅びをもたらす沈黙のメリュジーヌは、故郷の要素である水(海)を忘れることはできない。死と結びつく自然の美たるセイレーン (Sirene) であり、トリスタン (Tristan) に対するイゾルデ (Isolde) である。トーマスはトラーヴェミュンデの海、その時間も空間もない、無とも死ともニルヴァーナともいえる、永劫回帰する波の無窮動を愛す。海と死と音楽とが融合し、さらに叙事詩的物語の織物もその観念連合に融合していく。すなわちゲルダは、美(エロス)、海、死、音楽という、ドイツロマン主義の核をなす要素を象徴する。

ファウストたるトーマスにとり、ゲルダは商会の堅実な市民性を滅亡へと傾斜させながらも、彼を魅惑するヘーレナである。だから二人の愛の結実の息子ハノはオイフォーリオン (Euphorion) なのだ。ハノ＝オイフォーリオンは、家系図の下に線を引き、咎められると、もう続かないと思ったんだよと言い、ヴァーグナーの『トリスタンとイゾルデ』に惑溺し、チフスで夭折する運命にある。

ゲルダと中尉（Herr von Throta）が音楽を介し親しくなり沈黙の時間を過ごすことに苦悩するトーマスの心理描写に（I, 646f.）、プロテスタンティズムの倫理により形成された市民的秩序と、抑圧された自然の生の衝動が内側から外的形式を震撼しようとする危機がすでにほの見える。いわゆるディオニューソスとアポロの抗争である。

2　アプロディーテー＝ウェヌス（Aphrodite＝Venus）

父ウーラノス（Uranos）の男根を、息子クロノス（Kronos）は鎌で切り取り、波うつ海に投げつける。すると湿り気を帯びた西風ゼピュロスに吹かれ、白く泡立つ波間から裸身の処女が顕現(Epiphanie)する。すなわちアプロディーテー（'Αφροδίτη＝Aphrodite＝Aphrogenes＝Anadyomene）、「海の泡(aphros)から浮かび上がった女」である。アプロディーテーは、天（Urania）と海（Pontia）、太陽と冥府、処女愛（Urania）と逞しい情欲（Pandemos）、男性（barbata）と母性（alma mater）をあわせもつ、神話的アムビヴァレンツの母型である。(2)

彼女はすぐ季節と秩序の女神ホーラーたち（Horai）たちによりヴェールをかぶせられる。顕現と隠蔽の狭間に、美があり真がある。エジプトのザイス（Sais）のイーシス＝イシュタール女神像のヴェールをあげ裸身を見る者は死なねければならない。

ショーペンハウアーによれば、ウーラノスは空間（Raum）を、クロノスは時間（Zeit）を、ゼウスは質料（Materie）をあらわす。「時間はあらゆる生殖力を殺す。あるいはもっと正確に言えば、新しい形式（neue Form）を生む能力、生きた性の原生殖（Urzeugung）は、最初の世界創設後には、止む。クロノスはさらに自分の子供を食い尽くすので、形式の生殖力と永続を保証するためには、新しい原生殖、すなわちアプロディーテーの海からの誕生が必要となる。」「天と地、つまり自然が、その新しい形態を与える原生殖力を失うと、この原生殖力はアプロディーテーへと変化する。彼女はすなわちウーラノスの海に落ちて切断された男根の精子の泡から生じ、現存する種（species）の確保のために、個々の物を性的に生み出すのだ[3]」。すなわちアプロディーテーとは、宇宙生成(Kosmogonie)、あらゆる形式生成の神話的象徴である。「性的情熱は無数の等級をもっている。その二つの極端はしかしとにもかくにもアプロディーテーとしてpandemos（地上のアプロディテー・性愛）とourania（天上のアプロディテー、プラトニック・ラヴ）として記号づけられるが、その本質に従えば同一のものだ」(Schopenhauer, II, 686)。

宇宙開闢のエロスは、しかし死と破壊のエロスでもある。このエロスは、市民的安定生活形式を絶えず襲撃し、危機に追いやる衝撃力をもつ。このHeimsuchungsmotiv（エロスの襲撃、災厄モチーフ）は[4]、初期短編の女性群から、グースタフ・フォン・アシェンバハ対タジオ、ハンス・カストルプ対マダム・ショシャ、ヨセフ対ムト＝エム＝エネト、アードリアーン・レーヴァキューン対ルーディ・シュヴェールトフェーガーなど、男女両性のヘルメース＝アプロディーテーとして、マン作品生涯の随所に現れる。エロスによる冥府への魂の誘惑者としてのヘルマプロディートスである。

3　マーヤ（Maja）のヴェール、物語の織物

ヴェネツィアのリード（Lido）の海辺から現れる少年タジオ（Tadzio）はマンのエロース＝タナトス、魂の導き手ヘルマプロディートス＝プシコポムポスである。意志の海と表象の芸術家精神の対峙である。ニルヴァーナ(Nirwana)とマーヤのヴェール、無形式と形式、ディオニューソスとアポロの対峙である。

美も真も、空と海の深みから浮かび上がって、ヴェールに身を隠し、また隠れながら現れる。ハイデガー風に言えば、アプロディーテーは顕現と隠蔽の弁証法ヴェールのうちにある。ヴェネツィアの海辺のタジオは、海の泡から浮かび出て、初老のグースタフ・フォン・アシェンバハの魂を、空と海が一つに溶けあう巨大な約束に充ちた水

平線の彼方に導いていく。混沌からの生成と元素への回帰、形式化と無形式への誘い、エロスと精神、アポロとディオニューソスの織りなす芸術家物語である。

意志の海から個体化の原理により表象世界となり、このマーヤのヴェールに覆われた現象世界からふたたび、個体化原理の苦悩を逃れて、無形式の永劫回帰のニルヴァーナの海に帰り、個を解消して種と一体となる。「マーヤのヴェールとは、現象の形式、個体化の原理（principium individuationis）である」（Schopenhauer, II, 472）。個体化、形式化、アポロ、美、これが『ヴェネツィアに死す』でVenus Anadyomeneモチーフが展開される思想的生殖細胞なのだと、ヴェルナー・フリツェン（Werner Fritzen）は言う（WF, 205）。このヴェールのモチーフは、『ヨセフ』四部作のケートネット（Ketnet. passim）となり、ヨセフの死と再生を象徴する上着の八つ裂きや、花嫁ラケル、ムト＝エム＝エネトのヴェール引き裂き（zerreißen）のモチーフとなるのみならず、『ヨセフとその兄弟たち』物語自体を織りなすヴェールの糸ともなる。

「その処女の衣裳は手にした重さが奇妙に不明瞭であった。というのは軽いと同時に重く、そちこち重さが一様でなかった。軽いというのは、きわめて薄青い生地が、さながら大気の吐息か霧か虚無であるかのように、繊細に精妙に織られているので、片手で軽く丸めてしまえば、もはや何も見えないほどであった。他方絵の描かれた刺繍によって一面に点在する重さもあった。目のこんだ気品ある仕上がりで、その刺繍はその生地を多彩に輝くばかりに覆っていたからだ」（IV, 297）。

ラケルの花嫁のヴェールは実に精妙に織られていて、見えると思えば見えず、見えぬと思えば目に鮮やかであり、軽いと思えば重く、重いと思えば軽い。すなわち存在と無の織りなすヴェールなのだ。〈物語〉というヴェールもまた同じように存在と無、形式と無形式、現象とイデー、個と全、意識と無意識、形式と質料、アポロとディオニューソス、表象と意志の織りなすヴェールである。

無の像としてのマーヤのヴェールと、ヴェールの背後の遍在の像としてのイーシス＝アプロディーテー。この二重パースペクティヴのうちに、表象と意志としての世界というショーペンハウアーの世界把握がある。ニーチェもマンも正負の符号こそ違え、この二重光学（Doppelte Optik）の上に立つ。

「マーヤなしの物語はない。生起と物語とは、錯覚の果実である。しかしこの錯覚は美しい仮象と分かればこそ、またヴェールの無のなかへ、芸術のあらゆる崇高な形象が織り込まれればこそ、ヴェールの世界は美的なものとして是認され、それゆえセラ(Serach)は物語の終わりに〈美は真理、生は詩〉（V, 1703）と歌うことができるのだ」（WF, 205）。

ヨセフのヴェールを、兄弟やムト＝エム＝エネトが引き裂くモチーフ。それはそれなしでは新しい生成はありえない、死と再生のメタモルフォーゼのモチーフである。すなわちマーヤのヴェールが引き裂かれ、切片のように時間空間因果律という現象世界にひらひら舞う個という呪縛を解かれて、根源的一者と宥和一体化する至福へのプロセスである。Tammuz＝Osiris＝Adonis＝Dionysos＝Christusなど「八つ裂きにされた、一切を包括する死と再生の神」の系譜にヨセフはつながる。ヴェールを被ることは地上世界の生への上昇を、ヴェールを脱ぐことは冥府下りを意味する。ヴェールを剝ぐ(Entschleierung)とは、マーヤのヴェールに覆われた幻想世界が崩れるプロセス、すなわち真の認識への入り口でもある。ヴェールを剝ぐ結婚は、古い生命が媾合して死ぬことにより、新しい生命をはぐくむ、誕生と墓の同一性儀式ともいえる。タムズ＝オシリス神に代表される〈八つ裂き〉モチーフは、年々歳々死と再生をくり返す植物の生命神話である。

ヤーコブにとっては第十一番目の子、最愛の妻ラケルとの間では最初の息子、生と死の黒い血まみれの母胎(ラケルはベニヤミンBenjaminを生みつつ死ぬ）から生まれ出た、真の深淵の息子、Dumuzi-Absu（IV, 348）がヨセフである。生と死、誕生と墓との同一性をあらわす。「カオスの奇跡の息子」(des Chaos wunderlicher Sohn)（*Faust I*, 1348）と、ファウストもメフィストフェーレスについて言う。深淵の混沌と、深淵の上に漂う神の霊、地下（深淵）と地上（霊）の両者により祝福された、闇と光の息子、ヨセフ＝ヘルマプロディートスは、この世に生きとし生ける生命の、生と死、死と再生のメタモルフォーゼの神秘を表徴する。神話とは、この生と死の神秘を織りなす晴れ着、存在と無、光と闇、形式と混沌、霊（精神）と深淵の糸により紡がれた、物語のヴェールなのだ。

マーヤのヴェールとは、世界を織る力、生の絨毯、世界の織物であり、現れながら隠れ、隠れながら現れる、神秘（Mysterium）の着る衣服である。神話物語とは、真と幻、生と死の神秘が織りなす織物、美と真の顕現と秘匿の弁証法の糸の織りなす晴れ着、存在と無、意味と無意味、表象と意志、現象とイデア、意識と無意識、アポロとディオニューソスの糸の織りなすヴェールである。(5)

4　デーメーテール＝ペルセポネー（Demeter = Persephone）

ニューサ（Nysa）の野に咲くバラ、クロッカス、スミレ、アヤメ、ヒヤシンスの花々の間に、ペルセポネー（Persephone＝Proserpina＝Kore）は、あどけなく遊び、水仙（ナルキッソス）を摘んでいる。そこへ四頭の馬車を駆って、クロノスの子にしてゼウスの弟、冥界の王ハーデース（Hades＝Pluton）は、この清純無垢の処女を略奪し、地底に拉し去る。

愛娘をさらわれた狂乱の母デーメーテールは、炬火をかかげ世界を探し回る。兄ゼウスと暗黙の了解があると知った母デーメーテールは、傷心のあまり地上から姿を消す。地上の植物は、この穀物の女神の隠遁のため、芽も出さず、花も咲かず、実も付けない。

ハーデースの奸計により、ペルセポネーはザクロの実を食むが、死者の国と結婚の印でもある石榴を一度食したものは、冥府から逃れることはできない。

そこでゼウスの命によりヘルメースの仲介でペルセポネーは、一年の三分の一を地下に、三分の二を地上に過ごすという和解が成立する。生命ある植物が冬の間は地下に冬眠し、春夏に芽を出し芽を付けふたたび秋から冬にかけて枯死していく、植物の永劫回帰の生命の営みの神話、穀物の女神、母なる大地母神たるデーメーテール神話である。

『魔の山』のハンス・カストルプが迷い込んだ雪山（シュティフターの『水晶』（*Bergkristall* 1853）の影響が強い）で見る夢の場面で、アポロ的地中海の日光降り注ぐ太陽の子らのパラダイスが暗転すると、神殿前面列柱に彼は母子の石像を見つける。デーメーテール＝ペルセポネー像である。神殿の内部では恐ろしい嬰児喰らいの魔女たちのディオニューソス的饗宴が行われており、ハンスに低地ドイツ語で卑猥な言葉を投げつける。ミヒァエル・マン（Michael Mann）によると、この情景には、グスタフ・マーラーの『大地の歌』の第四章李太白の詩による「美について」（*Von der Schönheit*）が背景にあるという(6)。

クラウディア・ショシャ（Clawdia Chauchat）にはこのデーメーテール＝ペルセポネーやウェヌス＝アプロディテー像が下地にあるといわれる（cf. LS, S.49, 125, 139, 291ff.）。ヘルゼルベルク（Hörselberg）ならぬダヴォースの魔山で、病めるヴィーナスの抗しがたい魅力に惹かれたハンス・カストルプは、四年に一度の二月二九日のカーニヴァルのヴァルプルギス（Walpulgis）の夜、石榴の実を食み、冥府魔の山の呪縛からもはや逃れることはできない。七日滞在のつもりが七ヶ月となり七年となって、世界大戦の砲弾がその魔力を爆破すると、平地の現実の地獄が彼を待っている。クラウディアは一度冥府魔の山を去り地上に戻るが、またオランダ商人メネーア・ペーペルコルン（Mynheer Peeperkorn）を連れて舞い戻ってくる。〈7〉という数字は古来象徴的数字であって(7)、死と再生の永劫回帰をあらわすディオニューソス神話（エレウシース Eleusis 秘儀）や、旧約聖書的宇宙開闢の神秘を含む（LS, 52）。死と再生の永劫回帰は、植物神話、自然の営みの象徴である。この意味でもクラウディア・ショシャはペルセポネー＝デーメーテールである。

と同時に彼女は、chaud chat つまり熱い猫、ひそかに忍び寄る蛇、人間を豚に変えるキルケー（Kirke)、すなわち情熱の生ないし性への誘惑者でもある。バビロニアの Astarte、エジプトの Isis から、ギリシアの Aphrodite、Helena、ローマの Venus に連なる、エロスの女神の系譜である。ギリシアの Hetära（ヘタイラ、神殿遊女)、すなわちバハオーフェンの言う人類始源期母権性社会の初期を象徴する女性像である。ディオニューソス的狂躁の生へ誘惑し、自然の生命と合体し、個を捨て生への意志そのものとなり、死に通ずるエロスを享受し尽くそうとするアプロディーテー、ヘレネー、巫女マイナス像は、前述のようにすでにゲルダからマダム・ショシャを経てムト＝エム＝エネトまでの異性のみならず、ヘルマプロディートスとしてグースタフ・フォン・アシェンバハを誘うタジオ、アードリアーン・レーヴァキューンを誘うルーディ・シュヴェールトフェーガーとして同姓のエロスとしても現れる。クラウディア・ショシャもまた魂を冥府へと導くヘルマプロディーテーの一人、ドアをばたんと閉める入り口の神でもある。

クラウディアは故郷の同級生ヒッペ（Hippe）と重なり合う。ヒッペとは〈死の大鎌〉を意味する（LS, 294)。またヒッポリュトス（Hippolytos）はテーセウス（Theseus）とヒッポリュテー（Hippolyte）の子である。パイドラー（Phaidra）はアリアドネー（Ariadne）の妹、クレータ王ミーノース（Minos）の娘で、テーセウスの妻である。パイドラーはヒッポリュトスに不倫の恋をし、拒絶されて夫王に讒訴し自殺する。テーセウスはポセイドーン（Poseidon）に頼み息子の死を願うと、海岸で馬を走らせていたヒッポリュトスは海の怪物の出現に驚いた馬に轢かれて死ぬ。エウリーピデース（Euripides）もこの悲劇を唱った。ヒッポリュトスは母アマゾーンのコーカサスの彼方スキタイ（Skyten）の血を引く。だからヒッペもクラウディアもキルギス人の眼をもつのだ。

エロスとして偽装した生と死への意志、快楽原理と破壊原理を併せもつ Heimsuchung（エロスの襲撃、災厄）モチーフは、マン文学の随所に生涯現れ、主人公の精神と文化と市民的秩序を破滅へと導く。R・バウムガルトのいう〈自己忘却〉(Selbstvergessenheit)とは、アポロ的個別化の原理の枠を砕き、ディオニューソス的自然衝動に身を委ね、生への盲目的意志という根源的一者と一体化しようとすることであろう。

5 ディオニューソス、イェーズス・クリストゥス (Dionysos, Jesus Christus)

ペーペルコルンがふるまう深夜の豪華なご馳走のバッカス (Bacchus) 的饗宴と、ジュピター (Jupiter) の愛鳥、空の獅子王たる鷲についての演説 (III, 821) はディオニューソスを暗示し、「目覚めてあれ」(Wachet mit mir!)「見よ、時は迫れり」(Siehe, die Zeit ist hie) (III, 821) とペートルム (Petrum) とツェベダイ (Zebedei) に言うゲッセマネ (Gethsemane) のイエスの言葉の引用や (III, 789)、滝の前でみずから十字架の姿勢となってトゥーレ (Thule) の王のように酒杯を片手に人には聞こえぬ演説をする場は (III, 862f.)、キリストの山上の垂訓を暗示するといわれる。

ペーペルコルンは、陶酔の象徴としてのディオニューソス、苦悩の象徴としてのキリスト、ないし両者の合体像、あるいはゲーテとニーチェの融合像なのだ。[8] さらにそのモデルといわれるゲールハルト・ハウプトマン像が付け加わる。「十字架に架けられし者とディオニューソス。ゲッセマネの苦悩者と礼拝舞踏のなかで衣服を引き裂く荒野の祭司……ニーチェの魂のなかでと同じようにハウプトマンの魂のなかでキリストとディオニューソスとが神秘的に一体化しているのだ……」(IX, 812. *Gerhart Hauptmann*)。ヘルムート・コープマンはさらにペーペルコルン像に、ポセイドーンとガイア (Gaia) の息子で、母なる大地に触れるたびに怪力を増す巨人アンタイオス (Antaios) たるトルストイ像が重なっているという。[9]

現代のファウストゥス博士たるアードリアーン・レーヴァキューンが、最後の告白のあとピアノの上にがばと面を伏せ、しがみつこうとするように十字に腕を拡げるが、突き飛ばされたように椅子から崩れ落ちる姿 (VI, 667)、意識を失った彼の上体を母親のように腕に抱きしめるシュヴァイゲシュティル（Schweigestill 沈黙の静寂）夫人のピエタ像（VI, 667）にも、イエス・キリストの磔刑が下地としてあるのは明らかである。太平洋を『ドン・キホーテ』と共に渡り、夢に現れたドン・キホーテの横顔に、ひげを蓄えた近眼のニーチェを見（IX, 477. *Meerfahrt mit Don Quijote*）、さらにニーチェの横顔に十字架にかけられし者とディオニューソスの融合をみようとしたのが、トーマス・マンの、現代のファウストゥス博士としてのニーチェ像であろう。

第二節　神話、モデル、シンボル、ロゴス、心理学、イロニー

以上数例にすぎないが、トーマス・マンの小説世界の背後には、人間文化の始源たる神話要素が潜在的顕在的に存在するのは、明らかである。生の母型たる神話モデル、古代祖型を意識的に模倣遊戯するのが、現在を生きる人間の生とマンはみる。unio mystica（神話との同一化）、原型のまねび。これは亡命を余儀なくされた苦難の時代のマンを支えた基本的な世界観、人生観、芸術観であった。

トーマス・マンの神話観のポイントは三点ある。

1. 神話を生の祖型（Archetyp）とみる。神話とは、人間の生の原型、原初に形成された時間空間を超越して永遠に回帰する典型、〈静止する現在〉（nunc stans）に再生反復示現される始源的生の母型である。
2. 現在の生は、この母型神話の再生変奏である。変奏、引用、模倣、すなわち〈神秘的同一化〉としての生、超自我たる父親模倣は、マンの場合 imitatio Goethe となる。物語りとは、無時間の生の母型の祝祭的再生反復変奏となり、『ヨセフ』四部作に具現化される。

3. 原型の意識的模倣、遊戯的変奏踏跡、すなわち無意識の意識化、素朴の情感化、自然の精神化は、神話の〈心理化〉である。意識的知性による、無意識的神話の心理主義的再生。これは言いかえれば神話のイロニー化、イロニーによる神話再生である。

〈神話と心理学〉〈神話とイロニー〉とは、ロマン主義と啓蒙主義、自然と理性、ディオニューソスとアポロ、無意識と意識、意志と表象の対立とその克服ともいえる。祖型は、無意識の根源と意識の間を媒介し、太古の自然な無意識的本能的共同の生と、不安に脅かされる現代意識の一回性との間を架橋し、仲裁する。（ユング／ケレーニイ『神々の子供』一三八頁。本書、第一章第三節3参照）

時代的にみれば、〈二〇世紀の神話〉に代表される反理性、非合理、原始野蛮への先祖帰りの潮流に対する、マンの抵抗があり、全体主義という時代の同一性に対する、マンという非同一性の個の反抗がある。あるいは逆に、神話のなかに人間の生のあるべき母型、同一的モデルを見出し、いかなる時代であれ人間としての人間らしい生はこうあるべきだ、あるいはこうありたいという同一化願望があるともいえる。ナチズム神話へのアンチ・テーゼ、神話のフマニスムス化、これが心理学的神話、イロニーによる神話再生である。

これをマンは〈神話の人間的なものへの機能替え〉(Umfunktionierung des Mythos ins Humane)（X, 658）と呼んだ。エルンスト・ブロッホの言葉である。「すでに意識されなくなったものをまだ意識されていないものへ接合する試み」(EZ, 260)、「始源という無意識へのあらゆる道は、その一歩一歩がまた、人間のなかに隠れており、その歴史のなかでまだ生成していないものについて、まだ意識されてないものへ至る、包皮のままの道である」(EZ, 348f.)[10]。「実りある古代的なものとの親和力もその唯一の鍵穴も、なお発酵しつつある現実としての未来への希望である」(EZ, 350)。「かつて存在した母型の深みにこそ、ユートピアへの可能性が秘められている。」「真の原型」(Archetypus) というものは、形象から現存在へと肉薄する。真の原像は過ぎ去ったものとして、意識下に横たわっているのではない。

個々人のものにしろ、歴史的人類のものにしろ、真の原型は、旅の途次にある。革命的・弁証法的旅の最高善であり、この旅と共に変化していくのだ」（EZ, 351）。すなわちマンもブロッホも、神話的原型を、現実（ἐνέργεια）のなかに潜在する可能態（δύναμις）とみ、その完成態（ἐντελέχεια）をめざすことを、〈神話再説〉とみた。

トーマス・マンの神話再説の物語り手は、いわば時空を超えた〈物語り精神〉である。エリエゼル（Eliezer）は、現在の自己が、先祖代々の自己の上に積み重ねられてあることを知っている。ヨセフの私は、旧約聖書の私であるばかりでなく、現在生きている各個人の私でもある。かくて時空は消失し、あるのは nunc stans のみになる。神話の祖型の語る呼びかけに耳をこらして聴き従う。するとそこに神話の甦りがある。トーマス・マンにおいては、物語の精神とはイロニーであり、イロニーとは物語精神である。

*

トーマス・マンにおける神話問題を考察する際、注意すべきことが五点ほどある。

（1）神話と祖型、（2）神話とモデルネ（新しき神話）、神話と心理学、（3）八つ裂きの神の系譜、永遠不変と瞬間の今、（4）神話とシンボル、（5）形象と意味、などである。

1　神話と祖型、自我の遠心と求心

アドルノ、ホルクハイマーによれば、神話の原理はあらゆる事象が〈反復・くり返し〉（Wiederholung）であると説明する内在的原理である（A 3, 28）。「神話とは、呪術祭祀と同じように、くり返される自然（die sich wiederholende Natur）である。反復される自然が、象徴の核心だ。それが象徴の実現としてつねにくり返され生起するものとなるべきはずのものであるがゆえに、永遠とみなされる先例（Vorgang）ないし存在である。汲み尽くしえないこと、無限の再

生、意味されているものの永続性はあらゆるシンボルの属性であるばかりでなく、その本来的内容である」(A 3, 33)。

神話を、生の原型、古代祖型とみ、現在の生を、その反復、変奏とみる、マンの神話観に通ずるものがある。トーマス・マンの神話アプローチは、上述のいくつかの例証で明らかなように、すでに象徴的リアリズム小説といわれる『ブデンブローク家の人々』に潜在しているが、顕在化するのは一九一一年の『ヴェネツィアに死す』であり、冥府の『魔の山』の影の登場人物たちに引き継がれ、『ヨセフ』四部作、『選ばれし人』などでその極点に達する。「人の一生のなかでも若年時は個人的市民的物語、老年時は典型的普遍的神話へと関心が移行する」(X, 656)。

その背景には、現代における自我の不安定、自己のアイデンティティーの拡散喪失という危機に面し、その精神的拠り所となるべき中心点を古代神話に求めるという時代の様相がある。「われわれの時代の本質は、多様性と不確定性である……軽い慢性的なめまいが時代のなかで震えている」(ホーフマンスタール『時代と詩人』一九〇七)。「動かぬ大地での船酔いのような経験」(カフカ『ある戦いの手記』一九〇四―一〇)。中心の喪失、神の死、価値真空時代の、途方に暮れて佇む無力な自我の実感である。[11]

「われわれのポエジーには中心点が欠けている。われわれが中心点をもたないからだ」(KA, 312)。F・シュレーゲルの〈新しき神話〉への要請の反響が世紀を超えて響いている。ヴァーグナーに音楽の精神からの悲劇の誕生、新しい神話の再生を憧憬したのは、ニーチェばかりではない。

『ヴェネツィアに死す』の詩学『甘き眠り』(*Süßer Schlaf*, 1909)に、マンフレート・ディールクスは、マンにおける自我の拡散と類型化、遠心的(zentrifugal)と求心的(zentripetal)二大原理の対立をみる。[12] 自我の拡散と集中、解体と統括、関連ある全体性の瓦解、散乱と構築、無限と有限、甘き眠りと苦き覚醒、夜の睡眠と昼の倫理的活動、意志と表象、ディオニューソスとアポロと対立抗争である。

ショーペンハウアーは、マーヤのヴェールに覆われた個体化の原理である一切の現象が、その中心である〈生への意志〉へ求心的に収斂すると説く。ニーチェは、全体的関連の虚構を暴き、神の死、無の永劫回帰を説く。M・ヴェーバーは、現実のさまざまな個々の現象を統括する一種のイデー、すなわち〈理想型〉(Idealtypus) を説く。(13) ユングは、フロイトの性リビドー説に抗し、一九一〇―一二年の『リビドーの変容と象徴』(14) で〈集合無意識〉へと傾く。

ヴェーバーとマンは、理性のモラルと概念的構成への傾向、すなわち〈理想型〉という典型志向において共通項をもつ。これに対しユングにマンは、個の解体、反個性、集団無意識への自我の解消、非理性への傾斜をみる。この自我の求心と遠心の抗争が『ヴェネツィアに死す』のアポロとディオニューソスの抗争となる。マンは、『魔の山』脱稿後、一九二六年以降、ヘルムート・コープマンの言うように、啓蒙、すなわちM・ヴェーバーの位置に傾き、それはヨセフ像に結晶する。

M・ヴェーバーとユング、集中と拡散、合理と非合理、理性と意志、B・クレスディアーンセンの述語でいえば、形式と無形式との抗争は、『意志と表象としての世界』を軸に、生涯トーマス・マン文学の骨格を形成する。初期短編群からフェーリクス・クルルまで、主人公は皆、自我のアイデンティティーの確立と喪失、自我の集中と拡散、求心と遠心、神話典型への同一化と非同一化の格闘物語である。タムズ、オシーリス、ヨセフの八つ裂きモチーフは、自我の八つ裂き、散乱、瓦解の危機と、それからの再生を目指す。不変の確固たる自我モデルの発見こそ、危機に瀕する現代の八つ裂き自我が、古代神話に自我原型、人間の生の母型を模索する試みであろう。

しかしそれは、無意識の自然、原始的生へのたんなる退行ではありえない。あくまで現代の意識、理性による〈新しい神話〉の再生、再創造である。そこにミュトスとロゴス、古代と現代、自然と理性、無意識と意識、意志と表象、ディオニューソスとアポロの新しい交渉がある。

2　新しき神話（Fr. Schlegel）、古代とモデルネ、神話と心理学

「我思うゆえに我あり」の近代理性は、自己を前近代に宗教がもっていた精神的統合力と同等の中心点とみなしえず、むしろ人間の自己保存という第一原理のために、自己内外の自然を支配する、道具的理性となる。神に等しき自我という不遜の裏返しは、自己存立の基盤への不信であり、依拠すべき中心点を理性は自己の他者たる〈神話〉や〈自然〉に求める。「満足しないモデルネ文化の巨大な歴史的欲求……身をすり減らす認識欲が示しているのは、神話の喪失、神話的故郷の喪失でなくて何であろう」（Nietzsche, I, 146）。「われわれのポエジーには、神話が古代人にとってそうであったような中心点が欠けている。現代文学が古典文学に劣るすべての本質的なもの……それはわれわれには神話がないということだ」（Fr.Schlegel : *Rede über die Poesie.* In : KA, 312）。

失われた神話の故郷を求めて、ロマン派以来〈新しき神話〉への旅が始まる。F・シュレーゲルからニーチェを経てトーマス・マンに至る神話論の一つの特性は、「原始に帰れ」といったたぐいの、反理性、非合理、野蛮という、自然暴力支配への反動的退行ではなく、ロゴスとミュトス、理性と神話、意識と無意識、アポロとディオニューソスの新たな交渉による〈新しき神話〉である。それはすでに一度八つ裂きにされたが再び再生して到来すべき新しき神に向けられた、ユートピア志向を内在する新しき神話である。モデルネとアルカイックなものとが触れあう現在という瞬間的な美の表現こそモデルネ芸術の核心の一つであって、これこそ現代人の危機、自我の拡散、価値真空、ニヒリズムからの救済の媒体となる。

F・シュレーゲルは言う。古代神話は感性的世界の最も身近な生命あるものと直接結びついているが、新しき神話は「精神の最内奥から創り出された、芸術作品のなかでも最も人為的な（künstlich）なものでなければならない」（KA, 312）。「灰色の古代は再び生命をもつだろう。そして教養（Bildung）の最も遠い未来もすでに予兆（Vorbedeutungen）のなかに告げられているのだ」（KA, 314）。「神話とは自然の芸術作品である。すなわち自然の織物のなかに至高のも

のが現実に形成されている。すべては関係と変容であり、結合されたり変形されたりする。そしてこの結合と変形とはまさしく、自然の固有の方法であり、自然の内的生命である」(KA, 318)。「そうだ、この人為的に秩序づけられた混乱、諸矛盾のこの魅力的なシンメトリー、全体のどんな部分にさえも生きている熱狂(Enthusiasmus)とイロニーのこの驚くべき永遠の交替は、私にはすでにそれ自体で間接的な神話（機知の固有の新しい神話）であるように思われる。有機組織は同じであるアラベスクは、人間の最古の最も始源的な形式である。機知も神話も最初の始源的なものや模倣し難きものがなければ存立しない。これはそもそも解明しえないものなのだ……なぜならあらゆるポエジーの起源は、理性的に思考する理性の歩みと法則を揚棄して、再びファンタジーの美しい混沌のなかへ、人間の本性の始源的なカオスのなかへ身を置くことだからである。人間の自然の始源的カオスに対し、古き神々の多彩な群れ集いほど、美しいシンボルを私は今まで知らない」(KA, 319)。

カール・ハインツ・ボーラー（Karl Heinz Bohrer）はF・シュレーゲル『神話についての談話』につき四点のポイントをあげる。[15] 新しい神話とは、第一に、ゲレス『信仰と知識』(J.Görres : *Glauben und Wissen* 1805) やクロイツァーと違い、太古への回帰ではなく、現在における神話の文化的機能とは何か、の理論であること。第二に、絶えず自己言及叙述する超越論的神話、人為的に作られる模造品(Artefakt)であること。第三に、革命という急転による〈現在〉に、太古の祖型と未来のユートピアが交錯するその美的瞬間の尊厳をみる、モデルネの時間意識をもつこと。第四に、純粋なポエジー、美的象徴としての神話であること、の四点である。

精神の最内奥から意識的に創り出された最も技芸的な神話というF・シュレーゲルのモデルネ神話の系列に『ヨセフ』四部作がある。精神最内奥の意識的技芸とは、心理学とイロニーである。アルフレート・ボイムラーは「神話と心理学とは相容れない」[16] として、これを結合しようとしたF・シュレーゲルやニーチェを批判したが、トーマス・マンは意識的に神話と心理学を結びつけ、心理学という現代意識の武器による神話解体と再構築を、しかもイスラエルの民の根源史を、ナチズムの跋扈するさなかに、十六年の歳月を費やし敢行、成就した。亡命の所産である。マンの心理学的神話、イロニー化された神話は、予兆のなかに告げられている至高なるもの、灰色の古代の神々の現在化であり、ユートピア暗示でもある。自然の織物のなかに示現する神的なもののポエジー化であり、結合と変形の詩的ファンタジーの戯れである。個の関心と共同体の無意識の融合せる神話再説でもある。ポエジーと科学、ファンタジーとロゴス、熱狂とイロニーの交錯する中間項としての神話、その現代における実現を『魔の山』にみるエーリヒ・ヘラーの説[17]は、マルティーン・ヴァルザーの言うようなトーマス・マン教会におけるゲルマニストの跪拝ではないだろう。自己の中心を求めると、灰色の古代が再び生命をもち、その神話のさまざまな根源形象のなかに、現在のユートピアを予兆するシンボルが暗示されているだろう。マンやブロッホがみた神話のポテンシャルである。

3　八つ裂きの神の再生への希望、永遠と瞬間（J.Habermas）

『ポスト・モデルネへの一歩。転回点としてのニーチェ』でハーバマースも、美の瞬間の時間意識、過去への退行ではなく未来への指向をもつユートピア神話、公共の場としてのポエジー、新しき神話、ディオニューソスとキリストのメシア性、脱中心的自我と中心志向の中間点としての芸術などを指摘する。[18]古代共同体の中心を成す宗教的祝祭は、今日芸術作品へと変容し、新しい公共性(Öffentlichkeit)をもつ。ポエジーを人類の女教師に、民族の倫理的全体性を再生する原動力となるべきだというF・シュレーゲルの〈新しい神話〉へのメシア的要請は、ヴァーグナーを経て、ニーチェに息づいている。

モデルネの意識的ロゴスとアルカイックの無意識的ファンタジーの混淆により生ずるポエジーのみが、人間の本性を含む自然の根源的カオス、神話の根源力世界へのドアを開く。現代において涸れ果てた社会的統合の中心点こそ〈新しき神話〉というニーチェの芸術至上観は、美的モデルネの転回点となった。ヘルダーリン、ノヴァーリス、クロイツァーなど初期ロマン派には、ディオニューソスとキリストを同一視する傾向がある。それは第一に、八つ裂きにされ、今は不在だが、やがて甦り再生するというメシア的な救済希望である。その不在、遠隔を苦痛にみちて感じることによって、それだけ失われた連帯の中心、根源力の大切さを知り、程ない再来への希望をいや増す。第二は、危機に瀕する個我主観の限界を知り、個体化の原理の鎖を解いて、根源的一者に自己解消したいという、陶酔と合一化への願望である。ヨセフもまたすでにみたようにオシーリス＝アドーニス＝ディオニューソス＝オルペウス＝クリストゥスという八つ裂きの死と再生の神の系譜である。

神々の不在の夜に、遠隔の神の接近が告げられる。「パーン(Pan)の時に日はその息を止め、時間は静止する……そして移りゆく瞬間が永遠との婚礼を祝うのだ」(JH, 119)。ハーバマースは、アンチ・キリストたるディオニューソスが再来する〈真昼の鐘の鳴るとき〉すなわちパーンの美的瞬間を、モデルネ芸術の核を成す時間意識とみる。トーマス・マンの nunc stans もこの〈静止せる現在〉であるが、この〈立ち止まれる今〉は、個体化の原理を破砕し、差異と限界を打ち破り、無定型な自然、根源的一者に溶融したいという欲求と、個体化の原理を遵守し、節度と形式、仮象と表面の美を作りたいという欲求、すなわちディオニューソスとアポロの婚礼の時でもある。自我解体と集中、無限と有限、陶酔と覚醒、闇と光、質量と形式、無意識と意識、意志と表象、非同一性と同一性の婚礼の時でもある。『ヨセフ』四部作こそこの婚礼の生んだ子供、エカルト・ヘフトリヒの言葉でいえば「夢の行為」(Geträumte Taten) であろう[19]。

4　神話と象徴研究 (W. Emrich)、心理学と神話 (R. Wagner)

『ヨセフ』四部作は、神話を集合無意識の古代類型として、現代の意識から切り離す非歴史的同一化、一般化ではない。『ファウスト』第II部のゲーテの神話素材の取り扱いはイローニシュだとヴィルヘルム・エムリヒは言う。[20]「ゲーテにおいては神話を現代の時代的歴史的なものへ意識的に機能替えするということがある。神話素にしばしば恣意的にみえる遊戯で全く新しい意味づけと意味機能を刻み込み、自己自身の文学志向に従わせる」(WE, 86)。神話の象徴と文学の象徴の同一化ではなく、現代意識への古代神話の機能替えが大切である。古代神話のように、反省的意識なしに、純粋な具象性で、存在の意味の総体を開示することは、現代ではありえない。エムリヒは、シンボルとミュトス、象徴と概念、人間心理の無意識的な夢象徴と文学的象徴との間の関係について、ゲーテの現象と原現象との関係を具体例(たとえばヘーレナやオティーリエの非在と存在、夢と現実の両義的意識)に則して示しつつ、象徴解釈と神話研究の陥りやすい危険と正当なありかたについて示唆している。ゲーテの原現象は、けっして非合理的な神秘でもないし、プラトン的な意味で永遠に変わらぬ原型の超経験的な超越への暗示でもない。現象の抽象化が原型であり、原型の多様化が現象である。その関係は現象と概念の関係に似る。神話を非合理ないし生命力ある神秘に根拠づけたり、論理的思考(概念)とは無縁という把握は、神話の本質に反する。神話は我々の世界の本質構造への洞察を媒介する。存在の真理を明るみに出そうとすれば、直感と概念思考、ファンタジーとロゴス、ミュトスとロゴスの共同作業が必要不可欠なのだ。

ゲーテの神話と象徴研究に関するエムリヒの警告は、マンの神話に対するイローニシュな態度、心理学による現代への機能替え、非合理、神秘、地下、冥府、大地、暗闇、民族神話へと濫用されていた神話を、フマニスムスの陣営に引き戻し人間化するという、イロニー化された神話、心理主義的神話の本質をつくと共に、『ヨセフ』四部作という文学シンボルの解明のさいのわれわれ解釈者のあるべき態度にも当てはまる。

「一方で神話的な原始性と、他方で心理学的な、精神分析的な近代性というこの両者の混合ほどヴァーグナー的なものはない」(*Richard Wagner und der 〈Ring des Nibelungen〉* IX, 525)。神話と心理学、ミュトスとロゴスの関係とその婚礼になるモデルネの神話をトーマス・マンは周知のとおりヴァーグナーにみた。予期せざる亡命のきっかけとなった一九三三年二月一〇日の『リヒァルト・ヴァーグナーの苦悩と偉大』は、リヒァルト・シュトラウスやハンス・プィツナーなども名を連ねたヴァーグナー貶下という批判を生み、マンの生涯を左右する宿命的講演となった。マンが帰国していればダハウに収容されただろうと確証されている（Kurzke, 234）[21]。

神話と心理学の結びつきの好例に、エロスの母親観念連合(Mutterkomplex)がある。火に守られたヴァルキューレの処女、眠れるブリュンヒルデの鎧を脱がせるとき、恐怖と愛を知るときの、意識下にあるマザーコンプレクスとの心理的葛藤、「火のように激しい恐れがぼくの目を捉える。目がくらみ、めまいがする。だれに助けを求めたらよいのか。お母さん、お母さん、ぼくを想い出して」（IX, 525）は、やがて聖杯グラール（Gral）の巫女であると同時にパルジファルの誘惑者であるクンドリ（Kundry）像にも現れる。「クンドリという人物像、この地獄のバラは、まさに一片の神話的病理学である。悩み多き人間性と分裂性、つまり悪魔の道具であると同時に救済を憧れる贖罪の女として、臨床的な過激さと迫真性、ぞっとするような病的な真理探究と描写における自然主義的な大胆さをもって描かれている。これは私には、巨匠の知識と老練の極致だと思われた」（岩波書店、青木順三訳参照。IX, 370）。これはマン自身の『エジプトのヨセフ』（*Joseph in Ägypten*）の最も魅力的な密の花芯にあたるムト＝エム＝エネト像そのものの自己説明とも取れる。ジークフリートを、八つ裂きにされながら再生する十字架に架けられし者、タムズ、アドーニス、オシーリス、ディオニューソスの系譜、冬の憤怒によって殺害され犠牲にされるが、春と共に甦る自然神話のまなざしで見ることもまた、神話のフマニスムス化である。

神話の本質とは、「かつてありしごとく」（Wie alles war）「やがてかくなるべきがごとく」（Wie alles sein wird）という二重の意味においての「いつか」（einst）という言葉に象徴される（IX, 372）。現在の生が、古代原型への同一化と非同一化であるということは、くり返されるべき範例としての生のモデルという倫理的意味合い、時代の神話悪用に対する暗黙の批判がこめられている。ユダヤ人虐殺の時代にユダヤ民族の神話を再生するという事実が、自ずからそのことを語っている。

5　形象と意味――象徴、古典、ロマン芸術三形式（ヘーゲル美学）

序論でみたように、[22]〈ロゴス λόγος〉は、計算、論理、悟性、理性による言説であるのに対し、〈ミュトス μῦθος〉は、虚構の物語、作り話である。ロゴスは〈概念〉、ミュトスは〈ファンタジー〉による語りである。ロゴスは哲学に、ミュトスはポエジーにかかわる。しかし神話は想像力による荒唐無稽なフィクションなのではない。〈シンボル〉は *συμβάλλειν*（二つのものを結びつける）から由来する。*συμβολον* とは、古代ギリシアでは、一つの小板片を二つに割った割り符であり、盟友の担保や印として、分けた半分を保持する習慣があった（C, 28)。シンボルとはだから一つのものの両面である。分かれた二つのものを組み合わせ関係づけ一つにすることである。

神話は、始源的自然や神的なものの象徴である（C, 35)。象徴としての神話は、自然、神、宇宙、世界、人間、生など、無限なるもの、解明し難きもの、神的なもの、根源的なものを、感覚的に直感できる具象的形象（Bild）で現す。ロゴスとファンタジーの融合せるポエジーである。F・シュレーゲルは、神話とは「人間のファンタジーの最も古い、根源的な形式」「人間本性の根源的なカオスの象徴」「至高のもの、神的なものは、まさにそれが表現しえないものであるがゆえに、アレゴリーによってしか言い表せない」「自然の象形文字」などという表現で言い表している（*Gespräch über die Poesie*, KA, 284ff.)。

ヘーゲル美学は、形象（表現）と意味（内容）の関係を梃子に、歴史哲学的に、芸術を象徴、古典、ロマン芸術形式の三つに分ける。エジプト、ギリシア、近代の芸術形式史である。「象徴芸術は、外的形象と内的意味の統一を目指す。古典芸術は、この統一を感覚的に目に見える形で、共同体の基体となる個の表現に見出す。ロマン芸術は、内面精神の突出においてこの統一を踏み越えていく[23]」。

シンボルとは、直感に直接与えられた所与の外的存在であるが、その意味と表現とは区別されなければならない。たとえばシンボルは何よりも記号であるが、意味とその表現のつながりは全く恣意的なものである（H 13, 394）。語の音声や、信号などが例である。ヘーゲルはこれをシンボルの二義性（Zweideutigkeit, H 13, 399）と呼んだ。

古典芸術では一体化している形象と意味は、象徴芸術ではまだ分離している。ピラミットの意味が、死なのか永遠なのか合法則的抽象（W・ヴォリンガー『抽象と感情移入』[24]）なのか、何を暗示するかは両義的である。イーシスとオシーリス神話はホルス王朝の歴史的神話なのか、それともナイル川の夏冬の洪水干魃により、死と再生をくり返す植物の営みに、自然や人間の生命の運命を象徴する神話なのか。後者の深い普遍的な意味の覆いを取り、明るみに出すことに神話学本来の課題があるとしたヘーゲルは、クロイツァーの『古代民族、とくにギリシア民族の象徴と神話』（一八一〇－一二）にその代表例をみた（H 13, 402）。

ヘーゲルによれば、エジプトは象徴の国である。精神は自然から脱却しようとしながら、自然のうちに自分を探し求め、自然現象により自己を、逆に自然を精神形象により、思考の形ではなく、目に見える形で、作り出そうとしている芸術民族である。スフインクスこそシンボルのシンボルである。「動物の謎の力強さを超えて、人間精神が立ち上がろうとしているが、精神の自由と動的形象の完全な表現に至らず、精神は自己の他者と混合し共存せざるをえない。自己から自己だけにふさわしい実在を捉えることができず、ただ類似のもののなかで直感し、異質のもののなかで意識にもたらす、自己意識的精神性への衝動こそ、シンボル的なもの一般であり、その頂点で謎となるのだ」（H 13, 465）。啓蒙的理性オイディプースの謎解きにより、精神と自然、意味と形象、主観客観の一体化するギリシア古典芸術形式が始まる。

しかし古典芸術形式は、無時間の原型ではない。近代化とともに、精神と感性、理性と自然とはますます疎遠になり、シラーの述語でいえば、自然との乖離を意識せざるをえない近代詩人は、自然との一体化というユートピアをゼンチメンターリシュに憧憬せざるをえない。人間の自己疎外状況の進む現代では、形式と内容、現象と本質の一致せる古典芸術美は、現実に対し嘘となった。ロマン芸術、さらにモデルネの前衛芸術では、外的形象と内的意味はバラバラとなった。意味のない形象が徘徊する。イデーのない現象、全体的関連のない破片にしか、現実も意味も見出せない。表現主義から具体詩に至る前衛芸術にその例証がみられる。ヘーゲルは「真理は全体的なもの」と言い、アドルノは「全体的なものは非真理」と言う。時代の差異は明白である。[25]

ロマン主義芸術は、古典芸術形式の崩壊とともに、形象と意味が乖離して、形式の内容に対する優位が顕著となる。対象となる社会や自然の主観的模倣(細部のリアリズム)や、主観のユーモアやイロニーが、客観的現実を解体する。主観的精神が客観的現実や自然から解放され、形式が対象から自由となり、芸術の自律化が進む。形式の内容に対する優位や、芸術の自律化とその否定や、形象と意味の偶然の結びつきや、素材と形式に対する芸術家の主観の優位、といった二〇世紀のアヴァンギャルド芸術の特性までも、ヘーゲル美学は予言したかのようである(この点については、ペーター・ビュルガー『アヴァンギャルドの理論』[26]が示唆的である)。

象徴、古典、ロマン芸術形式の歴史は、成長、成熟、崩壊という弁証法的発展をして、芸術が芸術を超え非芸術または反芸術となるプロセスを示す。芸術の終焉である。

「『ユリシーズ』(一九二二)は元来〈すべての小説を終わらせる〉小説である。それは『魔の山』にも『ファウストゥス博士』にも通ずる……小説の領域で今日なお顧慮できるのはただ、さながらもはや小説ではないものだけであるかのような観を呈しているのではないだろうか。しかしもしかとするといつもそうだったのだ」(XI, 205)。

旧約聖書のエジプトやカナンの象徴神話物語を題材にし、現代意識による心理主義的な分析、解体と再構築を通じ、物語の物語り、自己超出と自己回帰というイローニシュな物語り精神の累乗的な自己言及物語り、神話モデルへの同一化と非同一化、ミュトスとロゴスの相互遊戯など、トーマス・マンの『ヨセフ』四部作こそ、ヘーゲルの言う、象徴、古典、ロマン芸術形式を内包し、弁証法的に絡み合って到達した、小説時代の終焉を象徴する小説の一つであろう。説明、分析、自己解釈をしない、謎の、カフカのシンボル形象とは対照的な、現代の新しい神話の再生、再説である。

象徴芸術形式では、精神と感覚、イデーと素材、形象と意味との、直接的な結合があるのに対し、トーマス・マンの神話再生には、イロニーという媒介による、神話と心理学、ミュトスとロゴスの弁証法的綜合がある。『魔の山』はF・シュレーゲルの「新しき神話」の具現というエーリヒ・ヘラー説は、今もなお説得力をもっている（Erich Heller : S.252ff.）。

第三節　神話と啓蒙

1　ファウストゥス博士（Doktor Faustus）、自然と理性

ファウストはドン・ファンと並び、人間の知とエロスの欲求の原型である。知の無限の欲求は、ついにはみずからの限界を超えて物自体や自由や魂の不死を求めんとし、不遜（Hybris）となって神の域に迫り、ついには神を殺し、自然の生態系を破壊し、核を発明し、アウシュヴィッツの惨殺に至る。エロスの快楽原理は共同体倫理の踏み越えてはならぬ枠を超えて愛死（Liebestod）に至り、地獄の業火に焼かれざるをえない。

「はじめに神は天と地を創造された。地は形なく、むなしく、闇が淵の表にあり、神の霊が水面を覆っていた……神は光あれと言った。すると光があった」（*Genesis, I*）。

「初めにロゴスがあった。ロゴスは神と共にあった。ロゴスは神であった。すべてのものはこれによってできた……このロゴスには命があった。この命は光であった」(*Johannes, I*, 1-4)。

宇宙の無意識の闇に、意識の光が明るみを与える。M・ヴェーバーによれば、これは旧約聖書をしたためた祭司(レビ)たちのモラルである。契約神ヤハウェ(Jahwe)を、地縁、血縁、部族神から超越し普遍化するための立法書であるという。(27) つまりモラル、規律の神である。

これに対し、日本風思考に従えば、初めに自然ありき、である。自然の営みのなかに生命が生まれ、人間が生まれ、人間は自然のなかに生きた。人間の自然とのかかわりが〈神話〉を生む。神話とは、古代の人間の、世界観、宇宙観であろう。その中核は生死にかかわる自然との関係である。生きるために自然にどう対処すべきか。そこに人間の知性が使われる。自然と理性、神話と啓蒙、自然の暴力支配と、人間の自然支配問題の発生である。

知性、理性もまた自然の一部である。自然が自己を認識するべく自然に発生した認識器官といえる。しかし生きのびんがための人間の知恵は、自然をいかに制御し、自然の危険を回避し、いかに自然を人間生活に役立てるかに使われる、道具的理性(instrumentelle Vernunft)となる。cogito ergo sum 以来、主観＝客観二分思考は、外部の自然のみならず人間内部の自然衝動をも抑圧コントロールする。ある対象に対する概念ないし記号がいつのまにか主人となり、対象との一致、記号と意味の一致を要求する。概念と対象、能記と所記、言葉と意味、主辞と賓辞の一致、つまり〈同一性〉(Identität)が人間思考の主流となる。非同一的自然は、回避、拒絶、抑圧される。

世界の根源たる自然、これをショーペンハウアーは周知のとおり、盲目の衝動、時間空間因果性を知らぬ盲目の意志と捉えた。生きようとする意志である。しかしこの生への意志は、Libido に基づくエゴイスティクな快楽原理であって、知性の制御は利かない。知性もまた生きようとする意志の生み出した一つの器官であるが、意志が主人であって、知性はその召使いにすぎない。知性は暗闇の意志を照らす提灯にすぎない。

提灯召使いが主人となるのがモデルネの一側面であろう。知性からみれば、自然ないし盲目の生への意志は、自己の力を超えたデモーニシュなものである。自然のなかへ自己解消しようとするディオニューソス的なものに対し、アポロ的なものは、制御する、倫理的、形式的なものである。質料と形式、美的なものと倫理的なもの、意志と知性、無意識と意識、非同一性と同一性、自然と啓蒙、ミュトスとロゴスという対立二元図式は、初期短編以来『ファウストゥス博士』に至るトーマス・マン文学生涯の根原図式でもある。いな両対立原理の相互限定否定弁証法物語とさえいうことができよう。

ファウスト伝説は、生の意味、世界の根源を知ろうとする人間知性の極限物語り、生の快楽原理を極めるためには、悪魔とも契約をいとわぬ自然衝動の極限物語である。トーマス・マンのイロニーは、この知、理性、啓蒙、自我、自己意識の、自然や社会に対する関係と、根本的に絡んで、いわばトーマス・マンなりの啓蒙の弁証法物語を形成している。

2　啓蒙の弁証法 (Th.W. Adorno, M. Horkheimer, J. Habermas)

アドルノ、ホルクハイマー、ハーバマースに従い[28]、神話と理性の関係、啓蒙の弁証法のプロセスをたどり、「イロニーを媒介とするミュトスとロゴスの融合を目指すトーマス・マン文学」という結論につなげたい。

1. 近代化とは脱魔術化 (Max Weber)[29]、非神話化、合理化、物象化 (Verdinglichung)[30]、社会と人間意識状態の物象化、計算化である。
2. 理性とは本来この物象化批判を本務とすべきはずのものなのに、目的をいかに果たすかに役立つための、道具的理性となる。物象化の現状追認行為、理論化の道具となる。
3. 目的とは自己保存である。自然の暴力から身を守り生き抜くために、人間は外なる自然のみならず、内なる自然も支配しようとする。人間の内外の自然支配のために道具として理性は使用される。

4. 啓蒙の本質は、自然の下へ従属するか、自己の下へ自然を従属させるかの二者択一である。外なる自然を支配するためには、内なる自然を抑圧するという代価を支払わなければならない。犠牲という、等価交換原理により自己保存するという、奸計を考案して自然を欺く。セイレーンの歌に対するオデュッセウスの関係は、人間理性の自然に対するアレゴリーである。

5. 経済生産様式が、物象化された意識構造を生むというルカーチ、同一化思考、主観的理性が、交換価値を生むというアドルノ、どちらが鶏で卵かは別として、物象化された意識、同一化する思考、主体の自己保存、道具的理性、交換価値社会、商品化社会は密接に絡んでいる。

6. 神話は、反復される自然(同一性)のシンボルである。概念も、個々の現象が同一化されるべきカテゴリーである。両者とも同一性の強制ないし暴力といえるような共通項をもつ。自然における反復可能的事実は、抽象化する理性概念と同じ働きをする。神話原型のなかにも、数学的公式のなかにも、くり返されるべき、事実的なものの同一性の強制ないし暴力がある。

7. 神話が生命なきものを生命あるものと同一視したように、啓蒙は生命あるものを生命なきものと同一視する。生命ある人間をも、商品の物神化、交換価値化に従い、物象化することで、人間は物象の支配下におかれ、自己疎外され、再び神話に逆行する。人間化されていた古き神々は、非人間的制度や貨幣となって、再び人間を支配する。

8. 自己保存原理のための道具的理性による自然支配は、目的である保存されるべき当の人間自体を、逆に抑圧、支配、物象化、抹殺する結果となる。啓蒙の弁証法のイロニーがそこにある。神話そのものがすでに啓蒙を内在し、啓蒙は再び神話へ、理性は野蛮へと逆行する。二つの世界大戦に至る人類の歴史がそれを証明する。

9. しかし、理性には、物象化する社会や自己意識に抗する批判力、分裂した自然と精神、自然と人間の間の宥和を許ろうとする本性も内在するはずである。なぜなら人間こそ自然の一部でありながら自然を超越し、自然の自己認識のために生み出された生命体とも考えられるからである。ショーペンハウアーの盲目の生への意志は、個別化の原理により表象化客体化を生み、その最高段階で、自己認識のために、人間という知性、理性、意識を、生み出す。ハイデガー風に言えば、存在への通路は人間という現存在であり、逆にいえば存在は人間の言葉のなかに最もおのれを示現し、現-存在（Da-sein）になるといえる。

10・ハーバマースによれば、存在の追想（ハイデガー）と、自然の想起（アドルノ）は、ショキングなほど近いのではないかという[31]。道具的理性に先立つミーメシス（模倣）は、自己と非同一の他者に同一化することにより、自己外化が自己喪失でなく自己保存であるような生物の基本能力である。道具化された自然が言葉のない告発の叫びをあげるミーメシス能力は、理性の反対、衝撃力（Impuls）となって、モデルネの前衛芸術に暗号（Chiffre）として現れている。「その遂行のうちにあらゆる文化の隠された真理が潜んでいるのだが、〈主体のうちにある自然を忘れずに想起することにより〉（durch solches Eingedenken der Natur im Subjekt）、啓蒙は支配一般に対置される」（Adorno：DA, A 3, 58）。道具的理性によって犠牲となった、抑圧された人間の内なる自然のミーメシス衝動の想起である。物象化に対する主観的自然の反乱である。

11・この文は、アドルノの『トーマス・マンの肖像に寄せて』の一文と重ね合わせるとそのもつ意味が浮き彫りにされる。「マンにおいてデカダンスとして非難されたものは、その反対、すなわち〈自己の脆さを忘れないで想起する自然の力〉（die Kraft der Natur zum Eingedenken ihrer selbst als hinfälliger）であり、それが人間性にほかならない」（A 11, 344）。

第四節　偽装、自己同化、保留としてのイロニー（Uwe Japp）

「ブルータスは高潔な人です」と言いながら、実は「その反対なのだ」と言いたい発話形式が、イロニーである。嘘と異なり、言表は言表でないことを、つまり言裏を受信者に透視可能にする微妙な発話形式であるとするなら、イロニーは、主辞と賓辞の間の同一性であると同時に非同一性であるという、同一性と差異性を同時にあわせもつ微妙な伝達形式である。

「真理に対し言語が構成的に寄与するからといって、両者の同一性が樹立されるわけではない。言語の力は、反省のなかで、表現と事象とが、相互に分離するということで実証される。言語が真理の法廷となるのはただ、表現されたことと考えられたこととの非同一性を意識することによってのみなのだ」（アドルノ『否定弁証法』A 6, 117)。直接的同一的表現よりも、間接的非同一的表現のほうが、真理を明るみに出す好例が、イロニーである。言表と言裏、表現と意味の微妙な差異葛藤のなかにこそ、真理伝達の言葉の生命がある。「言語が、表現と事象との絶えざる対決のうちにあるのは、言語が生成している限りにおいてである」（A 6, 118)。

ウーヴェ・ヤプ（Uwe Japp）は、イロニーを時代別に三点に分ける。第一は、古典的イロニー（ソクラテス）である。偽装、非相似化(dissimulatio, Verstellung)としてのイロニーである。第二は、ロマン主義的イロニー(F・シュレーゲル)である。自己同化、相似化(assimulatio, Anverwandlung)としてのイロニーである。第三は、現代のイロニー（トーマス・マン）である。留保（reservatio, Vorbehaltung）としてのイロニーである。[32] エルンスト・ベーラーも、古典的イロニーとは、言うことと考えていることとの差異に基づく修辞的話法、ロマン主義的イロニーとは、ドイツ観念論の自我意識、反省、想像力に結びつく、超越論的文芸の創作原理と捉える。[33]

（1）無知であることを装う知。ソクラテスのイロニーは、しかし、知っていると思う知の仮面剝奪であるとともに、正しい知を誤用から守り、本質知（イデア）へ導く、産婆術的イロニー（Maieutische Ironie＝Hebammenkunst）であるといわれる（cf. UJ, 100）。現象の背後にあるイデアへの洞察、共同体既存の形骸化した判断ではなく、自己判断への促しである。ソクラテスが当時の実体に欠ける通用価値の空虚さを暴き、自分の思考を価値基準とすべきだという主体性原理を導入した倫理的功績を認めたのは、プラトンやヘーゲルであった。

「すべての弁証法（対話術）は、承認すべきものを、あたかもそれが承認されているかのように、承認する。そしてその内的崩壊をそれ自体に則しそれ自体で展開させる――これが世界の普遍的イロニーだ[34]」。ヘーゲルによれば、ソクラテスのイロニーは、一種の会話法であり、明るい社交的都雅であり、人と人との間の行儀作法であったが、これを自己流に解釈（自己同化）し、ロマン派文学の一般的原理に応用したのが、F・シュレーゲルであるという。

（2）ヘーゲルは、ロマン主義的イロニーにおける、実体性を喪失した主観的精神の恣意的遊戯を批判する。イロニーは性格の同一性を解体し、多様化し、空無化する。真善美は主観と客観、現象と本質、現実とイデアの同一性にありとするヘーゲルにとり、同一性の欠如やイロニーの主観的恣意や自由は我慢ならない。

しかし、偽装は距離を作るが、同化は距離を克服することをめざす。すなわち自己同化としてのロマン主義的イロニーは、分割されたものをより高い統一へと仲介しようとする（UJ, 190）。意識の意識化、文学の文学化による、超越論的文学（transzendentale Poesie）、発展的普遍文学（progressive Universalpoesie）、新しい神話（Mythos）への要請がある。有限性を超えてイロニーにより無限性を開示したいという「青い花」がある。

シュレーゲルの解釈では、イロニーの美学、仮面性、浮遊、内面的主観の無限な自由性、偽装を偽装として意識して演技する主観の自乗性が強調される。この捉え方をM・ヴァルザーは、ソクラテス原理から遠ざかる、シュレーゲル特有の、つまりロマン主義的イロニーの創設であり、以後トーマス・マンに至る〈市民的イロニー〉への機能替えだとみなす。すなわち、ロマン派のイロニーは、有限と無限の間の浮遊として、現実からもイデアからも遊離し、無際限に自由な主観、自我、自己意識として神の玉座に昇り、時空を越えてすべてがこの自己の主権に支配される。「自己同化」としてのイロニーである。この超自己肯定的イロニーは、アーダム・ミュラー（Adam Müller）では「自由」の代名詞となり、マンのゲーテ人形では「イロニーの世界支配」（Ironie als Weltherrschaft）にまで膨張肥大しているという。すなわちM・ヴァルザーは、マンに至るロマン主義のイロニーを、すべてから自由な貴族的な自己意識として、むしろ安定固定した同一性とみているともいえる。

（3）現実と可能性（芸術）とはどちらが真理でどちらが仮象なのだろうか。われわれが現実であり真実であると思っているものは、実際は仮象（見せかけ）ではないか、あるいは逆により美しくより真理であると見せかけている芸術の仮象は、苛酷な現実に対しては全く無力な嘘ではないか。現象とイデア、現実と可能性、真理と錯覚、此岸と彼岸、悪と善、前景と背景に関するすぐれてニーチェ的な根源的問いである。〈留保のイロニー〉は、〈AかBか〉ではなく、〈AでもなくBでもない〉ないし〈AでもありBでもある〉といえる。「決定（Entschlossenheit）は美しい。しかし本当に生産的な原理、実りある、つまり芸術的な原理をわれわれは保留(Vorbehalt)と呼ぶ……留保をわれわれは精神的なもののなかでイロニーとして愛する……」(*Goethe und Tolstoi*. IX, 170)。

ウーヴェ・ヤプは、このマンの留保のイロニーに、ニーチェ以降の現代のイロニーの特徴とその生産性をみようとする。統一的中心的価値（アイデンティティー）を喪失し、世界観の拡散した現代では、一義的に把握できなくなった現実は、概念との同一性のずれ、いいかえれば非同一性、つまりイロニーの状態と相似ざるをえないからだ。現実世界が〈中心喪失〉や〈自己疎外〉によりその現実性を失い空洞化すれば、現実世界におけるアイデンティティーは自明のものではなくなり虚構化する。時代の価値転換期にイロニーが発生しその効力がききやすい所以である。現実世界への疑義なき同一化ではなく、距離化、差異化、批判化、非同一化が、重要となる状況である。

しかしM・ヴァルザーは、トーマス・マンに代表される現代に支配的なイロニーは、むしろF・シュレーゲルが創始したロマン主義的イロニーを継承した、すべての原理から自由な、安定せる貴族的な、自己肯定意識、自己肯定イロニーであると非難する。M・ヴァルザーによれば、イロニーの生産性は、カフカやR・ヴァルザーなどの自己否定の自己意識、いわば負のイロニーからしか導出できない。この見解に対する論者の批判は、随所に述べたが、実は本書の通奏低音である。

イロニーは、AはAでないという表現法であり、同一性（Identität）と相矛盾する。いいかえれば〈非同一性〉問題を含む。概念と対象、主辞と賓辞、主観と客観の一致を〈同一性〉と呼ぶなら、既存の主観的概念に対する客体からの反乱、記号づけられた対象と記号づける言葉との意味剝離、あるいは同一性価値基準社会に対する非同一的個の反抗といった、いわゆる〈非同一性〉（Nichtidentität）の問題とかかわる。同一性と非同一性、芸術と社会、理性と自然という無限に反復される相互限定否定弁証法こそ、トーマス・マンのイロニーであろう。マンのイロニーが『ファウストゥス博士』でアドルノの非同一性論、啓蒙の弁証法論、理性と神話論、芸術と社会論、否定弁証法論と交錯するゆえんである。

第五節　対立原理の弁証法的宥和としてのイロニー

1　弁証法的宥和

以上、神話とイロニーを経緯の糸とする物語の織物という視点から、トーマス・マン文学にいくばくかの研究の光りを当ててきたが、結論として焦点となるのは、〈イロニーを媒介とする諸対立の宥和〉である。対立する諸原理が弁証法により揚棄され宥和されるというのは安易である、あるいは理想であって現実からみれば夢であり嘘である、ということもできよう。トーマス・マンのイロニーについては、すでにみたように正負二つの相反する評価がある。負の評価の代表はM・ヴァルザーやB・アレマンであり、正の評価の代表はアドルノやE・ヘラーである。

M・ヴァルザーは、既述のように、トーマス・マンのイロニーを、シュレーゲルに始まる上層市民階級の自己肯定意識の系譜の代表者として批判する。二元的対立要素間の中間に浮遊し、留保の自由を享受する、自己肯定意識の貴族性、安定性、言いかえれば、同一性が、非とされる。ブレヒトの言葉でいえば、初めにイロニーありきで、この同一的イロニーにより、他の一切のものがイロニー化される。アレマンは、イロニーの活動遊戯空間そのものが閉鎖的で未来を孕まぬ不毛性をもつとして、『ヨセフ』四部作の負の側面を照射する。以上三者共、アドルノの述語でいえば、主観的理性の概念による諸対象の強制的同一化、トーマス・マン固有のイロニーという同一性による非同一的諸現実の支配、といえるかもしれない。

ヘーゲル美学の〈宥和〉について、たとえばペーター・ソンディ（＝Sz）は言う。「ヘーゲル美学は、精神と自然、自由と必然、一般と特殊、本質と現象の間の統一を証示し、その溝に架橋する試みである」(Sz, 293)。対立の宥和、矛盾の解決を課題としたのは、別にヘーゲルだけではない。カントの場合、宥和は当為、要請として現れる。シラーの場合、必然の世界である現象から〈自由〉が可能な理想を〈芸術〉という遊戯世界に求める。この芸術遊戯世界でのみ、自然を失った近代詩人は感傷的に憧憬する自然との融合を取り戻し、人間性を実現できる。ヘーゲルの独自性はソンディによれば次の点にある。「宥和は、要請され実現されるべきものではなく、現実である。人間の孤立化した精神が初めて自然の矛盾や分離を統一化することを試みるのではない。ヘーゲルの弁証法は、現実の弁証法である」(Sz, 294)(傍点筆者)。対立性は現存在の法則であって、対立の生きた関係、対立の相互矛盾性のなかにヘーゲルは生自体の原理をみた(Sz, 334f.)。生命あるものには矛盾が内在する。「生の力も精神の力も、矛盾を自己のなかに置き、堪え、それを克服することのなかにまさに存する」(H 13, 162)。

芸術の本質は、諸対立の宥和にある。諸対立の克服、これをヘーゲルは媒介(Vermittelung)とか宥和(Versöhnung)と名づける(Sz, 326)。真理は対立の宥和と仲介において初めて生ずる(H 13, 81)。美とは、イデーの感覚的現象であり、芸術作品の形象のうちに現れる。「芸術作品は、直接的感覚と理念的思考の間の中間にある」(H 13, 60f.)。感覚的なものと精神的なものの弁証法的綜合は、芸術創造プロセスの基本構造である。

シュレーゲルのイロニーに対するヘーゲルの批判は「主観の恣意性」ということにある。ロマンティシェ・イロニーも主観と客観の二元論を克服しようとする志向から生じるが、イロニーから作り出される統一は、けっして現実の宥和ではない。むしろ客観世界から現実性が剝奪され、主観＝客観の宥和も、主観のなかだけでしか生起しない。シュレーゲルにとって唯一の現実と思われる全能の自我は、ヘーゲルにとっては非現実と思われる。

トーマス・マンの場合も、精神と自然の、主客宥和は、イロニーの媒介により、芸術作品のなかに具体的形象、たとえばヘルメースを背景にしたヨセフやグレゴリウス像に現れる。『ファウストゥス博士』でのように、作品は現実を欺く美的見せかけにすぎず、嘘の虚構ではないか、と自己の根拠を疑いつつ、この現実と美的仮象の、相互限定否定弁証法運動がくり返し行われる。この美的仮象と現実の間との、幾重にも反射される運動自体が、トーマス・マンのイロニーであり作品である。

2 同一性と非同一性、否定弁証法（Th.W.Adorno）、イロニー

アドルノによれば、同一性（Identität）とは、第一に概念と対象、主辞と賓辞の同一性である。思考とは概念と対象を同一化することである（A 6, 145）。思考そのものに内在するこの同一性という仮象は、その概念に対象が合致せず矛盾に陥ると、非真理となる。非同一性のほうに真理が移る。これが弁証法である（Adorno：*Negative Dialektik.* A 6, 10）。思考とは一方、それ自体潜在的に、否定運動であり、自己に押しつけられたものに対するレジスタンスでもある（30, 48）。宥和とは強制的同一化ではなく、非同一的なものを解放し、差異ある多様性を忘れず想起することである（A 6, 18）。

第二に、個人の意識の同一性、いわゆる自我のアイデンティティーであると共に、異質な存在者を排除する同一性社会に対する抵抗としての個でもある。

「弁証法とは、主観側からいえば、思考形式がその対象を不変かつ自己同一的なものとはしない仕方で思考するということだ」（A 6, 157）とか、「弁証法とは、同一性の強圧を、その対象化において凝固し蓄えられたエネルギーによって粉砕することだ」（A 6, 159）とか、「弁証法の力は、他者の同一性に対する抵抗から生ずる」（A 6, 163）とか、「弁証法とは、非同一性という一貫した意識である」（A 6, 17）とか、さまざまに変様されて言われる箴言のような、アドルノの否定〈弁証法〉を、〈イロニー〉と置き換えてみれば、トーマス・マンのイロニーの輪郭が浮き彫りにされてくる。イロニーとは諸対立の相互限定否定の弁証法である。アードリアーン・レーヴァキューンとゼレーヌス・ツァイトブローム、メフィストーフェレスとファウストという、自己の胸のうちに棲む二つの魂、そのひそかな同一性（XI, 204）とは、両者の相互限定否定と宥和、同一性と非同一性の弁証法、すなわちイロニーの媒介による対立両者の否定と宥和運動を象徴している。

現実はモデルと、現象はイデーと、事象は概念と同一ではない、という批判のうちには、両者が同一になってほしいという憧憬も含んでいる。非同一性のうちには同一性への思考も内在する。『ヨセフ』四部作という心理学的神話再説は、ユダヤ人排斥という異分子排除の全体主義社会に対する抵抗、同一化に対する非同一化のレジスタンスであると同時に、差異化され歪曲された人間性の根拠を神話祖型のなかに見出し、人間の生はこうあるべきだという同一化への倫理的要請、ユートピアへの希望の両面がある。「〈いかなる対立矛盾もあるべきではない〉という同一化思考のうちには、自然支配的要素に加えてユートピア的要素もある。〈Aは、まだ存在しないAになるべきだ〉というユートピア憧憬である。そのような希望は、主語と述語の一致という述定的同一性形式が破壊されることと、矛盾にみちて結びついている。それに対し伝統哲学はイデーという語をもっていた。それは離在でもなく空虚な響きでもなく、負の符号である。すべてのこれまで獲得された同一性の非真理は、真理の裏返しである。イデーは、事象がそうあるべきだと要求されている姿と、現にある姿との間の空洞に生きている。ユートピアとは、同一性を超え、異質で差異あるものの相互混在・共生（Miteinander）であろう」（A 6, 152f.）（傍点筆者）。

神話も理性も、自然の人間支配、人間の自然支配、すなわち〈支配〉という点で共通項をもつ。また同一不変の古代類型、論理的公式という点でも、神話と啓蒙は共通項をもつ。しかしまた、エルンスト・ブロッホの言うように、〈祖型〉は〈現存在〉に向けつねに発酵生成する可能態という意味でユートピアでもある。理性もまた同一化する支配原理と、同一性を否定し非同一化しようとする、相矛盾する二つの志向を内包する。人間の生や社会を構成するさまざまな二元的対立原理の相互矛盾も現実であるが、それを止揚宥和しようとする思考も現実そのものに内在するのだ。破壊された現代の理性の破片にあっても、自己が自然の一部であることを想起し、自然と共存する人間性へのユートピア志向を見出そうとするのが、トーマス・マンのイロニーであろう。

アイヒェンドルフ（Eichenndorf 一七八八—一八五七）の『美しき見知らぬ人たち』（Schöne Fremde）に触れ、アドルノは言う。「宥和された状態とは、哲学的帝国主義をもって異質なものを併合することではなく、異質なものや自己固有のものの彼岸で、許された近さで、遠きもの、異なるものであり続けることに、幸福をもつだろう」（A 6, 192）。M・ヴァルザーが批判した、貨車入れ替え作業のように並び替えられる、対立する非同一的なものの共生でもあるが、トーマス・マンのイロニーとは、同一しがたき非同一的なものの宥和への試みであり、逆にまた強制力をもつ硬直せる同一的なものの非同一化への試みでもあったのではなかろうか。

3　自然、エロスの襲撃——同一性の非同一化、非同一性の同一化としてのイロニー

アドルノは、トーマス・マンのなかに同一的社会に対する非同一的個の抵抗というドイツ内面精神の伝統の体現者、自然により精神が自己否定することを通じ自己実現していく人間性（Humanität）の体現者をみた。「マンにデカダンスとして非難されたものは、その反対、すなわち自己の脆さを忘れない自然の力、それが人間性にほかならない」（Was man Thomas Mann als Dekadenz vorhält, war ihr Gegenteil, die Kraft der Natur zum Eingedenken ihrer selbst als hinfälliger. Nichts anders aber heißt Humanität. A 11, 344）。自己の脆さを忘れないで想起する自然の力とは、同一性を崩壊させる非同一的なものの現れである。市民社会の規範からみれば異質な自然、そのデモーニシュなものは、グロテスクな形姿をとって、初期短編群から魔の山やエジプトの魔女を経、自然に〈欺かれた女〉まで、異性同性のエロスとして登場する。R・バウムガルトはこれをHeimsuchung（エロスの襲撃）による自己忘却（Selbstvergessenheit）というキーワードでくくった。同一的理性概念カテゴリーの網では捉えられない、人間内部の自然を含めた非同一

的自然のグロテスクな発現、その形象化である。これこそトーマス・マン文学の奥底に潜む源流である。自然、生の力は、市民的秩序のなかでは抑圧されて潜んでいるが、エロスに触れると噴出する。アポロの枠を破ってディオニューソスは狂乱乱舞する。エジプトの聖女ムト＝エム＝エネトの狂乱変身ぶりを描くマンの筆致は躍動している。災厄としてのエロスとは、自然の本姿だからである。

社会や意識の物象化にレジストするものは、ほかならぬ人間の内なる自然である。この物言わぬ無意識の自然の、物象化非人間化社会に対する反乱を、トーマス・マンはくり返しグロテスクなエロスの襲撃として描いた。自己の本性を忘れぬ自然の反乱、同一化社会、同一化概念に対する、非同一的なものの抵抗である。無意識の意識上への噴出である。個体化の原理の鎖を断ち切り、根源的一者に自己忘却せんとするディオニューソスの出現である。

「弁証法的思考の原動力である、すべての苦痛（Schmerz）とすべての否定性には、幾重にも媒介され、ときにはそれと分からなくなっている、肉体的なものの姿がある」（A 6, 202）。これこそ抑圧されても苦悩の叫びさへ発しえない人間の内なる自然である。「苦悩（Leid）をして雄弁に語らせようとすることこそ、すべての真理の条件である。けだし苦悩とは、主観の上に重荷となる客観性なのだ」（A 6, 29）。組み入れることのできないもの（異質の他者）こそ認識を必要とする（A 6, 163）。思考にとって異質なものこそ思考を思考たらしめる（A 6, 193）。語りえないものを語る、表現しがたきものを表現するという試みこそ、イロニーである。トーマス・マンのイロニーこそ、理性による同一性強制を打開し、自己すら否定再生する力を内包する自然の一つの発現ではないだろうか。

マンとアドルノの共通点は、個という非同一を抑圧する同一化社会の事象化・非人間化に対する抵抗としての芸術、非同一的他者の唯一の暗号としての芸術、限定否定を通じたユートピアないし人間性の暗示という芸術把握である。明暗、肯否の差はあるが、両者の理性批判は、反理性、非合理への先祖帰りではなく、むしろ自然の一部である理性の自己認識を通じた、人間性（Humanität）の回復実現を願う希望の原理である。マンのヨセフ神話はその好例である。正負両極を成すトーマス・マン評価、その両要素を包摂するのが、トーマス・マン文学である。自然と理性（Adorno）、無意識と意識（Freud）、意志と表象（Schopenhauer）、ディオニューソスとアポロ（Nietzsche）、大地と太陽、母と父（Bachofen）、社会と個、抑圧と自由、劫罰と救済（Wagner）など世界を形成するさまざまな二元的対立原理の中間に漂遊し、距離のパトスをもって、その同一しがたき非同一性を宥和せんとし、一度宥和した同一性を再び硬直が始まるやいなや非同一化しようとする、相互限定否定の弁証法こそ、トーマス・マンのイロニーであり、芸術であり、生であったのではないだろうか。

イロニーは非同一性の表現である。相対立するものの相互限定否定弁証法の発する言葉である。市民的理性の社会的同一性強制と、同一性の破壊力としての非同一的な自然、個別化の原理アポロ的なものとその破砕者ディオニューソス的なもの、言表されたものと言裏にひそむもの、意識と無意識の相互否定弁証法運動こそ、トーマス・マンのイロニーといえる。

同一しがたき非同一的なものの同一化、同一的なものの非同一化、この相互限定の否定弁証法運動こそトーマス・マンのイロニーであり、芸術であり、生のありようであった、という結論で、本書を締めくくりたい。

註

（1）cf. Herbert Singer : *Helena und der Senator – Versuch einer mythologischen Deutung von Thomas Manns „Buddenbrooks“.* (1963) In : *Wege der Forschung,* Darmstdt 1975, S.247ff.

（2）cf. Werner Fritzen : *Venus Anadyomene.* [=WF] In : *Festschrift für Hans Wysling.* Hrsg. von Eckhard Heftrich und Helmut Koopmann. FaM : Klostermann 1991, S.190

（3）Arthur Schopenhauer : *Sämtliche Werke. Parerga und Paralipomena.* FaM : Suhrkamp 1986, Bd. V, 484

（4）cf. Reinhard Baumgart : *Selbstvergessenheit. Drei Wege zum Werk. Thomas Mann, Franz Kafka, Bertolt Brecht.*

München：Hanser 1989

(5) cf. Lotti Sandt：*Mythos und Symbolik im Zauberberg von Thomas Mann.* [=LS] Bern, Stuttgart：Haupt 1979, S.334f.

(6) cf. Michael Mann：*Eine unbekannte „Quelle“ zu Thomas Manns Zauberberg.* In：GRM. XV, Heidelberg：Winter 1965. S.411ff. /*Das Lied von der Erde. Symphonie für Tenor und Alt und Orchester, nach chinesischen Gedichten in der Übertragung von F.Bethges „Die chinesische Flöte“* 1907/8

(7) G.W.Hegel：*Vorlesungen über die Ästhetik I.* [=H 13] In：Bd. 13. FaM 1970, S.455

(8) cf. Hans Wysling：*Der Zauberberg als Zauberberg.* In：*Das „Zauberberg“－Symposium 1994 in Davos.* TMS XI, FaM：Klostermann 1955, S.55

(9) cf. Helmut Koopmann：*Die Lehre des Zauberbergs.* In：TMS XI, 1994, S.75

(10) Ernst Bloch：*Imago als Schein aus der „Tiefe“.* In：*Erbschaft dieser Zeit* [=EZ] Suhrkamp FaM 1962, 1973³, 348f. /*Geist der Utopie* [=GU] /*Das Prinzip der Hoffnung* [=PH]

(11) Hugo Hofmannsthal：*Der Dichter und seine Zeit.* In：Gesammelte Werke in Einzelausgaben. Prosa II. S.Fischer FaM 1959, S.235f. /Franz Kafka：*Beschreibung eines Kampfes.* In：Sämtliche Erzählungen. Insel Wiesbaden 1951, S.64

(12) Manfred Dierks：*Typologische Denken bei Thomas Mann－mit einem Blick auf C.G.Jung und Max Weber.* In：TMS IX. 1996, S.128ff.

(13) Max Weber：*Objektivität sozialwissenschaftlicher und sozialpolitischer Erkenntnis* (1904) In：Gesammelte Aufsätze zur Wissenschaftslehre. Bd.7. Tübingen 1988, S.191

(14) K.G.Jung：*Wandlungen und Symbole der Libido* (1911/12). Leipzig 1938

(15) Karl Hein Bohrer：*Friedrich Schlegels Rede über die Mythologie.* In：*Mythos und Moderne.* Hg. Von K.H.Bohrer. Suhrkamp FaM 1983, S.58ff.

(16) Johann Jacob Bachofen：*Der Mythus von Orient und Occident-eine Metaphysik der alten Welt.* Hrsg.von Mafred Schröter, Beck, München 1956² [=B] S. CCLI

(17) Erich Heller : *Thomas Mann. Der ironische Deutsche.* FaM 1959, S.251ff.

(18) Jürgen Habermas : *Eintritt in die Postmoderne : Nietzsche als Drehscheibe.* In : *Der philosophische Diskurs der Moderne.* Suhrkamp FaM 1986, S.104ff. [=JH]

(19) Eckhard Heftrich : *Geträumte Taten. Über Thomas Mann.* Klostermann FaM 1993

(20) Wilhelm Emrich : *Symbolinterpretation und Mythenforschung.* In : *Protest und Verheißung. Studien zur klassischen und modernen Dichtung.* Athenäum FaM 1968, S.84 [=WE]

(21) Hermann Kurzke : *Thomas Mann. Epoche-Werk-Wirkung.* C.H.Beck München 1991², S.234

(22) G.Friedrich Creuzer : *Symbolik und Mytoligie der alten Völker, besonders der Griechen.* (Leipzig 1819) Arno Press New York 1978 Vol I. [=C], S.44ff.

(23) Hegel : *Vorlesungen über die Ästhetik.* In : H 13. FaM 1970, S.392

(24) Wilhelm Worringer : *Einfühlung und Abstraktion. München* 1959, passim.

(25) Peter Szondi : *Hegels Lehre von der Dichtung.* In : *Poetik und Geschichtsphilosophie I.* Suhrkamp FaM 1974, S. 415f. [=Sz] /Adorno : *Minima Moralia 29.* In : A 4, 55

(26) Peter Burger : *Theorie der Avantgarde.* Suhrkamp FaM 1974, S.25, 63ff., 87ff., 128ff.

(27) Max Weber : *Das alte Judentum.* (1920) In : *Gesammelte Aufsätze zur Religionssoziologie.* III. Tübingen : Mohr 1976, S.240

(28) Max Horkheimer und Th.W.Adorno : *Dialektik der Aufklärung* [=DA] In : A 3 /Jürgen Habermas : *Der Verschlingung von Mythos und Aufklärung : Horkheimer und Adorno.* In : *Der philosophische Diskurs der Moderne.* Suhrkamp FaM 1986 /Ders. : *Von Lukács zu Adorno. Rationalisierung als Verdinglichung.* In : *Theorie des kommunikativen Handelns.* Bd. 1, Suhrkamp FaM 1981, S.455ff.

(29) Max Weber : *Wissenschaft als Beruf.* In : Gesamtausgabe. Mohr Tübingen 1992, Bd.17. S.87, 100, 109

(30) Georg Lukács : *Geschichte und Klassenbewußtsein.* In : Gesamtausgabe. Bd. II, Luchterhand 1968, S.257ff.

(31) Jürgen Habermas : *Von Lukács zu Adorno. Rationalisierung als Verdinglichung.* In : *Theorie des kommunikativen Handelns.* S.516

(32) Uwe Japp : *Theorie der Ironie.* FaM : Klostermann 1983, S.244 [=UJ]

(33) Ernst Behler : *Klassische Ironie. Romantische Ironie. Tragische Ironie-zum Ursprung dieser Begriffe.* Darmstadt 1972

(34) Hegel : *Vorlesungen über die Geschichte der Philosophie* I. In : Bd.18, FaM 1971, S.460f.

(35) Martin Walser : *Selbstbewußtsein und Ironie.* Suhrkamp FaM 1981, passim.

主要参考文献

I. Thomas Mann

Thomas Mann：*Gesammelte Werke in 13 Bänden*. S.Fischer：Frankfurt/Main［=FaM］, 1974.（以下巻数はローマ数字、ページ数はアラビア数字。なお以下トーマス・マンを含め、邦訳は既訳を参考にすべて拙訳。）

Briefe：S.Fischer FaM.

——：*Briefe 1889-1936*［=Br. I］1962, *Briefe 1937-1947*［=Br.II］1963, *Briefe 1948-1955 und Nachlese*［=Br. III］1965. Hg. Erika Mann.

——：*Briefe an Otto Grautoff 1894-1901 und Ida Boy-ed 1903-1928*. Hg. Peter de Mendelssohn. 1975［=BrG］

——：*Thomas Mann-Heinrich Mann Briefwechsel 1900-1949*. Hg. Hans Wyslimg. 1984

——：*Thomas Mann an Ernst Bertram. Briefe aus den Jahren 1910-1955*. Hg. Inge Jens. Neske Pfullingen 1960

Thomas Mann und Karl Kerényi：*Gespräch mit Briefen*. Rhein Zürich 1960［=MK］

Erika Mann：*Briefe und Antworten I*. 1984, II 1951-1969. München 1985［=EB］

Tagebücher：S.Fischer FaM.

——：*Tagebücher 1918-1921*. 1979［=T18］Hg. Peter de Mendelssohn

——：*Tagebücher 1933-1934*. 1977［=T33］Hg. Ders.

——：*Tagebücher 1940-1943*. 1982［=T40］Hg. Ders.

——：*Tagebücher 28.5.1946-31.12.1948*. 1989［=TB46］Hg. Inge Jens

*

Dichter über ihre Dichtungen. Thomas Mann I, II, III. Hg. Hans Wysling. Heimeran/S.Fischer FaM, 1975, 1977, 1981 [=DüD]

Bild und Text bei Thomas Mann. Eine Dokumentation. Hg. Hans Wysling. Francke Bern 1975

Thomas Mann. Ein Leben in Bildern. Hg. Hans Wysling. Artemis Zürich 1995

*

Thomas-Mann-Studien. [=TMS] V.Klostermann FaM. I-XIV. 1967f.

Thomas-Mann-Jahrbuch. [=TMJ] Hg. Echhard Heftrich und Hans Wysling. Klostermann FaM, 1988ff.

Thomas Mann 1875-1975. Vorträge in München-Zürich-Lübeck. Hg. B.Bludau, E.Heftrich u. H.Koopmann. S.Fischer FaM, 1977 [=TM75]

Thomas Mann. Wege der Forschung CCCXXXV. Hg. H.Koopmann. Darmstadt 1975

Thomas-Mann-Handbuch. Hg. Helmut Koopmann. A.Kröner Stuttgart 1990 [=TMH]

II. **Werk-Ausgaben（主要著作集）**

Adorno, Theodor W.：*Gesammelte Schriften in 20 Bänden*. Hg. Rolf Tiedemann. Suhrkamp FaM, 1970ff. ［以下 Adorno 全集は A と略，巻数 A 12，次に頁数を表す。例（A 12, 34f.)］

――：*Dialektik der Aufklärung*. In：A 3.『啓蒙の弁証法』徳永恂訳，岩波書店 一九九〇年

――：*Ästhetische Theorien*. In：A 7, 1984⁴.『美の理論』大久保健治訳，河出書房新社 一九八五年

――：*Zu einem Porträt Thomas Manns. Hermann Hesse zum 2. Juli 1962 in herzlicher Verehrung*. In：A 11, *Noten zur Literatur*, 1974

――：*Negative Dialektik*『否定弁証法』木田元他訳，作品社 一九九六年

——：*Jargon der Eigentlichkeit*. In：A 6, 1973

——：*Erpreßte Versöhnung. Zu Georg Lukács*：〈*Wider den mißverstandenen Realismus*〉. In：*Noten zur Literatur II*. A 11. 『強奪された和解』藤本淳雄訳，「ルカーチ研究」白水社 一九六九年

——：*Philosophie der neuen Musik*. In：A 12. 1975『新音楽の哲学』渡辺健訳，音楽之友社 一九七三年

——：*Fantasia sopra Carmen*. In：*Musikalische Schriften I-III*. A 16. 1978

——：*Imaginäre Begrüßung Thomas Manns*. In：A 20/2

Fichte, Johann Gottlieb：*Grundlage der gesamten Wissenschaftslehre*. In：*Fichtes Werke in 8 Bänden*. Hg. I.H.Fichte. Berlin 1971, Bd.I

——：*Grundlage der gesamten Wissenschaftslehre*. Hg. Wilhelm G.Jacobs. Felix Meiner Hamburg 1970. 『全知識学の基礎』上下，木村素衛訳，岩波書店 一九四九年

Goethe, J.W.von：*Werke in 14 Bänden. Hamburger Ausgabe*. Hg. Erich Trunz, Hamburg 1948/60

——：*Italienische Reise*. In：Bd.XI 1954[2]

——：*Wilhelm Meisters Lehrjahre*. In：Bd.VII 1950

——：*Faust*. In：Bd.III 1954[2]

——：*Die natürliche Tochter*. In：Bd.V

Heidegger, Martin：*Vom Wesen und Begriff der φύσιδ*. In：Gesamtausgabe. Bd. I-9（*Wegmarken*）. Klostermann FaM, 1976

——：*Der Ursprung des Kunstwerkes. Wozu Dichter*. In：Holzwege. FaM, 1960[4]

——：*Der Satz vom Grund*. Neseke Pfullingen 1957[3]

——：*Nietzsche* I. Neske Pfullingen 1961[2]

——：*Sein und Zeit*. M.Niemeyer Tübingen 1963[10]

Hegel, G.W.F.：*Werke in 20 Bänden*.［=H］Hrsg. von E.Moldenhauer u. K.M.Michel. Suhrkamp FaM, 1970
——：*Solgers nachgelassene Schriften und Briefwechsel*（1828）. Bd.11
——：*Vorlesungen über die Philosophie der Geschichte*. Bd.12
——：*Vorlesungen über die Ästhetik*. Bd.13-15. 竹内敏夫訳『美学』岩波書店 一九五六年、長谷川宏訳『美学講義』作品社 一九九五年
——：*Vorlesungen über die Geschichte der Philosophie* I. Bd.18
——：*Phänomenologie des Geistes*. Bd.3
Kierkegaarde, Sören：*Abschließende unwissenschaftliche Nachschrift zu den Philosophischen Brocken*. In：Gesammelte Werke. 16 Abt. Übersetzt von Hans Martin Junghans. Düsseldorf/Köln：Eugen Diederichs 1957『哲学的断片への結びとしての非学問的あとがき』。キルケゴール著作集一九六七－六九年、第7、8、9巻。杉山好、小川圭治訳、白水社
——：*Über den Begriff der Ironie*. Übersetzt von Emanuel Hirsch. Düsseldorf：Diederichs 1961. Bd.31. キルケゴール著作集21『イロニーの概念』飯島、福島、鈴木訳
——：*Entweder/Oder*. 1.Teil, übersetzt von E.Hirsch, Düsseldorf 1956
Nietzsche, Friedrich：*Werke in drei Bänden. Hrsg*. von Karl Schlechta, C.Hanser, München 1966［以下 Nietzsche 引用は、（N I, 2）で第1巻二頁を表す］
Novalis：*Schriften*. Bd.3. *Das philosophische Werk* II. Hg. Richard Samuel. Stuttgart 1960
Novalis Werke. Hrsg. von Gerhard Schulz. München：Beck 1960
Schlegel, Friedrich：*Kritische Friedrich-Schlegel-Ausgabe*.［=KA］. Bd.II. *Charakteristiken und Kritiken I*（*1796-1801*）. Hg. Hans Eichner. Paderborn：F.Schöningh 1967. *Lyceum-Fragmente*［=L］, *Athenäum-Fragmente*［=A］, *Ideen*［=I］, *Gespräch über die Poesie*［=GüP］, *Philosophische Lehrjahre*［=PL］. In：KA. Bände 18 und 19. シュレーゲル『ロマン派文学論』山本定祐訳、冨山房 昭和五三年

Schopenhauer, Arthur : *Sämtliche Werke in 5 Bänden*. Hg. W.Frhr u. Lohneysen, Cotta-Insel Stuttgart, 1987^3 [=Sch]

Ⅳ. Allgemeines（一般）

Allemann, Beda : *Ironie und Dichtung*. Günther Neske, Pfullingen 1956 [=BA : ID]

—— : *Ironie als literarisches Phänomen*. Hrsg. von H.E.Haas, G.A.Mohrlüder. Kiepenhauer, Köln 1973

—— : *Ironie und Dichtung*. Hrsg. von A.Schaefer. Beck'sche Schwarze Reihe 66.

—— : *Experiment und Erfahrungen in der Gegenwartsliteratur*. Goslar 1963

Aristoteles : *Nikomachische Ethik*. übersetzt von Eugen Rolfes, hg. von Günther Bien. Hamburg : Meiner 1972.／アリストテレス『ニコマコス倫理学』上下、高田三郎訳、岩波書店 昭和四六、四八年

Bachofen, Johann Jacob : *Der Mythus von Orient und Occident-eine Metaphysik der alten Welt*. Hrsg. von Mafred Schröter, Beck,München 1956^2 [=B]（*Das Mutterrecht, Eine Untersuchung über die Gynakokratie der alten Welt nach ihrer religiösen und rechtlichen Natur*. Benno Schwabe, Basel 1897^2)

—— : *Urreligion und antike Symbole*. Hrsg. von C.A.Bernoulli. Leipzig 1926. 『母権性』上下、吉原、平田、春山訳、白水社 一九九二年

Baeumler, Alfred : *Bachofen, der Mythologe der Romantik*. In : *Der Mythus von Orient und Occident－eine Metaphysik der alten Welt. Aus den Werken von Johann Jakob Bachofen*. Hrsg. von Manfred Schröter, Beck München 1956^2

—— : *Metaphysik und Geschichte*. In : T.u.A.

Baeumler, M, Brunträger, H., Kurzke, H. : *Thomas Mann und Alfred Baeumler*. Königshausen & Neumann Würzburg 1989 [=T.u.A.]

Baumgart, Reinhard : *Selbstvergessenheit. Drei Wege zum Werk : Thomas Mann, Franz Kafka, Bertolt Brecht*. Carl Hanser, München 1989

Behler, Ernst：*Klassische Ironie, Romantische Ironie, Tragische Ironie－zum Ursprung dieser Begriffe－*. [＝Behler]. Darmstadt：Wissenschaftliche Buchgesellschaft 1972

Benjamin, Walter：*Der Begriff der Kunstkritik in der deutschen Romantik*. In：Gesammelte Schriften I-1. FaM：Suhrkamp 1974. ヴァルター・ベンヤミン『ドイツ・ロマン主義における芸術批評の概念』訳・解説、大峰顕、高木久雄、晶文社 一九七〇年

Benn, Gottfried：*Rede auf Heinrich Mann*. In：*Provoziertes Leben*. Ullstein FaM, 1961

——：*Doppelleben*. In：Gesammelte Werke in vier Bänden. Wiesbaden：Limes 1961, Bd.4

Bertram, Ernst：*Nietzsche-Versuch einer Mythologie*. Bonn：Bouvier 1989[10] ベルトラム『ニーチェ』浅井真男訳、筑摩書房 一九七〇年

Bloch, Ernst：*Erbschaft dieser Zeit*. In：Werkausgabe. Bd.4. stw 553. Suhrkamp 1962 [＝B：EZ]『この時代の遺産』池田浩士訳、筑摩書房 一九九四年

——：*Geist der Utopie*. stw 35 1973

——：*Das Prinzip Hoffnung*. [＝PH] stw 3 1959 『希望の原理』山下肇他訳、白水社

Broch, Hermann：*Die Schuldlosen*. Zürich：Rhein 1950[4] [＝Broch]

——：*James Joyce und die Gegenwart*（1936）. In：*Schriften zur Literatur* I, FaM：Suhrkamp 1975

Cassirer, Ernst：*Das Mythische Denken*. In：*Philosophie der symbolischen Formen*. Berlin 1925 Bd.II 木田元訳『シンボル形式の哲学（二）』岩波書店 一九九一年

Creuzer, G.Friedrich：*Symbollik und Mythologie der alten Völker, besonders der Griechen*. in 4 Bänden. Leipzig 1819, Arno Press New York 1978

Dacqué, Edgar：*Urwelt, Sage und Menschheit*. München 1924

Dilthey, Wilhelm：*Gesammelte Schriften*. V.Band, B.G.Teubner Verlagsgesellschft, Stuttgart 1974

――：*Das Erlebnis und die Dichtung*. Stuttgart 1957[13]
Durzak, Manfred：*Zitat und Montage im deutschen Roman der Gegenwart*. In：*Die deutsche Literatur der Gegenwart*.
　Hg. M.Durzak. Reclam Stuttgart 1971
Emrich, Wilhelm：*Protest und Verheißung*. FaM：Athenäum 1968[3], S.140ff.
――：*Franz Kafka*. FaM：Athenäum 1970[7]
Frazer, James G.：*The Golden Bough. A Study in Magic and Religion*. Part IV, *Adonis, Attis, Osiris*. Vol II. 1914[3]
　London 『金枝篇（三）』永橋卓介訳、岩波書店
Freud, Siegmund：*Totem und Tabu*. In：Gesammelte Schriften. Bd.10. Hrsg. von A.Freud, O.Frank u. A.J.Storfer.
　Leipzig, Wien, Zürich 1924
――：*Zur Einführung des Narzissmus*. In：Gesammelte Werke, Bd.10. London 1946
――：*Eine Teufelsneurose im siebzehnten Jahrhundert*. In：Gesammelte Schriften. Wien 1924, Bd. X
Gasset, José Ortega y：*Die Vertreibung des Menschen aus der Kunst*. dtv.194, München 1964
――：*Der Aufstand der Massen*. Stuttgart 1965
Habermas, Jürgen：*Der philosophische Diskurs der Moderne*. Suhrkamp FaM. 1986[3] 『近代の哲学的ディスクルスⅠ』三
　島、轡田他訳、岩波書店 一九九〇年
Hamburger, Käte：*Die phänomenologische Struktur der Dichtung Rilkes*. *In*：*Philosophie der Dichter–Novalis, Schiller,*
　Rilke. Kohlhammer Stuttgart 1966
――：*Logik der Dichtung*. Stuttgart：Klett 1977[3]
Handke, Peter：*Die Lehre der Saint-Victoire* ［=P］. Suhrkamp FaM 1980. 洲崎恵三訳『サント＝ヴィクトアール山の教
　え』『影』38号、43号
――：*Zu Franz Kafka*. In：*Das Ende des Flanierens*. FaM 1980

Heißenbüttel, Helmut : *Über Literatur*. München : dtv.sr.84 1970 [=Heißenbüttel]

—— : *Projekt Nr.1. D'Alemberts Ende*. Luchterhand 1970

—— : *Zur Tradition der Moderne*. Luchterhand SL 51, 1972

Heißenbüttel-Vormweg : *Briefwechsel über Literatur*. Luchterhand 1969

Holthusen, H.E. : *Die Welt ohne Transzendenz*. Hamburg 1954

Hofmannsthal, Hugo von : *Die Ironie der Dinge*. In : Prosa IV. S.Fischer FaM, 1955

Japp, Uwe : *Theorie der Ironie*. FaM : Klostermann 1983 [=UJ]

Jaspers, Karl : *Die geistige Situation der Zeit* (1935). Berlin : Gruyter 1960[5]

Jeremias, Alfred : *Das alte Testament im Lichte des alten Orients*. Leipzig 1916[3]

Jens, Walter : *Mythos und Logos*. In : *Statt einer Literaturgeschichte*. Pfullingen : Neske 1957/1962.『現代文学』高本・中野訳' 紀伊国屋書店 一九六一年

Jung, C.G./Kerényi, K : *Einführung in das Wesen der Mythologie. Das göttliche Kind/Das göttliche Mädchen*. Gerstenberg Verlag Hildesheim 1980 [=J/K]. 『神話学入門』杉浦忠夫訳' 晶文社 一九七五/一九九六年

—— : *Umgang mit Göttlichen*. Göttingen 1955

Kafka, Franz : *Die Beschreibung eines Kampfes*. In : Sämtliche Erzählungen. Hrsg. von Paul Raabe. FaM : S.Fischer 1970

—— : *Die Verwandlungen*. In : Erzählungen. Hg. Max Brod. Berlin : S.Fischer 1965

Kayser, Wolfgang : *Entstehung und Krise des modernen Romans*. Stuttgart : Metzler 1954[5]

Knox, Norman : *Die Bedeutung von „Ironie": Einführung und Zusammenfassung*. In : *Ironie als literarisches Phänomen*. Hrsg. von Hans-Egon-Haas, Gustav-Adolf Mohrlüder. Köln : Kiepenhauer & Witsch 1973

Lukács, Georg : Werke. Bd.4. *Probleme des Realismus I. Essays über Realismus*. Neuwied und Berlin Luchterhand 1971

[＝L4]
——：*Es geht um den Realismus*. (1938) 『リアリズム論』佐々木基一他訳「ルカーチ著作集8」白水社 一九六九年
——：*Größe und Verfall des Expressionismus*. (1934)
——：*Die Gegenwartsbedeutung des kritischen Realismus*. (1957)
——：*Die Theorie des Romans*. Neuwied：Luchterhand 1971 [＝L：TR]. 『小説の理論』大久保健治訳、白水社 一九六八年
——：*Die Seele und die Formen*. Berlin 1911
Martini, Fritz：*Wandlungen und Formen des gegenwärtigen Romans*. In：Der Deutschunterricht 3, 1951, Vol. 20
——：*Das Wagnis der Sprache*. Klett, Stuttgart 1954
Mann, Heinrich：*Ein Zeitalter wird besichtigt*. Stockholm 1946
Maruyama, Masao：*Denken in Japan*. edition Suhrkamp 1398. FaM 1988
Mayer, Hans：*Außenseiter*. FaM 1975
Mayer, Hermann：*Das Zitat in der Erzählkunst*. Metzler Stuttgart 1961
Mereschkowski, Dmitri：*Die Geheimnisse des Ostens*. Berlin 1924 [＝M]
Müller, Günther：*Morphologische Poetik*. Tübingen：Niemeyer 1968
Musil, Robert：*Der Mann ohne Eigenschaften*. Hamburg 1952
Platon：*Symposion*. In：*Meisterdialoge*, eingeleitet von Olof Gion, übertragen von Rudolf Rufener. Zürich：Artemis 1958. プラトン『饗宴』久保勉訳註、岩波書店 昭和二七年
Plutarch：*De Iside et Osiride*. プルタルコス『エジプト神イシスとオシリスの伝説について』柳沼重剛訳、岩波書店 一九九六年
Pütz, Peter：*Peter Handke*. In：*Deutsche Dichter der Moderne*, Hg. B.v.Wiese. Erich Schmidt Berlin 1973

Rehm, Walter：*Der Todesgedanke in der deutschen Dichtung von Mittelalter bis zur Romantik*. Tubingen 1967
Rilke, Rainer Maria：*Die Aufzeichnung des Malte Laurids Brigge*. Wiesbaden Insel 1951
Rohde, Erwin：*Psyche*. Darmstadt 1974
Schiller, Friedrich：*Über die ästhetische Erziehung des Menschen in einer Reihe von Briefen*. Nationalausgabe Bd.20. Weimar 1962.
Schubert, Bernhard：*Der Künstler als Handwerker. Zur Literaturgeschichte einer romantischen Utopie*. Athenäum Königstein 1986
Simmel, Georg：*Venezia*. In：Gesamtausgabe, hrsg. von Ottheim Rammstedt. Bd.8, Suhrkamp FaM 1993
——：*Zur Philosophie der Kuns*t. Potsdam 1922
Sloterdijk, Peter：*Der Zauberbaum*. Suhrkamp FaM 1987
Staiger, Emil：*Grundbegriff der Poetik*. Zürich：Atlantis 1963.『詩学の概念』高橋英夫訳，法政大学出版局 一九六九年
Strohschneiderkohrs, Ingrid：*Die romantische Ironie in Theorie und Gestaltung*. Tübingen 1960
Szondi, Peter：*Friedrich Schlegel und die romantische Ironie. In：Friedrich Schlegel und die Kunsttheorie seiner Zeit*. Hrsg. Von H.Schanze. Wege der Forschung 609, Darmstadt 1985
——：*Poetik und Geschichtsphilosophie* I. Suhrkamp FaM 1974
Troeltsch, Ernst：*Aufsätze zur Geistesgeschichte und Religionssoziologie*. In：Gesammelte Schriften. Hg. H.Baron, Aalen 1966, Bd.IV
Waine, Anthony：*Martin Walser*. München：Beck 1980
Waldenfels, Hans/Immoos, Thomas（Hg.）：*Fernöstliche Weisheit und christlicher Glaube*. Mainz 1985.
Walser, Martin：*Selbstbewustßein und Ironie. Frankfurter Vorlesungen*. Suhrkamp FaM 1981.［=MW］
マルティーン・ヴァルザー『自己意識とイロニー』洲崎惠三訳，法政大学出版局 一九九七年

——：*Wer ist ein Schriftsteller?* edition suhrkamp 959, 1979. S.39 ［＝MA：WS］
——：*Wie und wovon handelt Literatur?* edition suhrkamp 642, 1973 ［MW＝WWL］
——：*Über den Unerbittlichkeitsstil－Zum 100. Geburtstag von Robert Walser*
——：*Halbzeit* (1960). st. 94, FaM 1963
——：*Des Lesers Selbstverständnis－Ein Bericht und eine Behauptung*, Parerga 12. Eggingen：Edition K.Isele 1993
——：*Liebeserklärung*. FaM：Suhrkamp 1983
——：*Auskunft*. Hrsg. von Klaus Siblewski. FaM：Suhrkamp 1991 ［＝MW：A］
——：*Über Deutschland reden*. edition suhrkamp 1553, FaM 1988.
Walser, Robert：*Jakob von Gunten*. In：Das Gesamtwerk. Hrsg. von Jochen Greven. Bd. IV. Genf：Kossodo 1975.
ローベルト・ヴァルザー『ヤーコプ・フォン・グンテン』藤川芳郎訳、集英社 一九七九年
Weber, Max：*Das antike Judentum*. (1920) In：Gesammelte Aufsätze zur Religionssoziologie. III. Tübingen：Mohr 1976.『古代ユダヤ教』内田芳明訳、岩波書店 一九九六年
Weinrich, Herald：*Linguistische Lüge*. Lambert Schneider, Heidelberg 1970
Worringer, Wilhelm：*Abstraktion und Einfühlung*. Münchenn 1959.『抽象と感情移入』草薙正夫訳、岩波書店 一九五三年

＊

臼井隆一郎『バハオーフェン論集成』、世界書院 一九九二年
大塚久雄『宗教改革と近代社会』みすず書房 昭和三八年
加藤周一『日本文学史序説』筑摩書房 一九七五年
川村二郎「イロニーの場所」『文芸』一九七三年八月、「神話と小説」同一九七四年五月、「三島由紀夫の二元論」同一九七四年二月号

唐木順三『詩とデカダンス』講談社 一九六六年、『無常』筑摩書房 一九六四年、『中世の文学』筑摩書房 一九六五年、『現代史の試み』筑摩書房 一九六七年
小林秀雄全集全八巻 新潮社 一九五五年
三光長治「ミメーシス―アドルノのキイ概念をめぐって」、『フランクフルト学派再考』徳永恂編所収、弘文堂 一九八九年
高橋英夫『役割としての神』新潮社 一九七五年
高橋義孝『芸術観の成立』新潮社 一九六五年、『芸術文学論集』東京創元社 一九五八年
辻邦生作品全六巻 河出書房新社 一九七三年
――：『トーマス・マン』岩波同時代ライブラリー171 一九九四年
登張正実『ドイツ教養小説の成立』弘文堂 一九六四年
西脇順三郎『詩学』筑摩書房 一九七一年
三島由紀夫文学論集 講談社 一九六五年
渡辺二郎『ハイデッガーの存在思想』『ハイデッガーの実存思想』勁草書房 一九六二年

Ⅲ. Sekundäre Literaturen über Thomas Mann（トーマス・マン研究文献）

Bahr, Ehrhard : „*Identität des Nichtidentitischen*“－*Zur Dialektik der Kunst in Thomas Manns Doktor Faustus im Lichte von Theodor Adornos Ästhetischen Theorie*. In : TMJ II, Klostermann FaM 1989
Baumgart, Reinhard : *Selbstvergessenheit. Der Wege zum Werk. Thomas Mann, Franz Kafka, Bertolt Brecht*. Hanser München 1989
――：*Thomas Mann von weitem*. In : *Literatur für Zeitgenossen*, edition suhrkamp 186
Berger, Willy R. : *Die mythologische Motive in Thomas Manns Roman „Joseph und seine Brüder“*. Bohlau Köln

1971

Brecht, Bertolt：*Kehren wir zu den Kriminalromanen zurück*! In：Gesammelte Werkausgabe. edition suhrkamp FaM 1967, Bd.18

Dierks, Manfred：*Thomas Mann und die Mythologie*. In：TMH. 1990

——：*Studien zu Mythos und Psychologie bei Thomas Mann*. In：TMS II. 1972

Diersen, Inge：*Untersuchungen zu Thomas Mann*. Berlin 1960

Dörr, Hans Jorg：*Thomas Mann und Adorno. Ein Beitrag zur Entstehung des „Doktor Faustus"* (1970) In：Rudolf Wolff (Hg), *Thomas Manns Doktor Faustus und die Wirkung II*, Bouvier Bonn 1983

Eichner, Hans：*Thomas Mann und die deutsche Romantik*. In：*Das Nachleben der Romantik in der modernen deutschen Literatur*. Hrsg. von Wolfgang Paulsen. Heidelberg 1969

Fritzen, Werner：*Venus Anadyomene*. In：*Festschrift für Hans Wysling*. Hrsg. von Eckhard Heftrich und Helmut Koopmann. FaM：Klostermann 1991

——：*Zaubertrank der Metaphysik－Quellenkritische Übelegungen im Umkreis der Schopenhauer-Rezeption Thomas Manns*. FaM P.Lang 1980

Gockel, Heinz：*Thomas Manns Entweder und Oder*. In：*Thomas Manns Dr.Faustus und die Wirkung*.1.Teil, Bonn 1983

——：*Faust im Faustus*. In：TMJ I, FaM 1988

Hamburger, Käte：*Anachronistische Symbolik. Fragen an Thomas Manns Faustus-Roman*. In：Wege der Forschung CCCXXXV, Hg. von H.Koopmann. Darmstadt 1975

——：*Thomas Mann und die Romantik－eine problematische Studie*. Berlin 1932

——：*Der Humor bei Thomas Mann－zum Joseph＝Roman*. München 1965

Härle, Geahard : *Männerweiblichkeit—zur Homosexualität bei Klaus und Thomas Mann*. FaM : Athenäum 1988

Heftrich, Eckhard : *„Doktor Faustus"—die radikale Autobiographie*. In : TM 75, 1977

—— : *Zauberbergmusik. Über Thomas Mann*. FaM : Klostermann 1975

—— : *Vom Verfall zur Apokalypse. Über Thomas Mann*. ibid. 1982

—— : *Geträumte Taten*. ibid. 1993

—— : *Wagner-Nietzsche-Thomas Mann. Festschrift für Eckhard Heftrich*. Herg. von H.Gockel, M.Neumann u. R. Wimmer. ibid. 1993

—— : *Matriarchat und Patriarchat*. In : TMJ VI. 1994

Heimann, Bodo : *Thomas Manns „Doktor Faustus" und die Musikphilosophie Adornos*. In:DVJS. 38 Jhrg. Hft. 2, 1964

Heller, Erich : *Thomas Mann. Der ironische Deutsche*. FaM : Suhrkamp 1959

—— : *Doktor Faustus und die Zurücknahme der neunten Symphonie*. In : TM75

—— : *Die Reise der Kunst ins Innere*. FaM : Suhrkamp 1966

Hofmiller, Joseph : *Thomas Manns „Der Tod in Venedig"*. In : „Merkur" Heft 88. 1959

Jonas, Ilsedore B. : *Thomas Mann und Italien*. Heidelberg 1969

Kahler, Erich : *Säkularisierung des Teufels*. In : Die neue Rundschau, 59 Jhrg. 10 H. 1948

Karthaus, Urich : *Der Zauberberg—ein Zeitroman*. In : DVJS. 1970, 44 Jhrg. Hft.2

Kerényi, Karl : *Thomas Mann und der Teufel in Palestrina*. In : Neue Rundschau. Jg.73. H.2/3, FaM 1962

Koopmann, Helmut : *Der klassisch-moderne Roman in Deutschland, Thomas Mann-Alfred Döblin-Hermann Broch*. Kohlhammer, Stuttgart 1983

——: *Die Lehre des Zauberbergs*. In: *Das „Zauberberg“-Symposium 1994 in Davos*. TMS XI.

——: *Vaterrecht und Mutterrecht. Thomas Manns Auseinandersetzung mit Bachofen und Baeumler als Wegbereitern des Faschismus*. In: *Der schwierige Deutsche*. Niemeyer Tübingen 1968

——: *„Doktor Faustus“ als Widerlegung der Weimarer Klassik*. In: TMS VII

Koppen, Erwin: *Schönheit, Tod und Teufel*. In: Arcadia. Bd.16, Hft.2, 1981

Kristiansen, Bϕrge: *Thomas Manns Zauberberg und Schopenhauers Metaphysik*. Zweite verbesserte und erweiterte Auflage. Bouvier, Bonn 1986. [=KZ]

——: *Thomas Mann und die Philosophie*. In: TMH. 1990

Kurzke, Hermann: *Thomas Mann. Epoche-Werk-Wirkung*. C.H.Beck München 1991^{2}

——: *Stationen der Thomas-Mann-Forschung. Aufsätze seit 1970*. Würzburg: Königshausen 1985

Lehnert, Herbert: *Thomas Mann—Fiktion, Mythos, Religion*. Kohlhammer 1965

——: *Thomas-Mann-Forschung*. Stuttgart: Metzler 1969

Lukács, Georg: *Thomas Mann*. Berlin: Aufbau 1957

——: *Das Spielerische und seine Hintergründe*. In: *Thomas Mann*.

Maar, Michael: *Der Teufel in Palestrina. Neues zum Doktor Faustus und zur Position Gustav Mahlers im Werk Thomas Manns*. In: Literaturwissenschaftliches Jahrbuch im Auftrag der Görres-Gesellschaft. 1989, Hft.30 (211-247)

Mann, Katja: *Meine ungeschriebenen Memoiren*. S.Fischer FaM 1974

Moeller, H.B.: *Thomas Manns venezianische Götterkunde, Plastik und Zeitlosigkeit*. DVJS. Bd.40. 1966^{6}

Mayer, Hans: *Thomas Mann*. FaM: Suhrkamp 1980

——: *Thomas Manns „Doktor Faustus“. Roman einer Endzeit und Endzeit des Romans*. In: *Von Lessing bis*

Thomas Mann. Pfullingen Neske 1959

Mayer, Hans : *Deutsche Literatur seit Thomas Mann*, rororo 1063, FaM 1968

Mendelssohn, Peter de : *Der Zauberer. Das Leben des deutschen Schriftstellers Thomas Mann. I.Teil 1875 -1918*. FaM : S. Fischer 1975

—— : *II. Teil. Jahre der Schwere 1919 und 1933*. FaM : S.Fischer 1992

MURATA, Tunekazu : *Thomas Mann in Japan—eine bibliographische Skizze*. In : Die Deutsche Literatur 24, Tokyo 1960

—— : *Thomas Mann in Japan*. In : TM75

Pütz, Peter : *Kunst und Künstlerexistenz bei Nietzsche und Thomas Mann. Zum Problem des ästhetischen Perspektivismus in der Moderne*. Bonn : Bouvier 1975²

—— : *Thomas Mann und die Tradition*. FaM : Athenäum 1971

Reich-Ranicki, Marcel : *Thomas Mann und die Seinen*. Stuttgart 1987

—— : *Eine Jahrhunderterzählung „Tonio Kröger“*. In : ibid.

Ritter-Santini, Lea : *Das Licht im Rücken. Notizen zu Thomas Manns Dante-Rezeption*. In : TM75

Rychner, Max : *Antworten, Aufsätze zur Literatur*. Zürich : Manesse 1961

—— : *Welt im Wort*. Zürich : Manesse 1949

Sandt, Lotti : *Mythos und Symbolik im Zauberberg von Thomas Mann*. Bern : Haupt 1979

Santoli, Vittorio : *Thomas Mann und D'Annunzio*. In : *Philologie und Kritik*. Bern 1971

Sauerland, Karol : *„Er wußte noch mehr...“ Zum Konzeptionsbruch in Thomas Manns Doktor Faustus unter dem Einfluß Adornos*. In : Orbis Litterarum 34, 1979

Schwarz, Egon : *Adrian Leverkühn und Alban Berg*. In : MLN (1987), Vol.102, No.3

Singer, Herbert：*Helena und der Senator—Versuch einer mythologischen Deutung von Thomas Manns „Buddenbrooks“*. In：*Thomas Mann.* Wege der Forschung Darmstadt 1975

SUZAKI, Keizo：*Naturempfinden und Sprachbewußtsein in Japan und Deutschland—meine Reise zu Thomas Mann—*. In：Gengo Bunka Ronsho (Studies in Languages and Cultures) No.8, Tsukuba 1980, Institute of Modern Languages and Cultures, The University of Tsukuba

Szondi, Peter：*Thomas Manns Gnadenmär von Narziß*. In：*Schriften II*. FaM 1978

Tiedemann, Rolf：*Mitdichtende Einfühlung—Adornos Beiträge zum Doktor Faustus—noch einmal*. In：Frankfurter Adornos Blätter I, München 1992, (S.9-33) [=RT]

Vaget, Hans Rudolf：*Thomas Mann und James Joyce. Zur Frage des Modernismus im Doktor Faustus*. In：TMJ II

——：*Germany, Jekyll and Hyde. Sebastian Haffners Deutschlandsbild und die Genese von Doktor Faustus*. In：TMJ II

——：*Thomas Mann-Kommentar*. München 1984

Weigand, Hermann J.：*The Magic Mountain. A Study of Thomas Mann's Novel Der Zauberberg*. Chapel Hill, The University of North Carolina Press 1965. First published in 1933 under title：*Thomas Mann's novel, Der Zauberberg*

Wisskirchen, Hans：*Zeitgeschichte im Roman. Zu Thomas Manns „Zauberberg“ und „Doktor Faustus“*. Bern 1986 (TMS VI)

——：*„Die Beleuchtung, die auf mich fällt, hat...oft gewechselt.“ Neue Studien zum Werk Thomas Manns*. Würzburg：Königshausen 1991.

——：*Nietzsche-Imitatio. Zu Thomas Manns politischem Denken in der Weimarer Republik*. In：TMJ I 1988

Wysling, Hans : *Die Technik der Montage*. In : Euphorion. Bd.57, Heft I/2

—— : *Quellenkritische Studien zum Werk Thomas Manns*. In : TMS I. Bern 1967

—— : *Der Zauberberg-als Zauberberg*. In : TMS XI, 1995

Wysling, Hans : *Mythus und Psychologie bei Thomas Mann*. In : TMS III, 1974

—— : *Narzissmus und illusionäre Existenzform*. In : TMS V, Bern Francke 1982

—— : *Thomas Mann als Tagebuchschreiber*. In : TMS VII. Internationales Thomas-Mann-Kolloquim 1986 in Lübeck. Bern 1987

—— : *Zur Einführung*. In : *Thomas Mann-Heinrich Mann Briefwechsel 1900-1949*. FaM 1984

—— : *Ausgewählte Aufsätze 1963-1995*. In : TMS XIII. Klostermann 1996

—— : *Thomas Mann und seine Quellen. Festschrift für Hans Wysling*. Hrsg. von E.Heftrich und H.Koopmann. FaM : Klostermann 1991.

Zeder, Franz : *Studienratsmusik－eine Untersuchung zur skeptischen Reflexivität des Doktor Faustus von Thomas Mann*. Peter Lang FaM 1995

下程　息『『ファウスト博士』研究－ドイツ市民文化の「神々の黄昏」とトーマス・マン』三修社　一九九六年

あとがき

A

（1）本書は、博士（文学）論文の刊行が目的である。博士号は定年（六三歳）と重なり、勤め先の学系長と同時取得ではあったが、多くの院生諸君と混じって授与されたので、私には卒業式という感じだった。若い人たちには出発点であり、私どもにとっては一つの到達点である。しかし一つの通過点にすぎず、私にとっても新たな出発点を与えられたのだと思った。恥ずかしい気持ちがあり、理系の方々から見れば、お笑いになる向きもあるだろうが、それでも創立（一九七三年）以来四半世紀を閲した筑波大学の「独語・独文学」分野では、第一号の博士号であったゆえに、正負さまざまな意味で公刊の意義はあるのではないかと、愚考している。本書の主人公トーマス・マンがその人生決算の書『ファウストゥス博士』を書いたのは、六七歳から七一歳までである。

（2）博士論文の各章は、紀要等に発表した論文が土台となっているが、たんに集成・羅列したものではなく、「神話」と「イロニー」という経緯の座標軸により、削減・加筆・修正・改稿して、新たに構成したものである。なお紙面の都合上、博士論文中の二章を割愛した。

（3）日本におけるトーマス・マン研究で、とくにM. Walserの正負の自己意識とイロニー論、Adornoの同一性＝非同一性の相互限定否定弁証法とマンのイロニーの関連づけ、またBachofenの神話・宇宙・男女原理論、Heidegger の根拠律論によるヨセフ神話考察などは、新しい試みである。

(4)より新しい総合的なトーマス・マン像を提示できたかどうかは別として、一九七五年日記解禁以来の第一次資料の整備や、それに基づくBaumgart, Dierks, Fritzen, Härle, Heftrich, Koopmann, Kristiansen, Kurzke, Lehnert, Mayer, de Mendelssohn, Reich-Ranicki, Tiedemann, Wisskirchen, Wyslingなど、欧米のマン研究の成果を厳密に踏まえることを第一とした。

(5)第二に、深層心理学(高橋義孝等)、亡命文学(佐藤晃一、山下肇、山口知三等)、文学創作(辻邦生、北杜夫)、ファウストゥス論(下程息)、いちいちお名前を挙げないが、作品・日記・書簡などの正確な翻訳、それぞれすぐれた個々の作品論、テーマ論、作家論など、日本における先達のマン研究を踏まえることを宗とした。

(6)そのさい日本人としては、東西の自然観の差違、神話は自然の人間に対する暴力支配、啓蒙理性は人間主観による内外の自然への同一性強制支配ではなく、小我を捨てて自然と一体化するという自然観から見た、トーマス・マン文学——すなわち、対立も自然だがその融和も自然という、相対立する二元的原理を宥和する、神話とイロニーの織物としてのトーマス・マン文学解明が眼目である。

B

では、「神話」と「イロニー」という座標軸からみたトーマス・マン文学研究とは何か。反復になるが、簡潔にまとめたい。

序論——現代文学には古代神話への回帰がよくみられるが、マン文学の特性にも、現在の生を神話(ミュトス)と自己意識(ロゴス)とのかかわり、神話原型との同一化と非同一化をめぐるイロニーの遊戯とみるところがある。その背後には、自らの根拠を喪失した現代自我が、古代の象徴神話に精神的中心点を求めるという、価値真空時代の精神状況がある。

第Ⅰ部　**神話**――トーマス・マンの神話観は、①神話とは人間の生の原型、その象徴的具象的言語表現、②現在の生は、原型への同一化と非同一化、③物語とは原型神話の祝祭的再生変奏、の三点に要約される。無意識的神話の意識的心理主義的な再生、すなわちイロニーによる神話の再生である。神話のイロニー化とは「神話の人間的なものへの機能替え」(E.Bloch)であり、反復変奏さるべき生のモデルとして、ナチス神話への抵抗という時代背景もある。「かつて存在した母型にこそ、ユートピアへの可能性がある」。神話母型を、現実態《エネルゲイア》のなかに潜在する可能態《デュナミス》とみ、その完成態《エンテレケイア》を目指すことが、神話再説、現代の小説の意義とみる。以下作品に則しその実例を検証。

第一章――Schopenhauer, Bachofen, Baeumler, Bloch, Freudなどにより、nunc stans（静止セル今）の示現としての神話観考察。

第二章――ロマン主義か啓蒙主義か、自然か理性かという、KristiansenとKoopmannの論争に基づく『魔の山』論。

第三章――ヨセフをTammuz, Adonis, Osiris, Dionysos, Christusなど八つ裂きと復活の系譜でとらえ、分裂した現代自我が再生のモデルをヨセフ像にみる。無意識の生への意志はムト＝エム＝エネトのエロスとなってヨセフを襲う(Heimsuchung エロスの襲撃＝モチーフ、Baumgart)。ムトには、Aphrodite（ヘタイラ、神殿娼婦）とArtemis（純潔）の両面がある。父と母、太陽と大地、光と闇、精神と肉体という二元的原理の中間に漂う月というシンボルに、ヘルメースとしてのヨセフ、イロニーとしての芸術の象徴がある。

第四章――現代のメフィストーフェレスとファウストゥス博士、アドルノとマンの微妙な光りと闇の深層心理的関係。アドルノはトーマス・マンを、同一的価値社会に対する非同一的個の反抗、理性の同一性強制を崩壊させる非同一的自然を形象化した作家とみなす。

第II部　**イロニー**――イロニーは、言表と言裏の差異表現、同一でありながら非同一である微妙な発話形式である。それは修辞法というより、現象とイデア、表象と意志、意識と無意識などの差異とその表現の問題。真理は顕現と隠蔽の間にあり、言語による真理伝達の不可能性と可能性の緊張境界領域に生ずる芸術表現に通ずる。以下イロニーを、①有限と無限間を往還浮遊する自我の運動(ロマン派のイロニー)、②正負の自己意識とアイデンティティー(M.Walser)、③言葉と物象、主辞と賓辞の同一＝非同一性の三点から考察。

第五章――M.Walser によれば、正負の自己意識と関わる正負のイロニーがあり、ソクラテスからカフカに至る自己否定のイロニーに対し、Schlegel の系譜に連なるトーマス・マンの自己肯定イロニーは、対立両原理間に浮遊する貴族的自由に安住している。

第六章――モンタージュ、パロディーなどイロニーの言語現象の意味の解明。全体性ある現実と、現実の破片のモンタージュの、いずれが真のリアリズムか、という表現主義論争に通ずる問題を、マンと Heißenbüttel との対比で考察。

第七章――イロニーの相におけるトーマス・マンのニーチェ受容。ロマン主義の自己克服者としてのニーチェ像。ディオニューソスとキリストの合体者としてのニーチェに寄せるマンの深い愛情は『ファウストゥス博士』に結晶化する。

第八章――灼熱の官能的生と酷寒の禁欲的精神、ルネサンスと宗教改革、火と氷地獄、性と知の悪魔の対立に象徴される、トーマス・マンのイタリアへのアムビヴァレントなかかわりに、トーマス・マンのイロニーの反映がある。

結論――トーマス・マンのイロニーには正負二つの評価がある。Walser, Brecht, Allemann などは、マン固有のイロニーという主観的理性による非同一的諸現実の強制的同一化を非とする。他方、「マンにデカダンスとして非難されたものは、自己の脆さを忘れない自然の力、それが人間性にほかならない」(Adorno)。市民社会の規範からみれば異質な自然は、グロテスクな姿で、マンの初期短編群から魔の山やエジプトの魔女や欺かれし女まで、異性同性のエロスとなって登場する。同一性概念カテゴリーの網では捕らえられない、人間内部の自然を含めた非同一的自然の発現、形象化である。トーマス・マンのイロニーこそ、同一性強制を打開し、自己すら否定再生する力を内包する自然の生命の発現ではないだろうか。

世界に内在するさまざまな二元的対立原理の相克も現実であるが、それを止揚宥和しようとする弁証法的力もまた現実そのものに内在する。自然と理性(Adorno)、無意識と意識(Freud)、意志と表象(Schopenhauer)、ディオニューソスとアポロ(Nietzsche)、大地と太陽、母と父(Bachofen)、劫罰と救済(Wagner)、社会と個、抑圧と自由、官能と禁欲(Troeltsch)、無限と有限(Schlegel)、イデアと現象(Platon)など、世界を構成するさまざまな二元的対立原理の中間に漂遊し、同一しがたき両極を宥和させ、宥和が硬直化を示すや非同一化を促す、相互限定否定弁証法こそ、トーマス・マンのイロニーである。〈イロニーを媒介とする諸対立の宥和〉こそ、トーマス・マン文学の核心を成す特性、というのが本書の結論である。

C

七四歳のトーマス・マンは、一九四九年夏ゲーテ生誕二〇〇年祭のため、東西両ドイツ占領地区から招待を受け、一九三三年二月以来十六年ぶりに母国ドイツの地を踏み、フランクフルトとヴァイマルで『一九四九年ゲーテ年記念講演』を行った。そこで『ファウスト』第II部のゲーテのイロニーを話題とする(X, 494ff.)。ファウストは憂いの吐息を吹きかけられて盲目となり、亡霊たちの墓掘り(Grab)を、海を干拓して自由な民と共に生きる自由な土地の堀割（Graben）を作る槌音と聞く。そして瞬間に向かって「止まれ、おまえは実に美しいから」と言う。このセリフこそ、それを言えば、時計の針は落ち、魂はメフィストーフェレスのものとなるという悪魔との契約である。

「初めにロゴスありき」をファウストは「初めに行為ありき」と読み替える。海の潮と抗いつつ、海を埋め立て、無から有を生み、自由な土地に自由な民と共に生きる。およそ生活と自由とは、日々これを獲得して止まぬものだけが、享受する権利をもつ。行為こそが生の意味を生むというファウストの思念へ、メフィストは冷水を浴びせるのだ。これがゲーテのイロニーである。

これを人間の行為への嘲笑や否定と見る人びとに対しトーマス・マンは強く反撥する。ゲーテには、デモーニシュで＝暗闇のもの、超人間的で＝非人間的なもの、単純なヒューマニストたちの心胆を寒からしめ怖がらせるようなものが漂っている。しかしこれこそ自然である。アドルノ風にいえば、人間理性の同一性概念とは非同一的な自然の本質である。神性と魔性、ファウストのたゆまぬ努力とメフィストの冷笑的なニヒリズム、これはゲーテの魂に住む二つの対立矛盾する要素であって、両者の壮大な弁証法的闘いが内部で行われているのだ。

しかしこの両極の緊張関係、諸対立と矛盾の問題的な豊穣性、その壮大な弁証法のなかにこそ、この強力な存在の創造性がある、トーマス・マンは言う（X, 493）。「生産的であるのはただ、さまざまな対立矛盾に富み豊かであるという代価を払ってだけなのだ」（N II, 967）とニーチェも言う。

ゲーテ生誕二〇〇周年に際し、自己の理想自我ゲーテにおいてみたこのさまざまな二元的対立原理の豊穣性はまた、トーマス・マンのイロニーの象徴でもある。アポロとディオニューソス、表象と意志、意識と無意識、父と母、太陽と大地、理性と自然、同一性と非同一性、有限と無限、現象とイデア、時間とnunc stans、ロゴスとミュトスなど、豊穣な両対立矛盾原理の相互否定弁証法としてのイロニー芸術。これは程近い二〇〇五年のトーマス・マン死後五〇周年記念にもふさわしい核心テーマでもあるのではなかろうか。

D

本書刊行にあたっては、平成十三（二〇〇一）年度科学研究費補助金（研究成果公開促進費、日本学術振興会）の交付を受けた。前々から、博士論文をまとめるようご慫慂いただいていた、筑波大学学長北原保雄教授、元副学長高橋進教授に心から感謝申し上げる。申請と出版にあたっては筑波大学現代語・現代文化学系長藤原保明教授の暖かいご助力をいただいた。竹本忠雄元学系長初め、関係の諸先生方にあつく御礼申し上げたい。

主査の筑波大学大学院、文芸・言語研究科、井上修一教授はじめ博士論文審査をしていただいた諸先生方にあつく感謝申し上げたい。書き直しを命じられるほど、文体や構成や論究方法に厳しい審査をいただいたことが、いまとなってはたいへん勉強になり、そのご忠告のありがたさを強く嚙みしめている。独文学分野はもとより、比較文学・英米文学・フランス思想など幅広い分野における第一線の専門家のご指導はまことに貴重なものであった。荒木正純、加藤慶二、川那部保明、森田孟各教授には、重ねて感謝申し上げたい。

トーマス・マン研究の第一人者であり、チューリヒ大学正教授、トーマス・マン文書館館長であったハンス・ヴィスリング先生に誰よりこの書を捧げたい。一九七八年アレクサンダー・フォン・フムボルト財団給費客員研究者として教えをいただいたヴィスリング先生初め、シュトゥトガルト大学のフリッツ・マルティーニ先生、ボン大学ベーダ・アレマン先生、ミュンヒェンで会って下さったペーター・ド・メンデルスゾーン氏などは、すでに天上にあられて、直接御礼の申し上げようもない。心からのご冥福をお祈りする。

日本では、一九八六年ゴーロ・マン来日の折、講演会のあと六本木で直接トーマス・マンをめぐりお話しする機会を与えて下さった、辻邦生、北杜夫の両氏に、心から感謝申し上げたい。光栄にも辻邦生氏は、岩波同時代ライブラリー171『トーマス・マン』（一九九四年）に、北杜夫氏は、『新潮』（一九八六年七月号）「『ヴェニスに死す』あれこれ」に、前拙著『トーマス・マン―イロニーとドイツ性』（東洋出版、一九八五年）の名を挙げて下さった。

トーマス・マン研究のおかげで、キルヒベルクで九五歳のカトヤ・マン夫人、テュービンゲンでインゲ・イェンス夫人、リューベクでヴィスキルヒェン、バンベルクでコープマン、ヘフトリヒ、ディールクス、ゴクル、ジルス・マリーアではニーチェ・ハウス館長アンドレー・ブロッホ各教授など多くのトーマス・マン関係研究者と直接お話しできる機会に恵まれたが、なかでも一九九三年夏ボーデン湖畔ヌスドルフのご自宅で、数時間にわたり深更まで「イロニーと自己意識」についてお話しする機会を与えてくださった作家マルティーン・ヴァルザー氏のご好意に改めて感謝申し上げたい。

nunnc stans（静止セル今）という問題に目を開くきっかけを与えてくださったのは、一九六七年冬学期ドイツ学術交換留学生（ＤＡＡＤ）として、登張正実先生のお薦めに従って門戸を叩いた、ミュンスター大学ギュンター・ヴァイト教授のゼミで発言しておられた、当時助手のハンス・ゴイレン教授である。

貴重な在外研究の機会を賜ったＤＡＡＤ（ドイツ学術交流会）、アレクサンダー・フォン・フムボルト財団、大学関係者（文部省在外研究短期）に心より御礼申し上げる。

トーマス・マン研究のご指導をいただいた故佐藤晃一先生、光栄にもトーマス・マン『日記』邦訳のお手伝いをさせていただいている森川俊夫先生はじめ、多くの先生、先輩、同僚、院生、学生、外国人教師、講師の方々に感謝申し上げる。

一九九一年大学設置基準大綱化以降、ドイツ語などいわゆる第二外国語履修は大学卒業の必要不可欠条件ではなくなった。その影響の波をもろに受けた日本の独語・独文学界の出版事情の困難な折、溪水社の木村逸司社長のご好意に、心から感謝申し上げたい。また同社の坂本郷子さんには印刷に至る過程で、細部にわたる献身的なお世話に与った。記して御礼申上げたい。

二〇〇一年初秋

つくば、富山

洲崎恵三

初出一覧

以下の初出論文を、〈神話とイロニー〉という経緯の座標軸により、新たに改稿し、新たに構成した。

序　論　*„Natur und Humanismus – Identitäts-und Differenzerfahrung bei Thomas Mann aus japanischer Sicht –“* In : *Akten des VIII. Internationalen Germanisten-Kongresses Tokyo 1990.* Bd.6. *Die Fremdheit der Literatur. Rezeption.* Münchem : Iudicium 1991

第Ⅰ部　神話（Mythos）

第一章　「nunc stans と神話」、筑波大学「言語文化論集」第四四号、一九九七年

第二章　「魔の山―意志と表象としての世界」、同右、第四二号、一九九六年

第三章　「八つ裂き、エロスの襲撃、ヘルメース」、同右、第四五号、一九九七年

第四章　「メフィストーフェレスとしてのアドルノ」、同右、第四六号、一九九八年

第Ⅱ部　イロニー（Ironie）

第五章　「正負の自己意識とイロニーの弁証法」、『ドイツ文学における古典と現代』所収、第三書房、一九八七年

第六章　「トーマス・マンとヘルムート・ハイセンビュテル―イロニーと言語再生―」、日本独文学会「ドイツ文学」第五五号、一九七五年

第七章　「トーマス・マンのニーチェ受容」、「言語文化論集」第一四号、一九八一年

第八章　「パレストリーナ、性と知の悪魔―トーマス・マンとイタリア―」『ドイツ文学回遊』所収、郁文堂、一九九五年

結　論　「ミュトスとイロニーの織物―トーマス・マンの文学―」「言語文化論集」第四九号、一九九九年

II　主なトーマス・マンの作品 ——年代順——

小説：

『小男フリーデマンさん』(1897)　114
『ブデンブローク家の人びと』(1897-1901)　14, 16-17, 139, 153, 299-301, 312
『トリスタン』(1903)　89, 114
『トーニオ・クレーガー』(1903)　9, 16, 18, 120, 139, 202, 213, 279, 287, 293, 294
『予言者の家』(1904)　287
『ヴェネツィアに死す』(1912)　54, 74, 82, 162, 302-3, 312-3
『魔の山』(1913-1924)　10-12, 18, 21, 26, 36-7, 51-2, 54-5, 61, 70, 81-101, 123, 139, 141-42, 148, 162, 164, 186, 202, 213-4, 260, 266, 268, 270-71, 273, 286, 306-8, 312-13, 316, 322-3, 336, 363-34
『ヨセフとその兄弟たち』(『ヨセフ』四部作)(1926-1943)　5-7, 10-12, 21, 26, 33, 35, 37, 54-57, 63-64, 66-68, 70-72, 74-76, 103-36, 143, 163, 216-7, 236, 232, 236, 268, 302-5, 309, 311-3, 315, 317-9, 323, 332-3, 335, 337, 361, 363
『ヴァイマルのロッテ』(1936-1939)　125, 196, 202, 294, 330
『ファウストゥス博士』(1943-1947)　10, 12, 14-16, 19, 21, 25-6, 37, 98, 135-136, 139-171, 211, 214, 219, 221, 236, 244, 250, 257, 260, 267-8, 272, 274, 278, 287, 290, 292, 308-9, 322-25, 331, 333, 361-64
『選ばれし人』(1947-1951)　28, 154, 221, 312
『欺かれた女』(1953)　12, 115, 143-145, 336
『詐欺師フェリークス・クルルの告白』(1954)　12, 73, 126, 161, 219, 284, 313

戯曲：

『フィオレンツァ』(1905)　14, 292

評論：

『甘き眠り』(1909)　312
『老フォンターネ』(1910)　58
『非政治的人間の考察』(『考察』)(1914-1918)　13-15, 54, 62-66, 241-276, 292
『ゲーテとトルストイ。人間性問題への断章』(1921)　112
『ドイツ共和国について。ゲールハルト・ハウプトマン六〇歳誕生日に寄せる』(1922)　54, 66, 96
『パリ始末記』(1926)　59, 64-5
『レッシング論』(1929)　64
『現代精神史におけるフロイトの位置』(1929)　64-6
『リヒァルト・ヴァーグナーの苦悩と偉大』(1933)　54-5, 106, 244, 270, 319
『ドン・キホーテとともに海を渡る』(1934)　309
『フロイトと未来』(1936)　59
『ショーペンハウアー』(1938)　86-90, 125, 153

ミュラー、ギュンター（Gunther Müller） 36
ミリシュコフスキイ、ドミトリイ（Dmitri Mereschkowski 1866-1941） 55, 71, 110-112, 123, 153
ムージル、ローベルト（Robert Musil） 21, 24, 27, 194, 217, 258-9
ムシュク、ヴァルター（Walter Muschg） 264
メルロ=ポンティ、モリス（Maurice Merleau-Ponty 1908-61） 48
メンデルスゾーン、ペーター・ド（Peter de Menndelssohn） 250, 279, 286, 367
モーツァルト、ヴォルフガング・アマデーウス（Wolfgangg Amadeus Mozart 1756-91） 290
モーパッサン、ギー・ド（Guy de Maupassant 1850-93） 36
森鷗外（1862-1922） 211
森川俊夫 234, 368
モンテヴェルディ、クラウディオ（Claudio Monteverdi 1567-1643） 142

ヤ行

ヤスパース、カール（Karl Jaspers 1883-1969） 25, 258
ヤプ、ウーヴェ（Uwe Japp） 175, 182, 328-330
ユング、カール・グスタフ（Carl Gustav Jung 1875-1961） 55, 68, 125-127, 132, 212, 310, 313

ラ行

ライヒ=ラニッキ、マルセル（Marcel Reich-Ranicki） 279, 294
ライプニツ、ゴトフリート・ヴィルヘルム（Gottfried Wilhelm Leibnitz 1646-1716） 22, 132
フランツ・フォン・リスト（Franz von Listz 1811-86） 264
リタ＝サンティーニ、レーア（Lea Ritter-Santini） 287
リルケ、ライナー・マリーア（Rainer Maria Rilke 1875-1926） 21, 27, 30-31, 48, 74, 77
ルカーチ、ゲーオルク（Georg Lukâcs 1885-1971） 13, 159, 190, 218-9, 225-232, 234, 287, 289, 326
ルター、マルティーン（Martin Luther 1483-1546） 250
ルルカー、マンフレート（Manfred Lurker） 5
リュヒナー、マクス（Max Rychner） 268-9
レーナト、ヘルベルト（Herbert Lehnert） 210
レサー、ヨーナス（Jonas Lesser） 156
レッシング、ゴトホルト・エーフライム（Gotthold Ephraim Lessing 1729-81） 64
ローデ、エルヴィーン（Erwin Rohde） 60, 108, 15

ワ行

ワイルド、オスカー（Oscar Wilde 1854-1900） 280
渡辺一夫（1901-75） 15, 211-2

ヘラー、エーリヒ（Erich Heller）33, 200, 204, 213, 220, 289, 316, 332
ベル、ハインリヒ(Heinrich Böll 1917-85) 27, 210
ベルク、アルバン（Alban Berg 1885-1935）161
ベルグソン、アンリ・ルイ（Henri Louis Bergson 1859-1941）52
ヘルダー、ヨーハン・ゴトフリート（Johann Gottfried Herder 1744-1803）185
ヘルダーリン、フリードリヒ（Friedrich Hölderlin 1770-1843）181, 250, 317
ベルトラム、エルンスト(Ernst Bertram 1884-1957) 70-71, 153, 250-1, 258, 272-3
ヘルレ、ゲールハルト（Gerhard Härle）279
ベン、ゴトフリード（Gottfried Benn 1886-1956）220, 231, 258
ベンヤミン、ヴァルター（Walter Benjamin 1892-1940）193, 213
ホイットマン、ウォルト（Walt Whitman 1819-92）66, 273
ボイムラー、アルフレート（Alfred Baeumler 1887-1968）11, 59-65, 70-71, 315
ホーフマンスタール、フーゴ(Hugo von Hofmannsthal 1874-1929) 30-31, 194, 217, 234, 312
ボーラー、カール・ハインツ（Karl Heinz Bohrer）315
ホフマン、ルートヴィヒ・フォン（Ludwig von Hoffman）93
ホメーロス（Homeros BC.800頃）34, 145, 166, 214
ホルクハイマー、マクス(Max Horkheimer 1895-1973) 6, 12, 150, 161, 311, 325-27
ボルジャ・チェーザレ（Cesare Borgia 1476?-1507）253, 257
ホルトフーゼン、ハンス・エーゴン（Hana Egon Holthusen 1913- ）219

マ行

マーラー、グスタフ（Gustav Mahler 1860-1911）306
マイアー、ハンス（Hans Mayer）164, 279, 282
マイアー、ヘルマン（Hermann Mayer）232
松尾芭蕉（1644-94）18, 212, 217
マラルメ、ステファヌ（Stéfane Mallarmé 1842-98）224
マルクーゼ、ルートヴィヒ（Ludwig Marcuse）157
マルクス（Karl Heinrich Marx 1818-83）202, 218
マルティーニ、フリツ（Fritz Martini）32-33, 214, 367
丸山真男（1914-）15, 266-7
マン＝オーデン、エーリカ・ユーリア・ヘートヴィヒ（Erika Juria Hedwig Mann-Auden 1905-1969）154-158, 282
マン、カトヤ（Katja Mann 1883-1980）154, 157
マン、クラウス・ハインリヒ・トーマス（Klaus Heinrich Thomas Mann 1906-1949）282
マン、ミヒァエル（Michael Thomas Mann 1919-77）306
マン、ルイス・ハインリヒ（Luis Heinrich Mann 1871-1950）280, 284, 291
ミケランジェロ・ボナロッティ（Michelangelo Buonarroti 1475-1564）281
三島由紀夫（1925-70）15-16, 211
ミュラー、アーダム（Adam Müller 1779-1829）13, 187, 202, 330

129-133, 177, 258, 327, 361
ハイネ、ハインリヒ（Heinrich Heine 1797-1856） 181
ハウプトマン、ゲールハルト（Gerhard Hauptmann 1862-1946） 94, 153, 308
バウムガルト、ラインハルト（Rheinhart Baumgart） 121-122, 143, 281, 336
パスカル、ブレーズ（Blaise Pascal 1623-62） 250
バハオーフェン、ヨーハン・ヤーコプ(Johann Jakob Bachofen 1815-1887) 11, 55, 59, 61-62, 65, 70-73, 75, 78, 112, 117-119, 153, 338, 361
ハムブルガー、ケーテ（Käte Hamburger） 28, 49, 163
ハントケ、ペーター（Peter Handke 1942-） 27, 47, 51, 74, 76, 210, 279
ビゼー、ジョルジュ（Georges Bizet 1838-75） 145-149, 245, 257
ピュツ、ペーター（Peter Pütz） 246, 256
ビュルガー、ペーター（Peter Bürger） 322
ファーゲト、ハンス・ルードルフ（Hans Rudolf Vaget） 293
プィツナー、ハンス（Hans Pfitzner 1869-1949） 270, 319
フィヒテ、ヨーハン・ゴトリープ（Johann Gottlieb Fichte 1726-1814） 9-10, 12, 187-189, 195-6, 201-2, 213
フッサール、エトムント（Edmund Husserl 1859-1938） 49, 105
ブラウン、ユーリウス（Julius Braun） 123
プラーテン、アウグスト・フォン（August von Platen 1796-1835） 253, 280
プラトーン（Platon BC.427-347頃） 87, 153, 183, 318, 329
ブランデス、ゲーオア・モリス・コーエン（Georg Morris Cohen Brandes 1842-1927） 66
フリシュ、マクス（Max Frisch 1911- ） 27
フリツェン、ヴェルナー（Werner Fritzen） 303
ブルクハルト、カール・ヤーコプ（Carl Jakob Burckhardt 1891-1974） 71
プルスト、マルセル（Marcel Proust 1871-1922） 181
プルータルコス（Ploutarchos 46-120頃） 109
ブレヒト、ベルトルト（Bertolt Brecht 1898-1956） 164, 216, 224
フロイト、ジークムント（Siegmund Freud 1856-1939） 7, 11, 55, 58-59, 63-66, 69, 71, 74, 78, 87, 89, 115, 212, 245, 286, 313, 338
ブロッホ、エルンスト(Ernst Bloch 1885-1977) 7, 11, 29, 67-69, 179, 223, 225, 229-32, 234, 310-11, 316, 335
ブロッホ、ヘルマン（Hermann Broch 1886-1951） 24, 27, 29, 33, 97
ヘーゲル、ゲーオルク・ヴィルヘルム・フリードリヒ(Georg Wilhelm Friedrich Hegel 1770-1831) 3, 13, 19, 23, 30, 62, 162, 176, 178, 183-184, 185-187, 192-6, 199, 224, 320-22, 329, 332-33
ベートーヴェン、ルートヴィヒ・ヴァン(Ludwig van Beethoven 1770-1827) 151
ベーラー、エルンスト（Ernst Behler） 13, 99, 182, 190-192, 194, 328
ベシェンシュタイン、ベルンハルト（Bernhard Böschenstein） 250
ヘッセ、ヘルマン（Hermann Hesse 1877-1962） 20, 140-141
ヘフトリヒ、エカルト（Eckhard Heftrich） 63, 72, 317

ソシュール、フェルディナン・ド（Ferdinand de Saussure 1857-1913） 31
ソンディ、ペーター（Peter Szondi） 12-13, 192-194, 283, 332-33

タ行

高橋義孝 17, 104, 212
ダケー 、エトガル（Edger Dacqué） 55, 71, 123
ダンテ、アリギエーリ（Dante Alighieri 1265-1321） 84, 93, 286-7
ダンヌンツィオ、ガブリエーレ（Gabriele D'Annunzio 1863-1938） 292
チャイコフスキー、ピョートル・イルイーチ（Pëtr Ilich Tschaikowski 1840-93） 280
ツェーダー、フランツ（Franz Zeder） 157
辻邦生（1925- ） 16, 211, 362, 367
ティーデマン、ロルフ（Rolf Tiedemann） 12, 158, 161
ディールクス、マンフレート（Manfred Dierks） 62, 72, 312-3, 367
ディルタイ、ヴィルヘルム（Wilhelm Dilthey 1833-1911） 91
デーブリーン、アルフレート（Alfred Döblin 1878-1957） 27-8, 97, 232
デカルト、ルネ（René Descartes 1596-1650） 31, 201, 218, 251
デューラー、アルブレヒト（Albrecht Dürer 1471-1528） 7, 99, 249-50, 292
道元（1200-53） 18
ドストエフスキー、フョードル・ミハイロヴィチ（Fjodor Michajlowitsch Dostojewski 1821-81） 112, 212, 287
トマス・アクィナス（St. Thomas Aquinas 1225頃-1274） 49
トルストイ、レフ・ニコラエヴィチ（Lew Nikolajewitsh Tolstoi 1828-1910 ） 36, 112, 212
トレルチュ、エルンスト（Ernst Troeltsch） 291

ナ行

夏目漱石（1867-1916） 186
ニーチェ、フリードリヒ（Friedrich Wilhelm Nietzsche 1844-1900） 14, 24, 48, 57, 60-66, 70-71, 81, 84, 87-88,107, 113, 128, 142-143, 145, 147, 153, 160, 162, 181, 204-5, 220, 229, 241-76, 277, 290, 292, 308-9, 313-317, 330, 338, 366
ノヴァーリス（Novalis, Friedrich von Hardenberg 1772-1801） 59, 63-64, 66, 86, 189, 273, 317
ノクス、ノーマン（Norman Knox） 185

ハ行

ハーバマース、ユルゲン（Jürgen Habermas） 75, 79, 316-17, 325-27
ハイセンビュテル、ヘルムート（Helmut Heißenbüttel） 13, 33, 209-10, 221-225, 230, 232-3, 236
ハイデガー、マルティーン（Martin Heidegger 1889-1976） 4, 48, 50, 76, 87, 104,

『ヴィルヘルム・マイスター』：180, 195, 198, 213-5
『ファウスト』：81, 159, 163, 304-305, 318, 365
ゲレス、ヨーゼフ（Joseph Görres 1776-1848） 60, 315
ケレーニイ、カール（Karl Kerényi 1897-1973） 71, 122-123, 125-128, 133, 153, 285-6, 310
コープマン、ヘルムート（Helmut Koopmann） 11, 70, 72, 90, 94-98, 210, 308, 313, 367
小林秀雄（1902-83） 268-269
コペン、エルヴィーン（Erwin Koppen） 11, 83, 164, 278

サ行

斉藤茂吉（1882-1953） 17
佐藤晃一 362, 368
シェイクスピア、ウィリアム（William Shakespeare 1564-1616） 175, 194
シェーンベルク、アルノルト（Arnold Schönberg 1874-1951） 153, 156, 162
ジッド、アンドレ（André Gide 1869-1951） 15, 210
シューベルト、ベルンハルト（Bernhard Schubert） 145
シュタイガー、エーミール（Emil Staiger） 22, 204
シュティフター、アーダルベルト（Adalbert Stifter 1805-68） 47, 260, 306
シュテルンベルガー、ドルフ（Dolf Sternberger） 157
シュトルム、テーオドール（Theodor Storm 1817-88） 260
シュペングラー 、オスヴァルト（Oswald Spengler 1880-1936） 63, 70
シュレーゲル、フリードリヒ（Friedrich von Schlegel 1772-1829） 5-6, 8-10, 33, 59, 60, 99, 105, 177-178, 182, 185-195, 201-2, 204, 213, 294, 312, 314-16, 320, 323, 328-31, 333
ジョイス、ジェイムズ（James Joyce 1882-1941） 29, 216-7, 221, 229
ショーペンハウアー、アルトゥル（Arthur Schopenhauer 1788-1860） 11, 52-53, 55-56, 61, 71, 86-90, 94-96, 97-98, 108, 113, 128, 145, 160, 205, 241, 245, 248-9, 251, 263, 273, 289, 301, 313, 324, 327, 338
『意志と表象としての世界』：86-90, 313
シラー、フリードリヒ・フォン（Friedrich von Schiller 1759-1805） 24, 143, 158, 212, 246, 264, 322
ジンメル、ゲーオルク（Georg Simmel 1858-1918） 83
親鸞（1173-1262） 18
スウィフト、ジョナサン（Jonathan Swift 1667-1745） 200, 204
スタール夫人（Madame de Staël 1766-1817） 263
スロターダイク、ペーター（Peter Sloterdijk） 85
ゼードルマイアー、ハンス（Hans Sedlmayer） 24
ゼザンヌ、ポール（Paul Cézanne 1839-1906） 47, 48, 49, 51, 74
ソクラテス（Sokrates BC.469-399） 8-9, 13, 60-61, 165, 182-184, 196, 198-200, 245, 328-30

ヴィトゲンシュタイン、ルートヴィヒ（Ludwig Wittgenstein 1889-1951） 223,
ヴェーバー、マクス（Max Weber 1864-1920） 249-50, 313, 324
ウェルギリウス・マロー、プブリウス（Publius Vergilius Maro BC.70-19） 91, 285-7, 293
ヴォリンガー、ヴィルヘルム（Wilhelm Worringer） 217, 321
エウリーピデース（Euripides BC.484-406 頃） 307
エムリヒ、ヴィルヘルム（Wilhelm Emrich） 20, 23, 29, 32, 34, 317-18
エラスムス、デシデリウス（Desiderius Erasmus 1469?-1536） 210
オト、ヴァルター（Walter Otto） 5
オルテガ・イ・ガセー、ホセ（José Ortega y Gasset 1883-1955） 221

カ行

カイザー、ヴォルフガング（Wolfgang Kayser 1906-60） 28, 233
カシーラー、エルンスト（Ernst Cassirer） 105, 108
加藤周一（1919- ） 15
カフカ、フランツ（Franz Kafka 1883-1924） 9-10, 13, 21, 30-35, 84, 165, 177-178, 181, 194, 197-9, 225, 279, 294, 312, 331
『変身』：197-8
唐木順三（1904-80） 227
川村二郎 213, 216-7
カント、イマーヌエール（Immanuel Kant 1724-1804） 52-53, 62, 87, 97, 106, 254
キケロ、マルクス・トゥリウス（Marcus Tullius Cicero BC.106-43） 183
北杜夫（1927- ） 16-17, 362, 367
キルケゴール、セーレン・オービュエ（Kierkegaarde, Søren Aabye 1813-55） 8, 10, 13, 176, 178, 183-184, 193-194, 196, 200-1, 290
クゥインティリアーヌス、マルクス・ファビウス（Marcus Fabius Quintilianus 35-96 頃） 175, 183
クライスト、ハインリヒ・フォン（Heinrich von Kleist 1777-1811） 282
グラウトフ、オト（Otto Grautoff） 278
クラーカウアー、ジークフリート（Siegfried Kracauer） 140-141
クラーゲス、ルートヴィヒ（Ludwig Klages 1872-1956） 64-65, 71
グラス、ギュンター（Günter Grass 1927-） 27, 179 ,210
グリム、ヤーコプ・ウィルヘルム兄弟（Jacob Grimm 1785-1863, Wilhelm Grimm 1786-1859） 60, 65
クレスディアーンセン、ベルゲ（Børge Kristiansen） 11, 70, 90-95, 98, 313
クルツケ、ヘルマン（Hermann Kurzke） 62
クロイツァー、ゲーオルク・フリードリヒ（Georg Friedrich Creuzer 1771-1858） 4, 60, 65, 315, 317, 321
ゲーテ、ヨーハン・ヴォルフガング・フォン（Johann Wolfgang von Goethe 1749-1832） 23, 28, 30, 55, 81, 84, 94, 150, 153, 162-164, 181, 187, 196, 198, 203-4, 212-3, 224, 268, 277, 290, 318, 330, 365-66

索　引

I　主な人名索引

（1．註、主要参考文献は除く。2．主な歴史的人物には生没年を付記。）

ア行

アイスキュロス（Aischylos BC.525-456）　73
アイヒェンドルフ、ヨーゼフ・フォン（Joseph von Eichendorff 1788-1857）　336
アドルノ、テーオドーア・ヴィーゼングルント（Theodor Wiesengrund Adorno 1903-1969）　4, 6, 10-13, 31, 136, 139-169, 225, 235-6, 244, 287, 289, 322, 325-27, 328, 331-32, 334-38, 361, 366
　『カルメン幻想曲』：12, 147-49
　『強制された宥和』：233-36
　『啓蒙の弁証法』：4, 10, 18, 84, 98, 135, 150, 288, 325-27, 331
　『トーマス・マンの肖像に寄せて』：141, 154, 161, 327
　『否定弁証法』：12, 159, 328, 331, 334-38
アープレーユス、ルーキウス（Lucius Apuleius 123頃-?）　119
アリストテレース（Aristoteles BC.384-322）　8, 21, 50, 182-183
アリストパネース（Aristophanes BC.445-385頃）　182-3
アレマン、ベーダ(Beda Allemann)　10, 19, 68, 76, 129, 194, 204, 215-6, 258-60, 332, 367
アンデルセン、ハンス・クリスチャン（Hans Chrisian Andersen 1805-75）　280
アンドレーアス=ザロメ、ルー（Lou Andreas-Salomé）　65
イエス・キリスト(Jesus Chrisutus)　12, 57, 94, 106, 112, 155, 261, 272-4, 308-9, 316-17
　『聖書』：26, 33, 71, 103, 188, 191, 215, 294, 306, 311, 322-24
イェンス、ヴァルター（Walter Jens）　20, 27, 250, 260
イェンス、インゲ（Inge Jens）　250, 260, 284, 367
イェレミーアス、アルフレート（Alfred Jeremias）　55, 71, 103
ヴァーグナー、リヒァルト(Richard Wagner 1813-83)　14, 51, 55, 58, 60, 63, 88, 106, 115, 145-149, 162, 205,241-5, 248, 251, 256-7, 264, 270-4, 300, 312, 316, 319, 338
ヴァイガント、ヘルマン（Hermann J. Weigand）　96
ヴァルザー、マルティーン(Martin Walser 1927-)　9-10, 12-13, 27, 76, 98-99, 128, 165, 175-205, 294, 316, 330-32, 336, 361, 364, 367
　『自己意識とイロニー』：12, 175-205, 361, 364
ヴァルザー、ローベルト（Robert Walser 1878-1956）　13, 178, 181, 196-8, 201, 331
ヴァレリ、ポル（Paul Valéry 1871-1945）　163
ヴィスキルヒェン、ハンス（Hans Wisskirchen）　271, 367
ヴィスリング、ハンス（Hans Wysling）　58, 99, 153, 262, 284, 292, 367

Identität der Vernunft nicht zu erfassen ist, erscheint als groteske Gestalten des Eros von den früheren Erzählungen bis zu den späteren Werken wie „*Joseph in Ägypten*“ oder „*die Betrogene*“. Das Heimsuchungsmotiv des Eros (R.Baumgart) durchzieht diese Werke. Ließe sich nicht Thomas Manns Ironie als Ausdruck des Naturlebens verstehen, das in sich die Kraft enthält, den Identitätszwang der Begriffskategorien zu durchbrechen, vermöge der Selbstverneinung sich überwindend und sich erhebend?

Zwar existieren die Gegensätze zwischen den dualistischen Prinzipien in der Welt, doch ist auch die dialektische Macht darin immanent, diese Antithesen synthetisch aufzuheben. „Nicht erst der isolierte Geist des Menschen versucht, das Widersprüchliche der Natur zur Einheit zu bringen. Sondern die Wirklichkeit selbst strebt nach Auflösung der Gegensätze. Hegels Dialektik ist eine Realdialektik.“ (Szondi). Die Gegensätze, aus denen die Welt besteht, z.B. dieselben zwischen Natur und Vernunft (Adorno), Idee und Erscheinung (Platon), dem Bedingten und Unbedingten (Fichte, Schlegel), Wille und Vorstellung (Schopenhauer), Dionysos und Apollo (Nietzsche), Unbewußtsein und Bewußtsein (Freud), Sonne und Erde, Vater und Mutter (Bachofen), Sünde und Erlosung (R.Wagner), Renaissance und Reformation (Troeltsch), Gesellschaft und Individuum usw. .....

Thomas Manns Ironie und Dichtung besteht in der gegenseitig-begrentzt negativen Dialektik, in der Mitte dieser Gegensätze zu schweben, die schwer zu versöhnenden Antithesen aufzuheben, alsbald diese Versöhnung ins Starre geriet, die identifizierbare Synthese zur Nicht-Identität zu durchbrechen.

ntinis spiegelt sich im „*Doktor Faustus*“ wieder.

Kapitel 7 : Die Rezeption Nietzsches durch Th.Mann im Aspekt der Ironie

Die Rezeption Nietzsches durch Thomas Mann ließe sich als Aspekt seiner Ironie begreifen : Abstand nehmen, Ironisierung, Verbürgerlichung dessen, was Nietzsche äußerte. Thomas Manns tiefe zarte Neigung zu Nietzsche als Überwinder der deutschen Romantik, als Dionysos und Christus in einer Gestalt, kristallisiert sich im „*Doktor Faustus*".

Kapitel 8 : Palestrina, Teufel des Geschlechts und Intellekts. Th. Manns Verhältnis zu Italien

Th. Manns Ironie spiegelt sich ebenfalls in seinem ambivalenten Verhältnis zu Italien. Es symbolisiert den Gegensatz zwischen dem heißen, sinnlichen Leben und dem kalten, asketischen Geist, Renaissance und Reformation (Troeltsch), Lorenzo de Medici und Savonarola (*Fiorenza*), Inferno des Feuers und Eises (Dante, Lea Ritter-Santini), dem Teufel der Homophiele und des Intellekts.

Schluß : Thomas Manns Literatur als Gewebe aus Mythos und Ironie

Zu Th.Manns Ironie finden sich positive und negative Beurteilungen. Nach Allemann kann sich der geschlossene Spielraum seiner Ironie zum neuen Dichterischen nicht erhöhen. Nach B.Brecht hat Th.Mann a priori seine Ironie, durch die er auf die Welt blickt. Nach M.Walser beherrscht Thomas Manns über alles schwebende Ironie die Welt. Schließlich summiert sich überwiegende Kritik an Thomas Manns Ironie darin, daß sie eine zwanghafte Identifikation der nicht-identischen Realitäten durch die subjektiven Vernunft sei.

Anderseits behauptet Adorno : „Was man Thomas Mann als Dekadenz vorhält, war ihr Gegenteil, die Kraft der Natur zum Eingedenken ihrer selbst als hinfälliger. Nichts anderes als aber heißt Humanität.“ Der Wille zum Leben, das Dionysische, das Wesen der Natur, das durch das Begriffsnetz der

Unbewußtsein zu fassen. Die Wahrheit, *ἀλῆθεια* enthüllt und verbirgt sich (Heidegger). Ironie lebt im Spielraum der Notwendigkeit und Unmöglichkeit der Mitteilung der Wahrheit durch die Sprache (Fr.Schlegel).
Hier wird die Ironie als

1) die Reflexion des Selbstbewußtseins, das zwischen dem Bedingten und Unbedingten, der Immanenz und Transzentenz hin und zurück unentwegt bewegt und schwebt. Fichte nannte es Einbildungskraft. (Die romantische Ironie),
2) positives und negatives Selbstbewußtsein(Martin Walser), und
3) Identität und Nichtidentität zwischen der Sprache und dem Gegenstand, dem Subjekt und Objekt usw. behandelt.

Kapitel 5 : Positive und negative Ironie und Selbstbewußtsein

Nach M.Walser gibt es zweielei Ironie : die positive(Fr. Schlegel, A. Müller, Th. Mann)und die negative(Sokrates, Kierkegaarde, Kafka, R. Walser), die mit dem positiven und negativen Selbstbewußtsei eng zusammenhängen. Ist Th. Manns Ironie Freiheit eines aristokratischen Subjekts, ein selbstbejahendes Bewußtsein des Großbürgertums, <Ironie als Weltherrschaft> (*Lotte in Weimar*)? An Hand der Ironiebegriffe von E.Behler, P. Szondi, Kierkegaarde, Hegel usw. wird das Wesen der Ironie betrachtet.

Kapitel 6 : Ironie und Sprachreproduktion, Montage, Debatte über den Expressionismus, der ästhetischer Schein und Wirklichkeit.

Analyse des Sprachphänomen der Ironie : die Technik der Montage und Parodie Thomas Manns im Vergleich zu H. Heißenbüttel. Sie bezieht sich auf die Debatte über den Expressionismus und die Frage danach, welches die Wahrheit der veränderten Wirklichkeit real ausdrücken kann : totalitäre Darstellung(Lukács)oder Montage der zerrissenen Wirklichkeit(Bloch). Kraft der Differenz zwischen der empirischen Wirklichkeit und dem ästhetischen Schein, zwischen dem bloß Seienden und dem nach dem eigenen Formgesetz gestalteten Wesen kritisiert das Kunstwerk dir Realität, und wird dadurch richtiges Bewußtsein und Kunst selbst(Adorno). Diese Erken-

Kapitel 3 : Zerrissenheit, Heimsuchung des Eros, Hermes. Drei Hauptmotive der „*Joseph*"-Tetralogie und der Satz vom Grund

Joseph gehört der Genealogie der Zerrissenheit an, wie sie sich in Tammuz, Osiris, Adonis, Dionysos oder auch Jesus verkörperten. In Joseph findet das moderne zerrissene Ich die Metamorphose von Tod und Wiedergeburt.

Mut=em=enet, die durchs Eros, den blinden Trieb zum Leben heimgesucht wurde, verliebt sich in Joseph, der durch den Geist des Vaters Jakob die Heimsuchung überwindet. Joseph verkörpert Hermes, das Symbol des Mondes, der als Vermittler(psychopompos)über den Gegensätzen zwischen Vater und Mutter, Sonne und Erde, Licht und Dunkel, Form und Materie, Geist und Sinnlichkeit, *ιδεα* und Wirklichkeit(J.J.Bachofen)schwebt. Das ist auch ein Symbol der Ironie und Kunst bei Thomas Mann.

Kapitel 4 : Adorno als Mephistopheres. Der moderne Doktor Faustus

Hierin handlet es sich um die psychologische Beziehung zwischen Thomas Mann und Th.W.Adorno, dem modernen Faust und Mephistopheres (R.Tiedemann). Adorno sieht eine deutsche Tradition des im Widestand gegen die totalitäre Gesellschaft stehenden Individuums. Manns spätere Werke stelllen die Natur dar, die dem Identitätszwang der Vernunft widersteht. Manns Ironie ließe sich als die begrentzt-negative Dialektik der Identität und Nicht-Identität zwischen dem Begriff und seinem Gegenstand, Subjekt und Objekt, Vernunft und Natur, dem Ich und der Gesellschaft ansehen.

Teil II Ironie

Ironie ist eine delikate Ausdrucksweise der transparenten Differenz zwischen dem Gesagten und Gemeinten(B. Allemann), zwischen Identität und Nicht-Identität. A ist A, und zugleich nicht. Bei Thomas Mann ist die Ironie nicht als Problem der Rhetorik, sondern vielmehr als Differenz zwischen Erscheinung und Idee, Vorstellung und Wille, Bewußtsein und

Lebensmodells, es ist eine psychlogisch-bewußte Dichtung des naiv-unbewußten Mythos：eine neue Wiedergeburt des alten Mythos durch Ironie.

Die Ironisierung des Mythos heißt „Umfunktionnierung des Mythos ins Humane“(Ernst Bloch), und sie sollte doch als eine immer zu bewahrende Lebensidee Widerstand gegen den Mythenbegriff des Nazißmus bedeuten. In den einstigen Archetypen verbirgt sich eine mögliche Utopie der Hoffnung. Es könnte ein Sinn der modernen Dichtung sein, mythische Urbilder, das im *ἐνέργεια* sich bergende *δύναμις* zum *ἐντελέκεια* zu verwirklichen.

Kapitel 1：＜nunc stans＞und der Mythos

Das bestehnede Jetzt(*nunc stans*)befindet sich im Mythos, das sich wie ein Fest Hier und Jetzt immer wieder kehrt. Offenbarung der sich wiederkehrenden Wahrheit im *nunc stans* ist der Kern der *„Joseph“* Tetralogie. Das Verhlätnis zwischen *nunc stans* und Mythos wird vor dem Hintergrund des Mythos- und Zeitbegriffs von Schopenhauer, Bachofen, Freud sowie von Bloch und Handke untersucht.

Kapitel 2：*Der Zauberberg*, die Welt als Wille und Vorstellung. Romantik oder Aufklärung?

Schopenhauers Metaphysik über die Welt als Wille und Vorstellung bestimmt nicht nur das inhaltliche Substrat des *„Zauberberg“*s, sondern auch bis in die Erzähltechnik des Leitmotivs hinein die Struktur des Romans. Stellt *„der Zauberberg“* Schopenhauers Affirmation dar oder seine Kritik, wie schon B. Kristiansen vs. H. Koopmann diskutierte? Nietzsches olympischer Zauberberg ist die glänzende Traumgeburt(Apollo), um das Schreckliche des Daseins(Dionysos)ertragen und leben zu können. Ist nicht auch Th.Manns *„Zauberberg“* ein ironischer Versuch einer dialektischen Synthese zwischen dem Dionysischen und Apollinischen, der Romantik und Aufklärung ?

Thomas Mann —— Mythos und Ironie ——

Keizo SUZAKI

Einführung : Mythos und Ironie

In der vorliegenden Arbeit wird Thomas Manns Werk unter anderem unter dem Gesichtpunkt der beiden Begriffe Mythos und Logos, die die Koordinatenachsen seiner Dichtung konstituieren, untersucht.

In der modernen Literatur ist „ein rasches Erinnern, Noch-einmal-Heraufrufen und Rekapitulieren des abendländlichen Mythos“ (X, 691) zu erkennen. Auch Th. Mann arbeitet mit den alten Mythen und stellt das gefährdete moderne Subjekt zu diesen in Beziehung, der moderne Geist treibt ein ironisches Spiel mit den mythischen Archetypen. In der modernen geistigen Situation der Götteferne (Fr.Nietzsche), in der alle Werte sinnlos ins Vakuum fallen (H.Broch), muß das moderne Selbstbewußtsein, das ja seinen Wurzelgrund verlor, seine innere Mitte in den alten symbolischen Mythen suchen, wie es schon Friedrich Schlegel postuliert hat (*Gespräch über die Poesie*).

Teil I　Mythos

Th. Manns Mythenverstätnis läßt sich in drei Punkte zusammenfassen :

1) Der Mythus ist ein Archetypus des Menschenlebens, ist symbolischer, anschaulicher, sprachlicher Ausdruck dessen, wie die Menschen im archaischen Zeitalter die Welt, die Natur und den Kosmos sahen und erlebten.
2) Mythos ist Lebensgründung. Durch ihn und in ihm findet das Leben sein Selbstbewußtsein und seine Rechtfertigung. Die mythische Identifikation und seine Variation ist unser Leben.
3) Dichterisches Erzählen heißt festliches Wiederbeleben dieses mythischen

著者略歴

洲崎　恵三（すざき　けいぞう）

1935年敦賀生れ。

富山中部高等学校、東京教育大学文学部、東京大学大学院人文科学研究科修士課程（独語・独文学専攻）修了。

金沢大学講師、九州大学助教授、筑波大学教授（現代語・現代文化学系）。

1999年、博士（文学）。現在、筑波大学名誉教授。

1967年ドイツ・ミュンスター大学（DAAD）、77年シュトゥトガルト、スイス・チューリヒ大学（Alexander-von-Humboldt）留学、91年テュービンゲン大学（文部省在外研究）、93年バムベルク大学、出張。

単　著

『トーマス・マン―イロニーとドイツ性』（東洋出版 1985年）

共　著

『ドイツ文学における古典と現代』（第三書房 1987年）
『ドイツ文学回遊』（郁文堂 1995年）
„*Akten des VIII. IGKs Tokyo 90, Bd.6. Die Fremdheit der Literatur. Rezeption.*“（Iudicium Verlag, München 1991年）

翻　訳

マルティーン・ヴァルザー『自己意識とイロニー』（法政大学出版局 1997年）

トーマス・マン
―― 神話とイロニー ――

平成14年2月25日　発行

著 者　洲　崎　恵　三
発行所　株式会社　溪 水 社
広島市中区小町1－4（〒730-0041）
電 話（０８２）２４６－７９０９
FAX（０８２）２４６－７８７６
E-mail：info@keisui.co.jp

ISBN4-87440-681-5　C3098

平成13年度日本学術振興会助成出版